大方
sight

母女同游美利坚

茹志鹃 王安忆 著 1983.8.30 - 12.27

中信出版集团 · 北京

图书在版编目（CIP）数据

母女同游美利坚 / 茹志鹃，王安忆著 . --北京：中信出版社，2018.12

ISBN 978-7-5086-9360-6

I. ①母… II. ①茹… ②王… III. ①散文集-中国-当代 IV. ①I267

中国版本图书馆 CIP 数据核字（2018）第 187060 号

母女同游美利坚

著　　者：茹志鹃　王安忆
出版发行：中信出版集团股份有限公司
（北京市朝阳区惠新东街甲 4 号富盛大厦 2 座　邮编　100029）
（CITIC Publishing Group）
承 印 者：深圳当纳利印刷有限公司

开　　本：880mm×1230mm　1/32　　印　　张：12.625　　字　　数：290 千字
版　　次：2018 年 12 月第 1 版　　印　　次：2018 年 12 月第 1 次印刷
广告经营许可证：京朝工商广字第 8087 号
书　　号：ISBN 978-7-5086-9360-6
定　　价：68.00 元

茹志鹃照片

王安忆照片

游美百日记

茹志鹃

一九八三年秋，我参加美国爱荷华国际写作计划活动，于八月三十日乘泛美航空公司的飞机，从北京出发去美国。美国，在某些人心目中，是个天堂；在某些人眼里又是一个地狱；在某些人看来，是西方文明的先驱；在某些人看来，又是蛊惑人心的妖巫，有着各种可怕的着色糖衣迷药和不可抗拒的神秘魅力。总之，它有点像迷宫。我和吴祖光、王安忆三个不懂英语的人，向“迷宫”飞去了。

美国一百二十天

王安忆

脑子里除了遗憾，便是空白了。我不明白美国，我越看得多，就越是不明白。一边是移民们赠送的雕像，感谢新大陆收容了劫后余生的难民，一边是飞机轰炸格林耐得岛；一边是充满活力的牛仔裤，一边是大麻；一边是快乐的爵士乐，一边是精神崩溃的精神病患者；……这就是美国，这又不是美国。这是美国吗？我不知道。我一点都不知道。

Bye—bye，America。

1983年8月30日　晴

北京时间下午五时抵东京机场，我们在机场休息一小时又登机。在昏黄的夜色中，飞机横渡太平洋，包抄落下去的太阳，向圣弗朗西斯科（旧金山）飞去。越飞天越黑，越飞天又渐亮，越来越亮，终于在北京时间二十一点多，赶上了太阳，天大亮了。

我的手表上是三十日半夜两点，旧金山正是三十日上午十一时。我们一下飞机，首先见面的是一群十一二岁的美国男孩子。他们耐心而固执地跟着我们租借来的几辆行李车，绝不让别人染指。这车子是我们用一美元一辆租来的，退还时每辆可以取回二角五分，估计他们紧抓不放的正是这二角五分的小费。当我们把行李卸在路边，果然，他们很快取走了五辆推车，不过还留下三个孩子守着我们的行李。因为来接我们的汽车不够，要临时叫车，行李又搬动了几个地方。孩子们又拼力地帮着搬，让他们不搬也不行，最后形成我们和孩子们搬行李的争夺战。十只大箱子，我们人有五个（去讲学的萧乾夫妇和我们同行），我心里以为，不过是几步路的挪动，我们自己慢慢搬完全可以对付，不愿花这意外的开销。经过一连串动作的较量（语言不通），坐上汽车时，我们和孩子们都已筋疲力尽。给了他们一人一元的小费，三个孩子很高兴地道了谢，话不懂，但声音听得出来是由衷的。

住领事馆不远的查理旅社，是中国人开的。旅社不大，但很干净。整个三层楼只看见进门处柜台上一个工作人员。

傍晚去吴祖光房间，无意间瞥见上楼第一间房门口，有一美国男青年叩门，门开了一条缝，里面是一位用浴巾裹着身体的女青年，他们轻轻说了两句话，那男的便返身下楼去了。我估计很可能我无意中妨碍了人家，立即慌慌张张地拐进吴祖光同志的住房，他有位同学正在那里叙谈。我定下心来一想，不由哑然失笑。这是在美国，以中国人之见来猜度美国人，也许暴露的恰恰是自己的中国习俗。

晚上，安忆的小学同学周海瑞和他弟弟来访。他依稀仍有小时模样，不过已有了白发。他在一边念书一边打工，还要供弟弟上学，生活得不容易。晚饭时，陈若曦带给我一位同胞的问候，使我又高兴又感慨。安忆迫不及待地去看旧金山夜景了，我便洗澡上床。现在已是北京的三十一日早上九点，旧金山是三十日的晚上十点。我疲劳至极地躺着，却不能入睡。

1983年8月30日　晴

这是很长的一天，我们追着太阳飞，从地球的这端到了那端。今天有三十九个小时。

北京——上海——东京——旧金山。

萧乾伯伯招呼我过去看富士山，他是应爱荷华大学邀请去讲学的。很幸运与他同行。我、妈妈、吴祖光伯伯一行三人均不懂英语，而萧乾伯伯则有一口漂亮的剑桥英语。原先并不知道和他同路，紧张得很，身边放了两部沉重的字典：《英汉词典》和《汉英词典》。现在好了，可以一身轻松地去看富士山了。

一片云海，云海中有一座小小的岛——这便是富士山了。

现在我在旧金山。

下了飞机等行李，等到了行李又等办入关手续。手续办了很长时间，那位海关工作人员奇怪我姓王，妈妈却姓茹，问我结婚了否？是姓丈夫的姓？我说结婚了，仍姓自己的姓。他始终也没明白过来。

中领馆的陈领事来接，萧乾伯伯的朋友来接，吴祖光伯伯的朋友也来接。行李多，人也多，手忙脚乱。一个十来岁模样的男孩子冲着我一笑，便从我手里接过了行李车，另外又有几个孩子一拥而上，接过了我们的行李，真是势不可当。我们表示不需要他们帮忙，他们就对我们笑，却并不松手。行李多，车子不够，要叫出租车；谁上谁的车，需要分配安排；人多，口杂，好一阵忙乱，孩子们则已经镇定地挣得了每人一元的小费离去了。

这几天，过路客人多，大使和大使夫人也来了旧金山，领事馆住满了，只能住在领事馆附近的一家台湾人开的小旅馆。

晚上，莫名其妙地被请吃饭。过后才知道，是吴祖光伯伯的朋友画家侯北人先生作东。在一家中国餐馆，老板姓田，是山东人，今天特为我们开店办席，办了两大桌，团团地坐满了人——有一位赵伯溪先生和他的太太。他是一个豪爽的先生，喜爱戏剧，主持了一个“海运”剧社，今年还去中国演出了一趟。今天除了他，还来了好几位剧社的先生、太太。有陈若曦女士，她是久已闻名的了。有《蒋经国传》的作者江南先生……另外，还有一位从北京来的音乐家魏立。

她，是我知道的，是我国少有的年轻女指挥中的一个。记得她原是铁路文工团的，一九七四年，她们团曾经来徐州演出，我当时尚在徐州文工团拉大提琴，曾坐在剧场，看见过她指挥乐队的背影。不曾想，将近十年之后，在这里面对面地坐在了一起。她看到我很亲热，说：“原以为这里遇不到一个熟人呢！”她一直和我坐在一起，告诉我怎么要汽水，要说：“Seven up”；告诉我千万别在美国客气，美国人不懂客气；告诉我她在这里的生活；还告诉我，她来这里三年得到的一个体会是：“一个艺术家，第一要有祖国，第二要有世界。”

“第一要有祖国，第二要有世界。”我重复了一遍，使劲点点头，我想我是很早就懂得了。

从饭店回到旅馆，便试着给周海瑞打电话，这电话号码是我来美之前他写信告诉我的。可我不相信能找到他，因为我们十几年没见面了啊！可是，电话通了。

“我找周海瑞。”我说

“是王安忆吧！”他大声说，一下子就猜出是我，那也许是因为——我想——现在，这个地方，不会有人知道他小时候的名字了。六六年，他把这名字改了，因为他发现他居然和“海瑞罢官”的海瑞同名。当他改了名字之后，我们就再没接触过，所以，我只知道他叫周海瑞。

“我在旧金山。”我说。

“真的？在什么地方？”

“我也说不出来，我把字母念给你，你自己拼吧。C，H，A，R，L……”

“哦，和我是一条街，你那里是同性恋区。再过半小时，我就到你那里，我借一辆车，带你去兜兜。”

过了半小时，他来了，还带着他弟弟，一个复旦大学外语系毕业生。他好像变了，又好像没变，因为，我实际已经有点记不清他的模样和声音了。

我们走出旅馆，门口站了几个年轻人，挤在一起，好像在商量什么。其中一个把上衣脱掉，露出裸着的背。我看看他们，问周海瑞：“他们在干什么？鬼鬼祟祟的？”他回头看看：“没干什么。外国人的怪样子多呢，你很快就会看惯的。”街上很静，人不多，汽车静静地然而飞快地流过去，那气氛总有些神秘。“这里是同性恋区？”我问。“是的，那几家酒吧和咖啡馆里全坐着同性恋。”“挺可怕的。”“你不必害怕。同性恋区的治安最好了，他们决不伤害别人。他们都是上等人：律师、医生、艺术家。他们不会来碰你的。”“那么别人也不碰他们了？”“旧金山的副市长就是同性恋，他得了好多同性恋的票数呢。同性恋在这里能受到保护，所以外面有些同性恋也迁到这里来。”“在别的城市，同性恋要受到干涉吗？”“那也不，这是他们自己的事，谁管得着。不过，最近发现了一种同性恋的性病。很讨厌！我们这是去金门桥。”“好的。”

金门桥，是太平洋和旧金山海湾的分界线，是世界上最大的一孔桥。我们停了车，走上了桥。已是十二点了，雾气很重，风很有些寒意了。“这里很凉快。”我打了个寒战。

“你冷了。”他们都笑了。“这里的气候很好，冬暖夏凉。”

走着，走着，走不过去了。桥的人行道被一扇铁门拦住了，可是人行道旁边的车道却畅通着，汽车静静地、飞快地流过去。“我们下了车道绕过铁门再上人行道吧。”我建议。

“不行不行，这怎么行！”他们异口同声说，带我折回了头。“这是规定。”

“可是并没有人看着呀！”我强调理由，然而回头看看，铁门那边的人行道上，果然没有一个人影。

他们带我去渔人码头，唐人街，百老汇……店铺里亮着灯，却关着门，街上很少有人。一家店门口，有一个穿着笔挺西装的男人来回踱着，慷慨激昂地说着什么。“是神经病。”他们告诉我。“哦。”“美国神经病很多。”我回头看看，他挥着手，还在演讲。“美国最有钱的是医生，医生中最有钱的是精神分析医生。”“这恐怕是一门很先进的学科。”“我看并没什么了不起，只不过是有耐心听病人啰唆，发牢骚。比如，一个人心里有什么不愉快了，便找精神分析医生诉说一番，说出之后自然畅快一些。”“那他何必花钱找医生呢？”“找谁呢？谁有时间去听他的废话，大家都很忙。”

马路对面，有个男人大声地吆喝着。“他好像是在叫我们。”我说。他们停下脚步听了一会儿，都笑了。“干什么？”我追问。“那是表演脱衣舞的地方，他正在拉人进去看呢。”我很好奇，“我们能进去看吗?”“你吃得消?”他们俩都有些吃惊地看着我，我有些害怕了:“那么算了。”

“该回去了，一点了。”

我们找了车，上车了。

“我们明天一早就走了。”我告诉他。

“还来吗?”

“回国总是从这里走。”

“能多呆几天吗?”

“我想能的。”我说，“我们的同学，有到过这里的吗?”

“没有，从来没有。”

“……你还记得她吗?”我提起一个同学。

“当然记得。”他兴奋起来。一连串地想起了很多同学，有的在上大学，有的大学毕业了，有的去了香港，有的在黑龙江和农民结婚了，还有两个，早早地死了：一个是肝癌，一个是脑膜炎……

“我们已经十几年没联系了。”

“十几年了。”

这时候，我清清楚楚地记起了他的样子和声音。他是我们班上威信极高的中队长，他总是那么严肃，甚至说相声的时候也十分严肃，然而大家仍然报以热烈的笑声和掌声，因为他有着极高的威信。

飞机下降时，耳膜受到压力，听人说话、自己说话，像隔了一层云雾，朦朦胧胧。旅馆的地、墙、天花板，全是塑料似的材料制作的，一间屋子像个玩具盒子，渔人码头的售货亭前坐了一个女人，那发色、肤色，完全像个假人，而她却是真的，走到她跟前，她忽然动了起来。这一切，都给人一种恍若梦中、不真实、不确切的感觉。

8月31日　晴

一早起来，把房租结算了。一个房间两张床，租金是三十三美元，加上两元小账，共三十五元。昨天从机场到旅社的汽车费是二十元，又是两元小费。两笔开支是五十七元，还不算其他费用。美国的一般生活水准，由此可见一二。

从旧金山到丹佛，在丹佛换机到爱荷华，从机场到爱荷华市还有半个多小时的汽车路程。华苓和陈映真一起来接我们。这两位都是久闻其名而未见其人的作家：一个是能把姑娘的感情写得出神入化、若隐若现的作家，本人却是快人快语，娇小的个子，豪爽的风度，眉宇间还深藏着一种不易为人察觉的坚毅之气；另一个是外秀内更秀，从容、坦诚、真挚，怀着一种不能不令人折服的信任感。

到达我们住的“五月花”公寓，已是下午五时许，接待人员一见面，就给了我一大堆的数目字：房间号码；信箱号码，需要向左转几次，向右转几次，再转到什么号码；电话号码，打本地前面须加拨几，打外地前面须加拨几；星期几是收垃圾的日子，星期几的晚上有电影；使用洗衣机需塞多少分币……搅得我头昏眼花，干脆什么也不去记它，今后用什么记什么吧！

这是一幢大学的宿舍楼，各国来的作家都集中住八楼，一人一间卧房。房里一床一灯一柜，一个大衣橱将房分隔为二，衣橱后面是一靠壁的长桌，上方有长排日光灯。这是学生用功的地方了，现是我们的工作室。两间卧房当中有一卫生间，一厨房。卫生间内有两个洗脸盆，一个用拉帘隔开的浴盆，一个隔开的抽水马桶，两人合用可以同时进行梳洗，互不妨碍。厨房，亦是用餐的地方，有长桌长椅，有煤气灶、水斗、冰箱。水斗的下水孔很大，旁有电钮，一开，孔内有刀旋转，可将剩菜、骨头等弄碎冲走。灶上方有一吸气罩，烧菜时可将油烟热气吸出，因此灶边的墙，可保持干净。使用煤气也不必划火柴，每一眼灶壳里都留有一星火苗，只需把煤气一开火便着了，关掉时火种仍然不灭。这些小而实用的地方，颇有些现代化的意思。

华苓家离此很近，出大门左转弯，爬上一个山坡，就看见隐在绿树里面一幢红色的房子，门上有中文“安寓”二字。进门上楼，便见迎面的墙上，挂满了大大小小、各国各式的脸谱。一个大客厅当中，在炉前、窗下、楼梯栏杆旁，组成了三个中心。一个酒吧柜后面是餐厅，餐厅后是厨房，前是落地窗，开出去便是回绕客厅的一弯木结构大阳台。屋檐角上是一挂铁马风铃。风声叮当，爱荷华河在远处闪烁，我们举起了杯，为五千年的故国，为未见过面的故人。谢谢啊！华苓，是你织造的这一夜，可以载入史册的一页。唉！兄弟姐妹，相见忒难，忒难，须远渡重洋！太湖旁，白塔下，何处不可话故乡？唉，我的同胞，同行。安格尔因风湿转到耳朵，痛得十分厉害。因为我们去了，他勉强起来和大家见面。此时此地说来，这位男主人算是少数民族，也算是中国的女婿。他紧紧依傍着华苓坐着，不断地说：“我要是没有你，我怎么办呢！”美国人不善于掩饰自己的感情，诗人更善于将它溢于言表，于是这夜晚显得更加富于幸福的团聚色彩。

8月31日　晴

丹佛——爱荷华。

到丹佛时，对了一次表，朝前拨了一小时，到塞德莱比茨（Ceder Rapids）时，又朝前拨了一点，到爱荷华了，又拨快一点。一时上，糊里糊涂，再不明白什么是标准时间了。这时间大约是根据太阳与地球的角度制定的，更加精确。可我还是疑惑：标准时间呢？

晚饭，是在聂华苓女士家里吃的，因为我们的冰箱里空无一物，明天上午才能去采购。她家在我们住的“五月花”公寓后面的一座小山的山腰上，古朴而雅致，木板的阳台正对着郁葱的树林和爱荷华河。房间的墙上挂着各种民族的形形色色的脸谱，安格尔先生喜欢脸谱，还挂着安格尔先生年轻时的照片，他出第一本诗集时，报刊上的评论文章。那时他又年轻又英俊，如今虽然老了，却仍充满了活力。只是近来身体不好，病了很久。医生说是风湿从肩膀转到了耳朵，头疼得要命，下午刚刚打了五针，一直在昏睡。到九点钟才醒来，硬是起床同大家闲聊。他对我说，他很高兴能有一个年轻的中国女作家参加今年的“写作计划”，又说，他很惊讶我穿的这件连衣裙，难道这么漂亮的连衣裙现在在国内也能穿了吗？我告诉他，这件远不是最漂亮的呢！他说他七八年第一次去中国，中国男男女女都穿着蓝灰衣服，分不出男和女。我说，如今你要去中国，恐怕也分不出男和女。男孩子留长发，女孩子则剪得很短。

来聂华苓家吃晚饭的，还有台湾的两位作家：陈映真先生和七等生先生，香港的潘耀明先生，还有一些为“写作计划”工作的留学生：一位Esther小姐，是从台北来的，在这里读英语。她的英语很好，专为我们中国作家作翻译。一位张怡，从北京来的，学西班牙语。还有一位从上海来的叶先生，他今天特别高兴，说是三喜临门，一是生了一个女儿，二是得了硕士学位，三是结婚十周年。

聂华苓的小女儿蓝蓝也带着她的女儿安霞来了。蓝蓝是搞现代舞的，经常去中国，今年八月，我们还见了一面呢，那时，她对我说：“来吧，爱荷华的秋天最美了。”现在还不是最美的时候，可是那爱荷华河上的落日，落日下的树丛，也是美得可以了。而蓝蓝却叹气：“爱荷华是太宁静了，舞蹈要动力。”她想离开，却离不开。她是她父母身边唯一的孩子，安霞则是唯一的外孙女儿。

将近十一点时，我们几个人一起慢慢地走回“五月花”公寓，这是一幢学生公寓，我们包下了第八层，我和妈妈住一单元，每单元有两套卧室和工作室，一套洗澡间和厨房。吴祖光伯伯和香港的潘耀明先生合住一个单元。潘先生在参加“写作计划”的同时还在爱荷华大学的英语专科班进修，他要在美国学习两年。他比我们早半个月住进“五月花”，对这里比较熟了。一进“五月花”，他便带我们去看信箱，教我们开信箱。每个单元有一个信箱，每个信箱有一个密码，朝右转多少又朝左转多少，要求转得十分精确，差那么一点点都不行，都会前功尽弃，要从头再来。潘先生开了几次也没成功，却大有一股不成功不罢休的决心，可时间实在太晚了，还有一大堆的东西要收拾整理。大家只好劝说他下次再试，他才丢下手，表情却有些沮丧。

回到屋子，刚往壁橱里挂了几件衣服，忽然听到了尖利的警报声，那声音十分刺激人的神经。打开门，见走廊上方的警报器正发射着红光。潘先生从门里走出，跑到楼梯口张望了一下，然后过来对我们说：“下楼，走下去，不要坐电梯。”说罢又转身回去招呼吴祖光伯伯“逃窜”。我们赶紧从楼梯下了楼。一层层走下去，不断有学生从屋里出来，赤着脚，光着膀，穿着睡衣，一个个兴高采烈的。走到楼下，外面已聚了满满的一堆人，两辆消防车停在门口，蓝灯红灯旋转着，放出奇光异彩，加上学生的热烈情绪，很有点过节的气氛。原来是六楼有两个男生吸烟，点着了被单，烧了起来。火，很快就灭了，可欢腾的人群却久久不愿散去。

一点多才睡下。时差在折磨人，疲倦得出奇，精神却亢奋得出奇。

这屋子好像全是由塑料制成的，十分闷热、窒息。我觉得这种房子不好，我还是喜欢砖木结构的房子。可是，就这么一个地球，能提供多少木头和泥土呢？人类在地球上，还没找到最好的生存形式。

爱荷华很热，比旧金山起码热十度，我觉得。

9月1日　晴

上午十时由曼瑞和来自马来西亚的学生钟敬堂（他们都是受雇于“写作计划”的工作人员）带我们十几位同时到达的作家把得到的支票（我和安忆用一份）去存在银行。美国人习惯用支票，身边不带十元以上的现金。然后大家带支票本去超级市场，购买一星期的食品、饮料。规定是一星期开车来购买一次。

爱荷华是个以大学为主的小城，全市人口听说是六万。可是超级市场并不少，而且有好几家。东西应有尽有，蛋和鸡最便宜，一打最大的鸡蛋，是八角六分，稍小一点的是七角多。一只洗得干干净净、白白嫩嫩的鸡，只一块多美金，而一块豆腐却要六角。最吸引人的是水果，无论是葡萄、西瓜、橘子、香蕉，都很完美硕大，倒像是静物画里的东西。超级市场里没有我们的主食，所以又去了一个南朝鲜人开的小店。作家许世旭是南朝鲜东方语言学院的院长，曾在台湾学习过六年，能用中文写作，说得一口中国语。他为人随和风趣，和我们同去小店买东西时，十分得意，好像他就是这个店的主人。这个店的面积不大，但品种相当齐全，从大米、糯米、赤豆、粉丝起一直到黄鱼、明虾全有。这是一个家庭开的店，商品一律自取，出门算账，然后由他们帮你把东西送上汽车，俨然是一家小小的超级市场模样。

采购回来，已是下午一点三刻了。可能是怕我们自己做饭不方便了，钟敬堂带我们上麦当劳，尝尝美国人常吃的汉堡包。汉堡包是一只带盖的塑料方盒，内盛一只热的夹肉面包，外送各种甜甜酸酸的作料。味道不怎么样，但可以吃得相当饱，价钱是一元五角一只。

一大筐旧炊具，旧碗筷，都是上一届“写作计划”的作家留下来的，我们找到了几个小锅，几只茶杯。锅，大部分是没有盖子的，杯碗大部分是塑料的。总算找到了一只有盖的牛奶锅，一只完好的小咖啡壶。晚上煮了一锅粥，吃京冬菜和乳腐，香甜可口极了。安忆的胃口稍稍恢复了一些。

9月1日　晴

窗前是爱荷华河，还有一片树林，汽车在公路上快速地驰着。

九点钟去玛利家吃早饭。玛利和她的先生彼得是印度人，黑黝黝的，又结实又漂亮。玛利专负责照管我们生活的，而彼得是大学的副教授，是国际“写作计划”的顾问。在他们家吃早饭的除了我们，还有一位阿根廷的女作家，一位保加利亚的漂亮的诗人，一位加纳的黑人作家……总之，昨天才到还没有来得及采买食品的人全在他们那里吃早饭。人太多，只能一批一批地吃，玛利负责做饭，彼得与客人聊天。玛利一锅又一锅地煎鸡蛋，彼得则一遍又一遍地叙述一扇门的故事——这扇门装错了，一打开门，人正好走进了壁橱。

吃过早饭，Alex——一个马来西亚的华裔留学生，也是“写作计划”的工作人员——开车带大伙儿去市中心办事，先到银行存款。

走进银行，上楼，来到一个会议室。墙上挂了一排照片，全是此银行的大股东。屋子中央放了一个大大的长圆桌子，桌子上已分别放好几份文件。一位先生请我们坐下，向大家表示谢意，然后便一个一个地帮着办手续。他们不断地对我们说：“谢谢。”事毕，还要请我们喝咖啡，而我们只不过每人在此处存了一千五百美金罢了。

领了一些现款，绝大多数存了支票，另外，又办了一张卡。这卡可以在任何时间里从任何一架取钱机里取现款，这取钱机到处都有。只是，必须在心里默记住自己的号码。只有两天，我就必须在心里默记住两个号码了，一个是信箱暗码，一个是取钱的号码。

然后，去买东西。先到一家“东西商店”，是一对南朝鲜夫妇开的。里面都是东方食品：日本的，朝鲜的，也有台湾的和我们大陆的，比如四川榨菜、天津冬菜、豆腐乳。又到另一家名叫“伊戈尔”的超级市场，买了很多水果、蔬菜、肉、饮料等等，装了满满一手推车。店大、人少、货多，令人兴奋不已。人和商品如此接近，可以任意翻看、挑选，而决不受人干涉、呵斥，实在叫人高兴。

中午，Alex和Esther带我们去吃汉堡包。原来汉堡包就是两片热面包夹一块炸牛肉或者炸鸡，装在一个小小的精巧的盒子里。这盒子十分好玩，汉堡包的味道却实在不怎么样。忍不住想起了我们的肉包子，由肉包子又想到了油条。

吃罢午饭，又开车去一家卖日用品的商场买拖鞋。这商场叫“K Mart”，好像美国很多地方都有K Mart，这里的东西比较便宜一些。一进去，就出不来，逛了两小时，虽然只买了一条牛仔裤。牛仔裤挺合适，只可惜不是名牌。名牌是“Lee”。这是一位最早创牛仔装的老板的姓。买的是减价货，减价的原因只是因为腰间没有打褶。上海现在正在兴没褶的，这里却又要有褶的了。看来，历史真是螺旋形地上升。而眼下最时兴的牛仔裤是一种用机器拉得发白发毛、旧得厉害的裤子，还很贵，因为它花的劳动时间多。商品五光十色，衣服挂在那里，任你挑，任你试，方便得很。我们习惯了远远地望着商品，挤来挤去地买东西。在这里真是舍不得离去了。可是，这里没有拖鞋，得上别的地方买。来到一个小店，买到了拖鞋。那小店里的东西也很多，光是发夹就有几十种，看得人眼花。隔壁有一家店，门口挂着牌，五天之内每件商品减价五元。要不是妈妈拉住我，我又要进去了。那么多你并不需要的东西在诱惑着你，消费简直成了人的本能，尤其是女人的本能，Alex说："女人会花钱啊！"

9月2日　晴

上午和安忆去爱荷华河对面的公园散步。地方很大，又没围墙，因此也分不清哪是公园里，哪是公园外。这里保存着原木垒墙，木片为瓦的原始小木屋，有网球场，游泳池，多处风格各异的儿童游戏场，到处有木桌木凳，可供人休息、野餐，有可烘烤东西的铁灶架，有大树，草地，就是看不见人。

晚上华苓在家举行酒会，宴请所有与会作家，共有三十多位。

9月2日　晴

早上起来，人昏昏沉沉的。抬头看看是人造纤维的天花板，低头看看，是化纤的地毯，趴在窗口，窗台的化纤气息传来，心里一阵恶心。吃过早饭，和妈妈出去走走。沿着河，过了桥，到公园去。公园很大，很安静，没有围墙围着，也没有门，不晓得哪里是边缘。草地很厚，露珠把脚打湿了。树木很高大，小松鼠在树上跳来跳去。公园里有网球场，有游泳池，有很多木桌木椅木棚子，木桌边上总竖着一个铁架子，像是一个烤炉。还有好几处儿童乐园。乐园的风格不一样，有一处全是用似乎没有修整的圆木和汽车轮胎组成的，有一种返朴归真的趣味。公园里几乎没有人，很幽静。走了一会儿，却不知道回去的路了。胡乱走了一气，终于碰见了一个人，便上前问路。居然使他听懂了我的话，并且我也猜懂了他的意思。看来他很愿意为我指路，说了很多，说了很长时间。我只听懂：朝左、朝右。居然走了回来，十分得意，似乎这么点英语可以打天下了。

上了楼，一长条走廊静悄悄的，门关着，好像没有一个人。脚踩着地毯，连自己的脚步声也听不见，显得空寂。实际上，我知道每个门里都有人。人，被墙分隔着。

下午，跟潘耀明搭学校的公共汽车去市中心，先到邮局买邮票。买邮票的人并不多，却排着队，秩序井然。走出邮局，一辆汽车开过，是一种小小的旅行车，司机座后头有个小小的车厢。车厢门开着，只见里面横七竖八地躺着几个男女学生，两条白白长长的大腿挂在车厢外。潘耀明告诉我："今天是星期五，周末，学生们都开车去郊游了。"一边说一边过马路，拐角上忽然转过一辆车，我吓得三步并两步冲了过去，他在后面追我："不要紧，不要紧。"

"怎么不要紧，车已经开到跟前了。"我说。

"它不敢撞你的，在这里是车让人，不是人让车。它撞了你赔不起的。"

"可我还是被撞了，也许死了。"我说。

"它不会撞你的，它会让你的。"他反复说。

拐角处又来了一辆车，我赶紧止步，却见车里的人微笑着朝我挥手，意思是请我先过。

他带我走进一个大商场，名叫Old Capital，这是一个极大的分上下层的市场，有服装店、鞋店、饼干店、花店，饼干香味和花香融合在一起，发出一种又温暖又热闹的气息。楼上有麦当劳、咖啡馆、酒吧、电影院、游艺室。潘耀明有心想请我玩一玩电子游戏，可他似乎从来没玩过，不知从何下手去玩，周游了一整个游艺室，也没能把二十五分的硬币丢下去。为了不使他为难，我就说："算了，我并不喜欢玩。"于是他便收起了硬币，带我去喝东西。咖啡座正临着街，竖百叶窗把街景划成一条一条的，街上很热闹，学生们跑来跑去，汽车开来开去，今天是周末。

晚上，所有的作家都在聂家聚会，来了很多很多人，认都认不过来。遇到爱德文，有人要给我作介绍，他阻止了，说："我们已经是很熟的好朋友了。"其实我们只见过两次面。刚到爱荷华时，他在汽车上迎接我们，他大声地叫着我的姓"王！"然后便要亲我，我吓了一跳，本能地躲掉了。我不习惯这种礼节，可我看出他是个热情的好人。他是"写作计划"的总管。

有一个艺术系二年级的大学生，叫海尔，他是"写作计划"办公室里为我们开车的。他拉着Esther挤到我身边，说要和我说几句话。他问我："喜欢美国吗？"我说："我刚来，不知道。可是我已经喜欢爱荷华了。这里很美，人很友好，路上遇到陌生人，他们也对我说'Hi'！"他说："因为你看上去很友善，我问别人：'你喝什么？'别人都不理我，只有你对我笑笑。"我笑了，说："你多大了？"他说："十九岁——"Esther只翻了半句话，然后拉住我说："他问你的年龄，别告诉他。""不能告诉他？"我问。我想告诉他，因为我比他整整大十岁。""不能告诉他。"Esther说完又回过头去和他说什么，好像他们在吵什么，听不懂，该不是为我的年龄吧。

他们对我的年龄和身份都困惑不已，常常问我："你是作家？"或者："你是学生？"一位女士，曾是王蒙的英语教员，她告诉我她是怎样和王蒙上课的："教两小时英语，喝两小时的酒。"她对我说："你应该和年轻人在一起。"说着把我领到她女儿跟前，想把我准确地归类。可她女儿只有十九岁，又高大又健美，是音乐系二年级学生，她的男朋友站在她身边，那是个细细长长、老是笑着的男孩。问他："为什么老笑？"他说："这儿都是作家，我不会写，只会笑，就只好笑了。""想当作家吗？"他环视了一下周围，说："看起来，作家已经足够了。"

确实，作家是够多了，挤了满满一客厅和一阳台。日落时，阳台前飘来一只大汽球，汽球正在上升，吊篮里的旅行家向我们挥手呼唤，我们也对他挥手叫喊，祝他快乐，多多地遇上危险而又绝处逢生。

9月3日　晴

晚上，七十年代初期从台湾、香港来美的留学生吕嘉行、谭嘉两位请吃晚饭。吕嘉行现在大学做职员，谭嘉为了孩子、家庭，放弃了攻读博士学位。这真是一个中国型的女性，温文尔雅，低声慢语，贤良温柔。他们现在已摆脱了打工的局面，买了一幢房子。买时价值五六万，据说现在可值十五六万。他家有一个很大的客厅，两个卧房，还有一个游泳池。最近又修了一个很大的储藏室。谭嘉说，他们扩建的目的，是想把它卖掉。

"把它卖掉，想回去看看。"

吕嘉行老家是山东，在大学搞的是电脑，但业余爱好文学，曾发表过诗。其中有一首《冰岛》，我记得第一段是这样的："当人们问起，冰岛那个地方怎么样？我总是说，那地方像月亮，像月亮一般的荒凉，到处都是冰冷的土丘，围绕着她的，是终年暖不起来的海洋。"最后一节是："……我不能离开这儿，冰岛就是我的家乡。"

晚饭，是我们来爱荷华吃得最舒服的一餐。中国菜、饭，很清淡。特别是他们自己钓来的鱼，清蒸，鲜美异常。

9月3日　晴

早上，我们去散步，顺着爱荷华河，一直走到萧乾伯伯住的爱荷华House，这是这城里唯一的旅馆，也是学校的旅馆。这城是大学城，一切设施都与大学有关。路上有很多人在跑步，一个小伙子跑到我们身后，大声地喊："Hi！"吓了我们一大跳。在旅馆的走廊上，遇到一个上海来的留学生在打工，收拾客房，每小时工资是四元二角美金。旅馆楼前的草坪上，有一对新人在结婚，许多亲戚朋友在祝贺他们，并没有什么仪式，也没带什么食物，只有一大盆鲜花。草坪边坐着一个十二三岁的男孩，头发梳得很整齐，穿着一身挺挺的西装，打着领带，皮鞋锃亮，脸上的表情却很严肃，好像在生气。我看着他，他也抬起眼睛深沉地看着我，然后严肃地说："Hi。"我绕过去看新娘，看了之后却失望，新娘不漂亮。可是，并不是说只有漂亮的人才能结婚的呀！

离开新人朝前走，走过艺术馆，周围有很多雕塑，奇奇怪怪的。一个铁铸的轮胎下一丛铁铸的蘑菇；几根废钢管拖曳在地；几块水泥板……是不是因为世界太过于整洁了，于是人们怀念并喜欢起零乱？

晚上，吕嘉行、谭嘉夫妇请全体中国作家吃饭。吕嘉行是爱荷华大学的普通职员，谭嘉本是学文学的，可读完了硕士之后，为了孩子便不再读博士了。他们家很漂亮，很舒适，有一个游泳池。聂华苓一进门就叫："你们改建过了吗？太好了。是要定居了吧！""恰恰相反，是为了要卖出去。"谭嘉说。

陈映真和潘耀明都跑去游泳了，我跟出去看，看了心里便痒痒起来。谭嘉说她有一件新的游泳衣，专为客人准备的。我说，我不穿美国的三点式游泳衣。池里的人说："大陆的女孩子真封建。""什么封建不封建，我不穿嘛！"谭嘉说："不是美国式的游泳衣，我也从来不穿那种，这对我不合适。"她拉我进房间，果然拿出一件连身的。于是赶紧换上，拿了毛巾跑出去了。

池水很蓝，池边上围着一圈篱笆，篱笆外是青青的菜园、树、房子。房子后面，停着半轮落日，渐渐地，只留下一片金红的晚霞。

七等生和南朝鲜的许先生也来了，许先生说一口漂亮的有点山东口音的中国话，他写作也是用汉语写的。我们都把他当中国人。七等生很自负："我什么姿势都会游也会跳水。"于是他跳下水，游出许多似是而非的姿势。潘耀明极谦虚地向他请教如何跳水，在他的指导下跳了下去，他不屑地看了一眼，说："你不是跳下去的，是栽下去的。"潘耀明便爬上来重新跳。

我对谭嘉说："你们真是太好了。"谭嘉温和地笑笑："可我们并没有家的感觉，虽然我们已经来了十几年。我们还是要回去的，至少要回去看看，我们是中国人。这房子买下的时候是四万，后来修了游泳池。人家都说我们这房子卖不出去。因为买得起游泳池的看不上这房子，看得上这房子的却又买不起这游泳池。所以最近我们下决心重建了。我们以后要回去，等孩子大了。"他们两个孩子很可爱，而且全说着标准流利的国语。这很不容易，大家都夸他们。谭嘉说："这全是因为爸爸太凶了。"吕嘉行说："在家里，他们对我们说英语，我们不回答。否则，不要一个月，他们就会把中文全忘了。"

9月4日　晴

昨天是星期六，今天是星期天，明天九月五日，是美国的劳工节。一连三天休息，学生们都带着睡袋，开了车出去玩了。平时，深夜窗对面河边，不时传来青年们大笑大嚷的声音，今晚更甚。

中午钟敬堂开车带我们三个去吃意大利饼，一位李小姐也陪着同去，五个人吃了五客自取的生菜，两个中等大的煎饼，啤酒，可乐，外加小费共五十美元。五十美元，近人民币一百元，在我国可以吃一桌酒席了。据说这请吃饭的钱，是“写作计划”报销的。意大利煎饼里面有大量的“芝士”，安忆吃不惯，只尝了一小块。多下来很多，都装了盒子，由钟敬堂带回去。在美国，带回餐桌上剩下的食物，好像还是一种美德。

昨天把一只鸡煮了一锅汤，却一直没机会吃它，就约了陈、钟、李、吴祖光、潘耀明一起来吃晚饭，另外加了番茄炒蛋。潘也拿了两盘干干净净的菜来，陈端来一锅没烧烂的红烧肉煮鸡蛋。大家吃了米饭，喝了菠菜鸡汤——真奇怪，这鸡一下锅就烂，就是不鲜也不香。不过大家还是感到很满足，老老少少围坐一桌，像中国的中秋，或春节的团圆饭。

晚饭后，大家去华苓家看录影带，今晚演的是一部美国三十年代电影，得过好几项金像奖。题名说不上来，内容是叙说一个美国的新闻记者，受了苏联十月革命的影响，后来代表美国的工人社会党，去苏要求第三国际的承认，而第三国际却把他关起来，后来放他出来送到远东去作宣传，最后死在苏联。好像是个真实的人物，故事通过各人回忆、通过与其妻的离合组成。有些细节显得不真实，是甩开了大环境而突出强调起来的，失去了分寸。艺术一旦失去分寸，就成了宣传，就会引起人的反感。这是一条真理，一条规律，不论在东方在西方都一样。

华苓家的二十四寸落地遥控电视机，是放在楼下大厅，也可能是她的写作间。淡黄长毛地毯，三面是中国名家字画，一面是玻璃墙。里左角是一张大书桌，桌上，地下，都是书。在这里，人们赤着脚，可以躺在沙发上，也可以卧在地上，喝着啤酒、可乐。可以看书，可以看电影录像，也可以什么也不看。这里不算是豪华的，但是够舒服的，可以说是舒服得接近奢侈了。可惜人的肢体不能膨胀开来，无论是躺是卧，只能占一个地方。吃呢！人的胃更是有限。人，为了这样的生活，可以不惜一切的去追求，去拼搏，去竞争。在这过程中，把一切都奉献，一切都失落了，久而久之，便产生"我在哪里？""我为什么活着？""活着又为什么？"……

一种思潮的产生，恐怕不是凭空由文人骚客想出来的。美国青年人的失落感，也绝不是因为吃饱饭没事干而撑出来的。由于物质文明的高度发展，人和电子计算机、电脑展开了竞争。中国的生产方式还处于古朴阶段，特别是农业。近几年来，考大学恐怕是竞争最力的一个地方，但离失落感也还遥远。

9月4日　晴

今天人很乏，起来吃了早饭，又一头栽倒睡着了，直到十一点多，Alex来带我们去吃意大利脆饼（Pizza）。

这是一个极精致的餐馆，一座红房子，铺着红格子的桌布，侍者穿着红色的衣服，戴着红色的船形帽。吃过Pizza，还有权利以极便宜的价格买一只红色的装运动器具的提包。Pizza还算过得去，然而这好吃的程度远远比不上它的名声和它所需要的代价。我觉得美国吃东西，声势很大，亮晶晶的杯啦，亮晶晶的刀叉啦，鲜花啦，烛台啦，可内容却有点贫乏。不过，我喜欢这里的气氛，很安静，很清洁，侍者很有礼貌。

Alex告诉大家，今天晚上八点钟，他来车接大家去和写作班的学生们见面。这写作班是爱荷华大学的一个研究院，是保罗·安格尔早在“写作计划”之前创办的。记得，一九八〇年在北京文学讲习所，我就听保罗·安格尔和聂华苓介绍过它，美国有很多如今已盛名于世的作家、诗人来自于它。大家关心地问：“是去吃晚饭呢，还是吃过晚饭去？”Alex说：“没有晚饭，不过总有东西吃的，大家稍微吃点晚饭去吧。”于是，大家的表情都有些失望。我对身边的七等生说：“晚上你要不开伙，来我们这里随便吃点面条好了。”不料他认真了起来：“有饭吗？”“烧饭也很方便。”“那么就吃饭吧，我只吃一碗饭就够了。”“好的。”“我六点钟来。”一下子，连时间地点都确定了。然后，妈妈又邀请了在座的各位。

晚上六点，大家都来了，潘耀明和吴祖光伯伯带来了一个火腿丝，一个鱼松，陈映真带来一锅没有煮烂也不红的红烧肉：七等生空着手，有点不好意思，可他立即发现了一个弥补的机会——我们没有筷子，而他有，立刻回身去拿了一大把筷子，大家这才坐定。吴祖光伯伯说：“像这么傻吃，非胖不可。”

美国人最怕的便是胖了，辛辛苦苦地长跑，辛辛苦苦地节食。商店里专有去糖分的白糖、饮料，去脂肪的牛肉、牛奶。减肥，成了一个社会运动了。

夜里两点钟，公寓门口，正好在我的窗下，停了一辆小汽车，几个男女学生和一条狗，在那里发疯，大声地叫喊，拼命地狂笑，实在叫人生气。我一定要学会一句骂人的英语：“滚开！”看来，这和“Hi”一样的有用。

9月5日　阴转晴

C这人很潇洒，很随便，也很谦逊，给人一种信任感。前几天买了一条旧卡其裤，嫌热了，就把两只裤腿一剪，变成了短裤，毛乎乎的裤脚也不缝一缝。前两天就穿着这样一条短裤，下面趿了一双拖鞋，去出席华苓的酒会了。当时觉得很好玩，今天看见一个美国女学生，也穿了一条毛边短裤，原来这是一种流行的时髦款式。在服装店里，还有成排的被机器拉制得发白的牛仔裤，价格比新的还贵。据说，这也是对中产阶级的一种无声抗议。真的，如果这种款式一流行，而且流进中产阶级的社交场所，那么，那些衣冠楚楚的人，一定会显得很“戆”。反过来说，在发展中国家，老百姓上街不是买新衣服，而是买一条被机器拉得发白的毛边裤子，也是不可思议的。试想一下，《黑娃照相》里的黑娃，不是想买一件簇新的红色球衫，而是想买一条这种最时髦的旧劳动布裤子。这不是有点滑稽了吗？

今天一天都很清闲。晚上，潘耀明炒米粉干给大家吃。在中国作家里，他的烹调技术最好，因此也就最辛苦。吃完以后，一群炎黄子孙在他房里席地而坐，拍了一张照。

半拉子中国人许世旭在新加坡华文作家会上，认识萧军，并录有萧军女儿唱的歌，他放录音给大家听，于是从歌唱谈到民族化问题。陈直截了当表示他主张民族化，并叙述了他这种感情的来历。台湾在日本统治下多少年，现在又成为美国老板的劳工市场；到处是西方音乐和歌曲，偶然听到一个富有东方味的，可是再一听，又是日本的。他苦笑了一下，结束了他的话。

台湾人对日本的憎恨，已到了相当激烈的程度。从文学作品看，也反映了这一点。而大陆和日本人民，却已是莺语樱花时期。

9月5日　阴转晴

夜里好像下了几滴雨，天有些阴，凉快了不少。据说今年的爱荷华是空前绝后的炎热，整个美国也都发疯似的热，华盛顿至今还热得死人。今年中国也热，上海、北京都是前所未有的热。

看来，这是全球性的气候混乱。

大家都在议论一件大事，一架南朝鲜民航飞机，被苏联打下了。飞机上有二百多名旅客：二十五名美国人，其中有一名议员；三十几名台湾人；其他均是南朝鲜人。大家谈了很久，神色都有些黯淡。

下午，许先生通知大家，那爿东西店今天特地为我们开门。今天本是不营业的，因为过节——美国的劳动节——奇怪，“五一”国际劳动节本是出自芝加哥工人罢工，而如今美国自己却不过“五一”，而过“九五”。今天放假，邮局不收信，清洁工不收垃圾，餐厅不开。东西店特为我们开，全是看在许先生的面子上，他们是同胞。过了一会儿，老板、老板娘就开着车来接我们了。在店堂里，遇见一对台湾小夫妻，男的在读统计，女的因为怀孕休课了。那女孩子长得很秀丽。看到陈映真，他们都大吃一惊，他们以为陈映真还关在绿岛呢。当他们得知我是从大陆来，都一怔：“从大陆来？”“是啊！”我说。“从大陆来？”他们又问了一遍。“是啊！”他们露出一种又高兴又困惑的表情。我向他们伸出手，他们立即握住了。大家说：“这是历史性的握手。”那男学生说：“可惜没带照相机。”

时差造成的感觉还未消失。我发现这种感觉决不是明确的颠倒，而是，乱七八糟。突然之间，一阵疲倦袭来，极想睡觉；忽然之间，情绪莫名的亢奋，怎么也睡不着了。叫人摸不着头脑。不晓得什么时候才能正常起来。

越想越奇怪，今天是美国劳动节，凭什么？问谁谁也不知道。

夜里，风大极了，闪电从窗掠过，一阵阵耀眼的蓝光，叫人觉得，即将要发生什么事情了，比如：地震。

9月6日　晴

一大早，火警又响了起来，大家站在门口犹豫，是否要跑下楼去。可总觉得不太可能在一星期里发生两次火灾，并且似乎气氛也总有点不够。正犹豫，警报却停息了。后来听人说，是由于台风。台风也会引起警报？这声音实在是太令人胆战心惊了。

吃过午饭，我独自背着照相机去公园玩。这里真安静，小松鼠在绿茸茸的草地上跳来跳去，一点不怕人。草坪那边，两个男学生赤膊躺着晒太阳，其中一个穿着大红的短裤，在阳光下闪着极鲜艳的光。我站住脚，决定用风衣垫着照相机自拍。正垫着，那“红短裤”笑盈盈向我走来。原来我垫照相机的架子是一个水龙头，他要喝水。这里，冷水是可以直接喝的，可是热水管里的热水却绝对不能喝，用热水洗了碗还要用冷水冲一冲。等他喝了水，干脆请他替我按一张了。他很乐意，和我说起话来。可我听不懂，很不好意思，说了声“对不起”就仓皇离去了。跑到路边，路上开过一辆车，开车的人朝我笑笑，说：“Hi”我朝他挥挥手，不料他将车停了下来，我猛然醒悟，我是作了一个近似搭车的动作。不好意思，只好装成一无察觉的样子，头也不回地径直走了，心中则是十分抱歉。

下午三点半，在聂家阳台上开会，介绍全体工作人员和大家认识。我认识了将要为我们开课的英语老师。她是翻译班的研究生，长得非常漂亮，高高的个子，长长的脖子，褐色又带点金黄的头发剪得很短，眼睛是蓝色的，有时候又是褐色的，显得有点神秘，笑容很矜持。我觉得她太漂亮了，漂亮得有点难以接近。

开完会后，和七等生、Esther一起上城里寄信。妈妈把一个本应该让爸爸寄给我们的信封装上了寄给爸爸的信。因为美国和中国写信封的规则正相反：我们是把收信人的地址姓名写在上面，而他们则写在下面。就这样，我们花了四十美分给自己寄了一封完全不需要的信。时间已是四点四十，据说邮局五点半关门，这是七等生在旧金山得来的经验。学校的巴士等不及了，步行吧，据说只需要二十分钟，然而却走了三十多分钟。到了那里，门已经关上，原来，爱荷华城的邮局是五点整关门的。幸好，门外有自动出售邮票机。信是寄走了，只是陈映真托我买的十元钱邮票没法完成了。身边只有两张一元的钞票，在换零钱的机器里换了两元钱的硬币，这机器只和一元的钞票换硬币。替他买了一套邮票，挑了一套霍桑的纪念邮票。他是作家嘛！然后，我们去冰淇淋店吃冰淇淋。冰淇淋店有点像油漆店，几十桶不同颜色的冰淇淋排在玻璃柜下。七等生说："我请你们客。"Ester说："不要，咱们来美国规矩，各人吃各人的。"七等生说："才这几个钱，我请算了。""就因为钱少，才不要你请。"我们说。于是各人买各人的，这是我来美国后所吃到的最好吃的东西。店门外的街上，有着石桌石椅，一只松鼠从这张石桌上跳到那张。星条旗下了半旗，据说是为了那乘坐南朝鲜飞机失事的国会议员。

回"五月花"的路上，我问七等生："你为什么要叫七等生呢？好奇怪的名字。"他说："也没有为什么。上初中的时候，在家闲着无聊，每星期我就出一张纸的刊物，画些图画，写些东西，有一些是抄来的。每周出一张，一张白报纸。一直出了五十多张。后来，在一次特大水灾中，被洪水冲走了。""真可惜。""出这刊物时，我就给自己起笔名：七等生。纯属为了好玩。"

"为了好玩？"

"为了好玩。"

9月7日　晴

前天夜里下了一点雨，天气马上转凉。但到下午转晴，满屋仍是西晒太阳，热不可耐。一个小小的冷气箱，似乎丝毫不起作用。

“写作计划”今天组织大家去参观校园。“五月花”公寓前每小时有四班免费交通车，可以载你到城里任何一个学科大楼去。只要在车子的线路上，可以要求随时停车。

其实爱荷华市整个就是一个大学。几个学科分布在全市。所以哪里都是校园。大概是要考试了，马路旁的草地上、树荫下、车站边，好多个学生都在看书，看卡片。这是来这里以后，第一次看到学生的用功劲儿。平时看到的是划船，打网球，骑自行车，跑步，晒太阳。

学校有很大的图书馆、学生中心、音乐厅、银行、百货商场、餐馆、咖啡馆、冰淇淋店、超级市场。我们住的“五月花”公寓，只是学生宿舍的一种。这里另有一些单幢房子，学生可以租一间，也可以租一套，视各人经济力量。房子的样式都不一样，一幢幢掩映在绿荫后面，十分精致小巧。李小姐就住在这一单幢楼里，据说里面的设备、条件，还不如“五月花”，所有的房客合用一个厨房。

因为是个大学城，年轻人居多，衣着随便，大街上常有打赤膊骑自行车的，活跃，健康，有股子青春气息。

安格尔被误诊了。他不是风湿痛，而是耳朵里长东西，需要开刀。聂华苓一定很着急，中国朋友们不知怎么才能安慰她。

安忆今天参加了英语学习班。

9月7日　晴

夜里很冷，几乎是冻醒过来的。又没有勇气从床上起来关冷气，因为我害怕接近冷气机。然而不去关它，它就将继续制造冷空气，下了半天的决心，才爬起来关了它。我发现我们屋里的冷气机，在天热的时候不起作用，天冷了才起作用。真可气。

下午却又热起来，热极了，据说有八十几度。我不知道华氏八十几度等于摄氏多少，只觉得相当的热。

和Esther在门口等车，大家一起去参观校园——也就是参观爱荷华城，这是个大学城，一半以上的人口是大学生。一些学生在长跑，一些学生骑自行车飞驰而过，远远的，河上有几只小船在漂。

“这里的大学生老是玩，从来没见他们学习，像你边上的这个人，我很少见到。”我说。

Esther回头看看她边上的人——一个皱紧眉头翻看卡片的男孩子:“我边上的这个人马上要考试了，这是他最痛苦的时候。”

车来了，把我们载到市中心，旧日的首府——五角楼——现已是学校的一幢楼。楼前的大草坪上，横七竖八地躺着许多学生，远远看去，像花儿一样。一个摇轮椅的女孩子从草坪前过去，她长得十分清秀，有些削瘦。她的轮椅很漂亮，很轻便，用电钮，转动十分轻便灵活——我想起我的一个舅舅，他中风瘫痪之后，始终没得到一辆合适的轮椅。假如他有一辆轻便的轮椅，可以经常地从他那小屋子出来晒晒太阳，逛逛，也许他还可以多活几年；我还想起我的一个也是坐轮椅的朋友，听说他想要一辆有马达的轮椅——我只是听说，因为他自己从来没有表示过……

“美国大学也收残疾学生吗?”我问Esther。

“收啊，他们的学费还可以少一些，因为有残疾人的福利基金。恐怕录取分数线也是另一种标准。爱荷华是特别照顾残疾学生的。比如，有专门供他们进出的门，他们的轮椅一到跟前，那门便自动开了。好多别州的残疾学生都想来这里念书。”

我们一起参观了学校图书馆，又去参观“写作计划”的办公室。“写作计划”送我们每人二十本书，自己到书库里去挑。书库很小，一次只能进五个人，乱哄哄的。我不晓得什么时候才能轮到，只能绝望地站在人群中。爱德文递给我一个纸箱，把我推了进去。他是个很好的人，他很真诚、热情，看到我，总是又惊又喜的样子。我很惭愧，我没能够作出相应的表情来回答他的热诚。我请求他让Esther陪我进去，他也答应了。可是里面的书很有限，大多是诗，而且是相当著名的诗人作品，可惜我不是诗人，也不懂诗。挑了很久，才挑够二十本，其中有乔治桑的自传小说，惠特曼的原版《草叶集》。我希望我能学会英语。面对这么多书，眼馋得很，可是只有会英语，才能拥有它们。

在办公室里，看到了他们复制出来的我的《小院琐记》，是从《中国文学》英文版上复制的。我对Alex说："我的作品复制出来了，你是不是可以交给写作班的老师，请他看看。”我想去写作班听听课，这写作班的历史比“写作计划”还更长，据说白先勇就是从那里出来的。Alex的表情似有些为难："我已经送给那老师看了，可他还没有给我答复，可能因为从中文翻成英语，有些东西……”他支吾起来，而我也明白了。可能他们对我的作品不满意，觉得我还不够格。我毫不认为我不够他们的标准，我只是沮丧，我们与外界的沟通实在是太不够了。我真想使他们了解我们、我们的作家和作品。可是我觉得这里的人并不渴望了解我们，只是不断地向我们表现他们。我应该找一些机会表现我们自己，可我是太不善于此道，“中国周末”的活动又因为经费紧张取消。而且，语言不通。

明天上午英语课就要开始了，许先生问我去不去，我说："当然去。”他又问妈妈去不去，妈妈说："不去了。”许先生于是就发表了一个见解："一个人应该以不学外语而骄傲。”我只是笑笑而已。在这里，常常有这种感觉——由于不会英语，不得不把自己关在门里。自然，这是美国，应该说英语。可是作家之间呢？来自那么多不同的国家，为什么只承认英语一种语言呢？其实，中文，是被世界四分之一的人口运用着。而且，中文有着极大的魅力，一个字就是一个境界——然而，对这境界，我究竟又了解了多少呢？尽管我说汉语。我忽然沮丧起来，真正地沮丧起来。

晚上，看了七等生的一个小小的短篇，最后一段是这样写着：

“无疑是往日的一个偶然的机遇所种下的裂创根植在心底里，当时，他们在一条草径，谁也不知道对方是谁，互相之间，也没有恶意的预备，在相遇的瞬间才知道是误会，但已经不免互相被对方的形貌惊讶了起来……那时，他现在清晰地记得，正是一个浪漫的，无责任的，快乐的，自由的年代，是常常与一群人在一起的时代。”

看了这一小篇，我们似乎对这个人有了一种了解，联想他小时候自个儿办刊物等等。我想：这个人从小就习惯生活在自己的心境里，在自己的精神世界里寻找乐趣和安慰。自己苦闷自己，自己娱乐自己，自己折磨自己而又自己温暖自己。自己心灵的每一个细微的角落，全被他细致地寻找、体味、搜察，不断地发掘出一点新鲜的、陌生的东西。他和自己生活在一起，他和人群不协调。下午，他一下车便离开大伙儿自个儿走了。

9月8日　晴

今晚西德来的女作家过生日，看样子，年纪当在四十以上。保加利亚的作家来邀我们去她房里坐坐。我们带了礼物去时，她房里已乱哄哄挤满了各国作家，她已喝得差不多了。房间里极热，又挤了那么多人。她汗流满脸，头发都披挂下来，抓着我直说话。她的英语不怎么样，我更是不怎么样，只听懂她八〇年来过中国，到过北京，上海；而且在上海还爱上了一个叫做“白银”的人。

“白银”是谁？我搜遍了脑海，也想不起有这么一个人。问她是否年轻，她说，不，年纪很大了。不知是她酒后的幻觉，还是真有那么一位同胞，老来交了桃花运。

9月8日　晴

下午三点半，去参加美国当代诗歌的讨论会，Esther坐在我身边，为我作翻译。这里有五位卓有成就的诗人。保罗·安格尔住院了，他要开刀。至今才发现，他的耳朵疼根本不是因为风湿，而是一种很毒的细菌，进了耳骨。因此，今天就只到了四位。

第一位叫Gerald Stern，他谈到美国诗歌的政治化，觉得这是一个不好的倾向。接着，他朗读了美国当代著名诗人Williams的一首诗。诗的大意是：美国的历史——不停地为国际事务烦恼，介入别人的战争之中。而美国最好不要成为世界事务中的圣者。诗人呢？只需要自己和美国本身结合，不要理喻其他。

第二位诗人是个黑人诗人，名叫Haki Madhubuti，这是个不迎合学院标准的诗人，强调原始性、自然性。谈到美国现实中一些违反自然的畸形现象，比如同性恋，指出，美国是最不文明的国度。他读了自己的一首诗，这首诗是写给一位失望后终于离世而居的诗人，这诗人以为诗是无足轻重的。他告诉诗人：诗可以联络代与代、文化与文化，它沟通人们的记忆，是人和生物的核心。

第三位诗人说：有人视美国无历史，又误以为历史为文化，于是便得出结论，美国无文化，只能从其他文化吸收灵感。他认为美国的根在本土，美国的诗的对象——在这块土地上的人性。他的名字是James Galvin。

第四位诗人，Marvin Bell说，美国诗歌的主题是真实。他读了自己最近的一本诗集中的几首诗，其中一首的大意是不断地不停地走，走；生，生；长，长；尽管日常生活中没发生什么特殊的事件，可是这么活下去，终会有一扇门打开。

他们的报告就此结束，然后就开始提问和回答。有人问："现代诗人都写一些微不足道的题材吗？"一位诗人回答："现在诗人的题材又逐渐开始扩大，回到荒原，上帝。"一位黑人女学生说："黑人的受压迫的愤怒，只要喊出来便是抒发感情的诗。应该参加政治运动，才能有政治激情，写出激情的诗。"诗人回答她："有政治激情的诗人是因为投身于这运动，而并非为了有诗情而投身运动。社会的责任感每个人都应该有，而不仅仅只是诗人。如何处理政治题材才是真正的重点。"

"写作计划"的一位土耳其诗人说："现在的诗比读者多。"诗人说："这说明诗成了生活的一部分。"又有人说："好像诗里面只有人生的痛苦，诗只能处理痛苦。"

"没有啊！"诗人们回答，"然而痛苦是人生的副产品，我们希望，只理会单纯的美，可是芝加哥现在就有人饿肚子，无法回过头去。"

讨论会结束了，只两个小时。然后，大家一起去喝饮料，聊天。一位翻译班的台湾学生小陈坐在我身边大谈人生——人生中的苦恼有多么多，负担多么重，不能再人为地制造了。为什么要有别离——我说："一个中国分为两半是很难受。"他则打断我的话："我不谈中国分离的问题。"他说他是诗人，把他发表在台湾诗刊《秋风》上的诗给我看，大意是一个学生被关在图书馆里，从窗户看到桥上有一个姑娘走过。七点钟了，要回"五月花"了，许先生提出沿着河走回去。他很喜欢爱荷华河，称它为"爱河"。小陈和Esther便陪着我们走。小陈一路上大发诗情："爱荷华河里的每一个漩涡都是一个问号，问我们：你在哪里？”“小松鼠的尾巴告诉我们什么？它的四只脚着地，尾巴却永远不着地，这就是它告诉我们的。”当Esther看到枫叶，过去采却又发现那不是枫叶而退回来的时候，他说：“这是个象征，你以为是爱情，结果不是。”Esther忍无可忍地说：“你能否暂时忘记你是个诗人半小时？”

晚上，已经洗过澡了，有人敲门。原来，一位西德女作家今天生日，邀大家全去。我们匆匆忙忙地换了衣服，拿了一点小礼物，赶了去。一屋子的人，她已经喝醉，泪汪汪的。吴祖光伯伯的女儿小霜正从印地安那大学来看他，也跟大家一起去了。她和一位保加利亚诗人攀谈起来。当他知道小霜是学花腔女高音的，便说：“我有位朋友，是个很有名很有名的花腔女高音，她的名字是，我忘了。”

今天一整天，被诗人们弄得天昏地暗的。

9月9日　晴

中午一时的大太阳下，公路对面的草地上，平展展地铺了一条浴巾，上面躺着一个光着上身的男青年，当然是学生。他两手垫在脑后，一动不动地躺着。谁能告诉我，这位美国青年在想什么？……一个穿短裤的女学生，横过公路，走近去，又走远去了。

美国的生活方式，这也是一种。是我们不理解的，但不能说是不健康的。

傍晚，学校举行艺术“前奏”晚会，有该校舞蹈系的艺术表演，画展，爵士乐队，可以跳舞。还供应一个野餐盒，咖啡，甜点。门票是十三元，地点在音乐厅。

当我们走到音乐厅前的草坪上，便有拿着大串彩色气球、画着白脸的男女小丑，蹦蹦跳跳地前来引路。一进入大厅，心里便顿感吃惊。在两棵室内树后，正有一裸体女子，在甩着长发进行独舞。一些穿着整整齐齐的绅士淑女，端着盘子在旁欣赏。找了一个缝隙再仔细一看，原来并不是裸体，而是穿了一件肉色紧身舞衣，正跌滚跳跃，跳着现代舞。内心不禁对自己刚才的那一惊，有点害羞起来，中国人不敢面对一个灯光下的肉身。我，也难免于此。

第一次看到现代舞，只看到舞者合着音乐，甩发，跳跃，做出各种姿态。很不懂，没有芭蕾那种美感，也没有中国舞那种模拟各种生产动作，让人一目了然。我看那些站在一边欣赏的人，也未必懂。这里只是一个中产阶级的交际场所，那舞蹈不过是一种点缀。蓝蓝是舞蹈系的教授。她说这是系里的一个学生，跳得不怎么样。蓝蓝说，在这舞蹈系学习数年，拿到硕士学位的人，能进入专业舞团的约百分之四左右，其他的则需改行做秘书或职员，或结婚在家做主妇。大学毕业之后，失业问题对青年还是一个威胁。

凭票领来了野餐盒子。就餐的桌凳，楼上有，室外草地上也有。我们中国人，包括许世旭，都去室外，用两张桌子并起来，一起围桌而坐。盒子里有一只烤鸡腿，一只面包，一份生菜，一杯洋山芋芝士，一小串葡萄。美国的鸡可能是用激素催肥的吧！不香，不鲜，味同嚼“渣”，这也是一种对违反自然的惩罚吧！没办法，弃之虽然可惜，但也无法下咽。

晚饭后去美术展览馆。展品不多，有些展品真还不如公园里的一些室外雕塑呢！那里有一件作品印象特深，是一只钢铁制成的旧轮胎，斜斜地竖在地上。在“轮胎”着地处，钉有许多铆钉似的钉子；像钉子，又像是黑色的蘑菇。再从远处一看，这两者形成了一个花圈，那黑色的花，从花圈上垂挂下来，给人以美感，也给人以启迪。试图去解释它，可能是不聪明的，可是它仍给我一种联想，联想到路程和归宿。

9月9日　晴

下午，是集体购买东西。海尔开车带我们去，车开得飞快，把我们拉到一个叫Hy-Vee的地方，停住了。这个地方我们谁都没来过，我们一直是在Eagle买的，因此谁也不肯下车。海尔对我们解释："这里，确是第一次来，可是可以试试。"于是，大家疑疑惑惑地鱼贯下车，走进了商店。然而满架的商品全是日用百货，没有食品。于是张惶失措地打听着："food?""food?""food?"原来"food"在隔壁的商场。对这里不熟悉，可还是把要买的都买全了。我们和许先生进行得最快，许先生又要求海尔带我们去一趟东西店。他绕了好大好大的圈子才找到"东西店"。面对这么多七嘴八舌的人，又紧张又茫然，有点可怜。当人们全部上车，车子开回"五月花"时，他又犯了一个错误，本应当开到后门，可以拿手推车把东西推进电梯，而他却开到了前门，没有车子，还要走一大段台阶。看他这么辛苦，也不好责备他了。

晚上六点钟，大家一起前往Hancher。Hancher是一个剧院，爱荷华大学的艺术中心。今天晚上，这里有一个大学的晚会，题目为——Art's Overture，翻成中文，则是"艺术的序曲"或是"艺术的序幕"，似乎不太通顺，反正就是表示，是一个即将开始艺术生涯的艺术家的预备时期，这是艺术系的晚会，而今天是爱荷华大学一个传统的艺术节，每年九月里举行一次——有人告诉我们。

走进大厅，舞蹈系的学生正在表演现代舞——一个女孩子，裸着身子做出一系列动作，这远不是舞蹈，而似乎是企图直接地表现某一个意念、哲理、思想的动作。蓝蓝告诉我，这是学生们自己创作的舞。地下室在放电影，可惜已经放完了，我们到晚了。

"这几天在写什么呢？"陈映真问我。

"什么也没写，只是想多看看，另外，还想学英语。多会一门语言，就好像自己的世界多开了一扇窗。”

“是的，多开了一扇窗，假如今天，这扇窗不开，我们怎么能看到这一切呢?”他抬起手在前面划了一下。前边是爱荷华河，夕阳照着河水，野鸭子在河里呷呷呷地叫。“在台湾，要想看野鸭子，必须走很远，带着望远镜，悄悄地躲在树后边。”

“我看了一些台湾作家的作品。这些作品反映的生活非常狭小。其实，台湾的生活，还是有很多危机，为什么作家感受不到？而作家总是有头脑的。”

他笑了，夸奖我：“这个问题提得好，你很聪明。”

凭票领了盒饭，这是很丰盛的一盒饭，有白脱蛋糕，炸鸡，色拉，还有一串葡萄——这是最好的，其他的东西都很难吃。一边吃一边骂美国菜——真笨啊，多好的东西，给糟蹋了。蓝蓝注视着潘耀明：“你的脸为什么这样黄?”

“他太辛苦了。”我们说，“他学习很用功。”

“英语学得怎么样啊?”蓝蓝关心地问。

“我的英语发音不准，老师说。”

吴祖光伯伯说：“你的中文发音也不准，你对老师说。”

大家都笑了，他的福建口音很重，使得他的普通话和英语都有点怪。我们笑，他也笑，一点不生气，他很厚道。

一位背着一大串汽球的小丑来到跟前，用夸张的手势，邀请我们跟他去参加联欢。于是，我们站起身，随着他，沿着河，走回到博物馆前的平台。爵士乐队开始演奏，强烈欢快的节奏，把人们的情绪一下子鼓动了起来，人们便开始跳舞，很开心。大厅里又在供应甜点心，一人一份cheese蛋糕，太腻了。Esther说：“吃这一份，明天一天都不能吃东西啦。”这里的食品都是高脂肪、高糖、高蛋白。妈妈说我这几天已经胖了。

“你的未婚夫在香港?”我问Esther。

“不是未婚夫，是男朋友。”

“你得了学位以后就结婚吗?”

“不知道呢。我们要分开这么久，谁知道见了面以后能不能互相适应。来到美国以后，我有了一些变化。我不知道，带了这些变化，我们是否还能融洽。”

“有一些什么变化?”

“我的独立性好像强了。过去，我很依赖别人。而到了这里，什么都要靠自己，什么都要自己考虑，自己决定，自己解决。没了钱，本可以写信回家去要，可是却不好意思起来。这里的学生都打工，自己供自己读书，都是很小的孩子。”

“学习苦吗?”

“苦，可这是正常的。”

音乐越来越强烈，人们跳得越来越起劲。

“你会跳舞吗?”我问她。

“不会。我的男朋友很会跳，我和他认识，就是在他举办的一个舞会上。”她还是很想念他的，我看出。

潘耀明想学跳舞，我带他下去跳了一会。我惊讶他真是一点都不会，我不明白香港这种地方居然会有不会跳舞的人。“难道你认为香港人一天到晚在跳舞?”他说。

小丑们背上的汽球都解下来系在栏杆上，人们都去摘。我们想要，又不知怎么去要，要钱吗? 我们可是身无分文。潘耀明过去试探，并不要钱。他先摘了六个，给我、Esther、小霜。一人两个。然后又去摘了几个。第三次去时，他带来了一大蓬，是用打火机把线烧断一起摘下来的。这回，他开始体现国际主义精神了，在场的外国作家，每人都有。

今天又是周末。一周的学习结束了，学生们尽情地发泄一周以来压抑着的情绪。街上的爵士乐响得几里以外也能听到。汽车飞快地在路上行驶，一辆车停了下来，大声问道："是谁在过生日？"房子前的台阶上，坐着一对对的男女学生，一个女孩子情不自禁地向我们的汽球扑过来，把潘耀明手里的三个要了过去。我们的汽球在这一路上出足了风头。

今天是他们最快活的日子，好像节日。而这节日是太多了，每周都有。快乐太多了，这地方有着太多的快乐。

9月10日　晴

安格尔开刀了，结果很好。创口比原来估计的要深，耳骨里感染了一种特殊的细菌，已近脑骨。

晚上潘耀明烧了菜，做了汤（是他从香港带来的极好的大花菇），请华苓来吃晚饭。这几天她为了安格尔的病，心力太累了。两天不见，她脸色又苍白又瘦削，憔悴了不少。但她仍然是那样高高兴兴的。蓝蓝说"老爹"在开刀前嘱咐了她许多话，妈妈哭了。蓝蓝说："我从来没见妈妈哭过。"现在她毫无哭的痕迹，兴高采烈的样子。性格果然有点像她的生属——牛。

9月10日　晴

一早，就来到公园写日记。这里有一张红色的桌子，已成了我的写字台。树影在青草地上闪来闪去，松鼠在桌子上跳来跳去。爱荷华，像一个童话。

下午，去聂家，看吴祖光伯伯的话剧录像《风雪夜归人》。他从国内带来的录像带，因为型号与美国的不同，不能放。在旧金山时，那位京剧爱好者赵先生主动揽下来，为他翻录。赵先生是四十年代末从大陆来的，靠开洗衣机铺发了财，现在已拥有很多洗衣分店以及一个洗衣机械厂了。他收藏有很多录像带，几乎是一个小仓库，还拥有不少设备。“要迷就迷到底了。”他说。他为吴祖光伯伯翻录的片子日内已寄到，于是大家兴致勃勃地一起去看了。在这里，不容易看到大陆的电影、电视。台湾留学生多，有同学会，还有机会看一些台湾电影。然而，那翻来的片子是小号的，不能在聂家电视机上放映，需要再一次翻录。蓝蓝的姐姐薇薇来了，她在爱荷华附近的维斯康辛州念比较文学，正在写论文，是关于张恨水的。她是为安格尔老爹的病来的。她们都叫安格尔——老爹。她为大家开别的电视看，电视里正比赛网球，便谈起了胡娜。胡娜在这次比赛中，第二轮就被淘汰了，夺名次是一无希望。既然看不成《风雪夜归人》，那么就回去吧，别在这里打扰了。安格尔刚动过手术，还在医院，家人的心绪很乱。

我们慢慢走回“五月花”公寓。潘耀明决定晚上请客，一方面送小霜，她明天就走了；另一方面也请聂华苓和薇薇。

潘耀明做的汤鲜极了，大家赞不绝口，又一个个抱歉起来。“下一回该我请客了。”陈映真说。“你就烧红烧肉。”大家鼓励他，那是不红的红烧肉。七等生的节目则是看不见蛋的蛋炒饭，他许愿道：“下回我请大家吃‘燕京’。”“燕京”是街上一个中国餐馆，据说难吃得出奇，而又贵得出奇。许先生说：“我请你们吃什么呢？”他很为难。他很骄傲他的下面条，然而除此以外便什么也不会了，不会开罐头，并且惧怕一切电器用具。他在家里什么也不干，这是朝鲜的传统，什么都是妇女来干。“可是我在外面做事呀。”他说。“你打电话给你太太，让她在电话里指导你做菜。不过，这样的话，每只菜的价值都要增加很多。”大家为他出主意。他想了一下说：“我可以请东西店的老板娘帮我来做菜。”“这是大手笔。”大家感叹，他微微笑而不语。

又谈起了那架飞机。苏联的态度很强硬，强调南朝鲜飞机进入了苏联领空，并且说，假如今后再发现这种情况，仍然要打，不会改变做法。而许先生说，南朝鲜飞机进入苏联领空是为了省油而取直航线，可是为什么苏联跟踪了两个半小时，他们居然一无回应呢？然而这究竟太悲惨了，二百多个无辜的旅客啊！

许先生伤心地说："我这次来之前就有不祥的预感。""哦？真的吗？"陈映真说，"假如以后你有什么预感一定要提早告诉我们啊！""真的，我真有预感。苏联是吃醋了，它是吃醋了。'老大哥'也不帮助我们。""老大哥？"我很奇怪。"美国啊，美国是南朝鲜的老大哥呀，他不叫打，我们就不好动手。""你们不要'老大哥'的允诺，脱离他们，打好了。""那是打不过的呀。"他认真地悲哀起来，一边吃着锅巴。

七等生也爱吃锅巴，他们已经不会用铁锅烧饭了，都是用电热锅，电热锅烧的饭没有锅巴。

晚上放大陆电影《西安事变》，其实已经看过了；可还想看，想看大陆电影。观众大都是中国学生，又大都是台湾学生。不知怎么，中途有一些人走了，是不是嫌太长了？潘耀明安慰我说："他们是去洗手间。"可是有一些人去了便没有回来。我希望他们喜欢这个电影，虽然我自己并不喜欢。电影结束，走出去，海尔一见我就说："good！"他的表情很真诚。可是，在汽车上，很多很多人说："太长了。""Long long time！"

9月11日　阴有时有雨

朱妲丽（笔名小香婆）从她家打来电话，邀我去她那里，说是我们如去洛杉矶，就必经她家。相距千里，电话声音如在本市。

晚上，爱荷华州的第一银行，也就是所有作家在那里存钱的银行，为大家开酒会。从总经理到高级职员都成了酒会上的招待员。总经理是海军出身，在一九四五年随他的军舰到过上海。他带我和安忆参观了他的办公室，那里有那条军舰的照片。他很想再去中国看看。我猜，他去上海的话，还会有一些地方认得出来的，不过浦江公园门口的“华人与狗不能入内”的牌子没有了，确确实实没有了。

一下雨天气就骤然转凉，回来时都有点冷了。

9月11日　阴

下午，楼下发生了一桩事，一辆车轧伤了一条狗。那情形看起来是十分严重的。肇事的汽车停了下来，警车来了，狗倒在地上，围了一些学生。等我跑下楼去时，那条狗已被几个男生抬上警车，还捧给它一碗水，而它只是微微地抽搐，拒绝饮水。肇事者是个女人，紧张地绷着脸，一丝笑容也没有，给警察解释着，警察用尺子横来竖去的量了一会儿，然后，两辆车就一起开走了。那闯了祸的要赔款呢，据说。这里，狗的价值和人差不多。因此，他们一点儿不能理解中国人吃狗肉，他们听起来，就好像是吃婴儿肉似的。陈映真有个弟弟定居在美国了，有一次对孩子吹牛：爸爸当年是如何英雄，杀了多少条狗。孩子到学校吹给同学们听，同学们又回去吹给家长们听。从此，家长们都不让自己孩子与他接近了，还有人打电话给他父亲：“你儿子说你打过狗，是真的吗?”好像他成了一个杀人凶手。

晚上，去第一银行参加一个招待会。因为我们的钱全存在这里，他们是为了表示感谢而为我们举办的。招待会就在银行里举行，今天星期天，不上班，就在办公桌上铺了白桌布，放了酒、饮料、cheese、面包，很简单的一点食物，没有什么排场，气氛却很亲切而轻松。银行方面参加招待会的是银行的职员和股东们，股东中有不少是医生，医生是很有钱的。有一位医生，曾在四六年去过上海，是跟一艘船去的，他是船上的医生。这是第一艘去中国的船，他则是第一个去上海的医生——他自己说。他又是搞艺术的，银行里的画、雕塑，都是他去挑选来的。他指给我们看大厅中央的一个高大的铜像——一个骑士，骑在马上。他告诉我们，这是唐·吉诃德。银行里布置得像个博物馆，有很多漂亮的装饰。角落里有一个磅秤，我去磅了磅，一百十磅，等走的时候再去磅一下，看能重多少。Esther再三对我说："要当心，要当心，这里的甜食太肥了。"Alex每天只吃一顿饭，要上课，要工作，还要考试。"你可别饿昏过去啊。"我为他担心。"不会，我肚子里的脂肪太多了。"他说。真可怜啊。

经理带我们去他的办公室。他的办公室十分漂亮，挂着家人的照片和各种画。他也在四十年代去过上海，也是乘一条船去的，他指给我们看那条船的照片。他说那时候，上海人喜欢香烟，他去买东西都是用香烟换的。我们说，现在的变化可大了，什么时候再来看看吧。他摸摸自己的头发："那时候，它是黄的，中国人可喜欢它了。现在全白了。""白的也会喜欢的。"我们一起安慰他。

Esther昨晚上也去看电影，我问她有何感想。她先说："太长了。"然后说："当然，这电影是努力做到客观，对蒋介石的形象没有歪曲，不过，对他的人格……不过，我们也不太了解，距离很远啊！也可能后来他也有些变了，不能不变，没办法，就只有这么点地方了啊！"陈映真对《西安事变》大失所望，这是他看到的第一部大陆电影，他说："太幼稚了。"这不是好电影，我们有很多好电影呢！《天云山传奇》《骆驼祥子》《都市里的村庄》……我急急地向他介绍。我不愿意让他对我们的电影失望。虽然我自己常常失望。七等生在旁边说："有一些场面挺美的，比如在延安，那几个人吊儿郎当的。”他总是一个人在角落里，落落寡合的，先是喝酒，然后喝可乐，再然后就问：“该走了吧？”“你总是一个人。”我对他说。“说来说去总是说一样的话，说过几遍就不想说了。”过了一会儿，他又问了：“可以走吗？”Esther说：“作家们要一起走的。”他便叹气：“唉！”“你老是脱离集体。”我说。“集体？”他不明白。Esther解释：“就是团体。”“哦，团体。”他总算明白了。他们对“集体”这个词儿居然如此生疏，而我们，从幼儿园起就懂了。

又来了一对冰岛夫妇，丈夫是剧作家，带了一个孩子。这是个南美洲的孩子，他们领养的。他们并不在意这身份被公开，孩子自己也知道，这与我们的习惯很不一样。这孩子有六七岁，很壮实，发型、行动、气度都像是个男孩，却穿了一条形状可疑的裙子。不会说英语，总是用一双黑黑的眼睛直直地看人。

9月12日　阴

今天去阿曼那。这是一个德国血统的美国小镇，安格尔的曾外祖父出生在这里。距离爱荷华有一个多小时的汽车路程，具体参观的是一家德国人开的家用电器厂。这里雇用的职工都是德国血统。在厂的周围有七个村落，也都是德国血统的美国人。这里有他们自己的餐馆、商店、羊毛织品厂。商店里出售的纪念品。也有许多德国产品。买了一只玻璃小铃，德国货，作为纪念。在他们的餐馆吃了饭。德国的饮食偏酸，但很有益。

这里是个小镇，比大城市幽静，草地更多，屋外的花圃空地更大，人更少，别的一切都大体相同。

这个地方是十六世纪德国的新教徒因反抗旧教的残酷统治，来到这里开发起来的。开始时只六七十人，以宗教首领为领袖，在这里安家，建设。有一个陈列馆，放映该村发展历史的幻灯片。据说他们之间团结友好，利益不外溢。早些年他们还不和别的民族通婚。现在虽已通婚，不过德国人的风尚习惯仍保持如初。

从陈列馆出来，不禁对德国人的民族团结精神产生一种敬意，同时想起於梨华女士说的："留学生的下一代，他们根本没有根不根这个问题，他们是完全百分之百跟美国认同。"对这话的代表性感到一些怀疑。恐怕未必是"百分之百"。既使你愿意"百分之百"，美国人是否"百分之百"地接纳你呢？最近不是出现了陈果仁的事吗？（按：华人陈果仁在底特律被白人父子俩活活打死。结果白人被判罚三千元了之。）奈何！

9月12日　阴

今天是极有意义的一天，我们去了Amana。

Amana——是一个社区。说起来话长。很久以前，德国的天主教里分支出一个教派，他们反对天主教的教义，建立了自己的一套理论。他们不满于天主教的严格、压抑、专制，而认为上帝和人应该是亲近的，可以直接对话而无须媒介，认为世界应该平等，大人、孩子、男人、女人，都一样。人尽其能，按需分配，幻想了一个乌托邦。这社团遭到天主教的惨酷迫害，于是就陆陆续续地到了美国。先是到纽约，然后迁到中部的堪萨斯，最后到了爱荷华，那是一八五四年。他们在这里实践他们的理想，开办工厂、学校、商店，种植庄稼，喂养牲畜。男人女人一样劳动，孩子在家里，成立托儿所，选几个女人负责管理教养，这些女人得到同样的报酬。劳动所得一律公平分配。墓地里，无论孩子大人，都是同样的墓碑，以示一视同仁。开始时，这里不与外人通婚，可慢慢的，开始通婚了。现在这里的居民，全是德国血统，可是却不太会说德语。一共有七个村庄。Amana这个名字，据说是这个社区的始祖。有一日翻圣经，一下子翻到一页，上面写着Amana，是个福地。于是，便取了这个名字。现在，这里发展得很先进了，羊毛制品驰名全国，我们参观了一个制作冰箱、空调机、红外线微波炉的工厂。技术设备很先进，我们不太懂，只看出那工厂内外十分洁净。可是我不知道，现在他们这个社区的分配原则、生产原则是不是仍然“人尽其能，按需分配”，这里已经是一个商品社会了。

中午，在一个名叫“牛套”（Ox yoke）的乡村饭店吃午饭。店门前有着一具磨刀，一个吊桶，十分古旧的模样，是为了纪念那最初的时期？“牛套”里面，墙上装着古朴的油灯，那油灯则是用电照亮着。上来的第一道汤就使我们对下面的菜充满了信心。菜果然不错，很清淡，很浓的酸味。这是德国菜，不过已经是美国化了的德国菜。“太酸了，受不了。”陈映真不能吃酸的，他期待着下一个菜，而下一个菜，更酸。他只能摇头了：“这是个爱吃醋的国家。”“所以一世纪打了两仗。”Alex说。

吃过饭，又去逛镇。这镇实在是太漂亮了。难道这就是乡村？这就是农家吗？——门前是绿茵茵的草地，一架长椅式的秋千，秋千旁有一架小马拉着车，车是花坛，里面栽着五色鲜花。商店很多，小小的，精巧而又返朴归真。我喜欢一个酒店，它在一个地下室里，灯光很幽暗，周围全是酒，像一个酒窖。

离开Amana，乘车回“五月花”。公路很直，田地很平整，车子开得很快。“到了美国，我只恨自己不是科学家。一个国家没有作家照样可以存在，要没有科学，就不行。”我对陈映真说。

“可是，自然科学假如没有人文的基础，科学会害人的。”他说。

我从来没听过这种说法。可是我想起了原子弹。

“做作家很不容易，作家是作用于人的心理构造的。”他又说。

9月13日 晴

有个记者招待会，我和安忆都未去出席。天转凉了，叶向东陪我们去买衣服，未选到适合我穿的，回来闲聊。

向东原住上海闸北区，所以谈起来倍感亲切。他已拿到了数学硕士，现攻读博士。他给我讲了一个关于“希望”的故事。

9月13日 晴

上午英语课。我，西班牙的卡罗，东德的汉斯是第一班，程度很低，许先生也来旁听了一会儿。第二班是那对冰岛夫妇和一个匈牙利的女作家。许先生对我说，这英语课没多大好处，那几位的英语都十分可怕，多听要听坏的，只有老师的英语可以听。那老师的英语很好听，人也长得真是漂亮。

下午，我们请小叶带我们去采购一点东西。回来之后，小叶在我们这里坐了一会儿。他谈了一些他的经历和遭遇。他是六十年代的高中毕业生，考大学时，功课全优，却因为家庭问题没被录取，后来去了煤矿，后来又调到中学当老师，再后来就到了美国。他是三十九岁来到美国的，奋斗了三年，他所希望的都一点一点实现了：大学，学位，房子……他说：我所希望的，只要努力都能得到。当然，这努力很艰巨，很辛苦。他在这里虽然有亲戚，是他的表弟，而他没有用过表弟的一分钱，只是请他在名誉上作经济担保人。他说：“假如他是我的表哥，我兴许还可以用他一点钱，然而他是表弟。”

潘耀明回来了，脸黄黄的。今天他考试，结果不知道，自我感觉还可以。他读书读得太苦了，大家一致劝他:“读个C就行了嘛!”美国的大学生，只满足于C，因此也只花C的力气。而他们班上，有不少人只考得F。有些人选课读书，只是为了保持自己的学生身份而能留在美国。他们班上还有个日本女学生，怀了孕，她读书，只为了坚持在这里把孩子生下来。他们都是留学护照，必须读书才能留下来。而潘耀明是真的要读书，据说他出身很苦，没上过大学，能在香港这地方，得到目前这位置，那辛苦和努力是不言而喻的。他说，他刚进报馆做事时，只是一个校对，专门校对“狗经”。

9月14日　晴

下午，进行了一次“冒险”——自个儿搭学校巴士去EPB大楼，EPB大楼是英语系和哲学系的教学楼，“写作计划”的办公室就设在这楼里第四层。

中午，Esther打电话给我，说下午翻译班有个报告会，是一位圣第亚哥大学的美籍华人教授叶维廉来讲王维的诗的翻译。这位叶教授是台大的毕业生，曾在爱荷华大学的写作班读学位。他写诗，又是诗的批评家、翻译家，翻译中国的古诗和近代诗。中国的古诗究竟怎么才能翻成英文，翻成英文又是怎么样的？我想象不出。Esther在电话里给我指定了路线。三点钟时，我就勇敢地出发了。

在楼下等车时，遇到了那位爱尔兰诗人，一个面孔苍白削瘦、浅色头发、淡蓝眼睛，很温和的诗人。那天在Hahcher的晚会上，他极想跳舞，却又很羞怯，迟迟不敢上前邀请舞伴，最后，终于忍不住了，才站起身来。据说，他常常一个人躲在楼下门后看女孩子，也不敢大胆地看，只能悄悄地看，发现了漂亮的就悄悄走上几步多看几眼。他也在等车，是去图书馆，和我同一站下，心里稍稍安定了一下。他问我上哪儿去，我想了半天，才想出一个“教授”，只能告诉他，去EPB，来了一个中国教授。为了扭转被动局面，我反攻为守，向他发出问题：“你读过中国的诗吗？”他马上举起手中的一本精装诗集，说，这就是他正读着的中国诗，现代诗。他又指给我看了几个名字，可惜我一个也不知道，我实在对诗一窍不通，只知道个舒婷。于是就向他介绍了一通舒婷。他感兴趣极了，不断地“哦哦”地惊呼。到图书馆了，我跟他下了车，走了没几步，立即看到了Esther指示的那座小天桥，心里又落实了一点。在图书馆前与爱尔兰诗人分了手，走过天桥，看见一幢大楼，是一个L形，心里又疑惑起来，就问了一个女生，她向我指点了路，EPB是那大楼的侧边。走进大楼，上了四楼，一出电梯，便看见了爱德文，我高兴极了，大叫一声朝他跑过去，一把抓住了他，心里一块石头落了地，这证明我走对了。呀，我好伟大！要知道，我从来是不辨东西南北的。接着看见了华苓女士，又看见了叶维廉先生——这是一个清瘦的男人，个子不高，脸色有些黯淡，态度却很自信。也就是这自信使人不觉得他太难看。他的太太却很漂亮。然后，就见Esther急匆匆地走来了，她看到我，松了一口气，总算没走丢。

拿了一份翻译材料，是两首王维的译诗，一首是《山居秋暝》，一首是《田园乐七首》中的一首。译诗挺有意思，把每一个意象都逐一地译了过来，比如：“空山新雨后”，就译作——Empty mountain after fresh rains。每一个意象都没漏掉，可是那意象后面的境界呢？我不晓得外国人看到看不到。

叶教授谈到中诗和西诗的区别，谈到中诗的韵脚，谈了半天，一位美国诗人总结了一句：“中国诗的韵脚是急促的，而西方诗的韵脚是拉长的，会使人睡觉。”大家都笑了。这两种文化是很难互相传达、互相沟通的，每一种语言呈现的是一个完全不同的世界，在这语言后面站立的是别个民族完全个别的历史、文化、经验、遭际……那天，Alex在我们那里吃饭时谈到美国拍的电视剧《马可·波罗》，是个大失败。最主要的原因是，他们一点儿也不了解中国，了解得很浅，为了弥补这不理解，便拍摄了大量的中国风光。当然，我们对美国也不了解。据说，在这里曾放过《第二次握手》，他们笑得快昏过去了。叶维廉教授谈到翻译的艰巨性，语言之坚牢，翻译就是和语言的战争——打出沟通。之后，Esther就很难为我翻译了，他的报告里充满了主义，新型的现代主义——语言显示出它又一坚牢性。

报告会结束后已接近六点，Esther带我去一个农人市场，每星期三下午才一次，很像中国的自由市场。在一个露天的广场，农人们把自家种的东西带来卖。他们是开着汽车来，卖的东西有鸡蛋、蔬菜、水果、自作糕点、鲜花……我们先去买了一些鸡蛋，那鸡蛋是红壳的。妈妈总是说红壳的鸡蛋好，白壳的有腥味儿。那超级市场里的鸡蛋全是白壳。这里的鸡蛋比超级市场里的便宜。然后又去买糕点吃，糕点放在玻璃小柜里，干干净净。我挑了块二十五美分的巧克力蛋糕。太甜了，吃了一半就十分勉强了。有很多中国学生来买东西，大陆的、台湾的、香港的，见了好几个熟人。那位物理系的公费生小马，和他新婚的爱人一起来了，“来逛自由市场”——他说，我们都笑了。小马是山西人，他的爱人也是大陆的公费生。据说，他们是第一对在美国结婚的公费生。在他的婚礼上，有位美国教授说，他是爱荷华大学三十年来最优秀的学生。后来又遇到了台湾学生小亮和他的太太，他们开了一辆车，于是我和Esther就搭他们的车回去了。小亮夫妇俩都是学艺术的，小亮学摄影，他太太学美术设计。他们一直把我送到“五月花”门口。

晚上，和潘耀明一起散步，一直走到市中心。晚上的爱荷华很好看，灯光在清澈的夜空里闪烁，白天显得有点混浊的爱荷华河也清澈了起来。在Old Capital看到一件衣服，很好看，外面是毛线，里面有一层人造毛，毛线是白色的，肩膀和底边有咖啡色和紫色、粉红色组成的图案，滑雪衣的式样，很活泼，我很喜欢，试了又试。可是究竟太贵了，四十九美元。并且这已经是降过价的，原价要六十二元呢。女服务员过来伺候我试衣服，笑容可掬地问我："喜欢吗？"潘耀明在一边死命催我："买吧，买吧！"我说："买东西怎么能这么急，要多看，比较，选择。"我把衣服在衣架上放好，决定离开它，太贵了。

9月15日　阴，时有雨

今天"写作计划"召开了关于非洲文学的讨论会，发言的有尼日利亚、加纳、南非等五个国家的作家。这几位作家中，以加纳和南非的两位作家给我印象最深。加纳的作家，年纪较轻，循规蹈矩，很谦和，很听话，像一个很乖的大孩子。南非的女作家，从肤色上看，不太像是一个黑人，有五十以上的年纪，鼻翼两边的纹路特长，特深，是一副愁苦的面容。他们谈了语言、文字问题，写"外在和内在的结合"、写"人类的本源"等等文学上的问题，同时毫无例外地都谈了本国的社会，争取独立，国家尊严等等，成为他们的文学题材。

不能硬性要求文学服务于政治，但是作家生于斯、活于斯的社会，一定不可免地反映在作家的思想、心理之中，当然也反映在他们的作品之中。

发言完以后，有人提问，亦有争辩、补充，南非的女作家哭了。可惜话不懂，靠翻译只听得一鳞半爪。

会后有酒会，我们没兴趣。回来捧着自己准备好的菜，去华苓家会餐。许世旭俨然已是中国人里的一员，他也去了。诗人叶维廉和他夫人也在，大家毫无拘束地吃了起来。我们包的馄饨生意尚好：C从昨天就经营起来的红烧脚圈，一扫而光。酒足饭饱之后，许世旭套着中国的腰鼓，跳起了朝鲜舞，七等生和蓝蓝对着跳踢踏舞。虽然跳得不怎么样，可是情绪饱满，像是那么回事。“手之舞之，足之蹈之”虽然颇能表达情绪，但是需要十分的勇气和三分的技巧，能者不多。舞不能尽兴，于是歌。平时与歌绝无交往的萧乾，竟也唱了起来。不但唱，唱开了头而不可收拾，一首接一首地唱。大家一起以残缺的歌词，不全的五音，高不成低不就的嗓子，唱童年时的歌、抗日时的歌、大家都会的歌、我们这一代的歌。唱得十分醉人，十分开心。许许多多逝去的岁月，竟然又流回了头。华苓会哼的歌，我也会哼，什么“小麻雀呀”、“怒发冲冠”、“苏武牧羊”、“长亭外，古道边，芳草碧连天”、“黄河奔流向东方”等等，等等。我们同庚，会唱一些同样的歌，这并不奇怪。奇怪的是C唱了“一条大河波浪宽……”

歌，离开我已好久了。十年？二十年？我是唱过歌的。那时，是作为一种需要，一种希望，一种力量来唱的。在那些饥寒、困倦、疲惫、黑魆魆的夜晚。炮火烧红的村落，直立在破墙边的牛，雨落下来了，落在生死无界的战场上。那时倒有歌，轻轻地哼过许多歌。后来，后来歌就从我生活里轻轻地、不知不觉地溜走了。也许，是歌的力量不够了，也许是生活的担子更重了。需要的是腰脊的力，肩腿的劲，需要的是迈步，是行动。歌，在我看来，变成一种轻飘飘的，可有可无的，属于青年人抒发剩余感情的东西。

歌，发现我老了。

9月15日　雨

下午三点钟，有一个报告会——非洲当代文学。这是“写作计划”活动的第一个报告会。共有五位作家演讲，一位加纳的，一位尼日利亚的，两位埃及的，一位南非的女作家，她是剧作家、诗人，也是短篇小说家，她的作品是反映种族问题的，而她自己却并不是黑人。陈映真向她提问：“一般来说，黑人作家总希望得到白人的认同，而你，是一位白人，却期待得到黑人的认同，是什么力量促使你这么做呢？”她回答说：“我是个黑人。”陈映真诧异了，我们也都诧异了。原来她是黑白混血的，在南非，有色人种一律受歧视。然后，有人朗诵了她的两首诗，其中有一首写的是一些黑人和白人在酒吧玩，过了宵禁时间，黑人是不允许宵禁时间在外活动的，于是一位黑人姑娘对白人说：“你带我回家吧。”念诗时，南非女作家一直在流泪。一位埃及作家谈到阿拉伯的民族性：吝啬、受压抑之后的变态、没有创造性等等。巴勒斯坦女作家，漂亮的撒哈站起来大声地反驳，她的声音很粗，很哑，态度很凶。她说：“我现在搞不懂我究竟是什么人了。阿拉伯人？巴勒斯坦人？埃及人？为什么要作这种区别。而事实上，埃及人幽默，我也幽默……”她的意思大约是，劣根性并不能单纯以国家、民族来区别决定。另一位埃及作家阿里的话又引起一位听众的反感：关于小说要不要政治。争论的也很激烈。这个问题在全世界都是一样的。而我以为这样主义对主义，思想对思想，是永远争不出结果来的。应该小说对小说，那么就会发现，主张不要政治的小说中，优秀者实际上有着政治，主张政治第一的小说中，优秀者实际上并不完全是政治。政治究竟是什么？我也给他们吵糊涂了。

晚上，在聂家聚餐，我们每人带一个菜，我们做的是龙虾片和馄饨，潘耀明是汤，七等生是炸鸡，陈映真的——我揭开他的

锅盖，他大声唱："0 3 3 3 | 1 — | 1 —"是肥肥的猪脚！今晚来了很多人，叶维廉夫妇，萧乾夫妇，吕嘉行夫妇，以及来帮忙的小叶，Alex，Esther。

楼上闹哄哄的，我们几个跑到楼下聂华苓的工作室里看电视。是卓别林的电影《淘金者》。暗暗的屋子里，卓别林在作着一连串的笑而辛酸的表演，身后，谭嘉和蓝蓝的表弟小球在聊天。小球是为了安格尔先生的病特地赶来的。

"你希望你的孩子将来做什么？做中国人，还是美国人？"小球问。

"我不管他，我随便他们。"谭嘉说，她的声音很柔和。

"你总有个希望。"

"要说希望，我希望将来能有一天，没有中国，也没有美国。"

"这有什么意思呢？你现在是怎么培养孩子呢？"

"我教他们中文。不管他们干什么，我都要叫他们记住，他们是中国人。"

"可是，我认识一些中国人，决定让他们的孩子以为自己是美国人，这样兴许能少些苦恼。"

"可是，我也认识一些中国人，他们从小说英语，自以为是美国人。当他们长大以后，忽然感到自己是中国人，于是进学校学中文，然而，晚了。所以，我要给我的孩子一个机会，多一种选择，当他们想当中国人的时候，他们会说中文，他们能够当中国人。"

"我现在看了台湾的电视，我都感到回去是不可能的。"

"我无所谓。我看透了一切富贵和贫穷。我亲眼看见过，今天钱多得不晓得怎么花，而明天，成了乞丐……"

楼上在唱歌，是蓝蓝的生日。

今天晚上，大家都好像发疯了。许世旭跳朝鲜舞，萧乾伯

在安格尔和华苓的客厅，
前排左起安格尔、陈丽娜、聂华苓、王安忆，
后排左起陈映真、茹志鹃、许世旭夫妇

这是在茹志鹃王安忆母女居住的五月花公寓的厨房兼餐厅里，
右一是吴祖光，中间一对夫妇是比尔和玛丽，
他们照管作家的生活起居等各项事务

伯唱了很多他们青年时代的歌曲，这些歌，妈妈和华苓女士她们都会唱。他们有一些共同的歌，那是很久以前的歌。而我们年轻人没有，没有可以一起唱的歌。哦，想起了，有一个，《龙的传人》——

“遥远的东方有条河，它的名字叫黄河，遥远的东方有条江，它的名字叫长江……”

9月16日　晴

随大家一起去密西西比河。来爱荷华讲演的叶维廉夫妇也去了。他是来讲中国古诗的，安忆去听过。他也写评论，曾两次去过北京、上海，都未见到。

汽车所经之处都是平原，地里长着一些玉米。据说今年天旱，玉米长得不好。所谓的农村，实际无村，只是相距二三十里，有一幢别墅似的房子，房子附近必有附属设备，高的仓房、矮的车房、花圃、秋千，这便是农家了。四周是平原，是树林。按我的观念看，这是个叫天天不应、叫地地不灵的地方。冷清寂寞得无异于中国的和尚庙、尼姑庵。可是带我们来的艾理斯（他就住在附近的镇上）告诉我们，住在这里的人，相距虽远，实际他们天天在一起喝酒，他又向左后方一指说："有钱的人家都在那里，家里什么都有，包括直升飞机。"哦！当然，有汽车、直升飞机，距离就小得多，二三十里不算什么；打个比方，就像上海住隔壁弄堂一样的近邻了。

汽车开了一个多小时，才看见密西西比河。河水清澈，河里似有一个个树木茂盛的小屿，也许，只是曲折的对岸。据说河面最宽处有十里。过了河上一道大桥后，车子并不沿河行驶，而是开上了一条沙石公路。据说，这条路是美国南北战争时为了运输而开辟的。现在为了行驶大型农机，没有铺设水泥，每个星期平整一次。

路上，每人花五元，集资在一个小镇的店里买了肉排、茄汁黄豆。小店靠近一个加油站，生意不坏，在这里用餐的大部分是蓝领阶级、卡车司机等人。一份肉排，有长长的大骨头六七根（像中国的牛肋骨粗，但他们说是猪肋骨），还有大堆的炸土豆条。餐盘是丰富实惠的。我们买了食物就装上汽车，说是带到河边去吃。可是还没看到河，车子就在一个树林边停下来了。林里有桌凳，我们把几张桌子拉到一起，把食物搬下车来，大家开始向肉排进攻，几乎同时，树下的蚊子便向我们猛攻。于是人吃肉，蚊子吃人。肉排上的肉不多，而且很硬，倒是那茄汁黄豆味道不错。用完餐重新上车时，叶维廉夫人的腿上被咬起了十来个红包。艾理斯的脖子上也鼓起了好几块。而且蚊子兴尤未足，竟然有不少跟上车来了。在车上赶了一阵蚊子，我们才算真正到了密西西比河边。

水清，河宽。实际上望不见彼岸，只见这里那里，一丛丛浓浓的林，绿绿的树，组成了密西西比河宽阔而不浩渺、静谧而不单调、迂回曲折、优美的河岸。我们穿过树林，踏着陈年的腐叶走向河边。河湾老树下，一位爷爷带着他的小孙子在钓鱼，远处停着他们的汽车。哦！谢谢啦，老人和小男孩，你们为我凑成了一幅画。

9月16日　晴

这是密西西比河。

在我儿时的印象里，这是条黑人的血和泪汇成的河。

密西西比河很平静，河岸是苍绿的树丛。当然，有一些岸边，已开辟了工业区，而在它另一些岸边却悄无一人，静悄悄的。据说还有一些野生动物出没林间，那是不能捕猎的，除了野狗和鹿。鹿在这里是太多了，因此很贱。而野狗，本是这里最早的居民——印地安人的神，可是，印地安人现在已没有一点权利，因此也顾不上他们的神了，只好随它去了。河岸边，只遇见一个老人和一个小孩，在钓鱼，密密的树丛遮掩着他们，树丛里还有一条翻倒的小木船。这里很幽静，这幽静被人用心保护着。

回爱荷华城的路上，在一个农庄的小店前停了车，大家纷纷下去买瓜。这里的瓜很便宜，比城里的超级市场便宜一半。女主人很高兴，说："这些作家们好像很喜欢这些东西，不知道他们明天还来吗？"

回到"五月花"，又跟上海尔的车去购买食品。妈妈很累，不去了，就我一个人，很忙乱了一阵。首先是找白糖，偌大个市场，怎么也找不到。向爱荷兰诗人打听，他把我交到服务员手里，服务员指点我在一个走廊，来回走了两遭，都没看见白糖。而这时候，我的车子却不见了，前前后后地找，找也找不见。忽听几个中国学生在讨论："这个车子好像不太像我们的。""那恐怕是我的了！"我插进嘴去，他们领我去看。果然是我的，我把我的车推走了，他们便开始找他们的了。走来走去，又碰见了他们，于是向他们打听白糖，他们四个人便分头帮我找去了，人多力量大，终于找到了。在结账处，他们帮助我搬东西，借钢笔写支票，就这么熟悉了起来。他们的普通话说得很好，可一问，却都是来自台湾，刚来一个月，念机械。其中一位说："我的父母是从大陆来的。"我们便互相写地址姓名，其中一位用英语报地址，被其他几位喝住了："说中文，这里都能听懂中文。"他们四个人买了一大堆东西，也没汽车，不晓得他们怎么将东西运回去。

晚上，潘耀明、七等生和Esther一起去酒吧。潘耀明今天又考试。他终有一天要发疯的，大家都这么说。为了不发疯，他决定今晚要“疯狂一下”。于是我们找了个最最疯狂的酒吧。没进去，头就轰然胀大了，音乐声、人声，像潮水一般涌上来。门口站着两个人，一个检查学生证、身份证，这个州允许喝酒的年龄是十九岁，凡不到十九岁者均不许入内；另一个人则收费，一人交一元钱，这个酒吧很大，名叫“Fieldhouse”。分上中下三层，下层有一个舞池，男女学生跳着迪斯科，开心得不得了。坐着喝酒的大声谈笑，偶尔高兴了，就大嚷一声。那音乐越来越强烈，没有一歇空隙，让人的神经休息一会儿。永远是高潮。Esther说：“吵死了，怎么挑这么个地方。”潘耀明则很高兴：“难得嘛，洗洗脑筋。”Esther告诉我，这是大一大二的学生爱来的地方，大三大四的学生就喜欢安静一些的。她和七等生先走了，我和潘耀明坐到十一点多，走出酒吧，门口还排着长队接受检查，付钱，然后进来。

爱荷华城，好像在过节。街上满满的人，走来走去。一个男生走到我跟前，摊开胳膊拦住我，说：“Excuse me！”潘耀明很紧张，跑过来问：“怎么回事？”“没什么，他很有礼貌。”我说。“到了周末，都发疯了。”“他们挺能疯的。”“美国人就爱引人注意。今天我看见一个男人，穿了一条裙子。一回头，把我吓了一跳，我笑了起来。他就得意得要命。”

我们一同沿着爱荷华河走回去，一边聊着天。我们开始讨论“写作计划”的办公室工作人员。我说：“我很喜欢爱德文。”

“这个人很奇怪，他的太太比他大得多，也不好看，倒是个德文教授。他也搞德文翻译。她最近和另一所大学订了个十年合同，已经走了。爱德文也要走。”

“什么时候走？”我问。我挺舍不得他走的。

“大概要等这一期‘写作计划’结束以后吧。”

“他很好。”

“不过也很莫名其妙。我到这里时，他和他太太来接我，他说：‘明天请你吃饭，’可是到现在也没请。”

“也许他忘了，他很忙。”

“不会忘的。我每天中午，都在他们的办公室吃午饭，每天都有一个提醒他的机会。”

“美国人很忙。”

“我想请他谈谈，他答应，却永远没有空。他们把自己封闭得很紧，不让人家进来。”

到“五月花”，已经十二点了。在电梯上，碰到那位爱尔兰诗人和西德女作家，两人搂抱着，喝得醉醺醺的。尤其是那女作家，一脸油汗，眼神恍惚，脸上带着惘然的微笑，诗人则还算清醒，记得对我说一声：“再见，安忆。”

9月17日　晴

今天不想出去了。一个人在“家”看了一些台湾作家的作品。

原来许南村就是陈映真写评论时用的笔名。我喜欢陈映真的小说，恰恰也喜欢许南村的评论。他的评论总是用他的观点，以对台湾社会的分析来统率被评论的文章。所以即使没看过被评的文章，光读他的评论，也是会有启发的。他的许多作品，是我早就读过的，现在又读了他的系列小说《华盛顿大楼》第一部《云》。这是一个短篇小说集子，各篇的得失暂且不论（我也论不了），且从他的序言里，可见他的意图，他的思想、计划。

“企业为了有效地达成它唯一的目的，即利润的增大与成长，展开精心组织过、计划过的行为。这些行为，以甜美、诱人的方式，深入而广泛地影响着人和他的物质生活、精神生活。

“分析和批判这种影响，属于政治经济学的范畴。文学不应也不能负起这个工作任务。因此，《华盛顿大楼》系列作品，主要和基本地不在于对企业和它的行为做出分析和批判。文学和艺术，比什么都更以人作为中心与焦点。现代企业行为下的人，成为《华盛顿大楼》系列的关心的主题。

“在现代世界中，知识和技术，越来越集中在少数几个国际性企业的手中。除了从企业提供给我们的大众传播中去获得部份的、片面的、包装过的、常常是不正确的咨询，人们对人和他所居住的世界，一无所知。因此，如果今日的作家还像过去一样，仅仅凭着对自己的‘天才’的迷信；仅仅凭着一时的‘才思’和灵感去写作，那么，他很快地便要成为那自以为一身锦绣的裸体的国王。正如同觉醒的消费者要争取对于如山如海的商品的真相和实情的理解，作家首要的功课，是自觉地透过勤勉的学习与思想，穿透层层欺罔的烟幕，争取理解人和他的处境；理解生活和它的真实；理解企业下人的异化的本质。

“因此，《华盛顿大楼》系列小说，并不是‘反企业’的小说。不，它们简直与反不反企业是无关的。这些已经做成和将要做出来的小说，其实是一个时代的自然产物。……”

这是一位使命感极强的作家。他的眼光，不谓不远，不谓不深，不谓不透。这是他对台湾那个社会制度下，各国跨国公司纷纷挤进台湾这个消费市场、廉价劳动力市场的看法。他对台湾农村的看法，可通过他对农村诗人吴晟的评论来看。“从七七年到七九年间，吴晟对于城市消费文明强力地向农村浸透，表示了极大的关怀，随着大众消费时代的来临，台湾传统农村中俭约、谦抑、勤劳、朴实、正直、诚恳的风气和价值迅速地在农村崩溃；代之而起的是享乐、消费、对商品的贪欲、虚荣和损人利己这些消费社会所形成的意识和价值之变革……”

是的，我在这书案上向陈映真表示同感，同时作一点补充。

我们希望农村里保持古老的纯朴、耿直，但同时也要改变那种每天把太阳从东背到西的劳作。牧童横笛牛背的风光，是一去不复返了。这个，也是时代的趋势，恐怕也是我们这一代人的责任。

看了他的《夜行货车》，真好。如果《将军族》是他前期作品的代表作，那么《华盛顿大楼》系列小说的首篇《夜行货车》，则是他后期作品的代表作。亲爱的同胞、同行，我在这里祝你一切顺利、如意。

9月17日　阴雨转晴

今天是极高兴的一天，我们去野餐！

说好十一点出发，可是等这等那，等到十一点半才开车。来到一块草坪上。这里有两个大木棚子，几个烤肉架子——我现在知道了，这种随处可见的铁架子是供野餐烤东西吃的，还有秋千、滑梯。天忽然下起雨来，雨点不很大，来得很急，但走得也很急，天又晴了。太阳很暖。

大家一起动手，把冰块和饮料倒在桶里；扎排球网；包玉米——把玉米剥好，抹上黄油，撒上盐和胡椒，包上锡纸；在铁架上放好煤球，再在煤球上倒上汽油，点起火来烤肉了。我只要了一个肉饼和一个半生不熟的玉米。吃完饭，大家就一起唱歌，彼得吹口琴，爱德文弹吉他，唱得好快活。那西德女作家则坐在一边，泪汪汪的。“她是怎么啦？”我说。“她有很多不顺心。”潘耀明说，“她到这儿来过不惯，想家。而且她来这里，她在德国的工作也许就要保不住。”“那她不要来好了。”我说。我不喜欢这个女人，神经兮兮的。

彼得放下口琴，叫我一起去打排球。我说我不会，他还是拉我去。起先，爱德文、潘耀明、我、芬兰女作家几个人在一边，打了两局，输了两局。后来，爱德文提出调整阵容，把Alex要过来，把我则推过去。而我一过那边，那边便开始输，输了一局。彼得把菲律宾诗人、印尼诗人几个年轻人叫过去，布置了一通，说些什么，我也听不懂。第二局开始了，我发现我们这边的战术好像有一个变化，那就是——当我要接球时，他们都从四面扑过来，从我这里救走这个球。我很惭愧，不过，令人欣慰的是，我发了几个漂亮的球，为我们这边挣得了一两分。当然，我发球是站在界内网前，并且有两次机会，失了一球还可再补一球，这是两方都同意的，当我发过网一个球，那一片叫好声，也是双方都参加的。

玩得很开心。却也有一点不那么开心的。

潘耀明对Alex说："你帮安忆联系一些年轻的作家，交流交流吧。"Alex说："好的。不过，我要去问问，人家有没有兴趣。"我听了这话，心里第一句想回答他的便是："你还应该问问我有没有兴趣。"可我忍住了没说，因为我并不期待来这里向人家证明我自己，我只想多了解人家。我很好奇。然而终究有点不高兴。潘耀明沉思了一会儿说："在美国，在香港，你会明白文凭、学历是多么重要的一件事。"这些，我都没有，我只有小说。然而我的小说，他们看不懂，他们似乎只承认用英文写的。好在，说中文的有的是，占世界人口四分之一呢——似乎有点阿Q的味道了。然而我们是阿Q的子孙。

晚上，蓝蓝接我们去看她的录像带，是八一年中国周末的一个晚会。晚会的节目很丰富，是蓝蓝一手搞起来的。有中央舞校的教员许淑瑛的表演，她是蓝蓝请来进行中美舞蹈交流的。在国内从没听说过，因为她从不参加演出，只教学和编舞。然而她在美国却轰动得很。大家都迷上了她，她跳的朝鲜舞比朝鲜还朝鲜——这是南朝鲜女画家朱今嬉女士说的。今年，蓝蓝去中国，看到了许淑瑛，蓝蓝说：“她变了，她身体很不好，衰老了，我忍不住哭了，我对她说：‘你一定要去看病！’后来，我看了舞校学生的一台民族舞，我又哭了，我说：‘你可以放心了，后继有人。’现在许淑瑛带了几个学生去西藏采风，那是她最后一个没有去过的地方。她是个优秀的舞蹈家。”晚会上，还有一个笛子独奏，演奏者是“文化革命”中从广州游泳到香港的，后来到了美国。他开了一个出租汽车行维持生计，业余时间组织了一个乐团搞演出。他有三个孩子，生活得不容易，好几次，有人偷他的汽车；他出去和人打，打得头破血流。他很想家，据说，那年，毕朔望他们遇到他，问他想不想回去，他没开口就哭了。……演出很成功，结束时，全场起立，长久地鼓掌。哦，中国人啊！

外面下了一阵小雨，地，湿漉漉的。

9月18日　阴

下午和安忆、潘耀明一起去医院看望安格尔。这是美国大学最大的一所医院。楼下大厅像是银行，沙发摆出一个一个的中心：又像是一个漂亮的剧场休息厅，厅外草地上有室外茶座，有小卖部，有自动售餐处，有可供热饭的微波炉，有一切方便病人及其家属的设备。总之，像音乐厅、候机室、剧场休息厅，没有那份嚣杂，多了一份幽静，只是独独不像我概念里的医院。

安格尔住的是一间单人病房，病床边有无数的电线和电钮。有电话、遥控电视开关（电视机斜按在对面墙上）、电灯、电铃、调节床的电钮。床的各个部位都可以升起，可以放下，总之可以帮助病人改变各种睡的姿势。难怪这床下有那许多条条杠杠，从下面看，更像一台机床。

坐在床边闲聊，心里不由地想起去年，好像是春季吧，我曾坐在上海华东医院巴金先生的病床边。他因跌了一跤，股骨受伤，住进了医院。他见我们说的第一句话，就是："现在真体会到'打倒在地，永世不得翻身'的味道，很不好受。"原来他上了石膏，整日整夜只能平躺着。由于不能翻身，已影响到睡眠。现在看见了这张床，想起了巴金先生不得翻身的苦恼。

病人要开饭了，我们等着看看他的饭菜；是一小块排骨，一点洋山芋冷菜色拉，一小盒冷牛奶，一个梨。从伙食上看，不如上海的华东医院，记得那次巴金吃的是明虾，而且做得极香。

从医院出来，华苓请我们去中国餐馆翠苑吃饭。吃了很新鲜的鱼和虾。最后的余兴，是一盘饺子形的蛋卷，自取一只，咬开来，里面各有一条签语，据说，我的一张最好，是：

Your dearest wish will come true.

9月18日　阴

凌晨三点钟，正熟睡，一阵电话铃响了起来，在深夜，显得有点恐惧。一接电话，是一个女孩子的声音，咕里嘟噜说了一大串，在她声音后面，是一片混沌的人声和音乐声。我听不懂她的话，问她找谁，她问我："你是谁？"我说："你打错了。"她道歉了一声把电话挂断了。可我却清醒得再也睡不着了，等重新睡着再醒来时，已经好晚了。今天和潘耀明约好一起去图书馆的。他问我怎么起得这么晚，我就告诉他那个倒霉的电话。他说："她说什么？你一点没听懂？""没听懂。怎么？"据说七等生房里半夜时也有人打电话给他，是个男的，问他要不要女孩子，四十美元一天。

我们到学生中心去喝点东西，今天的天气很闷热，气压很低。学生中心里只有寥寥几个学生，脚跷在桌子上温习功课，桌子前有一张银幕，在演着一个什么侦探的电影。

“你的气量挺大的。”他说。“怎么?”我莫名其妙。“那天晚上，在华苓家里，许先生公布了你的年龄，你也不生气。”“哦，这有什么。”我想起了，那天晚上，他忽然说:“注意，我要发出一则紧急启事。今天在图书馆翻到安忆的资料，给了我一个大意外，她居然快满三十岁了。”“要碰到美国人，那真要生气的。”他说。“可我并不是美国人。”我说。我是从心底里不生气。中国人没有隐瞒年龄的习惯嘛！我有我的习惯、我自己喜怒哀乐的理由，虽然在美国。“你很大方。”他夸我，我倒不好意思起来，深觉受之有愧。

在图书馆看报纸。很想看报纸。最近的《人民日报》也已经是八月二十六日的了，倒是《明报》什么的更近一些。上面有一些关于国内的新闻——“安徽宿县几个农民炸鱼毒死了多少多少鱼苗”“上海杨浦区破获了多少多少地下客店”“万里对韩国飞机事件表态”——我立即拿给潘耀明看，因为不久前他还对大陆的不表态愤慨得很。在这里，对国际新闻忽然有了兴趣，而且这些新闻一下子变得简单易懂，与我们贴近了许多。潘耀明总是关心港币的价格，“又跌了！又跌了！”他忍不住地叹气:“唉，怎么回事呢?”

为安格尔先生买了一束花，我们说好下午去看他。

9月19日　阴有雨

原订今天去农家访问，因天雨改期。下午叶向东陪我们去购物，然后去他家坐了一会。

他是七九年自费来此读数学，已拿到硕士学位，现正攻读博士。前年妻子来了，儿子也来了。今年妻子生了一个女儿。女儿吃的奶粉，是免费供应的，儿子念小学也免费，这是年薪不到万元者皆可享用的。在中国语言里，就是困难户的意思。他已用一千六百元买了一幢活动房子，房子前后有铁丝拦出草地，房子是列车式的，一间接一间共有五间，约六十平方米。每月需交地价租一百元。他一边读书，一边打工养家。自己功课放在晚上做，做到一两点钟。我们说话时，他的儿子放学回来了。他儿子开始上学时，算术很好，英语不行，今年英语也得优了，邻座的美国小朋友反而要抄他的。他不肯，吵起来，老师反而批评他没有耐心。八岁的孩子长得很瘦小，很沉默，他已学会跟美国小孩打架，来保卫自己的合法权益和尊严了。

路上碰见许世旭，他在加州的朋友帮他申请到一个中国文学研究员的位子。他正在找房子，准备接老婆孩子来美。南朝鲜店老板帮他去找了半天房子，回来说，“五月花”公寓每房收二百三十五元一月的房租，并不便宜；外面三四百元一月，可以租到两房一厅，两个洗澡间，一个厨房。他准备等老婆来了住到外面去。

9月19日　雨转晴

本来说，今天上午去农庄。可是一大早天不好，下雨。Alex来电话说改日子了。然而不一会儿，天又放晴，并且热得厉害。爱荷华的气候真是的，我们这几天经常说这么两句话，一句是：“这么热啊，已经是九月中旬了。”另一句是：“这么冷啊，才九月中旬呢。”总之，太阳一出，就热；太阳一没，就冷。

下午，小叶带我们去他家——他三年奋斗的战绩之一。这是一座可以用汽车拉走的房子，和许多同样的房子立在一大片草坪上，有一个高高的木阳台——他自己修的，里面有五间房间：两间卧室，一间餐厅，一间洗澡间，一间会客室。二十四寸的电视机、录音机、地毯——他很幸运，买这房子时，房主刚刚新铺了地毯，这是一种粘贴在地上的地毯。他刚生了个女儿，周围的邻居都纷纷送礼，小叶说："后来才知道，父亲应该请人家抽雪茄。"在这里生孩子基本上不需负担什么，一切都是免费领取：牛奶、奶糕，包括母亲的营养品等等。这里给婴儿吃的一种牛奶里掺有比重很多的黄豆粉，这样有营养又容易消化。那小毛头很壮实，脸蛋儿红红的，很好看。这是他家的第一个美国公民。据说，小叶这种低收入的人还可以得到一份什么补助，可他不愿去打听办理，他很客气："像我这样，连税都不要我交，已经很受照顾了。"他不愿意受照顾，曾经主动去交税，结果退还给他，并且根据一个什么条例，退给他比他交的还多。在美国，就是不能失业——小叶说，只要有工作，都能过得去。他现在一边读博士学位，一边在学校里教课。不一会儿，他的儿子阿伟回来了，他才八岁，跳级跳到三年级。上了三年级，就可以骑自行车上学。因此，他是骑着一辆小小的两轮自行车回来的。在美国，自行车和行人是走在一起的。他一到家，洗洗脸就坐下来看书，看电视，也没有家庭作业。他们学习得很轻松，小孩子在这里是很开心的。这孩子看上去比他的实际年龄要成熟，不爱说话，看人的时候，眼睛很机警。他爸爸说，他不肯受人欺侮，老和人打架，挺有志气。有一次，和一个比他大的美国孩子打架，把人家的眼睛打出血来了。小叶向那孩子说："你比他大。"又让阿伟对他说："Sorry。"那孩子便伸出手与阿伟和解了。此事就这么过去了。不过，阿伟现在的志气已经过了头，他常常去挑衅，挑起战事。

9月20日　阴

上午宣布了每个作家在美国国内的旅费，请各人作旅行计划。

旅游局也来人作了一番宣传。

读了几十篇台湾作家写的短篇小说，我发现绝大部分是写的知识阶层，而且是写知识分子的自我。要说细致，那是极细致，文字的功力也极厚。在技巧上、选择的角度上，初读时也具新鲜感。往往是从我们过去很少注意到的地方切入人的心灵。但是看多了以后，也就有些“套”感。太多的夫妻、情人、兄弟、姐妹、婆媳、母子，还有种种的“爱念”、“欲念”。也许这也可以称为“家务事，儿女情”。

“家务事，儿女情”，这句话是我熟悉的。六十年代初就有人冠我以这顶帽子，并把它和小题材划了等号，和“中间人物”划了等号。我内心是很想不通的。所以前几年写了两个短篇，一个叫《家务事》，一个叫《儿女情》，以表示这也是两颗极其晶莹的水珠，从它里面反映出来的世界，也许不比长江大桥小，不比十三陵水库浅。后来见到有人写文章，认为《红楼梦》亦是小题材，我就更加坚信不疑。社会上，人世间，一切大波巨澜，无不在这里起伏打漩。“家务事，儿女情”，这是一个通向外界的甬道，看了台湾有些作家的短篇后，更加感觉到这个甬道，确可以通向外界，同时也确可以通往内里。向里，向里再向里，于是只剩了赤条条的皮肉，颤巍巍的心灵。像是一棵没有年轮的树，一个没有齿的齿轮，摸不到时代的脉动，也看不到社会的心态。如果说，这是台湾作家辛苦寻来的一条蹊径，那么同在台湾发表的《夜行货车》《第一件差事》《城仔落车》《梦与狮子》等作品，却使天涯海角的炎黄子孙看了都会同感共鸣，明白今夕是何年。无论从艺术上、责任感上，我都需要学习。听说上海复旦大学已开了一课，专门研究台湾作家的作品。我认为非常需要。

9月20日　雨

晚上，在Jefferson大楼，萧乾伯伯举行报告会，Jefferson大楼是爱荷华大学的国际学生俱乐部，专为外国留学生服务，有很多服务项目，其中有一项，是为留学生找朋友——根据自己的要求。潘耀明的要求是——第一，女性；第二，年轻，第三，要会说英语——已经联系上了，约定二十六日晚上在这里见面。

萧乾伯伯报告的题目是“一个知识分子在中国的生活”。他的英语说得十分漂亮，他说了自己一生的经历，然后请大家提问题。彼得第一个提问：“过去中国叫美国为走狗、帝国主义，建交之后却不这么说了。这种情况以后还会改变吗?”爱德文接着问：“中国出版有没有自由?”等等，问题与萧乾报告的本题毫无关系。最后，爱德文又一次站起来问：“中国的青年人对宪法、对宪法的修正有什么看法?”萧乾伯伯突然把这个问题推给了我，让我回答。我怔住了，多亏吴祖光伯伯为我解了围。

Esther对我说，要小心，今后还会遇到很多这种问题。我说我不喜欢牵涉政治的问题。她说，不可能避免，因为来的大都是第三世界国家的作家，对政治敏感而又很关切。“为什么，来的都是第三世界的国家?”我奇怪，“这似乎是‘国际写作计划’一贯的原则。”她说。忽然，我感到一种说不出的滋味，好像一下子有点高兴不起来了。

9月21日　阴

下午一个人搭学校巴士去市内，会合安忆去逛百货商场。

这是一个两层楼的商场。内有电影院、餐厅、咖啡馆，有当场现碾的鲜桔汁、服装、鞋子，直到鲜花，一应俱全。商场中央有盘旋而上的楼梯，也有电梯。两边随地都有长椅、烟缸，可供人休息。转了一圈，我有点累了，便坐下休息，安忆一个人在橱窗外面徘徊、观望。

一个男子在食品店门口捡起一张废纸和一个硬币，纸丢入废纸箱，钱放入口袋。

一个年轻极美的女子，披着长发，戴一顶男式礼帽，穿一件黑色长大衣，手里夹着一支雪茄，活泼泼地在路上走……

商场中央的花砖地正在修理，一个中年以上的工人，跪在那里把砖拼成扇形……

我们终于买了一双袜子，一包方糖，离开了商场，又走在其他的橱窗外面。天阴沉沉地，风里已有冬的气息。我们穿得单薄，有些冷，急于想回去了。可是当我们到邮局买了邮票出来，就发现已经迷了路。两个人匆匆走在人很少、汽车很多的街上，顿时有种身处异地的孤独感。在穿马路的时候，安忆拦住一个人，用她那几句英语问清了路，才找到回去的搭车站。

9月21日　晴、大风

早上原本没有安排活动，可十点多钟时爱德文来了，挨门送入一张通知，十一点钟去EPB旁听写作班上课。三楼教室里，一群年轻人围坐着，一个老教授正在念作品。过了一会儿，Esther来了，我很高兴："你怎么来了？""刚才碰到爱德文，他说你在这里，我就来了。"她听了一会儿，在稿子背面写给我一句话："你为什么来？"我回答她："我没什么事。"她又写："我们出去。"于是，我们便出去了。Esther说："他在念作品，一边念一边说：'这儿应该集中一些，那儿应该拉开一些'。咱们没看过作品，坐在那里没有一点意思。"我想，即使看过作品，也不会有什么意思。

我们上到四楼，去"写作计划"办公室玩。那里，Alex和一位女教师安娜正和许先生一起研究他的作品翻译。他的诗是用中文写的，在南朝鲜请人翻成了英语，翻得不成功，现正在润色。难怪人家译不出来，他的诗也太刁钻古怪，什么“我的误堕的纯真”“我囚禁白天又守护黑夜”。大家都不大明白，反复问他：“是你把白天关起来，还是白天把你关起来？”他自己也笑了，好像有些羞愧，说：“这是我二十年前写的诗，那时太年轻了。”

“工作辛苦啊！”爱德文大叫着进来了，从冰箱里拿出面包、白脱，摊了一茶几，开始吃午饭。于是我们也想到要吃饭了。大家一起到“Iowa House”楼下的学生餐厅吃自助餐。许先生一定要请客，就让他请了。这里的生菜滋味竟想不到的好，我就吃了一大盘生菜。安娜是希腊人，但上两代就已在美国生活。她长得很高大很美，而且神情温和，我想，她一定是个好老师。她说她看过我的《小院琐记》了，非常喜欢。她要让她的学生都读这篇小说，她是教修辞课的。Alex趁机说，能不能让她的学生和我认识认识。可以呀——她说，很好，她很喜欢这样，但是她要安排一下。

吃完饭，我给妈妈打了个电话，让她搭学校巴士进城，我在图书馆这一站等她。她很紧张，我说：“反正我就站在车站上，你一看见我就下车。”本来，我们决定，下午去逛农人市场，今天是星期三呀！在车站等了一小时，冷得直打战，今天冷得和冬天一样了，可我只在汗衫外面穿了一件外套。老远看见一辆巴士开来，妈妈趴在车门前张望。去逛了Old Capital，又去了邮局，等从邮局出来之后，我就完全地迷失了，左右上下地乱走了一阵，才回到市中心，然而妈妈对去农人市场已经完全没了兴致。而且天很冷，风很大。现在的问题就是要打听去“五月花”公寓的巴士了。一个老伯伯正要过马路，我去向他问路，他热情地给我指点着，我已经明白了，他还反复说着。让行人过马路的白灯“Walk”换成了红灯“Don't Walk”，红灯又变了白灯，他还继续说，他很愿意说似的。等我们终于离去时，白灯成了红灯——Don't Walk，他一个人站在马路边上等着，汽车流水似地过去，人很多，正是放学的时候，一街的大学生，年轻得要命。他很老，有点孤单。

晚上看电影，是四个小短片，介绍四个现代诗人——庞德、耶茨、Cumminy、Roethke。电影拍得很有意境，我发现全世界的诗都是要唱着念的。电影结束后才九点半，Alex开车带我们去一家夜市很晚的商店买东西，那里有烈酒。我买了一只鸡一块肉，还有一个西红柿、几个香蕉。Esther警告我："这里的东西特别贵，是爱荷华城最最贵的。""贵就贵一点吧！"我说，我想到我们冰箱里已没有任何存货。过秤结账时，才知贵到什么程度，这么点东西，要十元钱，要知道，在Eagle，一大包鸡腿，才八十美分呀！潘耀明赶紧把他挑好的一只鸡放弃了。我不明白这里凭什么这么贵，难道就凭它夜市开得晚？真可气！

潘耀明和许先生打赌，潘耀明说明天是中秋，许先生则说今天是，回家看日历，谁输谁买酒。Esther劝潘耀明："你还是收回吧。今天是中秋，我们台湾学生刚庆祝聚餐呢。"潘耀明很固执："一定是明天，我在日历上作好记号的。"

9月22日　阴

约了叶向东去南朝鲜店买馄饨皮，明天华苓叫我们去吃晚饭。大家约定每人带一个菜去。我们还是老套子，包馄饨。顺便买了两包豆腐粉，以备随时可做豆腐吃。有罐头的雪里蕻像茶杯口那么大的一小罐，要六角多一罐。雪里蕻炒肉丝实在是一种美味，虽然它要比鸡贵得多。介绍给吴祖光，他立刻也买了两罐。

今天是中国的中秋佳节，可惜满天是云，没有见到月亮。

9月22日　阴

到底是许先生赢了，昨天是十五。潘耀明极其懊恼，他的日历上，莫名其妙地在二十二日这一天上打了一个红印，表示节日。我帮他和许先生吵："我们中国有些地方就是过十六不过十五，十六的月亮比十五圆。"窗外并没有什么月亮，秋风萧瑟，寒气逼人。

上午上英语课，七等生也参加了。老师总叫不好他的名字——七。我们说，你就叫他Mr.Seven好了。西班牙的卡罗读起英语来又急又快，舌头"得得得"地滚着，大家都忍不住地笑，他自己也笑。我今天新换了一件毛衣，大家都问我，这毛衣是不是在这里买的？我说不是，在中国买的。他们都说很漂亮。我这回可为中国服装争了光。他们都说我的衣服好看，当然，他们总是这么问："这在香港买的？""这在美国买的？"其实，我的这些衣服还都是旧的，在家随便穿的，并不是为出国而做的。为出国而做的一套西装，至今没有穿过，今后也不打算穿。在美国，穿得很随便，这是一个大好处。

中午，那位访问学者何人杰来电话，商议国庆的事情。如今，中国学生多了，有五十几个，所以成立了联谊会。今年就准备以学联的名义召开国庆招待会，问我们愿不愿与他们合办，他们决定自己烧菜，每人烧一个菜，两元钱的标准，既俭省也很亲切。

李章来信了，他是从连云港寄来的信，在路上整整走了十天。他说他们又在巡回演出，还是那样的生活，和十年前，我在那里的生活没有两样：那演出，那团体，那县城，那石子路，那夹着沙土的风……不由沮丧起来。怎么生活会一点没有变化，一点点变化也没有。

9月23日　晴

看见了！早晨起来，从窗口望见那雾霭升腾的爱荷华的上空，有淡淡的一个月亮。道道地地的美国月亮，不大，不过很圆，这当然是因为农历八月十五日的缘故。可能是在窗前吹了风，我忽然连连打起喷嚏来。人说打喷嚏必有人在念叨。难道人有一种感应力，能穿越地心？上海这时候正是晚上，他们已吃过了“飞行员标准”的晚饭（儿子来信说，他当家给爸爸吃的是“飞行员标准”的伙食）。他们在做什么呢？一定坐在电视机前面……

拉开半个地球的距离，来看自己过去的生活，似乎有些刻板，也有些刻苦，除了一卷在手，很少娱乐。日子几乎是从一个模子里倒出来的。但是现在它却像涂了一层釉，变得那么鲜亮，亲切，发出一种诱人的熟悉的气息。

晚上去华苓家吃饭，原来是芝加哥大学的李欧梵、威士康辛大学的刘绍铭来了，还有两位台湾来的研究人员。前两位是来过上海的，曾来作协作过讲座。当时看他们一脸严重之色，未得好好交谈。他们也反映当时的场面太正式，台上台下难于交流。

晚上回来，见曼瑞在八楼走廊和各国作家开周末“派对”。邀我们也去，因为实在太累，安忆去吃了一块油煎锅巴就回来了。

美国非常注意周末。华苓就是在安格尔开刀住院期间，也没有把中国朋友的周末活动忘记过，总是安排得热热闹闹的。

9月23日　晴

下午一点三刻，蓝蓝开车接我一起去艺术馆。美国著名的踢踏舞蹈家金凯利到爱荷华来了。今天下午举行他和大学生艺术系同学的交谈。这是个小小的礼堂，阶梯式的座位，小小的舞台上放了两个沙发，一个茶几。在座的不仅是艺术系的学生，还有别的人，比如老人和孩子。有些学生胸前别着金凯利的头像纪念章。

他来了，大家不约而同地站起来，拍手，微笑。他向大家挥手，然后剥了一块口香糖扔进嘴里说："我已经说了二十小时的话了，我想我可以吃块口香糖了。"紧接着，大家便开始向他提问题，今天的提问不涉及他的私事，这是他事先要求的。问题提得五花八门、各种各样，想到什么提什么，一无顾忌。这是个没有顾忌的民族。

有人说："明天的足球赛休息时，我们要表演舞蹈，那是您的步伐，您是否可以表演一下这步伐？"

金凯利表示为难。

"人家都说，一个舞蹈家在任何时候，站起来就能跳。"

"我不明白为什么会有这种认为。"他很遗憾。

"你身体这么好，是靠什么？"又有人问。

"我真诚地吃，真诚地睡。"

"你做什么运动锻炼？"

"打棒球，跑步，我从不用跳舞来当作锻炼的运动。"舞蹈对于他是神圣的，他极爱它。

"哇——"一个小孩子大声嚷了一下。

"哎——"他尖声回答他。

"我在旧金山买了一张您拍的电影的唱片，你能不能在上面签个名？"一个女孩子问。

"当然可以。"

"作为一个祖母，我是否能向你提一个问题？"一个老太太说。

"作为一个祖父，我一定尽力回答你的问题。"

一个小小的女孩子向他提问，声音很弱小，只听见金凯利慈爱地连连说："是啊，是啊。"

"你认为对于舞蹈来说，什么是最重要的？"

“努力、努力，再努力。”

“你在不幸的时候，是什么使你重新站起来？”

“这种时候，”他说，“要相信自己的力量，要有自信。运气和机会很重要，我们要为这运气和机会作好准备。当它们来的时候，我们不致一无准备。我很幸运，上帝和大自然总是给我机会。”

“当今是电子时代，你认为金属对艺术有没有损害？”这是个先进国家的艺术家都在忧虑的问题。

“是啊，”他说，“现在太讲速度了，当然，如果在这速度之下，建立新的艺术美学观念，就更好了。”

“您现在正导演什么电影？”

“正拍一个舞蹈片，名字叫——《这是舞蹈》。已经完成一部分了。”

“您过去演的电影是不是会重新拿出来放？”

“我不知道，”他说，“我不知道。不过，艺术表现的只是今天的生活，当今天成为过去，何必再拿出来呢？何必呢，不必了。我不知道。”

过了一会儿，他又说：“我觉得现在的艺术里，色情的、打斗的东西太多，对人们也许不会有太大的好处。”他回答这问题时，流露出那么一种令人感动的情绪：

豁达，又有点忧伤，一点点忧伤。对自己成为过去很豁达；对不是自己的现在，有点担忧，仅仅是一点点的担忧，没有别的。他已经七十多岁了。

晚上，在聂家聚会。从维斯康辛来了几位客人：一位是刘绍铭教授，一位是台湾的《中国时报》正在美国读书的副刊编辑高信疆先生，另一位是台湾近几年成名的在美留学的报道文学作家古先生。另外，从芝加哥大学来了一位李欧梵教授，这位先生我曾经见过他一面。那是在八〇年北京文学讲习所的时候，他由毕朔望陪来与我们讲美国文学，并且谈了对中国当代文学创作的看法。当时，讲习所的作家们对他不感兴趣，觉得他对双方的文学的了解都肤浅，多亏中国和美国有偌大个太平洋隔阂着。而在这里，大家却都很赞扬他，说他带的中国文学班是全美国最有成绩的班级之一。从维斯康辛还来了一个美国学生，跟着刘绍铭先生修中文，名叫克瑞思。当他用中文对我说“你好”的时候，我简直吓了一跳，就好像看到一匹马开口说话了。他说了一口极好的中国话，他喜欢《红楼梦》，不知他是懂了还是没懂，但他说他喜欢。与他交谈了半个小时，只挑剔出他一个错句，我问他：“喜欢上海吗？”他说：“喜欢，但是，上海很美。”“但是”——他错用了这个转折复句的关联词语。然而，还是非常令人惊异。他的普通话绝对地要比潘耀明说得好。Esther一个劲儿地夸他，他只是谦逊地微笑，他连中国人的谦逊都学会了，只是那谦逊里总有些得意。

那位古先生也过来参加我们的谈话。他在维斯康辛读书，修学位。他告诉我们他在那里遇到了一个上海家庭，父母挺有钱，在上海也算是有产阶级了。他家两个女儿都经历了插队落户，这二三年里先后来了美国。他似乎与其中的一个有了一段感情，可是，在一个舞会上，那女孩突然之间拂袖而去。他问我：“你们上海姑娘的感情究竟是怎么一种类型？”“有很多种啊！”我实在答不上来。Esther说：“我们这里放过一个大陆电影，叫《山路弯弯》。”“那不算是好电影。”我说。“可是我们台湾的男同学特别特别喜欢那个女的。我们从来没看见过这种爱情。这么专一，这么真诚，这么无私，又表现得那么含蓄。”“是啊，可是……”我说不出什么来，这是个太复杂的问题。社会在他们发展的同时失去了很多质朴的东西，古先生还沉浸在他的思想中：“唉，上海姑娘，上海千金！”他打算写一组《M城的故事》，专写移居在美国的人，第一篇就是这——《上海千金》。其实——我忽然想——这就是美国，很多很多移民的故事，合成一个美国的故事。

然后，大家唱歌，一起唱康定情歌——“跑马溜溜的山上……”越唱越快，“呀，有这么快的情歌吗?”有人置疑。“当今世界，爱情就是这样的节奏。”——很多人回答。

当我们回到“五月花”时，已是深夜一点多。走廊里坐着几位作家，放着音乐，在开舞会。今天又是周末。

9月24日　晴

请谭嘉开车送我们去图书馆。今天是星期六，假日，偌大一个图书馆，只有三五个人在看书翻报纸，大部分还是中国人。

三八年的《申报》没有找到，只有更早期的，只好失望而归。回来时，只见往我们相反方向汽车接长龙。原来今天下午有球赛，球赛休息时，有《雨中曲》里的主角舞蹈表演。

晚上在那音乐厅里看《雨中曲》，这可能还是美国五十年代的电影，在国内放映过。电影后有这位演员和观众见面。我没看过，所以也去看了。票价是七元五角一张，是“写作计划”请客。电影后未及见到这位演员，就匆匆赶回，因为一位台湾籍朋友约好要来和安忆交谈。

这位来自台湾的朋友很活跃，也很年轻，不过头已微秃，是位富于冒险精神的青年。他在康斯坦丁念文学硕士。他谈了来美学习的经历，十分有趣。

他来美国后，开始生活在华人圈子里，后来发现这对自己学习英语不利，便搬到一个美国学生的宿舍里去。他说:“这是一所嬉皮士住的宿舍。是否能住进去，要经过居住在那里的小组考核。”于是问了他许多问题，其中一个是对于同住的女生，会不会感到困惑?

答曰:“不会。”

结果住下以后，发现这里是男女同浴，当中只隔了一道幔子。游泳也是脱得赤条条地。她们身上光光的，会以十分自然的姿态跟他招呼。“Hi！”他绘声绘色地逼细了喉咙，举手作了个招呼姿势。

“那么，你习惯吗?”我不禁问了。

“开始不习惯，现在感到脱光了游泳，是一件极舒服的事。”

在那个宿舍里，伙食也是集体办的。他们把每种不等量的劳动分成点。烧饭是四点，洗碗是一点。每人每天需完成七点。他们工作十分认真。每月一次大扫除，把所有劳动项目写好，贴在墙上，各人自己去认一项，开始那一阵，他去认了一项打扫煤气灶的活，认为这一项最简单，把煤气灶上面擦擦干净就行。谁知道这集体的要求是很彻底的，活儿需要返工。要把煤气灶全部拆卸，凡是可拆的都拆开，擦干净以后，再重新装起，是一项最费时间的活儿。结果人家都弄完了，就他还未完工。

嬉皮士以反中产阶级为其主要精神。他们认为美国已被中产阶级垄断。他们当中，有的也出身于中产阶级家庭，但从不要家庭接济。按我们的话说，在经济上划清界线。他们一边读书，一边设法去打工赚钱。看他们一个个膀圆腰粗大男人，却在宿舍里孵豆芽。孵出豆芽以后，又小小心心，锱铢必较地秤，七十五美分一小包，自己推个车子出去卖。他们以吃素食为主，当然鸡蛋、芝士是不算荤的。有一次为了是否要接纳一个带一条小狗的女生进来住，大家讨论了一个晚上。提出各种可能出现的情况要女生回答。最后总算一致通过。

他们也吸大麻，开会时大家围坐一圈，把卷成细细的一枝大麻，一人一口轮流吸。他们也很讲友谊。有一次，他情绪不好，一个人躺在床上发闷，一个同学便来安慰他，卷大麻给他吸，并告诉他，这不是毒品。他吸了差不多半支，没什么感觉，那同学吸了他剩下的半支，手发抖，可能已出现幻觉。

我熬不住问这位年轻的朋友，今后是否准备换个地方住。

“不，再没有比这个集体更好的了。”他回答说：“一般的穿衣、吃饭，我已经体验了三十多年了。”

这位三十多岁的年轻朋友，给我们介绍了一个小小的角落。这个角落，位置应该在那五颜六色的橱窗里面。

9月24日　多云、风

上午，谭嘉开车送我们去图书馆借书。回来的路上，看到行人都穿着黄黑两色的衣服，这是爱荷华城徽的颜色，也是爱荷华大学校徽的颜色。人和车都往一个方向开。原来，下午一点钟，要比赛足球，爱荷华大学和外校比。越近球场，汽车越多，汇成了一条长长的河流。向球场拐弯的地方，站了几个学生，拉起一条横幅，上面写了几个字，大意是请过往汽车在此处鸣喇叭，表示对球队的声援和支持。在平时，公路上任何地方都是不允许鸣喇叭的。

“好像全城的人都去看球赛。”我说。

“足球是美国人生活的一部分。”谭嘉回答我。

我想，什么时候，应该去看一场足球。

晚上，和妈妈去Hancher看金凯利主演的电影《雨中曲》。当银幕上出现金凯利的名字时，当金凯利第一次出现时，当他每一段舞蹈结束时，大家都情不自禁地鼓掌。那时候，他真是年轻、英俊，手脚灵便，充满活力。美国并不如同有些人所说的那么功利和薄情，并非只记着眼前而把过去都忘记。美国人会用很多感情去记忆一个人的，问题是这个人必须有充分的理由存在别人的记忆里。

从Hancher回来，走近“五月花”时，正遇到古先生从聂家所在的那个小山坡上走下来，便请他上我们那儿坐坐。

他喝了很多可乐，谈了很多他们维斯康辛的生活，极有意思。他说：爱荷华是个保守的地方，而维斯康辛要开放得多，而且大得多，美丽得多。那城里有很多嬉皮，他就生活在一伙嬉皮中间。嬉皮的标志是彩虹，因此在他们身上、帽子上、头巾上，或衣服上，常常能看到一道彩虹，并且留长发，长胡子——对了，我想起来，我曾看见过这么一个奇怪的人，前边是长长的胡子，后面是一条长而粗的辫子。当他想住进这幢房子的时候，他们先让他试住了几天，然后他们开会研究——他们每星期要开一次会，共同讨论要解决的问题，比如收一个新房客，换一块玻璃，他们没有头儿，一律平等。开会讨论过后，再把他叫进去，进行口试。四个人将他围坐着，向他提出种种问题。其中有一个是：“男女之间没有约束的生活，你会感到困惑吗？”他极爽快地说：“不。”他们对他很满意，留下了。据说有一个北京学生没有得到他们的首肯，给赶走了。然而他没想到男女之间会是这种情形——他早上去刷牙，看到公用的浴室里有个女孩子在洗澡，一丝不挂。他很窘，想退出去，却又想到自己的诺言。那女孩子则十分镇定，对他说：“Hi，good morning！”不过后来他也慢慢习惯了，因为他们只是认为：裸体没什么可羞，人刚到世界上来的时候，就是这样的。实际上，他们很守规矩，从不乱来，界限分得很清。他们提倡自食其力，自己养活自己，可是不知为什么，他们选择了一项工作是——孵豆芽。孵好之后就拿到市场去卖。大大的个子，用一杆小小的秤，那情景是十分滑稽的。他们平均分配劳动，每人每周必须劳动七个小时，每月一次大扫除，每人负责一项工作，放着音乐，一边跳舞一边干。有人实在完不成定额，大家就会帮助他。他们使自己过着一种原始共产主义、部落式的群居生活。

也许——我想——这个社会太重个人了，个人、自我，发展到了尽头，无路可走，则反过头来。力量太大，转折过急，便成了一种反弹，从一个极端到了另一个极端。

9月25日　晴

中午正吃饭，忽听有人敲门。一开门，见七等生站在门口，神色紧张又有些不知所措。他一手拿了一个信封，一手拿了一只碗，一五一十地说："星期五去买东西，没有去东西店，所以我没有买米。米没有了……"我赶紧说："来吧来吧，我们有米。"他举起手里的小碗："我只要两碗就够了。""不用量了，随便拿点去吧。"我们都说。可他执意不肯，只好由他去量了。他量得很仔细，一定装满，而后用手在碗口上刮平。

晚饭前，小亮接他太太回来，顺路过来，为我们送来台湾李敖的文集。这位李敖是个鬼才，批评家，无所不批评，谁也逃不出他的掌心。他骂国民党，国民党把他关了十年，他在狱中十分逍遥自在，出来反倒年轻了，于是他说："国民党帮我留住了十年的青春。"可是他也骂左派，什么人都骂，有时候也骂得颇有道理，比如，他骂三毛："台湾有那么多受苦人，她却跑到沙漠去大发怜悯。"人们恨不得把他干掉，而国民党却开始保护他，怕他被人干掉。因为无论他被谁干掉，都会被怀疑是国民党干掉的。

吃过晚饭，七等生来邀我去"Iowa House"看电影，是一个西德电影，很棒。是美国某年评出的最佳外国片，得了奥斯卡奖。然而今天晚上"写作计划"有活动呀！那位南非女作家的一个剧在数学楼礼堂演出。可到了那里，则大失所望，台上坐了五个学生，每个人代替一个角色，只是把那剧本毫无表情地读着。我们东方人全没了兴味，决定退场慢慢走回去。

走出大楼，许先生对Esther说：“你能不能带我去一个地方喝啤酒，我想请大家喝啤酒。”Esther说：“可是，今天是星期天，是做礼拜、望弥撒的日子，酒店都不开啊！”他就只能请大家喝咖啡了。我和Esther不喝咖啡，吃冰淇淋，五十美分，得了好大好大的一球，几乎相当于平时的两倍。“为什么给这么多？”我问Esther，她说：“快要关门了，所以给得多。”吃完后，又坐了一会儿，才慢慢向“五月花”走去。路过Esther的房子，她下了决心，请我们进去看看。她快步走在我们前边，冲进房间，把什么东西塞进抽屉。房间里很凌乱，地毯上乱扔着书、电吹风，可是挺舒服的。这里共有六个卧室，共用一个厨房，两个浴室。Esther对面屋子原先住着一个黑人，她生活很随便，经常带男生进来，最后有一个干脆住下了。于是，她们这儿就等于多了一个男生，而她们原本就是希望不要男生，全是女生的。而且，这个黑人，对东方人的态度很不好。后来，她们就合力把她赶了出去——去和房东说，要么她走，要么她们走。她走了，还没进来新房客。走出她的家，返“五月花”时，遇到了七等生。他兴奋得不得了，说那电影棒极了。他告诉我们，本来这是最后一场，但为了满足大家的要求，明天下午四点半再放一场，于是，大家都激动起来，决定明天去买票看电影。

“五月花”公寓的灯光都亮了，出去玩的学生都回来了。今天是情绪最低落的一天，因为明天是星期一，要上课了。

9月26日　晴

每天打扫走廊、收垃圾的，有一两个人。而固定必来的是一个黑人女孩。她们的工作服是红棉布的，像京戏里的犯人。前两天忽然看见增加了一个中国女孩，是温州人。当时我们匆匆进了电梯，未及多谈。这几天很留意了一阵，想跟她聊聊，可是再也没见到她了。看样子，她的英语并不好，也不像是个学生。我想这红色工作服，也许要比“蓝领”更低一级吧！

下午去大学中心看电影。这个“中心”，和俱乐部差不多。楼下有自助餐厅，摆有桌椅的大厅，有各种卖食物、饮料的机器。学生下了课以后，可以在这里吃、喝、做功课，也可以休息。楼上是电视室、会议室、电影院。门票两元一张，比外面稍为便宜。在这里工作的服务员，全部是打工的学生。

今天看的电影，题名《锡鼓》，是西德片，得过美国的奥斯卡金像奖。陪我们去的李小姐也没看过，但她把听来的大致剧情先告诉我们。说是在第一次世界大战时，一个孩子看到世间很多怪事，也就不愿长大。于是果真他外形不长，但思想感情却依然日渐长大、成熟了。于是以孩子的形体，成人的眼光来看这个世界。背景是从第一次世界大战到第二次世界大战。

听了这介绍后，我抱着极大的兴趣，在影院里就座，看的过程中，李小姐挑要紧的给翻译一两句。看完以后，第一个反映是生理的，我想吐。真的是胃在翻腾，喉咙里滑腻腻地作呕。从理性上说，我不能不承认这位作家想像力之丰富，概括力之大。但从形象上得到的最强烈印象，是当孩子决心不愿长大，从楼上摔下来之后，他具有了一种特异的功能，当他高声尖叫，以示抗议时，面对他的所有玻璃器皿，都会自动碎裂爆破。孩子看到的世界，除了希特勒的暴行之外，就是母亲的偷情。他果然拥有一只神圣的小鼓，小鼓的节奏，使法西斯的军乐变成了《蓝色的多瑙河》舞曲，军队和老百姓跳起舞来。但当他把神圣的鼓挂在教堂里的天使颈上时，却给人（不是神）轰了出来。世界依然是原来的模样。人们把腐烂的马头，抛入海里作为诱饵。再从海里拉起来时，烂了的马头的嘴里、耳朵里、眼睛里，钻满了像蛆似的鳗鱼。人们把鱼捉下来，切去头，煮来吃。于是鱼吃腐烂的马头，人吃鱼；吃鱼，生鱼，熟鱼，于是孩子的母亲发疯了。疯人大把大把地往嘴里塞生鱼。……孩子，实际已经长大了的孩子，于是出现了孩子和未来的后母的床上镜头，——疯狂的世界，疯狂的人。

回来做了晚饭，却没胃口。文学艺术的目的绝不是让人发疯，以疯狂来对付疯狂，我想。

9月26日　晴

上午，去吴祖光伯伯那里借一把菜刀。吴祖光伯伯正在潘耀明房间里转来转去，寻觅着什么。他的房间里发出一种莫名其妙的声音："嘟、嘟、嘟"有点像打电报，又有点像警报。我们将所有的电器插头都拔了下来，那声音依然（后来才知是一个闹钟作怪）。

下午，看了那个西德电影《锡鼓》。

电影开始时，是一大片辽阔、荒凉的田野，刚刚收割过的土豆地。天色苍茫。一个女人生着一堆火，在烤土豆。这时，远处跑来一个人，一个被追捕的逃兵，他请求那女人帮助他躲起来，那女人便让他藏在自己的裙子里面。追兵来了，又走了。那女人只来得及惊呼了一声，一切就完成了。她撩起裙子，男人看着她，扣上了解开的裤扣。他们无言地对视着，无可奈何而又有点相濡以沫地温和地对视着。后来，他们有了一个孩子——人，就是这么偶然而荒诞不经地诞生了，并且还要诞生下去——这孩子长大了，结婚了，生了一个孩子，叫奥斯卡。那是在一次大战刚刚结束，人们艰难又荒诞地生活着，生活很混乱，奥斯卡三岁的时候，忽然有一天，他发誓不再长大了，他永远不要长大，于是他不长了，他永远是三岁。可是，时间仍然在流逝，二次大战爆发了，他的心仍然在长，在他孩子的躯壳里长成了一颗成年人的心。电影结束，仍然是那一片土豆田，奥斯卡的奶奶吃力地拾着土豆，那田野上多了一条弯弯曲曲、荒凉的铁路，一辆载满德国难民的火车刚刚远去。

9月27日　晴

国庆招待会的事情又有了变化：学联人多嘴杂，不同意与我们合办。当然，我们可以作为被邀请者参加，可是，“写作计划”的这么多作家怎么办呢？他们不管了。算了，干脆我们自己举办吧。聂华苓带着Alex来了，订出了方案——我们自己举办，就在八楼的走廊上，我们自己动手做春卷，美国人喜欢吃春卷，他们喜欢吃一切油炸的东西。通知上将时间安排在八点，意思是没有晚饭，请吃过晚饭再来吧。这一天，动员一切可以动员的力量来帮忙，倒也热闹，并且这么一紧张，更加热闹了。

晚上，早早地吃过晚饭，和潘耀明一起去一个“电化教育室”听英语录音。我带着我的课本——是英语班上发的。课本编得挺有意思，极简单的英文，相当复杂的故事——一个有钱的姑娘和一个穷大学生相爱，姑娘遭到一伙坏蛋的绑架，一位神秘人物原来是侦探，坏蛋集团里有一个走投无路、逼上梁山的小伙子——可是没有找到这种课本的录音带。管理员让我留下电话，说一旦找着了录音带就立即打电话给我，因为每一种教材都应该有录音的。没法子，我就用潘耀明的课本和录音，他急着去Jeferson大楼与那位新朋友见面，匆匆地把我领到桌子前，把耳机子套在我头上，安顿好后就走了。八点多钟时，他回来了，说：“我请你喝东西。”我说：“我带你去一个地方，吃冰淇淋。我们现在去，他们一定会给很多很多。”他就跟着我走，而我却再也找不着那天许先生带我们去的地方了。我奇怪它怎么不见了。

“上次，你们是从哪儿回去?”他帮助我回忆。

“是从数学楼回来。那咖啡店里有一面墙故意暴露出粗糙的砖面。”是的，那砖面是有意袒露着的，有意造成一种陈年累月的印象，这个世界太崭新了。并且，在这里，砖是贵重的东西，因为它是直接用土制成的。

“可是，这种样子的店是太多了。那里除了冰淇淋，还有什么?”

“还有甜点心，巧克力。”

“大概是这里吧。”他转身向那边走，我就跟着他走。拐了一个弯，果然是那个咖啡馆，屋顶上垂下郁郁葱葱的藤蔓枝叶。我要了一杯芒果冰淇淋，我决心把这里所有的冰淇淋都吃遍。

“你见着那新朋友了?”我问。

“见着了。”

“什么样子?”

“女的，有四十多岁了。”

“这么大还上学啊!”

“呀，六十岁的学生都有呢!”在美国，上学容易得很，没有限制，谁想上就上，只要有钱。而且银行里专门有教育贷款，可以借，直到你有能力偿还的时候再还。

“唉，在国内上大学可不容易了。”

“可是，中国大学生毕业以后国家给分配工作呢!”

“对了，要是到这里来念书，拿了文凭再回去，那——”

9月28日　晴

天一放晴，立即转热。热得在屋里呆不住，便和安忆去公园看书。看到一些从大陆来美办刊物、拉班子、作演讲的“民主”、“自由”卫士们的发言，颇有些感慨。

中国的民主、自由，不是不可以讨论。我也不认为歌颂一定是爱国，批评一定是叛国。形而上学的危害，我们已有十年的教训。大家都怀着一种急切的心情，希望祖国早日脱掉落后的帽子，摆脱封建的残余，建成四个现代化。就是许多在国外的同胞，他们也跟着祖国的弱或强而沉沉浮浮，而竭尽自己之所能。我们急切，我们奋斗，对某些挫折、失误，我们也会懊丧、会埋怨，甚至会恨、会骂。因为我们和祖国同命运，共祸福。风风火火，跌爬滚翻，哪怕是在沉重的名称下奉献自己，我们都和我们无可选择的祖国在一起。

祖国遭受了挫折，走了弯路，付了代价，没想到竟然也可以作为某种人的资本。可惜的是一旦成为本钱，“卫士们”也便失去了他们立脚的大地，最终他们卖的是什么东西，就难说了。

记得斯大林的女儿，在苏联时不同意斯大林的种种作为，并与他划清了界线，不姓父亲的姓了。可是当她在印度逃进美国大使馆，当使馆官员决定是否收留她的关键时刻，她只能端出她久已不姓的父姓，抬出了斯大林的名字，因为她知道，这还是她身上最值钱的东西。

9月28日　晴

天又热起来了，热得在屋子里呆不住，和妈妈一起去公园看书，那儿很凉爽，也很安静。有两个大人带了几个孩子在野餐，不一会儿，就升起了一缕轻烟，火点着了。天上飘着一只大汽球，嗞嗞地放着气，正在降落。“假如它降到人家屋顶上去，怎么办呢？”妈妈很担心，我说：“那么他们就更加开心了。”

今天一整天似乎都在找小叶，为了采买国庆晚会的食品。打了几次电话，他总不在家。九点多钟时，总算找到了他，可是国庆之前，找不到一个对我们对他都合适的时间。怎么办？妈妈说是否请谭嘉帮忙，可谭嘉这两天很忙，家里来了两个客人，要招待他们安排他们的活动。并且有一次我听见谭嘉在对聂华苓说："听Alex说，你不给我事做，因为我不愿收钱。聂老师，不要这样，我心里会很难过的，我很愿意做一些工作。"所以，我觉得去麻烦她不太好意思。一时上，觉得好像人们都不管我们，竟有些沮丧，可再一想，我们中国人，在这里是最最受照顾了。除了每星期一次的集体购物以外，总还要另外请人开车带我们购买东西。而我常常看见别国的作家自己抱着大包小包的东西。徒步走回"五月花"。我想，这样下去不行，还是要靠自己啊！想到这里，并且想到冰箱里的存货已经不多，便作出一个决定：明天早上一个人去找Eagle。这么小小的一个爱荷华，丢不了我的。洗过澡，研究了好久地图。一边研究一边吃冰淇淋，冰淇淋吃了两小碗，地图还是没看懂。可是明天是一定要去了，因为冰淇淋都吃完了。

9月29日　晴

亚洲小组讲演，发言的有印度、印尼、南朝鲜、菲律宾各位作家。菲律宾这位作家很年轻，是位诗人，他朗诵了自己的诗。虽然语言不通，但他朗诵时的那种激情，诗的音律、节奏，都很动人。印度的作家是一位教授，他介绍印度有十几种语言，文盲很多，文字不统一，给作家带来很大困难。南朝鲜的许世旭英语不怎么样，但他一定要求自己照英文讲稿来念，结果是谁也没听懂他说的什么，给我们做翻译的李小姐也无能为力。

9月29日　晴

一早起来，向妈妈宣布了去Eagle的计划，雄心勃勃，然而不一会儿，吴祖光伯伯来电话说，小叶又来电话，说待会儿开车来带我们去买东西。不觉有些扫兴，却又有些放心，好像一块石头落了地。

这一回去Eagle，我坐在车上，认真地记住了去Eagle的路线，原来那是极简单的路线，一直走，走到那座玻璃落地的木板房子时，朝左拐个弯，再一直走，便到了。原来是那么近那么容易的路啊。我充满了信心，好像从此走遍天下也不怕了。

下午三点钟，召开亚洲作家报告会（不包括中国作家，我们将有一个单独的中国作家报告会）。这些作家，一个总的特点就是充满了积极的现实主义精神。这些国家都比较落后，政治不开明，社会矛盾很尖锐。会前，聂华苓特别宣布：不接受政治方面的提问，最近亚洲发生了一些大事：一是南朝鲜的民航机被打下，二是菲律宾的在野党领袖被暗杀，所以，不要提政治方面的问题。

许先生第一个发言，他是用英语发言的。是那么一种英语，中国人听不懂，外国人也听不懂。总之，他是谈朝鲜的现代诗歌，那历史大约七十年，受两方面的影响，一是中国黑龙江地区民情风俗和文化艺术的影响，二是西方文化的影响。

第二个发言的是彼得，他谈到他的家乡，那是在非洲的一个地方。由于殖民地的关系，本土文化被破坏，作家们常常有这么一种情绪：觉得自己本土太落后，嫌弃它，却又对它怀有一种犯罪感。他读了一首具有代表性的诗，说一个诗人很想回故乡，可当他回到家里，却发现自己对于家庭是一个陌生人，家庭对于自己也是陌生的。

第三个发言的是印度作家，他是一位大学教授，说着极漂亮的英语。他说，要谈印度的现代诗歌，那是在用十几种语言写作的。印度由于分裂，由于甘地的去世，人们不能不有一种绝望的情绪，这情绪当然也反映到艺术上了。正因为有了这许多危机，作家们开始面对现实，作品中充满了批判精神。

一位菲律宾诗人第四个发言。

最后一个发言的是年轻的印尼作家，他已经写了两个长篇，两个剧本，若干诗作了。他的英语不太好，是由瑞克代他念发言稿的。其中有一段这样的——“假如要写风花雪月，我可以奉陪，可是，在这时候，有多少多少人失业，有多少多少人犯罪……”陈映真情不自禁地鼓起掌来。然后，他用印尼语朗诵了自己的诗，虽然听不懂，可是他的激情却十分感染人。

周海瑞来了一封信，他挺有气派的，把信寄到爱荷华大学校长那儿，请他转，而居然也转到了，连同那封寄给校长先生的信一起。信上说，他有个朋友，叫文伟，在圣路易斯的华盛顿大学念比较文学。他们学校的中东系主任原来对妈妈很熟悉，译过妈妈的《百合花》，去年中美作家会议上，还专题谈过妈妈的作品。他欢迎我们去圣路易斯，并能负担路费食宿。我问谭嘉，那儿好玩不好玩，她说那儿有个拱门，挺有意思的。那我们就去吧。

晚上，作家们又在走廊上举办舞会，欢送埃及作家阿里，他明天一早就要走了。大家早早地坐在走廊里等阿里。他去参加一个告别宴会了，到十点来钟才回来，舞会才得以开起来——酒搬出来了，音乐放起来了，舞跳起来了。他与每个人打了个招呼后，便进屋收拾东西。而大家则再也不去管他，只顾自己尽情地跳啊，闹啊，把他完全忘了。

9月30日　晴

今天是艾德温带领大家去访问农家。离爱荷华约一个半小时的汽车路程。

这农户家里只有老夫妻俩，住了一幢两层楼的房子，房前是一大片的草地，有几棵极大的老树。儿女都在大城市工作，家里有三百多亩土地，种的都是玉米和黄豆，现在正在收获。今年天旱，庄稼很受了影响。这里一切操作虽已机械化，但似乎也要靠天吃饭。男主人给我们介绍说，按今年的收成与投资的成本算下来，要亏损。他说："银行虽有低息贷款，但还是要付息的，不过低一些而已。"这一片土地是他岳父半送半卖给他的，和二三十年前比较起来，这里的土地价格在下降。

男主人体格结实，很少笑，十分认真地带我们参观，仔细讲解；他给人的印象，是个诚恳、可信赖的朋友。问他为什么光种玉米、黄豆，不种些经济作物。他抬头望望远处的土地，然后友善地看了我一眼说，他曾经想过，也写信问农民协会，协会回信说，这里的土壤只适于种玉米和黄豆。

这里的农民协会似乎在起一个相当大的作用。二十多年前，这里第一个发电厂也是由农民协会吸收了大家的投资办起来的。后来政府看到农民用电很多，于是办起了又一个发电厂。

两位主人开了车，陪我们去田里看看。大型的联合收割机正在一个年轻人的驾驶下收割黄豆。联合收割机很漂亮，驾驶室里有电视，有冷气，但是它只能收割两寸以上的豆子，下面的都撒在田里，主人说，每亩要损失十到十五美元。

这里的土地连成片，看不到有灌溉的渠道。农民家里的用水，取自一百米之下的地下水。这两位主人是"国际写作计划"的资助人之一，每年"写作计划"活动时，他们都招待各国作家去作客。女主人还记得丁玲、杨沫，说："杨沫吃了很多甜玉米，吃过了就睡觉，还打鼾。我喜欢她。"

午饭吃得很好，都是自己生产、自己做的，很干净，不油腻，很合中国人的胃口，特别是甜玉米，真是十分可口。饭后大家都在他家门口草坪上坐着、躺着休息。这也是一种美国的生活方式。客人不进屋，吃饭自取，粗心的人，恐怕到最后也不知主人是谁。

下午参观另一家的养牛场和养猪场，牛栏猪栏里的气味跟中国的一样。

9月30日　晴

今天，参观一个农人的农场，农人的名字叫Catherine E Wilson，这个农场所在的地区叫Springvilleg，是不是可以译作春的乡村，假如可以，那就是一个很美的名字。上午在他房子的附近看了他的农具仓库、他的农业机械。他过得并不十分富裕，也就是说，他发不了财。但是那生活还是很有乐趣，他吃的东西，全是自己生产出来，自己制作的，那一定很好吃。女主人谈到前两年来过的杨沫和丁玲，她很喜欢杨沫，说："她吃得那么多，吃过了就睡，还打呼。她很友善，也随和，我喜欢她。"男主人把吴祖光伯伯认作了萧乾。看来，他们对每年去的中国作家都有深刻的印象。Alex每年都陪作家来。他说："每年来，热心参观的都是中国作家、东欧作家，还有几个非洲的。西欧作家从来不热心，总是坐着不动。"果然，那西欧的几位坐在树荫下已经大吃大喝起来。

农人和他的邻居们一起招待我们，午饭很丰富，都是新鲜的东西：牛肉、甜玉米、土豆片、黄豆、鸡蛋、西瓜、西红柿、甜点心。大家都吃了很多。我很喜欢吃。在我们桌上的一个老人，是Wilson先生的邻居，说是邻居，其实也相距了几十里路。他七十岁了，须发都白了，可脸色红润而结实。他太太穿了一身鲜红的衣服，是个教师。我们夸她年轻、漂亮，他说："她当然年轻，什么事情都是我来做，她生活得又舒服又轻松。”房子前草地上竖着一杆星条旗。“今天是什么日子？”我们问主人。

“什么日子也不是。”他回答。

“为什么要竖旗？”

“不为什么，爱国嘛！”他们对自己的国家很满意。

吃过饭，就乘车到玉米地和黄豆地去看收割机收割。那是一个十分庞大的机器，驾驶室里有空调，有收音机，还有电话。我想起，这正是收割黄豆的日子。我插队的大刘庄，也是种一季黄豆，也是这时候收割。那是用镰刀一镰一镰地割，连割带砍，手上全扎满了刺。现在，这时候，他们还在割吗？我想应该是，分了地，地成了一小块一小块，用不了机器。下了车，在收割过的地里走走。爱德文让我爬进驾驶室跟着收割机跑几趟，印度作家和爱尔兰诗人也挤进来了。我们三个人挤成一团，把那驾驶员挤在角落里。那是个淡头发、一鼻子雀斑的小伙子，他极困难地操作着，可仍然很高兴，向我们介绍机器上的种种设备，好有意思。

下了收割机，我们上了汽车，去一个教堂。这教堂很朴素很干净，这是一个特别的教，好像叫Qwheker，是基督教里的一个分支，它的教义是和平、反战。不讲究形式，主张每个人都可以直接地与上帝亲近和接触，用不着通过牧师。所以他们做礼拜是没有特定的人讲道的，谁受到了感应，谁就上去布道。

“谁能证明他是受了感应呢？”我问Esther。

“大概由他自己证明吧。”她回答我。

而且做礼拜也没有形式，大家坐在一起默想，也不念圣经——圣经是在家里念的。

这种教，在全国各地，甚至全世界各地都有，但在每个地区，都不可能有太多的人，因为那需要一种默契，要心齐，人多心杂嘛！在越南战争中，这个教给双方都送食物，并且规劝双方停战，而那显然不会有任何结果。

离开这教堂，去参观畜牧场。这些畜牧场的规模并不大，设备也不十分先进，这也许是因为这些教徒们还有一个信守的原则——发财致富的念头是罪恶的。走进畜牧场，我第一个念头就是——那气味，全世界都是一样的。在汽车上就已经嗅到粪味儿和牲口味儿了。而小猪却十分干净可爱，肥肥壮壮，皮毛光滑。爱德文抓了一只猪要让我抱，他以为我会很喜欢，而我不由地倒退了一步。抱一只猪，这毕竟太过分了。为了安慰他，我就去抚摸了那猪。

妈妈问Alex，是不是能请几位写作班的青年作家谈谈，Alex一脸为难的表情，说，不那么容易，去年刘先生也有这种想法，最后也没成功，后来爱德文找了几对普通夫妇与他谈了美国的生活情况。妈妈说："我作为普通人，向他们求访，他们也不接受吗？"他说："他们美国人也许没有兴趣，他们认为没有必要。"他们好像对别人没有兴趣，每次"写作计划"开报告会，写作班的人从不来参加。可是，都说美国人很好奇，难道我们就引不起他们一点好奇心吗？Alex又说："我再向他们作一些介绍，把你们的情况多讲一些。"我们立刻阻止了他，这才没有必要呢。

直到五点半，才回到"五月花"。屋子里好闷热。

今天是周末，是来美后最宁静的一个周末。我给周海瑞打电话，十一点钟以后电话费几乎减半。我刚一问："周海瑞吗？"他马上说："是王安忆吧。"在这个世界上，恐怕只有我会称他周海瑞了。"你那儿是几点钟？"他问我。

"十一点零七分。"

"我们是九点零七分。"

相隔两小时，二千里路，声音非常清晰。

10月1日　晴

一起来就去借了潘耀明那把缺了大口的菜刀来切肉丝、切黄芽菜，包春卷，准备晚上的国庆“派对”。

酒和饮料讲好由华苓处拿来，我们准备点心。除了买了各种饼干之外，主要就是春卷，有豆沙和肉丝两种。上午炒好肉丝，下午帮忙包春卷的来了不少，有潘耀明、李小姐、七等生。七等生是冲着我那半瓶茅台来的。三下五除二，包过春卷之后，他果然把酒瓶占领；吝啬地给潘耀明只倒了一点点，然后就打开我们的冰箱，来了一个“自助餐”。把我们中午吃剩下的肉末豆腐拿出来，又拿面包，不亦乐乎地吃了起来。他说他从早上起来还没吃过东西。吃完剩余物资以后，又从我油锅边捞春卷吃。看趋势大有越吃越来劲的样子，我只好赶紧宣布一人只能吃两只，可是他已伸筷子挟起第三只了。

一边汆春卷一边跟他闲聊。他上次说过，这次出来，已把家里一些薄产留给了妻子。他跟我说了这些财产的来源。他是一个小学教员，过去生活很苦。在金价一万多元一两的时候，他设法买进了三十两，后来黄金涨到三万多元一两，就脱手卖出，赚了一笔钱。另外在一个小镇上有一所房子，房产涨价又卖出，再买一所房子。总之，他这点薄产是靠了做黄金买卖和房地产赚来的。

辛苦，辛苦，创作之外，要教书，要做买卖，这不是大陆作家所能想像的。

晚上的“派对”开得很热闹。除了“写作计划”的作家之外，还邀请了所有工作人员。吴作人先生和夫人来这里讲学，刚到也赶来参加了。八楼走廊里放了一张长条桌，桌上是各种饮料、点心和一桶冰块。桌子那一头是一个音响喇叭箱。走廊里是音乐，房间里放映吴祖光带去的京剧录像。巴勒斯坦的女作家撒哈，她不住在“五月花”，今天她也来了，穿得极艳丽，舞也跳得极精彩。西德的女作家又有些醉了，大把地抓饼干朝嘴里填。看护她的，当然是东德的那位高大而漂亮的男作家，看样子比她年轻得多，可能也不善英语，所以总是默默地、腼腆地微笑。据说，他们曾经在东德同过学。看他照顾她的样子，很感人。这种同宗同族的感情，是无法隔离开来的，无论是在天涯海角。

南非的女作家克拉第斯·托马斯，不知为什么，也许是有感于我们的国庆。她不断地眼泪汪汪，又跳舞，又哭，又笑。加纳那一位非常和善、非常正派的男作家不断地安慰她。去年参加过“写作计划”的波兰剧作家，带了老婆孩子也来参加。他坐在走廊地上，神色疲惫。去年他出来以后，家里就被抄了，他无法回去，一直在外流浪。这次是安格尔给他设法，来此讲学一个月。一个月以后，还不知将去何处。

走廊上白天的余热无处可散，虽然已入夜十二点多了，仍然热得可以。大家在这狭窄地带跳舞，跳得汗流浃背，但还是兴高采烈。奇怪的是大家始终挤在条桌的这一头跳，走廊很长，就是不向两边发展开去。

跳到一点多时，土耳其和印度的两位作家忽然吵了起来，声势汹汹。只见土耳其人把印度那位教授猛推了一下，于是在条桌的那一头，另辟了一个“战场”。土耳其和印度两位各不相让，各有各的理由，美国和加纳两位在旁劝架。我作为主人之一，在旁干着急。那两位吵架的虽然在吵，但还不失文明礼貌，不断向我道歉。

中国人当中潘耀明的英语较好，他先弄清了吵的起因。原来是土耳其作家请吴作人先生写了一个“爱”字，写好后，他就拿在手里向人炫耀，印度作家以为是一张餐巾纸，便劈手拿来擦了一下脸，土耳其作家便大光其火，撞了他一下。在印度，一位教授是极其尊贵的，他哪里肯受这一下。脸色刷白地坐在地上宣布，一定要土耳其作家道歉，否则，他第二天就离开爱荷华。中国人答应明天一定请吴作人先生补写一张，土耳其人认为自己没有错。

走廊里，一边是吵架、劝架，一边是跳舞，互不干扰，都很酣畅。直到两点多，中国人便收摊子，结束了国庆活动。半条走廊，几个小时的活动，便显出一个小小世界的模样。氽了一天春卷的我，已腿酸脚胀，管他怎样沸沸扬扬，我睡我的觉去了。

10月1日　晴

早上开始切肉丝，直到手上磨出两个泡来为止。下午两点，潘耀明便来帮忙包春卷，接着七等生也来了，再过一会儿，Esther也来了。

七等生包了几个春卷，然后打开桌上的茅台喝酒，喝着喝着找来一碗我们中午的剩菜，一边吃，一边喝，一边谈他的人生观，作了很多自我介绍："我是一个好酒好色之徒。"告诉我们他最近如何发了一点小财，贩卖黄金，又卖了一块地，潘耀明说："你给我第一个印象是很自负，在聂家，你一个劲儿地说你的书在台湾是如何有读者，有多少评论，国外又是如何地翻译介绍。"他回答潘耀明："那是因为我看到'写作计划'的作家介绍，对我的介绍很不准确。所以我认为有必要进行一番补充。"妈妈问他："你认为文学的任务是什么？"妈妈总是提这一类严肃的问题。他笑了一下："文学，有什么了不起的任务？要说价值，创作的过程才是可贵的。"这观点倒是符合他作品中那种自我玩味的情调。潘耀明说："最近你写的那三个短篇，究竟是什么意思？天机不可泄露吗？"他不回答，神秘莫测地笑笑。Esther说："中学生最喜欢七等生的东西了，因为，看不懂。"

桌上放着一本古先生送我的他的摄影集，他们翻着看，把他贬得一无是处。七等生问我："你知道我会照相吗？""当然会。"我说。“为什么这样认为？”“因为你那么瞧不起古先生的摄影。”“这不是瞧不起的问题！”——七等生和潘耀明异口同声地说。他们一直在争论不休——为了种种的人生问题、文学问题，这时候达到了统一。

“凡事都需要比较。你们想看看我的摄影技术吗？我从来没露过面。”七等生抖擞起来，从口袋里掏出钥匙，站起身在前边带路了。我们跟在他后面，走进他的房间，他说：“打开第二个抽屉。”我们战战兢兢地打开，只见满满的一抽屉照相器材。我们面面相觑，然后Esther说：“我们的印象是，七等生很有钱。”他有些失望：“从使用的器材上应该看出技术水平。”我们也同样的失望。

Alex也来了，潘耀明说：“来帮忙，来帮忙。”他赶紧摇摇手：“不不，我马上就走。”实际上他并没马上走，而是坐了好大一会儿，好像包春卷会辱没他似的。他有些架子，把工作的等级暗暗地分得很清。他终于走了，说：“我六点钟到，把饮料和冰块带来。”

可是，八点了，有些客人都到了，他还没来，叫人家喝什么呀！真急人。小叶说：“这个人什么都好，就是忘性大。”“他可别把今天的晚会忘了啊！”Esther说。她一边在看今天的晚会通知单——Chinese Independence Day——“中国独立日！”她瞪大了眼睛，重重地打了我一下，“今天是十月一日啊！”“怎么，你不知道？”我给她吓了一跳。“我不知道。”她说，声音变了许多，好像有些顾虑的样子。我说：“Esther，你要觉得不方便，你就回去吧，我决不愿意使你为难。”“我倒没什么，只是，假如遇到台湾同学，总不大好——”“我明白，你走吧，不要紧的。”她迟疑了一下，然后又迟疑了一下，走了，我送她到电梯前，这么短短的几步路，我不知道为什么要送她。我们站在电梯跟前，一齐看着电梯的指示灯——一、二、三、四……

电梯上来了，门开了，里边是Alex，雄赳赳地推着一大车饮料。

晚会很热闹，大家都有点发疯。那位西德女作家一喝酒就醉，一醉就失态，汗淋淋，泪汪汪，披头散发，看到男的就拥抱，后来，她死死地缠住爱德文，贴在他身上。爱德文极力地摆脱，他的话我一句没听懂，可他所有的表情都表示着他的不耐烦，他的克制，他的敷衍。

接下来，那位土耳其诗人又惹事了。他老要和撒哈跳舞，并且老是要拥抱她，和她亲热。她火了，不和他跳，随手拉过潘耀明，说："我有舞伴了。"接着又发生了一件事情：今晚上，中央美术学院院长吴作人与他夫人也来了。土耳其人会泥塑，当场为吴作人塑了一个头像，吴作人为他写了一个字——爱。这是土耳其人唯一会写的一个中国字，他很向往中国，说土耳其和中国在很久很久以前是一家。他珍惜地捧着"爱"走过跳舞的人群准备回自己房间收好，印度作家正处在极度兴奋之中，一边跳，一边用滑稽的动作顺手拿过写着"爱"的宣纸，在脸上擦了一把。这还了得，土耳其人火了，骂了几声回到自己房里。过了一会儿，又气冲冲地走了出来，把印度作家叫到一边。不知道他们发生了什么，总之，两人气汹汹地走了回来，印度人大声怒骂着。据说，土耳其人打了印度人一下。印度作家说："如果他不向我道歉，我明天就走！我要给华苓打电话，我明天就走！"一时上吵得不可开交。

舞，仍然在跳，音乐，越来越热烈。玛利和彼得觉得我们的音响不够好，回去拿来他们自家的唱机，喇叭，唱片。

来了很多客人，安娜和她的丈夫——一个医生。她今天穿了一条红色的花裙子，美极了。还有一个"写作计划"办公室的工作人员，叫丽莎，她长得很像达·芬奇的《蒙娜丽莎》。土耳其人请她跳舞，她不愿，说："我不习惯。"可过了一会儿，我看见她和别人在跳了，跳得很开心。来了一位艺术设计系主任胡先生，是台湾人，又来了一位波兰作家，他是去年参加“写作计划”的，后来波兰的戒严令下来了，他便没再回去，在这里请求政治避难了。刚出院的安格尔先生也来了，聂华苓、蓝蓝、安迪、谭嘉、吕嘉行……感谢一切使我们晚会热闹快乐的人，包括吵嘴打架的朋友。还感谢一切喜爱我们的春卷的人。

走廊里在跳舞，房间里在放吴祖光伯伯的《三打陶三春》的录像。坐了好些傻呼呼的外国人，不晓得他们懂不懂。他们对那女角的兰花指很有兴趣，那位年轻的印尼人一直在学，并且还教。一大排人，面对面地站着、操作着兰花指，把那柔和的动作规划为几道整齐的线条，看起来，好像是一套体操。

土耳其人在爱德文的说服下，向印度人道歉了，并且连连地说：“I love you！”而印度人不消气，还是要明天就走。

唱片里在喊：嗨！嗨！嗨！嗨！大家一起跟着喊：“嗨！嗨！嗨！嗨！”

10月2日　晴

中国人习惯日出而作，日落而歇，不管昨晚睡得多晚，天亮便醒了。

这里天气真怪，只要出太阳，就要挥汗不止。按农历算，现在秋分早过，时近寒露，在上海恐怕早需穿毛衣了，这里却热得无法躺上床。可是公路对面的树，有三棵叶子已变成鹅黄色，有的竟已转为绯红。难道是安忆说的，自然是只依季节，不管气候的？

爱荷华大学艺术系一位南朝鲜女教授，请吴作人先生和夫人吃饭，中国作家叨光作陪。她的房子在城的另一边一个山弯里，是她自己设计的一所白色屋子，很别致。屋内面积最大的是一个大客厅，大客厅里主要的陈设，是沿着一面大玻璃墙边都是花草，上面挂下来的，下面爬上去的，阔叶的，细叶的。有一间很大的地下室，是她的工作间。她设计的艺术品，在美国、法国都很知名，就是在她的本国默无所闻。她已四十多岁，未婚，有一个美国男朋友。她请大家吃了大马哈鱼，半生的大虾，最后尝了她做的鸡尾水果。酒浸的各式水果，爱喝酒的人，一定喜欢。

10月2日　晴

中午，南朝鲜女画家朱今嬉女士请我们几位东方人吃饭，她主要是请吴作人，我们作陪。

而在十一点半时，潘耀明来电话说："聂华苓来电话说她十二点差一刻来接我们。"

"那么就是十一点三刻啦？"我说。

"不，是十二点十分。"他说，不知道他为什么这么认为。

"不对，十二点差一刻是十一点三刻。"我说。

"怎么是十一点三刻呢？是十二点十分嘛！"

"为什么？"

"十二点缺一刻就是十二点十分嘛！"

我笑了起来。他挂上电话，过了一会儿，来敲门了，惭愧地说："是我错了，下楼等吧！"他去了个电话给聂华苓，证实了十二点差一刻就是十一点三刻。

聂华苓和许先生各开了一辆车来了。许先生已于昨天一早搬出了"五月花"公寓。他本来打算去耶鲁大学作研究，可聂华苓硬把他留下来，要他在爱荷华作研究。他在爱荷华生活这一个月，终于发现了爱荷华的许多好处，其中有一条，治安好，女孩子夜里两点走在街上都没事——而他要把妻子女儿都接来的。他终于决定留下了。已租了房子，还买了一辆车，他就是开着这辆新车来接我们的。半年之后，他离开爱荷华时，还可以将这车再卖掉。

朱今嬉女士住的一栋小楼是她自己设计的，一栋雪白的小楼，里面的一切都是白色的。很简单，空间很大。有客厅，厨房，两个卧室，还有一个作为工作室的宽敞的地下室，她是搞手工艺术的，有些作品需要庞大的工程，用蜡制模型，再浇铸；或是用大幅的布、绢，等等。她一个人在这雪宫似的房子里生活，这几天，把房子让给吴作人夫妇，自己到她的男朋友——一个老医生家里住。他们同居，却不结婚，因为他们性格并不适合。结了也会离。她已经四十多岁，本还有结婚的打算，可总找不到合适的，她说："自从我见到安格尔以后，我对男人的标准就提高了。"唉，一个异国人，也难。

我们一起向聂华苓讲述了昨晚上的纠纷，聂华苓很潇洒："不要紧，这是常有的事。印度人不会走的。""可是，"潘耀明担心地说，"他说他从来没受到过这样的对待，他在国内是很有地位，很受人尊重的。"许先生说："这是有积怨的。那土耳其人是不好，我要在场，我也帮印度人吵，该揍他。"土耳其人是有些轻浮，可也不至于这么遭人怨吧，我们也搞不清他们之间的关系。聂华苓说："什么事都不会有的，这一批作家中，我只担心一个人，就是那个西德作家。昨天，她带着一种挑衅对安格尔说：'你们美国只有三百年历史，我们德国有二千年历史。'安格尔先生回答她：'中国有四千年的历史。'""那位东德作家可真是可爱，对她非常好，很照顾她，两个人形影不离。"大家都说。"他们太要好了。"许先生说，"那天晚上诗人念诗，东德作家来晚了，没座位了，他居然就坐在西德女作家的膝盖上，坐在膝盖上哪！"他非常愤怒。"究竟是谁坐在谁的膝盖上？"大家怕弄错了。"东德坐在西德膝盖上！"他强调着。

回到"五月花"，已是两点多钟，屋里热得像一个蒸笼。一个午觉醒来，睡衣全湿了。已经十月了，还这么热，这个爱荷华，怎么会是这么个气候？坐在书桌前看书，听到门外走廊上有个女孩子大声的哭，是谁呢？我们这儿没有这么小的女孩儿呀！冰岛作家的女儿也从不哭，也不说话，只是闷头爬上爬下地皮。打开门一看，一个黄头发的小女孩在哭，旁边是一个棕色头发衣衫不太整洁的女人。那女人看见我开门，赶紧抱起女孩子向走廊深处跑去，似乎怕打扰我。那女孩子蹬着脚哭得更凶了。

10月3日　阴

下午叶向东带我逛旧货商店。从衣服到玩具、家具，一应俱全，可谓价廉物美。但美国人很少光顾。难得看见一两个人。有一家商店的后门口，丢着很多沙发、折叠床、自行车等等。据说这些东西都可以拾取，连进旧货店的资格都没有了。他翻看了一个空调箱，说是还可以修复，下次来把它搬运回去。听说有学生初来这里，经过一星期的收罗，便可拾全了所要的家具和动用之物，可见此说不谬。

10月3日　阴

今天发生了一桩悲惨的事：电梯坏了。楼梯间里又闷又热，爬上八层楼，实在很艰巨。

下午，小叶带我们去买东西，买完之后，小叶顺路到一家保险公司打交道。这家公司给他保汽车险，多收了他的保险费。他让我们坐在汽车上等，自己一个人进去，不一会儿，就出来了，很顺利。原来公司错把他当成非学生。学生的保险费要低一些。然后我们去Eagle买食品。不料一到Eagle，刚下车，一辆警车紧跟着停在我们边上，下来一个警察，拦住了我们。原来我们的车超速了，一共有三辆车超速，而我们跑在最前面。警察很有礼貌地说："本来我应该罚你三十元钱，但是我没有在当场抓住你，这次就算了，请你下次不要开这么快。"在这里，开车的规矩很多。九月三十日那天晚上，中国学联开国庆招待会，会后看电影，电影完后有几个男生还有余兴，便去喝酒，回家时与另一辆车撞了。虽然是那一辆车的责任，可是一检查，发现中国学生嘴里有酒精，于是把他们的车也扣下了。因为严禁酒后开车。

买完东西回到"五月花"，负荷爬八层楼，苦不堪言，之后便再不敢贸然下楼了。

小叶有一本专门练习听音的课本，但是借给了别人，他要去要回来借给我用，打电话去追，一追追到了潘耀明，原来这本书到了潘耀明手里，地球真是个圆的。

10月4日　阴转晴

气候转凉，稍稍能坐得定了。

看台湾当局所没收的李敖《千秋评论》丛书。他是一个怪才，以骂见长。一个人办了一个刊物，刊物上就登他自己的文章，曾因思想过激，两次入狱。他在狱中写文要作家三毛关心真三毛。说他"最佩服的一个国民党，是一个死掉的国民党，他叫蔡元培"。出狱后揭露牢里的黑幕，准备第三次入狱，说："坐牢的一个好处是：自己可以时常同自己在一起"，"不坐牢时，把自己介绍给别人，坐牢时把自己介绍给自己。"据说他家里有各个社会要人的档案、卡片。

晚上爱大艺术系美术教授李宏达和夫人请吴作人夫妇吃饭，我们叨光作陪。摆的是圆桌面，吃的是中国菜。夫妻俩轮流动手做，手艺不坏。在美国生活，一切都要靠自己，生活的好坏，决定于自己的能干程度。所有中产阶级几乎都如此。

饭后，看了李宏达的画，欣赏了他十四岁的儿子所创作的钢琴独奏曲。这曲子曾得全美初中级奖。

回到公寓已十二点多了。接木令耆来信，说她十二月初回美，我们如去波士顿，请到她家小住。

10月4日　晴

早上在楼下学习室里，等英语老师来上课。七等生告诉我："昨天，听说爱荷华发生了一桩命案。"卡罗则指给我们看报纸上一行标题——一位将参加总统竞选的某先生来了爱荷华州。这两天没报纸，因为电梯坏了，送报的就不上来了。

下午去EPB听写作班的课。聂华苓已经帮我与写作班联系好了，并且早在一星期前，就请瑞克把今天要讨论的小说稿给了我。搭上校车，那位冰岛作家也搭车，他总是那么可亲地朝我挤挤眼，然后就与我结结巴巴地说几句话。看时间还早，就提前一站下，去Old Capital转转，一进去就是一股扑鼻的饼干香，然后是花香。我跑到服装店去看那件衣服，我念念不忘它，希望它能再跌一次价，再跌一点点，我就买——我心里想。可是它并没有跌，仍然四十九元美金。

转了一圈，出来时便有些迷茫，问了一位老人，他把我指向完全相反的方向，走走不对劲，又问了两个女生，才走上了正确方向。抬头一看，那EPB与Old Capital之间原来是条直线。——这正是我原先认为的，可却没有自信。这是个太陌生的世界，我常常容易失去自信。

到了EPB，在走廊上遇到印尼诗人，他走路动作，总有一股虎虎的生气，兴致勃勃的，使并不漂亮的他有了一种讨人喜欢的味道。他来了两个印尼朋友，一个老人，一个少女，他们三个人叽叽呱呱地说开了，那语言兴许是印尼语吧，有些吵人。于是Esther说："我们下去找个教室去坐，太受不了了。"到了二楼，个个教室满满的，在上课。他们上课很有意思，像开会，分不出老师学生，围个圈坐着，随便得像在聊天，不过那确实是在上课。我们只能坐在楼梯上了。Esther把今天要讨论的两篇小说简单地给我说了一下。一篇小说题目叫House Cleaning，写一个很老的老太太打扫房子，翻出许多旧日的东西，不舍得扔，勾起了她的种种回忆。另一篇小说叫Papa Bear，写一个人回到已离了婚的前妻那儿看望。我觉得写得都挺好的，并且这都是出自于写作班的年轻人手中。他们好像写得很像小说，没有那种我们的年轻人特别容易犯的错误——编故事。这会不会是因为我们的小说是从话本延续而来的？常常把小说写成了故事。我不知道。

时间还早，Esther就和我聊起来，她说今天"写作计划"办公室在议论，说这一期作家是有史以来最疯狂的一批。撒哈刚才在这儿大声呼吁："再不能让那种事情发生了！"她指的是土耳其人硬要拥抱她的事。他们议论，西德女作家老是酗酒，而那东德的却特别安静。Esther说，这期作家中，她最喜欢的是那位墨西哥作家。说他非常聪明，常常有些出奇制胜的念头。这位作家在墨西哥是数一数二的，相当有地位。

过了一会儿，学生和老师都来了。老师是个上了年纪的女教师，名叫Doris Grumbach，也是一位小说作家。学生有十几个，他们好奇地看看我，朝我微笑，便再不管我了。只有坐在我前边的一个穿背带裤的女生，不时地看我，对我笑。他们先讨论那篇《打扫房子》，同学们纷纷发言："可以感觉到作者对主角的同情心。"

"梦的气氛很成功。"

"最成功的是不需说的话不说。"

“使过去的生活贯穿全部，用动词过去式，很好。”

等等。

老师提出了一些不足：“太多的连接词，‘But’‘But’‘But’……一共有五处。太多的‘then’‘then’‘then’，很粘耳……”

听着他们的讨论，我有一种感觉，就是，他们把文学放进了研究院，这好像是一个极大的误会。我又想起国内那些形形色色的小说座谈会，我们常常遗憾不能有正常的艺术讨论和艺术研究。究竟什么是小说里最重要、最值得谈的呢？不晓得。也许，那最值得谈的东西是最没法谈的。我也不晓得。

课堂休息了，我提议走，Esther也同意。在走廊上，那穿背带裤的女生向我们打招呼。原来她去过中国，并且去过上海，她说上海很美，真是个大极了大极了的港口，她说很喜欢她住的那个旅馆，对面有个俱乐部，里面有游泳池。“那是锦江饭店吧？”我说。“是啊！”她大声说，十分高兴。她那次是自费去旅游的，玩了十天，她说以后还想去。

出了大楼，正好遇到彼得开车出来，我便搭上了他的车，我的运气真好。他怕我寂寞，与我聊天，说了很多很复杂的话，我听不懂，心中的抱歉是无法说的。没办法，只能努力听着，居然也懂了一些，他要绕道去一下Eagle买面包和白脱。他说美国买汽车很便宜，来爱荷华之前，他们曾有过一辆更大的汽车，也不贵。假如没有汽车，很麻烦，乘巴士很困难。去过旧金山吗？那儿的汽车太多了。……到了Eagle，他问我要不要下去买一点东西，我说不了，就坐在汽车里好了。他就一个人走了，这时我忽然想起我应该对他说：“不要因为我在等着就着急。”这几个字我还能说。正后悔着，只听见汽车后面“砰”的一声响，他已经回来了，放好东西进了汽车，气喘喘的，他一定赶得很急，其实我一点儿事都没有，等上两个小时也没问题。彼得长得很好看，黑黑的皮肤，卷卷的头发，下巴很坚毅，我喜欢他的下巴。潘耀明说他好像有点架子，其实并不是架子，他就是这么严肃，与你聊闲天就在好像讨论问题，邀请你跳舞就好像叫你去办公。其实他很亲切的，他喜欢吹口琴，吹一支赞美诗。

晚上，那位设计系主任李先生请吴作人吃饭，也请我们作陪，我们挺有口福的。他家的房子和家具都是自己设计的，很别致。墙上挂着他的画。他的所有画都是黑白两色的，用油当水画，像水墨画。又比水墨浓郁。我问他，为什么只用一种黑色，他说：红颜色只表现了红，绿颜色只表现绿；而黑和白却能表现无限。他的太太很秀气，却是电脑专业的教师。大儿子十四岁了，在念初中，能弹琴能作曲，他表演了自己创作的一个钢琴组曲《花园》，分四个段落：蓝蝴蝶，紫松鼠，橙乌龟，红蜻蜓，这构思兴许是得了圣–桑的《动物狂欢节》的启发。作品听了一遍没来得及好好品味，他妈妈向我们介绍：这作品中有一种中国艺术的情调。而他从来没去过中国，也没听过中国音乐，看来是血缘在起作用。这作品获得了爱荷华城和全美国的初中组音乐奖。

最后，吴祖光伯伯请吴作人再为土耳其人写一个“爱”字，以平息那场国际纠纷。

10月5日　阴转晴

真怪，天不热就冷了，穿上了毛衣。安忆中午和老师进行午餐会见。一个人在灯下粗粗想了一下，来美一个多月，有几件什么样的感觉：

一是，大大地显出我们坐功修养之深。从幼小开始，大人就以“猢猴屁股”为戒，来加以管制，大了以后，果然坐功就很见功底。美国人无论是吃饭、做客、集会、很少坐下，更没有主人陪同着穷聊，即使做客，也是主人忙主人的，客人自便。而中国人是习惯坐下，坐的时间通常又比较长，所以就十分讲究坐的位置。吃饭有上座，待客有宾主之分。名字变成铅印，那就更有学问，前后当然不同，一二三排列之外，“文革”时还创造了“还有”二字，“还有”后面的不同于“还有”前面的，那个区别、层次，真是细致到了家。

二是，大大地感觉到我们国内发言、讲话之长。一个报告，似乎讲不到两小时就不够水平。当然，主要是我们要讲的道理比较复杂。道理与道理之间的比例，都充满了学问。要讲缺点，就先要讲优点。优点讲不充分，就会变成一片黑；要讲光明，就要讲过去如何的不光明，作为陪衬。总之，任何一个问题，都要两分法，那么确实需要两小时、三小时了。

这两条实际上就是一条，我们实在不珍惜时间。不珍惜自己的，也不珍惜人家的。把时间看成用之不尽、取之不竭的东西。反正明天过完了还有明天。

三是，由于语言的隔阂，我不知道是美国人特别爱笑，还是美国人说话特别幽默好笑。一般的讲演、报告会，也会不时引起大笑。电视里也如此，有些十分绅士派头的人，说着说着，忽然扭了起来，或者做一个和外表很不相称的滑稽动作。我大概是积习太深，总会感到惊讶、惋惜。不过再想想，什么事情都是由需要而产生的。这里也有一个供求关系。美国青年人需要笑，需要快乐、需要舒适，于是就产生各种可笑的语言与动作，产生随意性：随意的服装，包括毛边裤脚，露出一个肩膀的恤衫；随意的举动，甚至看电影时，女孩子会把双脚高高地搁在前座的椅背上。据说这种随意性的产生，是对于中产阶级的一切虚伪礼节的一种反动。

10月5日　晴

今天是真正的秋天，风有点凉，太阳却很暖，有点落叶，不落的叶子渐红了。十一点钟，我在楼下等车，准备去EPB。今天我们约好在一起吃午饭，就四个人：我，安娜，Esther和Alex。一边吃午饭，一边讨论星期五的课。安娜安排我和她的学生座谈，把这作为她的修辞课的一个内容。等车，等等不来，等等不来，这车虽说是一小时四班，可是常常半个多小时才来一班。倒把谭嘉、吕嘉行等来了，他们正好也要去EPB，于是我就搭他们的车去了。

安娜说要带我去一个非常美国式的餐馆，于是就带我们到了一条街。这条街上两边都是石桌石椅，专供学生们买了饭出来吃。正巧，遇到那位巴西女作家，便请她和我们一起吃饭。这个小餐馆很拥挤，排着长长的队。房子有些旧，安娜告诉我，这房子已有一百年的历史了。我们排着队看菜单——菜单贴在墙上，墙下有个服务员为我们开票。我要了一份三明治和一杯中国绿茶，各付各的钱，免去了许多客气的时间。茶喝完了，Esther又帮我去添了开水。美国人也许很奇怪我们要添开水。他们以为茶和咖啡一样，喝完算数的，其实第二遍茶最好喝了。记得去年这个时候，我们在乐山茶馆里坐下，自有人来添开水。那小伙子把水壶举得高高的，那么一提，又那么一放，茶碗便满了，桌子上一点儿也没洒着。他很得意。当他提起水壶，我们本能地要躲一躲时，他便放下水壶说："不碍，烫不着你。"说完提起水壶，从头开始。

巴西女作家大约有四十多岁的模样，金黄色的头发烫得很讲究，她很安静，也很傲慢，不大参加集体活动，和大家比较生疏。听说她刚离过婚，挺不幸的。我同情每一个离婚的女人，因为我从来不敢设想，我自己要离婚会怎么样。

她吃完饭就走了，我们便自己把桌子收拾了一下，掏出笔和纸，开始“开会”。我昨天晚上匆匆设计了几个问题，可安娜好像不太满意这些问题，当场便一个一个地向我回答了。比如，我问：“看起来他们生活得很开心，他们有没有什么烦恼？”安娜说：“他们并不那么事事如意，他们感觉到压力是很大的，又是在十七八九这种恼人的年龄，刚进入青春期，他们有很多苦闷。你看见他们跳舞、发疯、大笑大叫，有时则是一种发泄。”事先准备的问题都解决了，只好重新设想。我说：“我想问他们喜欢什么？除了晒太阳，跑步，喝酒，跳舞，还喜欢什么别的。”安娜笑了，说：“这是个好问题。”我说：“他们常常是一个男生和一个女生手拉手走着，或在树林里约会，能不能问，那是爱情吗？”安娜说：“这应该是第一个问题。”我又说：“女生想不想当电影明星？”她点头直笑，然后说：“这些问题很好，很有趣味，不会使他们感到枯燥。”接着，她把她设计的问题向我提出：我个人的经历，中国的大学生生活，关于我的小说《小院琐记》——孩子们都已经看过了。

从餐馆出来，已是两点多钟，Esther陪我等车，我们坐在马路上晒了一会儿太阳。她很疲劳，晚上睡得很少，要交报告，要上课，又要为我们十八日的中国作家报告会翻译材料。我问她：“学业结束后回去吗？”她说：“我想，也许还是回去好。在这里，给美国人做事，我觉得没什么意思。”

10月6日　晴

下午是听美国作家谈美国小说，可惜语言不通，只听翻译翻了一个大致意思。大意是谈到古希腊悲剧中的人物组合、结构，太符合理论化、逻辑化。作者如同造物主一般，制造全局及人物。小说作者不应如此，应纯粹反映经验。本质上应是幽默的，不要那么痛苦。现代人所写的悲剧，只有受罪，而没有了古远时候那种伟大壮烈的本质。他认为小说不要太强调结局，结局就应是平平常常道来，没必要去制造一个符合某种理论的又要贯穿全局的东西。

还有，文学的永恒意象：人类。

我是基本上同意这位先生所说的，不过我们用的词汇不一样。我认为脱离了生活，从主题出发，作者就会变造物主。

晚上在安忆房里看电视，敲门进来一个美国学生，是来推销一种带铃铛的小动物夹子的，这又是一种学生的副业。联想到在旧金山刚下飞机，和孩子们抢搬行李的情景。美国人似乎从小就在为生活接受各种训练了。应该说，这里有好的一面，从小就要培养一种独立精神。

10月6日　阴

半夜里被一阵吵闹声吵醒，走廊里有男人们响亮的说笑声，看看表，已是凌晨两点三刻，不晓得外面在搞什么鬼。早上去上课，过了好一会，东德的汉斯和西班牙的卡罗才匆匆忙忙地赶到，抱歉地笑着，像两个迟到了的小学生。原来他们昨晚上开舞会，一直到凌晨。怪不得，走廊上这么闹！这些人哪。

下午是一个美国小说家的报告会，一共有五位作家做报告，其中也有写作班的那位女老师——Grumbach。他们谈的主要的几点是：

一、悲剧。他们认为古希腊悲剧中的人物组合逻辑性太强，太理论化，作者如一位造物神般地制造全局及人物。而现代人所谓悲剧，只有受罪，而没了那种伟大壮烈的本质。现代悲剧科学化。

二、小说。不要太强调结局，结局本来就是平平道来，没必要一定制造一个理论的联系，贯穿全部。小说不是一种固定的模式，不必非要蕴涵说教、哲学性道理。小说——反映人生——这种认为过时了一些。旧的小说，总企图衔接人物和命运。近代小说有更多的课题在发展中。而近代小说，也有问题。事实上，真正的人并不像“荒谬英雄”——指“存在主义”“荒谬主义”文学作品中的人物——那样复杂、困扰。

今天的报告会，加强了那天写作课给我的印象。他们坐在一起，确确实实在谈文学，可是，似乎太“文学”了。文学里包含了多少社会的属性。文学不是那么纯的，它有很多不洁的成分，没法子，躲也躲不掉。

汉斯今天接到来信，得知他得了一个国家奖，他很高兴，一直在微笑。他像个大孩子，蓝色的眼睛非常纯。他很含蓄，很安静，我只是不明白他为什么总和西德那疯女人一起，他们不协调。

吃过晚饭，听到有人“砰砰”地敲门，开开门，一位青年背着一个大包，笑容满面地站在面前。他一边流利地说着什么，一边迅速地把一个一个东西夹在我的毛衣上。我愣愣地看着他，又看看那给他夹了满身的东西——一个个毛绒绒的小动物，五颜六色的。他笑容可掬地一个个夹着，一会儿，毛衣上下左右便琳琅满目了。他见我发愣，便问：“你会说英语吗？”“不会。”我摇头。“哦——”他仍然笑容满面地把小东西一个一个摘走了，一个也没给我留下。然后便走了，不见了，只有毛衣上到处是被那夹子拉出的毛。好一会儿，我也没明白过来。妈妈说：他是个推销员。这真是太奇怪了，这人像个学生，也许这也是打工的一个内容吧。我想起，昨天走过Old Capital，见橱窗里跪了两个女生，笑容满面地一人抱着一只狗熊，一个摇着一面小旗子，很快活，也很奇怪。这也是一种工作吧。

10月7日　晴

下午和大家一起去超级市场，采购一星期的食品。在这里搬东西的，都是打工的学生。结过账付了款的食品都装入大纸袋，放在推车上。每部推车都有号码，然后在发票后面写上推车的号码。买主拿了发票就可以离开，走去开了自己的汽车过来，只需坐在车里出示发票后的号码，搬货人就会把该号码的推车拉过来，把车上的东西，一包一包搬到买主的汽车上。虽然从上街沿的推车，到下街沿的汽车，不过两三步的距离，那些食物口袋，每一包也只不过十来斤重，但是这活儿是连续不断地搬、运，搬、运。买主的汽车一辆接着一辆地开来，有时还排起了队。这劳动的强度，实在不比我们国内的搬运工轻。前几次来，看到干这活的都是男学生，今天有两个女学生也在干这活了。中国的女大学生，恐怕很少干过这么重的劳动。更可贵的一点是，他们并不以此为耻。

六点钟钟敬堂带我们去看大游行。这是一年一度的爱荷华大学的校友会，同时也是庆祝十个州的大学足球联赛在本州举行一场比赛。本州的足球运动员也回到州里来，因此也是欢迎他们回来。

游行很好看，别有一格。队伍没我们那样整齐划一，但看来已尽了力。前面是各式救火车，据说每年不同，今年是救火车展览。后面是各个时代的汽车，再后是摩托车队形表演、古典装束的乐队、马队。据说都是复员军人。看样子也都上了些年纪，都十分认真，十分庄重，努力看齐了走，很可爱。如果他们真是复员军人的话，我想这些帽子上插着羽毛、满脸严肃的人，应该是到过朝鲜，应该是知道中国的。想不到在这里，这样的场合下，见到了他们，祝他们幸福愉快地度过晚年。

看了一个多小时的游行，八点到音乐厅听爵士乐队演奏。乐队是从纽约来的，有些名气，票价是十三元一张。

从未听过爵士乐，听后第一个感觉，不是原先想像的那么不好，也不都是强节奏的兴奋剂。今晚节目由两个乐队演出，每个乐队基本由四人组成，除了爵士鼓和钢琴之外，其他两样乐器各有不同，各有特点。在演奏时，每一种乐器都有独奏表演的机会。这种音乐的流行，恐怕相当一部分得力于乐队的精悍、轻巧灵便。当然，音乐本身的轻松活泼，配合美国人民的胃口，是主要的。

10月7日　晴

一大早，被电话铃叫醒，是Esther。本来说好我打电话叫醒她，不料还是她先醒。今天早上要去赶安娜的修辞课，这堂课的内容就是我和学生们的座谈。赶紧起来，匆匆吃了点东西，下楼去等车。今天的天气真好，风和日丽。

安娜作了很多准备，带来了家制的蛋糕，烧了茶和咖啡。学生来了有十几个，个子都很高大，很成熟，可那神情却挺天真、幼稚，傻傻的。他们有些拘束，有些生分。我提出的问题常常得不到回答。问他们对现状有什么不满，都说很幸福，只有一个女孩子说：“学费太贵了，应该像北欧有些国家那样，学费可以免去。为了交学费，我们要动脑筋找工作。我好不容易找到了一个打字的工作，却只有三个月的任期。”当然，学校有个组织，专门为学生分配工作，但他们只考虑一定经济水平线以下的困难学生。我问，像我昨晚碰到的推销员的工作是不是容易得到，大家一起说：“这种工作机会很多。”看来他们还是有些挑剔的。我说：“你们懂得什么是爱情吗？”一个神情很严肃的男孩子说：“对爱情，各人有各人的看法。”他们问我：“中国有没有童工？”“中国大学生能得到自己想要的工作吗？”他们惊奇中国上大学要经过严格的考试，惊奇大学毕业国家统一分配工作。而他们毕业后还要自己找工作，很辛苦。不过，他们也还是愿意自己找工作，因为，万一国家分给你的工作是你不喜欢的呢？他们以为中国是一个集体意识很强而不见得有个人意识的国家，他们对中国是很隔膜的。我问："你们平时还喜欢干什么？除了跳舞、喝酒、晒太阳……"他们愣愣地想了一会儿说："就是这些，OK。"

一小时很快就过去了，刚刚有些活跃起来就要结束了。可是不可能再继续了。美国人坐板凳的耐心最大限度是两小时，少年儿童减半。我不能设想让他们到中国去开会，一开一上午。散课前，安娜布置每个人要给安忆写一封信。我很高兴在不久以后能收到这些信。

孩子们走了，我们又聊了一会儿。一直在旁边听的艾恩——瑞克的妻子，他们夫妇俩都在"写作计划"办公室工作——说："这些孩子今天怎么了。他们平时喜欢干的事多了，看电视系列片，弹钢琴，踢足球。"安娜说："他们和你还不熟。"是呀，他们和我不熟，唉，都怪我不会英语，否则每天可以和他们聊天。

我觉得这些学生远不如中国大学生成熟，可是，那成熟是用多少痛苦去换来的。安娜对她的学生非常宽容，她说："他们很甜，很害羞，很听话，上课的时候，只要对他们'嘘——'一声，他们便都安静下来了。"我说："听人讲，美国学生学习不努力，只满足于得C，是吗？"安娜说："他们很努力，他们得C是因为他们只能得C，他们是努力过了的。"她开车送我回"五月花"公寓。一路上，一直和我聊天，她有意把话说得简单，很慢，让我听懂，并且努力了解我的意思，不时地夸我，鼓励我，给我信心。她真是太善良了。"你很喜欢孩子吧？"我问。"是啊，非常非常。"她说。我想起那天参观农场时，她和一个四五岁的农家小女孩像朋友一样聊着天。那女孩儿告诉她：她很喜欢看一个电视系列片。

安娜说："是吗？我有个侄女儿也喜欢。""你有孩子吗？"我问，"没有。"她说。她告诉我她的丈夫是个农家的孩子，现在他们俩都是一边工作一边读学位，很忙。她说："我太喜欢学生了。"是啊，做她的学生一定很幸福。

下午五点多钟时，Alex打电话来，说：今天晚上，爱荷华市举行校友返校游行，这是个很有意思的活动，他六点来接我们去看游行。"可是，晚上七点多就要去Hanche听音乐会，这不是太紧张了？"我说。"这不是很宽裕吗？"他说，"六点看游行，七点多听音乐。"我一想，也是。六点到七点多之间，有一个多小时时间呢！一个小时是很长的时间呢！

六点钟，Alex来带我们去市中心，游行已经开始，Esther也已经在了，她说："呀，你们晚了，刚才的乐队可真棒，乐死人了。"现在的游行队伍是一辆辆救火车，呜呜地叫着，旋着五颜六色的灯光，很是热闹。"为什么这么多的救火车？"我问。"我也不太清楚。"Esther说，"好像是，每年都以一种车为标志，今年的标志是救火车。""为什么？"我很奇怪，"谁知道。"她说。又有各式各样的车子开过：老式汽车，三轮车，马车……一列退伍军人的队伍过来了，他们的脚步很庄严，有点迟缓，走着各种队形，穿着军服，非常威武。"他们都是自愿参加游行的吗？"我问。"当然。在美国，谁能强迫谁呢？""谁想参加都行？""行啊，你想参加现在马上可以进去。"她说。一列中学生走过，敲着军鼓，奏着军乐。"今天到底是什么日子？""什么日子也不是，因为足球队回来了，所以就搞一个校友返校日的活动。""为什么要在足球队回来的时候搞呢？""只有在足球队回来时，才有这气氛。"她回答我。"足球是美国人生活中最重要的部分。""哦——"我想到明天安格尔先生请我们看足球，真是不可不看的。一列阿拉伯人的队伍过来了，骑着高头大马，来回踱着，威风凛凛。还有中国人的队伍，穿着古代的戏装和旗袍，真是莫名其妙，有杂技，有小丑——跑来跑去逗弄着看游行的孩子。“今天这活动叫什么名字呢？”我又问。“叫Home coming，就是还乡。”

一辆车子过来，上面坐了一群小孩子，挥着小手齐声喊：“Let's go home”“Let's go home”……游行队伍看不到头，交通完全截止，奇奇怪怪的花样，层出不穷，到了七点钟，才恋恋不舍地离开了，还有一场爵士音乐会呢。

今晚的音乐会，是两位全美著名的爵士音乐家的演出。一位是钢琴家Dave Brubeck；另一位是萨克管演奏家Garry Mulligan。音乐会给我的印象极好，我从来没想到爵士乐会有这样的境界，当然，它高不到天上去，它仍然是大众的，是大众化的艺术。可是它确实有了一种较高的精神境界，而非过去我们所认为的仅仅引起动物性的本能。

前半场是萨克管领奏，一位钢琴，一位贝斯，一位爵士鼓；后半场是钢琴领奏，一只黑管，一只六弦琴或长号，一只爵士鼓。个人演奏技巧极高，我没想到长号能奏出这么灵活的四连音、装饰音。我觉得这音乐里有一种镂空的、透明的感觉，这里面有很多空间。我说不清这种感觉，总之，它不像古典交响乐那样满满的，全是色块，而它是线条，倒有些中国艺术的情调。也许我是太不懂了，居然将爵士与中国艺术联系起来，可我却是这么感觉到，这感觉使我有点动心。下半场比较强烈，把人们的情绪激了起来，全场掌声雷动，欢腾得不得了。那位西德女作家，站起来大声叫喊，她总是那么神经质，很可怕，我不喜欢她。

这里的周末总给我一点遗憾，好像——我感到——我这半辈子从来没有尽情地欢乐过，从来没有把我的欢乐尽情地发泄过，总是将它深藏着，和痛苦在一起，搅成了一团甜不甜、苦不苦的东西。这东西很重。

10月8日　阴

今天是爱荷华人的大节日，本州球队和别州比赛。下午一点半的球赛，上午十点多就要去了。安忆和吴祖光去了，是安格尔请客。我宁可在家看书，不想去赶这热闹。到下午四点许，只听得公路上"嘶嘶"声不断，汽车像流水似的流过，大概球赛已经结束。果然，过不多久安忆回来了。

晚上，爱大的一对墨西哥职员举行"派对"，庆祝安格尔的生日，请了"写作计划"全体作家。她家的客厅并不大，一下子涌进了三十多人，顿时连站都没处站了。香港编《七十年代》的李怡的千金，在这里念书，就寄居在这里。另外她还请了两位弄乐器的日本朋友，真是济济一堂。大家站了一个多小时，华苓陪了病后的安格尔来了。他们的汽车一到，屋里立即关了灯，那一对日本朋友在钢琴前就坐，女主人拿了一盘蛋糕守在客厅进口。等安格尔和华苓一进来，立即开灯、奏乐，大家一齐唱"生日愉快"，主人奉上蛋糕。安格尔看来很高兴，也很感动，坐在沙发上，听孩子们的演奏、唱歌以后，大家又一齐到室外。在门口的一棵大树上，拉了一根绳子到楼上的窗口，由一个人拉着。绳子当中挂着一只纸糊的，装有花生、糖果的，花篮似的大盒子，并备有棍子一根，让孩子和愿意参加的人，用棍子去敲那花纸盒。击破纸盒者，落下的花生、糖果就归谁。这游戏的优先权，当然是孩子。可是要敲到这纸盒不易，在窗口抓着一端绳索的人，有权拽动绳子，使纸盒忽上忽下，晃晃悠悠。孩子们有的击中了，但很不彻底，它只是十分吝啬地落下几颗糖果来，盒子依然完好。最后盒子外面的彩纸被打得破败不堪了，盒子却仍未大伤。这一下，大人们来了劲，也去试了试，最后是吹笛的日本青年拿了棍子，猛跳起来一击，击中了，盒子打破了，他也跌倒在地。忙的还是孩子，满地去拾糖果，把个"功臣"忘在一边。

夜深了，室外分外的冷，但是大人孩子一个个兴高采烈，十分开心。当开始跳舞时，中国人不约而同地告辞出来，吕嘉行开车送我们回去。

同车的潘耀明这几天有点愁眉苦脸。港币急速贬值，现已到了九块多港币折合一块美金了。和他来时相比，几乎跌了一半。陈君这几天却又好像很高兴，他的短篇小说《山路》得台湾中国时报的大奖。奖金约合美金四千元，因此他的夫人有可能来这里。不过听说他也不无困惑。他被关了七年，是一个交保候传的人，一下子让他来美国，又得了奖，当然会有点“丈二和尚”之感，这是可以理解的。

华苓告诉我们，波兰那位剧作家刚收到他母亲的电报，说是家里被抄了，手稿、创作资料全抄走了。看来，这位剧作家无法回去了。那么，他在这里讲学一个月以后，带了老婆孩子又上哪里去呢?

小小一个“五月花”公寓的八楼，世界的风云却在这里起伏汹涌。

10月8日　多云

今天是两大节目。

一，足球。这是美国式的足球，其实，我们是称作橄榄球的。两队对峙，一队攻，一队守，队员抱着球冲过五十码，冲过球门；而对方则要阻拦他。阻拦的方式便是扑倒他。有个原则，就是对方队员绝对不能碰不持球的队员，一碰就是犯规。而对待手里抱着球的人，那态度就完全不同了，可以去压他，可以去拖他，可以用脚勾他，也可以抱住他。所以，一旦把球拿到手，所有的人就朝他冲上去，追他，把他扑倒在地。他们身上都穿着金属的盔甲，以免受伤，但尽管如此，受伤者还是很多。

Alex带我、吴祖光伯伯、陈映真三个人去看足球，是安格尔先生为我们买的票，四张票便是五十元美金。就是这么贵，票子还紧张得要命，不是容易买到的。Alex十一点半就把我们带出去，带到Iowa House的学生餐厅吃饭，因为，他说等在“五月花”吃过午饭再出门，交通就要拥挤，车子都开不动了。一边吃饭，Alex一边向我们介绍美国式足球的规则，打法。其实很简单，单纯是力量的对抗，我们很快就懂了。我们倒是有许多关于足球队员的疑问：

“这些球员成天跑来跑去地比赛，平时还要练球，还要不要读书了呢？”

“学校对他们很优待，因为他们为学校挣得荣誉了。”

“那么，他们能永远打球吗？”

“打得好的，可以参加国家比赛、国际比赛，还可以当教练。教练的薪水可高了，比校长还高。”

“要是打不出来呢？毕竟不是每个人都可以当教练的呀。”

“那——还是读书吧。他们的功课拉下了，虽然毕业了，可是连一年级的知识都没有。有人再从头学起。”

“挺可怜的。”

“可这会儿他们可得意了，好多女孩子追求他们。”

是啊，多少人在为他们激动——就是这会儿。走出Iowa House，街上已是浩浩荡荡的人群了，向一个方向走去——球场。人们穿着黄黑两色的衣服，有的还带着黄花——这是爱荷华大学的校花。“我们几个人身上没有一点黄颜色。”Alex说。我们都有些惭愧。“可我身上有黑色呀！”我说，我穿了一件黑色的尼龙衫。很多人扛着被子，毯子，挂着水壶。“为什么带这些东西？好像是去安营扎寨。”我觉得很好笑。“等会儿你就知道了，你要冷的。”Alex瞅瞅我的衣服，说。

我们的票子是分开的，我和陈映真坐在一起，Alex和吴祖光伯伯坐在一起。看台很高，风很大，今天的云很多，太阳一会儿出，一会儿没，不一会儿，我就全身都凉了。

好多好多的人，卖爆玉米花的在看台上走来走去，入口处有许多小摊，卖咖啡、卖球衣球帽、卖足球刊物……呀，这么多的人，我从来没想到，爱荷华城会有这么多的人。它不是只有六万人口吗？也许六万人全在这里集合了。

比赛还没开始，场上已经很热闹了。啦啦队不停地在球场边跳舞，做出种种动作，乐队奏着乐，士气大振。一只黄黑两色的“鹰”耀武扬威地在场上走来走去，不时地蹦一下，翻腾一下，这是爱荷华队的队徽。今天参加比赛的客队则是西北大学球队，他们的队徽是只花花绿绿的猫。这只猫很活跃，在场边跳来跳去，与爱荷华的啦啦队混得还不错。

爱荷华队上场了，全场欢声雷动，乐队大奏，掌声雷鸣。而待到西北队上场，全场却寂然无声。开始比赛了，乐队奏起乐来，观众们一起跟着乐队节奏吼，拍手：“Go hard，go hard！”

“把他们吓都要吓死了。”陈映真说。我们都十分怜悯客队。

比赛开始不久，爱荷华队便进了一球，每一球为六分，进球后还有一个机会争取一分，于是就有了七分，当记分屏幕上出现“七”字时，啦啦队的男生一齐伏在地上作俯卧撑，连做七下，表示庆贺。挣得十四分时，则做十四下俯卧撑，那只猫便坐在一个队员背上，表示心怀不满。做完俯卧撑，队员们翻身而起，把那猫抬起来，朝球门柱上撞，以示报复。

啦啦队一直不停地绕场表演，比场上队员还辛苦。观众们也没闲着，一只塑料吹气的大橄榄球在观众席上传着，传来传去，大家抢着抱住它，再打过去，过过瘾。偶尔掉到看台下，维持秩序的警察便拾起来，打上去，让它继续在观众席上传着，从东到南，从南到西，又从西到北。球场上空，有一架直升飞机飞来飞去助威。远处，太阳照在一幢玻璃的大楼上，那大楼反射出奇异的光彩，像是一座水晶宫。

鹰队当然英勇，势不可当，三十一号队员抱住球，冲过好几个队员的阻击，速度飞快，向球门冲刺，一群队员紧追他，终于拖住了他的脚，他摔倒了，但抱着球的上身已经冲出球门，得分！记分屏幕上出现了他的形象，是一个黑人。这时爱荷华队的比分已经遥遥领先。啦啦队的男生们没有力气作这么多下的俯卧撑，干脆，翻过身躺在地上，两个胳膊向上推完了比分。全场欢声雷动，每个人都在大叫大喊，吹着响亮的口哨。忽然，陈映真大声地喊道：——傻瓜！你们这些傻瓜！

直升飞机在天空中飞来，飞去。

风很冷，我全身完全麻木了。“是不是要回去？”他问我。休息时，在入口处与Alex、吴祖光伯伯碰头，大家商量，还是看完吧，挺有意思，我也有些舍不得走。Alex说，去医务室借条毯子。大家阻止了他，这不会有什么结果，还是坚持吧！陈映真说：“我去买两杯热咖啡，喝了就暖了。”咖啡到了手，已经温吞吞了。

球场上正在表演集体舞，乐队奏着军乐。

下半场进行得很顺利，势如破竹。比赛结果是六十一分比二十一分，爱荷华队把西北队打了个落花流水，场上场下欢天喜地。Alex说，今天晚上，整个城都要喝酒庆贺了。而我们却有点失望。因为结束后没有出什么事。据说，比赛结束时往往会打起来，或者把球门拆掉，或者……总之，常常要闹事。今天一点事也没发生，真有点扫兴。

“怎么样，冻坏了吧？”陈映真问我。

“没，没什么，”我的牙齿打着战，“有过这样的冷，再怎么冷我都不怕了。”

一到“五月花”，我吃了一点热东西，便把全身用被子裹起来，一动不动了。

二，生日晚会。今天是安格尔先生七十五岁生日，“写作计划”办公室的工作人员在墨西哥人美尼塔家为他做生日。请柬写了不要带礼物。安格尔先生最喜欢诗和音乐。可妈妈仍然想送安格尔先生一件生日礼物，我说：“那就送一瓶酒好了，有了酒，诗和音乐就都有了。”

美尼塔今天穿了一件大红镶黑花边的长裙，很漂亮，黑头发朝上梳起，露出宽阔的额头。她的家很小，而且极不安全地摆了许多小小的玻璃装饰物，可是那么多人挤着，毫无顾忌。她有两个女孩子和两个调皮的男孩子，全是黑头发黑眼睛，最小的男孩只有四五岁，总是很沉着而和蔼地笑着，见了人就说：“Hi！”大家决心给安格尔先生一个意外——黑着灯，捧着点着蜡烛的生日蛋糕，候在楼梯口，安格尔先生一进门，大家就唱：“Happy birthday to you。”

门口一有汽车声，大家便关灯作好了准备，开门，却是别的客人，大家轰然而散，留下他莫名其妙地站在门口。在给安格尔先生一次意外之前，大家先得了两次意外。第三次，终于是他，他站在楼梯口，蛋糕上的烛光照着他慈祥的脸，他一动不动地站着，听着这支歌：“Happy birthday to you”。大家都爱他。

然后，孩子们表演节目。安霞弹钢琴，许先生的两个女儿唱朝鲜歌，美尼塔的儿子拉小提琴——这是一把指板上刻着音阶的小提琴，像一把六弦琴，可他拉得很认真，身穿西装，系领带，这是一次极其严肃的演出。表演结束之后，全体孩子们都和安格尔先生合影，孩子们欢欢喜喜地围着老人。只有一个孩子很别扭，不愿照相。她母亲把她抱过去，她就大叫起来，怎么也弄不好了。

我认出了，这就是那天在走廊里哭闹的女孩子。那女人则是她的母亲。她们是那位请求政治避难的波兰作家的妻子和女儿。

屋外吊着一只彩篮，里面装满了糖，努力把它打落下来，孩子们便纷纷上前抢糖。这是墨西哥的风俗。今年，安格尔先生过了一个墨西哥的生日。

安娜看到我，拉我去吃她做的蛋糕，一种西班牙式的蛋糕，可是蛋糕已经被吃得精光，只剩一只干干净净的盆子，那盆子干净得就像从来没有盛过东西。

那边在跳舞了。撒哈跳她的巴勒斯坦舞，火红的裙子转成一团火焰，她向卡罗挑逗着。老实的卡罗终于忍不住站起来，笨拙地跳了起来。

就在这欢乐的时候，爱荷华河边发生了一桩事。西德女作家把衣服脱个精光，跳下了冰冷的河水。人们把她拉起来，送回了“五月花”公寓，汉斯陪着她，照料她。她是怎么啦？我真是不明白。

10月9日　多云

昨晚三时才睡着，早上九点半安忆和大家又一起去密西西比河，我不想去了。

头痛，去对面树林散步一小时，头痛顿消。回来读陈映真的《山路》。

《山路》以倒叙的笔法，写了日本统治台湾时期，一个爱国主义工运工作者的爱人，一个具有高度自我牺牲的女子。由于她哥哥出卖了工运领袖，领袖被杀害，她爱人被逮捕。她为了赎罪，也为了爱，就冒充是这位被害领袖的未婚妻，来到他的家里，扶老携幼，自己去做苦工，养活老老小小。吃尽了千辛万苦，把牺牲者的小弟抚养长大，成家立业，挣到了一个小康的地位。这时被关押了三十多年的爱人，忽然假释出狱了，她猛省到自己这许多年来的努力结果。恰恰和爱人当年的奋斗走了相反的方向。她发现自己只是“被资本主义商品驯化、饲养了的家畜般的我自己”。在“惊醒的一刻，同时也感到自己已经油尽灯灭了”。

从这作品可以看出，作者具有一副多么冷静的头脑，多么深邃的眼光。透过那一切花花绿绿，他看到了别人没有看到的东西。可惜的是“被资本主义商品驯化”只是一句话，并没有在人物形象上发生什么作用。无论是她本人，或被她从小抚养长大的弟弟身上，都看不出“驯化”、“饲养”甚至“家畜般”的任何痕迹。

我以为《山路》虽好，却比不上他的《将军族》和《夜行货车》。

下午华苓来电话，邀我去她家玩。她现磨咖啡豆，煮了极好的咖啡请我，谈了她的长篇，她的经历，安格尔在旁不时送来一些小吃，谈到傍晚，她留我吃饭，于是又到厨房看她做饭。只见厨房里各种仪表都闪亮了起来，一会儿就听这里响，那里叫。二十分钟左右，她变出了五个菜，两个是为安格尔做的，还烧了饭，热了汤。安格尔看见餐桌上有鱼，直惋惜说：“有鱼，可惜安忆没来。”他正念叨时，安忆打来电话，他们已回来了。便叫来一起吃饭。

10月9日　多云

今天是第二次去密西西比河，不过，上次的路线是南下，这次则是北上。

车子上，大家都在议论一桩新闻：南朝鲜的全斗焕和几位部长在缅甸仰光瞻仰烈士墓，忽然一颗炸弹爆炸，全斗焕很幸运，就差了三分钟没炸死，而另外四个部长都死了。今年的南朝鲜是怎么了？流年不利。天下好像很不太平。

这是条有趣的路线，经过了胡佛总统的故乡。他的家可真小，一座小小的木头房子，要住八口人。他父亲是个铁匠，铁匠铺就是他们家的所有财产了。

路上还经过了一座漂亮的教堂。推开沉重的门，里面静悄悄的，没有人。高高的尖顶，玻璃窗上的颜色挡住了光线，暗沉沉的。一排排的长椅背上，放着一个个夹子，夹子里装着赞美诗，有乐谱的赞美诗。“能随便拿吗?”我问土耳其人，他严肃地朝我摇摇手，他这会儿非常严肃，在这里是不能随便的。

从教堂出来，坐了一段车，便到了爱荷华州的监狱。很森严，尽管有那么多的鲜花，开得十分娇艳。瑞克告诉我们，这是个重犯监狱。当我们拍了一些照片，上车要走的时候，跑过来一群男子汉，穿着球衣，他们朝我们招招手，跑进了大门。瑞克说，这是犯人的球队。“他们是囚犯?”我们再三地问，回答很肯定:“是的。”而他们的神情是太不像囚犯了，一个个挺得意的，这真是有点奇怪。

“你们的监狱是怎么样的?”我问陈映真。我对监狱感到好奇。

“有吃有穿，就是没有自由。”他说，“我刚进去时，心情坏极了。第一次笑是被你们一个大陆人逗笑的。那是个福建的渔民，船被风刮到了岛上，被抓了起来。他看我的书——”

“监狱里能看书吗?”我插嘴。

“很少的几本。他看不懂繁体字，你们不是简化了好多字?”

“是的。”

“他说:‘这国民党真混蛋，连字都那么难认。’我笑死了，哎呀，太有意思了，他还说，你们国民党的干部作风真不好!”

我也笑了。是有点滑稽。

中午，在一片绿地吃午饭：炸鸡腿，生菜，各人自备的饮料和爆玉米花。吃完饭，大家躺在河岸上晒太阳，聊天。菲律宾诗人告诉我们阿基诺事件的前前后后，又谈到马科斯夫人。陈映真对我说：“你不知道，外面的世界有多少大事在发生，你不知道。”

然后，上车，正式向密西西比河进发。一个小时后，才到了河岸，这是一个极陡峻的河岸，有点像成都的都江堰，不过都江堰要比这里更有气势，哦，那滔滔的长江——想起了，去年这个时候，我正在四川呢！乐山，峨嵋山，都江堰……中国的山河壮丽，多姿多彩，只是可耕面积不够多。而美国，几乎全是一望无际的平原，他们说，除了西部有一些沙漠，其他均是可耕地。有很多土地荒着，因为生产了太多的粮食，粮食就贱了。世界真是太不公平了。

离开这里，又穿过一个小小的镇，来到河岸上的一个小店，这里专卖钓鱼的用具和鲜鱼。老板娘带我们到底下一个设在河坡上的木棚子，里面有很大的水池子，水池子里游着鱼，她从水里捞起鱼，当场杀给我们看——用一根粗粗的棒槌朝鱼脑袋上砸，我赶紧跑了出去，不想看，我怕我会永远不敢吃鱼了，而我很喜欢吃鱼。外面是河坡，停了几艘船，木船、水泥船，几个渔人在岸边忙些什么。他们身上穿着防水的橡皮衣服，脚蹬高高的长筒靴。

离开这里时，已是黄昏了。车子飞快地开着，还是没赶上落日。太阳落在一大片一大片成熟的玉米田后边，一片苍茫的秋色。我喜欢这样的颜色，在美国一个多月来，似乎还没看到过这样清静而有点凄凉的颜色。美国的颜色鲜丽而热闹。

晚上，陈映真提议吃夜宵，十一点开始，把那两条活活砸死的鱼让潘耀明做了吃掉。聂华苓正来电话，听说了也很有兴致，跑了来。然而，这时候，倡议人陈映真却不见了。

“他会不会出去了？”大家猜想。

“刚才，就是刚才，我还听见他吹着口哨从我门口过去。”我说。

“是他吗？”

“一定是他，那口哨吹的是中国的小调。”

“他是在这里，来来去去的，在洗衣房洗衣服呢，把我的衣服也硬要去洗了。”潘耀明说。

“再给他房间里打电话。”聂华苓说。

于是，打电话，没有人接。我跑去敲他的门，把对门的爱尔兰诗人敲了出来，也没他的声息。潘耀明又下楼去找了一圈，没人。干脆就去敲同他合一单元的墨西哥作家的门。墨西哥作家从睡梦中被敲醒，睡眼惺忪地看着潘耀明。潘耀明从他的房间里穿到陈映真的房间，没有人，床上堆着刚烘干的衣服，屋子里很凌乱，好像刚刚发生过一场搏斗。潘耀明又走进洗澡间，澡缸里空空的。墨西哥人莫名其妙地跟着他。一无结果。我们开始猜测他会不会被绑架，又猜测他会不会发生暴病，联想到他过重的体重……一边猜测，一边把鱼吃了，收拾了碗筷，聂华苓起身要走，门悄悄地开了，陈映真进来了。原来他一直在对门那位阿根廷女作家屋里。

“可是，”聂华苓说，“刚才安忆听见你的口哨声的啊！”

“就是那时候，我吹着口哨，她的门开了，我就进去了。”他逗乐，“唉，这女人很不幸，她的母亲是个长期精神病患者。她说，那是她终身的监狱。”他感叹着，吃着我们为他留的鱼。

“为了留给你这鱼，我们都不敢吃，没吃好。”我说。

“抱歉，抱歉！她是犹太人，很压抑。她写小说是为了把那些说不清说不尽，也没法子说的东西倾诉出来。你不知道，”他停下筷子，对我说，“外面的世界，有多少苦难，你不知道。当然，你，我们都有自己面临的问题。”

聂华苓忽然想起了什么：“我给你们讲个故事，一个真实的故事，那东德作家和西德作家的故事。”

哦，他们俩就像是一个谜——

他们俩从小在东德的一个小镇上一起长大，一起上小学，又一起上中学，是一对朋友。后来不知什么原因，那女作家被东德驱逐出境，被迫迁到了西德。不曾想，他们在这儿遇到了，分别了二十年。她嫁了人，又离婚，又嫁人，她过得很不如意，她不喜欢西德，她从不认为西德是她的，她是西德的。这次要开报告会，她提出要属于东欧组，可她明明是西欧的。她的发言，一定会有批评东德的情绪，而东德作家刚刚得了一个国家奖，那将会很尴尬。并且，东欧的作家们都不欢迎她参加他们的报告会，他们认为她是西德的。办公室无法满足她的要求，她很不高兴，那天晚上，她脱了衣服跳下了爱荷华河。生活中的缺憾真是太多了——“你不知道！”陈映真又要说了。我确实不知道。地球这么大，而我这么小，我的那么一点点悲欢又算得上什么。

华苓说，南朝鲜飞机被打下的时候，那东德作家哭了。他为什么哭？是为他们的老大哥苏联的行为羞耻，是为那无辜的二百多名乘客哀痛？可他是不能负什么责任的。唉，汉斯。

10月10日　多云

许世旭的妻子女儿来了，找了一个公寓房子另住。房子共有一个相当大的客厅、两个卧房、一间浴室、一间厨房，还有一个朝向荒野的阳台。地处近郊，房租是四百元一月。他有了家，便请了所有的中国人去他家吃晚饭。他妻子很温柔，也很漂亮。本来是学音乐的，所以唱歌也唱得不错。两个女儿还小，大女儿不懂英语，一来就上了小学一年级。据说和同学相处无间，并已有同学常常找上门来。在孩子来说，似乎语言很不重要。

晚餐很有朝鲜风味，很好吃。饭后大家喝酒，照相。我将上海师院艺术系继仙老师画的一张《漓江晨》送给了他们。夫妻俩都十分喜欢，把画挂起，在画的下面拍照留念。华苓穿了他妻子的朝鲜服装大拍其照。最可怜的是潘耀明，他要一年里修到一张英语专业文凭，因此成日成夜地用功。学习压力又加上经济上的压力，常常是神色疲惫，还要参加一些“写作计划”的活动。饭后，他半躺在地上，就这么睡着了。一会给大家吵醒，就跳起来说：“豁出去了，明天不去上课了。”说着就灌了自己半杯酒，立即就高兴起来，疯起来，要求跟每个人都照相。

我猜，到了明天，他绝对还是拖了他那个犹如旅行袋似的书包，赶去上课的。

10月10日　晴

中午小叶来电话，要我搭学校巴士去市中心，他在那里等我，带我去听英语教学的录音。他要教我学会办手续，以后，我就可以独立地去听了。

汽车半途中，上来一个东方女学生，她看看我，我看看她，也许都在猜测对方是什么人，台湾人？香港人？大陆人？日本人？一起下了车，她和小叶用上海话打起了招呼，原来是老乡啊！她问我：“你们是什么系的？”我很惭愧，我什么系都不是的，成天混在他们学生中间，来来去去的。“她是青年作家。”小叶说，我脸都红了，其实小叶没有一点嘲笑的意味，只是我自己发觉“作家”这个词儿的内容是多么空洞，不切实。“你是学什么的？”我赶紧问，想岔开话题。“我在学电机，”“呀，真了不起，女的学电机。”“学不下去了，读书苦死了，简直不想读了。”她说，半真半假的。看她年纪也不小了，脸色很憔悴，她一定很辛苦。

小叶帮我安排妥，就要走了，“我要去找我的老师，他给了我一个不合理的分数。”他把试卷递给我看，“分数低我随它去了，可是他在卷子上写，他看不懂我的解题方法。这个必须说清楚。好，你在这儿听吧，再见。”

晚上，到许先生新居去玩儿。这房子是谭嘉帮他找的，两个卧室一个客餐厅，阳台前是一片荒凉的田野，他就是为了这荒原决定租下的。家具是蓝蓝提供的，蓝蓝把她客厅里的一整套家具都借给了他。他太太，女儿都来了，女儿已经有了很多朋友，男朋友和女朋友，他们交往好像不用语言，没有语言，只有声音，像写一样，很容易就互相懂得了，彼此都十分愉快。万事如意。他一晚上都眉开眼笑，神采飞扬。想到不久前他曾因为想家而哭，便十分地为他高兴了。许太太又清秀又贤惠。许先生说：“来，给大家唱个歌。”她便站起身，深深地鞠一躬，轻轻地唱起来，唱得非常好，房间里一下子安静了下来。她在日本留过学，是学提琴的，为了丈夫和孩子，放弃了自己的专业。而许先生却说：“别的乐器练练都好，就是小提琴，好像练练不会有什么效果的。”大家齐声骂他可恶。他则得意地笑。

谭嘉和我聊天，她告诉我，她有个亲姑姑在上海，十几年前，她收到最后一封信，说她奶奶被“扫地出门”了，以后便杳无音讯。我问她想不想找。她说：“当然想，可是没有一点儿线索，只知道她的名字叫谭涣。”“还有什么？”她想了想：“她的小名叫晕莲。”“还有吗？”“别的什么都不知道了。”

今天晚上，个个都像发疯一样，又笑又叫。楼下的邻居再三地敲天花板，即许家的地板，以示抗议。当然是一点作用也没有的。谭嘉关照许先生：“以后你们家要开Party，事先和邻居们打个招呼，这样比较好。”“明天一早我就向他们道歉。”许先生说。“没关系，明天也许他们就忘了。”谭嘉说。

10月11日　雨

下午去大学，听美国诗人盖瑞·斯奈德的演讲。碰到许世旭，再三为那张《漓江晨》向我道谢，并要我向继仙问好。他也注意到潘耀明的情绪，昨晚我们回来后，他就打电话给潘耀明。潘耀明说他没有吐，只是胃里难过。潘耀明说这都没关系，主要是他感到寂寞。真是，他离开妻子女儿，要在这里独自奋斗两年，他是福建人，说一口香港音的普通话，学英语在发音上有很大困难。现在，我们大家在，他学习之余还有伴，等我们走了，他就更加难堪了。从经济上考虑，他准备等大家走了，另找一处房租便宜的宿舍去住。潘耀明从小极苦，没机会进过正规的学府，在报社从校对做起，靠自学写了几本书，在香港、新加坡颇有影响，现在是三联书店编辑部主任。目前都很注重学历，特别是在香港这样的地方，所以他咬牙要取得一个正式的文凭。这也是一种竞争，不无残酷的竞争。

晚上，华苓请盖瑞·斯奈德吃饭，同时也请了一些“写作计划”的作家作陪。

盖瑞·斯奈德即将参加明年在北京召开的中美作家见面会。他是美国公认垮掉派诗人中成绩最大的一个。在当代诗坛的中国热中，他是关键性的人物。他对中国的唐诗宋词极其热爱，并承认自己已受其影响。去年二月他在加州接受记者访问，谈到关于他模仿中国古典诗歌时说：“这种模仿表现在两个方面，其一，我在写诗时尽量使用最简单的，像汉字一样单音节的英语词，使诗行呈现一种坚韧紧凑的表面结构；其二，我模仿在读中国诗时所能感觉到的那种强烈的节奏。”

对东方文化之热爱，几乎是所有垮掉派诗人的共同特点。原因虽各有不同，但有一个共同点，这就是他们“从中国古代诗人那里，学到在诗歌伙伴之间一种特殊的亲密友谊，一种兄弟情谊”。

我想，这大概是中国古代诗人中，常有互相唱和、送别、对酒之作留传的缘故吧！

盖瑞·斯奈德现在已从唐诗转向攻读宋代大师的作品，如苏轼、陆游、梅尧臣。他认为，“宋代诗人更像当代诗人，他们生活中面临的问题几乎和我们一样”。他认为，“宋代诗人所生活的时代是高度优雅的、高度文明的。当时中国人口众多，哲学思想复杂高深，而且已经有了一个相当发达的货币经济，可是它也正朝着崩溃前进。宋代的高度文明，是一个面临部分毁灭的文明。这不仅指北方游牧民族即将来到的打击。北宋时，华北的森林就差不多已砍伐殆尽。从那以后，华北就更多地依靠漕运，从华南补足粮食、木炭，甚至墨。可以说，从宋朝开始，中国就面临生态危机。而这一切正是西方现在面临的问题。我们正生活在毁灭的前夜，不仅是核毁灭，而更是生态毁灭，我们正处于悬崖边上。”

垮掉的一派，并不是我原来从字面上所想象的那样，是颓废、苦闷、吸毒、完了的意思。他们在这物质文明高度发展、泛滥的时候，头脑相当冷静，这就难得。他们主张人生和自然的和谐。这位诗人对宋代经济和文化的研究和熟悉的程度，使我这个中国作家感到惭愧。他说得正确与否，不敢评论。

他曾经写过一首诗，是献给陆游的（可能是误译，从内容上看，可能是献给毛主席的）题名为《王八威利小卡车》，其中有这样一段：（编者按：此诗应译为《整修五八年威利式皮卡》经核确定献给陆游）

“在蒙着灰尘的零落的树丛中

我躺在卡车下
这车子早被人看作老掉牙
我赞美它做得结实
我想这样一部卡车
毛主席肯定会喜欢
……”

他说:“为什么毛主席会喜欢它?因为它牢固、实用,不是花哨的玩意儿,这就是科学技术。现在根本找不到这样的卡车了。

“我们的用具不再实用,生产的目的是赚钱。这种生意总以污染世界为代价,而不是为了人民的利益。毛主席不会喜欢它,任何一个老木匠、老伐木工人,都不会喜欢它。”

他现在的生活方式,也如他的主张;住在一个荒僻的地方,自己种菜、做木工,有时还砍柴去卖(美国很多人家,冬天喜欢用壁炉)。邀请他来这里讲演,他也拒绝去比较高级的“爱荷华旅社”,而愿意住在“五月花”八楼。衣着简朴,待人亲切、自然。他,就是我们常说的“垮掉的一代”的代表人物。

10月11日　晴转阴有雨

下午决心睡个午觉,睡下时一屋子都是正午的阳光,醒来时屋里却暗了,窗外,一片阴霾,细雨打在玻璃窗上,沙沙地响。下雨了。

五点钟时,乘车去艺术馆,听一位美国诗人的报告。

Esther看见我,一把抓住,呀,我们已经好几天没有见面了。她塞给我一个小包,打开一看,是一块绿色的玉,我立即把它坠在项链上了:“谢谢你,我喜欢的。”“唉,”她叹了一口气,“我怕我会一下子见不到你们。”“不会,我们还要呆一个月呢。”“才一个月啊！”她说。

礼堂里几乎坐满了，这是我在爱荷华大学看到的人数最多的一次报告会。诗人是极有名望、极有吸引力的。他的名字叫Gary Snyder，是一位反学院、反传统的诗人。他看不起大学，爱荷华大学曾请过他，被他拒绝了。他住在农庄，过着乡村农人式的生活。他的主张是回归自然——

在远古民俗中间，可追溯全人类共有的母题（主题），在远古口述文学中，可发现一系列神话，这神话属于这星球的生命。西方的思想渊源，可追溯到奥林匹克山的文化。

报告会上发了一份材料——《Gary Snyder谈中国古典诗歌的影响》，这是一位华人学者去年在圣地牙哥加州大学对诗人进行的访问记。他谈到宋代的诗人，认为宋代诗人更像“当代诗人”。他说：“宋代诗人所生活的时代是高度优雅的，高度文明化的。人口众多，哲学思想复杂高深，而且已经有了一个相当发达的货币经济，可是它也正朝着崩溃前进。而这正是西方现在面临的问题：我们正生活在毁灭的前夜，不仅是核毁灭，更重要的是生态毁灭，我们正处于悬崖边上。”问者插话：“许多宋诗充满理念的阐释，那正是理学在知识界取得压倒优势的年代。”他回答：“过分执迷于理念的诗必然不是好诗。但是仔细地看看宋代大诗人对哲学的处理方式，是很有趣的。”他举了苏东坡的《百步洪》为例，说明那不是西方诗中叫人讨厌的那种理念，而是“禅”——一种诗意的，经验性的彻悟。

这诗人戴着一顶巴拿马草帽，蓄着胡子，确有点古风。他在爱荷华城呆三天，他愿意住到“五月花”公寓来，和作家们在一起。晚上，特意为他举办了一个舞会，自然还是在走廊上。一开始，因为有客人，大家很老实，乖乖地坐在地上，可没一会儿，就活跃起来，开始跳舞了。音乐响彻了走廊。玛利来请我们去，我们都没去。妈妈要睡觉，吴祖光伯伯在写话剧——他的第一幕要结束了——但愿他别受那音乐的影响，否则，他也许会在无意中来一个爵士式的收尾。潘耀明在做功课，他的功课永远做不完。而我，虽然喜欢跳舞，可这样没完没了地跳，我也觉得没什么意思，我还有很多事，明天打算一早去听录音，今天就要早睡。美国人太喜欢跳舞了，他们善于在运动中休息。而中国人，有一些闲情。那一份悠然，那一份怡然，我想美国人是体会不了的。

Esther来电话了，“呀，你们那儿好像很吵。”她说。“是啊，走廊里又在开Party。”“你那儿在放什么音乐，很好听。”“我们俩开电话Party吧。”于是我们就海阔天空地聊起来，她说：“我真怕你们会一下子都不见了。”“不会，我们还要去芝加哥呢！”“就是呀！办公室里说往年都是这样，作家们去了芝加哥，就不再回爱荷华了。”“我们还要回来的，你和我们一起去吧。”“我也想去，可是，还有课呢！”“让那些课见鬼去吧。”“真是的，读什么古英语，像天书一样，要读死人的。”“你去过芝加哥吗?”“去过，那儿的博物馆很棒，要看整整一天。街上有一种老式的马车，我请马车夫和我合了一张影。”“为什么不坐上去绕一圈。”“那很贵，这不是交通工具，只是供观光客游览的。”“呀，太好玩了。”“芝加哥的夜总会很多，还有，芝加哥的建筑非常漂亮，听说过芝加哥大火吗？大火把芝加哥全烧了，后来重新建筑，所以，芝加哥很新。”“是吗！还有什么？”“芝加哥还有一个湖，唉，那湖有一种凄凉的神情，秋天去，你会伤心死的。”“呀，恨不得马上就去。可是我们在那儿只呆三天呀！”“三天是太短了。”“这三天里还要在芝加哥大学开报告会，唉，时间没安排好，其实，我们在爱荷华呆得太长了。”“你这话要把我气死了——”她说。

10月12日　阴

今天无话可记。下午去谈了十八日中国小组发言的程序。

访问养老院的事，谭嘉没联系上，未能成行，很感失望。不过这也是能够想像得到的。瑞士鲁加诺的莫尔放德镇上，那个养老院算得高级了，但又如何？把老人的暮年生活，圈成一个行将就木的世界，让他们和他们繁衍的后代隔开，和他们延续的青春隔开，和他们参与建立的事业隔开，不能不说这是残酷的。美国有一句流行的话：美国是儿童的天堂，中年人的战场，老年人的坟场。老年人的儿辈，又何尝轻松。他们也要繁衍他们的后代，也要延续他们自己的青春，为了这自然赋予他们的圣职，需要投入他们全部或绝大部份的精力与时间；为了他们可以享受到优裕的生活，他们把剩余的有限精力，如同投资一样，投放在妻子儿女身上还是父母身上？他们当然选择了前者，因为前者也正是他自己生活的一部分。而后者对他们说来，只是一种支出，并无收入。加上现代科学的发展，人的生活如同落在自动流水线上的零件，依序飞转不息；于是需要照料的老年人来到了这个与青春、与世界隔绝的围墙里，或者说是坟墓的前厅——养老院。"战场"上的中年人，他们一手把老人送进养老院，一手就对得不到抚爱的儿女，采取物质补偿办法。于是孩子们偎依在奶奶怀里，听从前的故事、月亮里的故事的那种种的熏陶没有了；有的是有增无减的物质欲望。如此循环下去，不也是一种可怖的现象吗？说到底，却是人人都在辛劳地建筑自己的"围墙"……

10月12日　多云

一早起来，与潘耀明一起去市中心，他去上课，我去听录音，我比他早一站下车，下了车便自信地径直朝一幢大楼走去。忽听潘耀明在后面大声疾呼地叫我，回头一看，他不知怎么也下了车，“你为什么下车？你下错了！”我告诉他。他对我大叫：“你走错了，在这里。”“不是在这里。”我相信我的记忆，他只是摇头，把我领了过去，领进另一幢大楼，果然是这里。回头看看，他正向下一站跑步前进，车已经开走了。他要迟到了，我很抱歉。

今天好像是机器的罢工日，什么都不干了？中午，到EPB吃午饭，那下面有自动售货机。在橱窗外选了一份火腿三文治，丢进硬币，却毫无动静，那扇门怎么也拉不开。潘耀明打它一下，它不开，又打一下。我说：“你打它有什么用，它又不是一个人。”“可它不应该坏的。”“可它现在就是坏了。”没办法，我就只能吃潘耀明饭盒的东西，把他本来就不多的一点东西吃了一大半。他说他给那售货机气得已经不饿了。傍晚，从录音室出来，又去Old Capital的取钱机取现款，我们还是习惯用现款，尤其是妈妈。我倒有点喜欢用支票，因为不是眼看着钱数出去，好像没有花钱而得到了东西，心理上似乎有种安慰。可是那取钱机坏了，取钱卡怎么也塞不进去，它拒不接受，只好退出。“你是不是再打它两下？”我问潘耀明，他不响。

今天一天是来美国最简单的一天，而明天就又要复杂起来。明天去John Deere，这是个大企业，是资助国际写作计划最多的企业。

10月13日　多云

“乔底儿”农业机械公司招待了我们一天。这公司也是“国际写作计划”的最大资助者。

参观了公司。有一所如同艺术博物馆似的大厅，陈列着“乔底儿”各个时期的产品。办公室、走廊、休息室、食堂，不仅一尘不染，而且都装饰着各种流派的画，及其他艺术品。使人最感兴趣的，是它建在最高层的室内公园。这里没有太阳，但有树有草、有假山、石阶、桥，遍地是绿叶，连石头缝里都爬满了这种叶子。这是一种阔叶白茎的绿色植物，每一片叶子都彼此相像；很绿，布满了白色的茎，像是假的，但都是真的；很绿，很干净，却很病态。一顶不算小的石桥，配以黑玻璃的通体桥栏、黑玻璃的围墙，到处闪闪发光，到处可以看见自己的影子，使人恍如进了一个幻境。对，是幻境。幻在这一切都很美，幻在这一切都似假还真，是真却又似假。像一个蜡做的美人，或者是一个美人已将临终。一个需要无尘的电子计算机办公室，就安置在这里。这里还有一个高级餐厅，每张餐桌中间，都有一个花瓶似的电灯，瓶内是个小灯泡，瓶的底座上是一圈花。这是一种稻草色的细花，枯萎的颜色，但它却又并不枯萎；它就是这种样子的鲜花。人活在这里，谈情说爱，似真非真，似假非假，仔细想想，不免恐佈。

下午去了离公司七十里的工厂。在冶炼车间里，第一眼看见的便是黑人。他们已把翻砂这一繁重的劳动机械化了。木模（据说是用木头和塑料混合）车间没有去，不知是否也不用人工了。

下午，公司招待我们坐游艇泛游密西西比河。甲板上风大，也有点冷，大家就都挤在艇上的客厅里。艇上还备有饮料和小吃。大家喝酒唱歌，似乎忘了密西西比河的存在。闲来无事，随手翻阅船上的签名簿，原来中国各地农业人员来过这里，可能和“乔底儿”有过买卖。不过从签名册上看，许多签名中，只有一人在名字下冠了“局长”的职称。不知是出于什么需要，也可能是一种习惯。在国内是住旅馆也需要填上级别、职称的。不过在这里，“局长”不知能否酌定买或不买，这就不知道了。

大家真正欣赏到水，倒不是在密西西比河上，而是在晚餐的餐桌边。

晚上，公司里的高级职员都来陪我们共进晚餐。餐厅里灭了灯，点起了餐桌上的蜡烛。一霎时，大玻璃窗上，人影幢幢，烛光摇摇，别有一番风味。宾主正在敬酒时，忽然在那幢幢的人影当中，出现了两只天鹅，伸着美丽的长脖子，悠悠地在人影中游动。

啊！客人纷纷离了座，拥向窗前。原来，窗外就是我们已经参观过的那个大水池，不，应该说，水池的水平面就在窗口，离窗沿约莫两三寸，所以天鹅就寻着灯光而来，沿着玻璃游来游去侧着头，参观着里面的人们如何吃喝。

这个厂创建于一八三七年，已有近一百五十年的历史。最早的老板是位打铁的铁匠，制造的农具，跟中国的扶犁一样，前面是用牲口拉的。现在它制造的农机，轮胎就有一人多高。其发展的速度跟美国这个国家一样快，或者是说美国的发展，跟这个公司一样快，也许更准确一些。据说，它是目前世界上最大的一个农机公司。

10月13日　阴有雨雪

John Deere在密西西比河那岸的ILL州的一个城市——Moline，汽车开过密西西比河上的大桥，便是了。这是一个专门生产农业机器和林木机器的公司，和全世界各地的国家做生意，我们黑龙江农场也来签订过合同，买过机器。这个企业在全美国都有分公司、分厂，有六万多工人。最早的创业人就叫John Deere，是个铁匠，出生于一八〇四年，一八二五年开始创办他的事业，那时，只有一个铁匠铺，生产犁具，车具，这些东西都陈列在底层大厅里。这是一个小小的博物馆，展览着John Deere每一个时期的生产情况和产品。

上午，我们参观公司的办公大楼，这大楼漂亮极了，不知该怎么形容。这大楼的外部形状像一座正在修建中的搭着脚手架的建筑，全是用玻璃和钢材建造的，这钢材是一种特殊的从英国运来的钢材，它不需要油漆，外面会生锈，里面却不会生锈。最令人吃惊的是四楼职员休息室。那里有一个花园，有树木，有花草，小桥流水，而围墙、桥栏，都是玻璃的镜子，把这花草树木、小桥流水折射出三重九叠，真是天上人间。

“我有些发虚。”Esther对我说。

“我也恍恍惚惚的。”我说。

我们走进休息厅，富丽堂皇，像个宫殿。

“太奢侈了，何必呢！”我说，我发现在这里，说话的声音也虚飘起来，好像从很远地方传来似的。

“公司给职员提供最好的条件，职员则要向公司提供最好的效率。这就是美国。”她说。

中午在职工食堂吃午饭，公司的副职（副主任、副经理等等）陪我们午餐。这里很普通的一餐，却很实惠：一碟生菜，一盘牛肉饭，一道甜点心。我全部吃下去了，而且觉得很好吃。陪我们吃饭的一位先生问我：“你知道OK这个字是从哪儿来的吗？”“不知道。”于是他开始解释：很早很早的时候，有个汽车制造公司有个规矩，凡是合格的汽车，车身上就打个印——OK！慢慢的，这个“OK”就流遍于民间，为大家所采用了。

吃过饭，大家便到花园去玩，这是一个真正的花园。花园里有个湖，湖里有许多红鲤鱼，鲜蹦活跳的。这个企业为了证明自己对艺术的热爱，花了很多钱购买各国的艺术品，有专门的陈列厅。走廊上，餐厅里也摆设悬挂着种种艺术品：画、织品、雕塑，五色缤纷。我们晚上吃饭的高级餐厅里，还挂了一幅台湾画家刘国松的画。

在花园里，爱德文送给我一根白色的羽毛，说是天鹅毛，我不太相信，可还是谢了他。他总是很照顾我，设法让我玩得高兴。

下午，我们先去参观工厂，那参观的方式很奇妙。我们走过一条黑暗的楼梯，上了一个小瞭望台似的房间，一排玻璃窗，正对着大车间，可以看见车间里的一切。窗下有一排屏幕，逐一地亮起灯，显出画面并响起录音，向你介绍炼铁制作的每一程序。当行车在我们面前开来开去时，我们这小小的参观走廊便剧烈的震动起来。“怎么回事？”我问。“这是爵士。”加纳的黑人作家笑着对我说，露出雪白的牙齿。他是一个很可爱的黑人，态度很温和又很沉着。他是我所见到的第二个可爱的黑人，第一个则是美国电影《猜一猜谁来参加晚宴》里的那个黑人。可这“爵士”太激烈了，震得人都站不稳。看了这么多时候，什么也没看明白，只体会到大工业的伟大和威慑力量，令人胆寒。

出了工厂，天开始下小雨，汽车穿过Moline城，往密西西比河去了。

汽车上，撒哈和卡罗坐在一起，撒哈转头对单独坐着的华苓说：“他只会说几个英文单词，等他那几个字说完了，我就坐到你身边去。”于是她便问卡罗：“你结过婚没有？”卡罗认真地回答：“没有。”“你喜欢美国吗？”“我喜欢美国人，不喜欢美国政府。”卡罗仍然很认真地回答……可是万万没想到，他那有限的英语却足够他说出了自己的一段复杂的经历：他曾无数次地坐过牢，最近的一次判了四年徒刑，可十个月便放了出来，他现在的处境还不错，可以自由发表东西。他是个老共产党员，可只到去年为止，他不再是了。

密西西比河到了，天很阴，风，凉飕飕的，冷得很。上了船——这是一艘小小的船。河的两岸是树丛，那树丛是一种凄凉的青黄色，很美。可是毕竟不如长江有气势，那一派大江东去浪滔滔的气派所有的那一种悲怆，更令人肃然起敬。密西西比河要委婉一些，但也是质朴的。有人告诉我们："密西西比河是一条男性的河。因为密西西比在印地安语言中，是'河之父'的意思。"墨西哥作家说："可它却很像女人，变化很多。"

看够了河，大家便挤在船舱里唱歌跳舞。我发现外国人从来不可能老老实实地坐着，他们坐不住。卡罗唱《卡门》，南斯拉夫年轻作家跳乡村舞，我们则唱："张老三，我问你，你的家乡在哪里？我的家，在陕西，过河还有三百里。在家里，做什么？种田还是做生意？在家里，种田地，种的高粱和小米——""什么是高粱？"外国人问Alex。Alex说："高粱is高粱！"呀，英语里没有高粱，美国没有高粱，这是我们的庄稼，那是能够在贫瘠的土地上高产的一种粱稼。它成熟的时候，火红火红，红了一大片。

大家发疯的时候，撒哈一直坐在角落里，默不作声，她的心情好像不太好，她在想什么？想她那离了婚的丈夫？想她那在苏联留学的女儿？唉，撒哈，过去的就过去了吧。可是，也许还有什么没有过去而正在发生着的，我不知道。

晚饭是在一个面朝花园的厅里吃的。这是东楼。本来的规划是：东西南北楼的窗户都朝着中间的花园，意味着这所有的一切，都来自土地，可后来经费紧张，西楼的建造便不可能像东楼这么奢华了。这几年，美国的经济一直不景气，里根上台后，采取了一些措施，比如税收方面的改变，使经济稍好转了一些，可危机仍然存在。

晚餐是正职们陪同我们的，大家站在饭厅前寒暄着，我和Esther想找个角落里清静一时，却见撒哈一个人坐在那里出神，"别打扰她。"Esther轻轻地说，把我拉走了。

雪白的桌布上，放着亮晶晶的银餐具，烛台，烛台上点着蜡烛。“这么多刀叉，该怎么用啊！”我说。土耳其人把摆得整整齐齐的刀叉刷地一下子收拢起来，说：“美国人都是疯子。”晚餐高于午餐一个层次，而我却消受不了了。我发现我只能吃农人的饭，最叫我喜欢是那两次乡村里的午饭了。

第一道是开胃的果冻，那是一种异样的酸，和着cheese，这味道令人气愤极了。我“哇”的一声叫起来，Esther同情地看着我。“怎么办？”我问她，她轻轻地说：“你作出吃的样子好了。”这是一个不幸的预兆，往后便更加难吃了。只有一个冰淇淋，被我完全彻底迅速地消灭了。

土耳其人忽然叫了一声，蓦回首，身后的落地窗上，在映着我们的形象、摇曳的烛光、亮闪闪的银餐具后面，有一群白天鹅，它们安详地伏在水上，像一个仙境。

爱德文送给我的，真是天鹅毛呢！

酒足饭饱了，大家挨个儿起来，说一番话，作个自我介绍，再说几句感想，表达一些谢意。每个人的开场白都是：“我叫什么名字，我来自什么国家。”撒哈起来说话了：“我叫撒哈，我是巴勒斯坦人，可是我并不是来自巴勒斯坦，我没有祖国了……”她的祖国被以色列人占领着。大家都沉默着。我回过头寻找了一下，我想起，我们这儿有一个以色列的作家，可是他没来，他很少很少参加集体活动。他是一个残疾人，因为翻车，着火，他的脸，脖子全烧坏了，看看真令人害怕。他的手也烧坏了，蜷缩着。他很可怜，总是一个人。

土耳其人站起来说：“John Deere对我们这样的款待。这需要多少钱哪！为了这个，我感谢John Deere。”我想起我会看过一部土耳其电影《穿黑袍的新娘》，那一片沙漠上，人们肩背着绳子，走出半里路，才能从深井里提出一桶水……

华苓女士开始拉歌了，气氛活跃了起来，她总是怕大家不快活，她希望每个人都快活，像她那样，深受种种磨难而终于快活起来了。土耳其人唱歌了，爱尔兰人唱歌了，菲律宾人唱歌了，烛光摇曳着，白天鹅静静地伏在水上，银餐具闪烁着……呵，John Deere！

灾难突然降临，拉我唱歌了！土耳其人拉我，爱德文叫着："王！王！"大家一起拍手。Esther轻声对我说："你只好唱了。"没办法，我只得唱，唱东北小调《送情郎》："小妹妹送情郎，送到了大门外，泪珠儿牵行流下来……"我不知道这一刻是怎么过来的。只是过后，Esther对我说："我觉得你随时都有可能倒下来昏过去。总算挺过来了。"她又说："你教我唱这个歌吧！""好的。"我答应，这会儿恢复了元气。

回爱荷华城的路上，下起了薄雪，这是最早的雪。然而这雪太薄了，落到地上便化了。陈映真开心得要命，他没见过下雪。在台湾，要爬到很高的山上，才能看到积雪。

大家唱着歌，彼得吹口琴。冰岛夫妇的那个南美洲女孩蒙着眼睛满车子地捉爱德文。我便翻看John Deere赠送的画册。这是他们公司收藏的艺术品的画册，很厚很漂亮的一大本。

"这公司为什么花这么多钱收藏这些艺术品呢？这和他们的业务并没有关系。"我问。

"有钱的人最怕别人说他没有文化。你不知道。"我旁边的人回答我。

我不知道。我不知道的事情很多很多。我不知道卡罗退出了共产党，我不知道撒哈没有祖国，我不知道西德的女人不喜欢西德，我不知道汉斯哭过……人们生活得不如意。汽车在夜间行驶，彼得在吹那一支赞美诗。

10月14日　阴，有时有雨

东欧小组各位作家发言，翻译给我的已经极其简单，我再加以选择，更加简要的记之。

匈牙利，是一位以医生为主要职业的女作家：匈牙利从地理位置、民族、历史、文化，皆不属东欧。美国为什么要把它和东欧放在一个组里？

波兰，就是那位拖儿带女的剧作家：他已流亡在外一年。现在在波兰，哪一个作家帮政府说话，第二天就会有读者把他的书扔在他家门口。

南斯拉夫，是一位研究苏联文学的女作家：她用大仲马一句话作为引子，念了一段她的小说。

东德：他认为文学是写人的，而人的根本是纯洁的儿童。从儿童的眼光来看世界、看大人是最真实的。所以他专门写十三四岁的儿童日记体小说，把人们最秘密的一切，都记在自己的日记里。他的主张极符合其人。他自己就以一个十分淳厚的大孩子的态度，真诚地照顾着他那一个常在醉乡的同窗。前几天听说他的作品在国内获奖。

……

会后听人说，陈映真听了发言十分失望。他觉得东欧作家的创作，越来越走向个人，和西方也差不多。

晚上放映《城南旧事》，编导和演员都赢得好评。虽然放映上出了很多毛病，人像都变了窄窄的一条，但还是赚了不少眼泪。

10月14日　阴

下午一点半，去Mabie剧院看冰岛作家的短剧录像。一共只去了四个人：我，卡罗，芬兰的女作家，南非或阿根廷的女作家——南非女作家和阿根廷女作家，我总也分不清，她们太像了，一般高，一般胖，一样的短短的鬈发，一样的鼓鼓的脸颊。

这是一个破破烂烂的剧场，是艺术馆的一部分。先有两个本地的剧作家和学生们对话。这是两位学生所熟悉的作家，学生们的情绪很热烈。那第二位，非常清楚这一点，得意得简直忘形，一会儿坐下，一会儿站起，一会儿来回踱步，然后又坐下架起腿，搔首弄姿，叫人都有点难受了。他讲了许多话，我听不懂，可我认定那一定是废话，否则有用的话就太不值钱了，因为他说的委实太多，我越来越不耐烦了。他终于说完了，开始放映冰岛作家的剧作录像，这回是一组四个的小短剧，全是发生在家庭里的事情，不，什么事情也没发生，只是在极其平和的家庭里的日常生活。而危机和悲剧在平静的生活里缓缓地穿行。

看过录像，我和卡罗一起去“太阳廊”参加东欧作家的报告会，每次报告会都是在“太阳廊”举行的，那是Iowa House的一个角落。我们沿着爱荷华河走，太阳暖洋洋的，昨天的雪踪影全无了。我仅有的几个单词，和他仅有的几个单词，正好擦肩而过，无法交流，没法子聊天，我们就一起唱歌，唱《卡门》。就这么到了地方。

东欧作家很多，坐了一长排，匈牙利女作家，南斯拉夫女作家，保加利亚美男子，东德的汉斯，罗马尼亚两位作家，一位一九七九年参加“写作计划”的东德作家也来了，他这次访问美国，特地回爱荷华来，还带了他新近得了多种奖的一部电影《独唱者Sunny》，还有一位请求政治避难的波兰作家——他高高大大的个子，黄色的头发，穿一件破旧的衬衫，脸色有些憔悴。他请求了政治避难，可生活一无着落，华苓和安格尔先生为他想了办法，说爱荷华大学请他来讲学，可是，这只有一个月啊！然后，他去哪里？谁也不知道。

晚上，放中国电影《城南旧事》，可去的人不多，一点也不踊跃，他们都叫那次《西安事变》弄倒了胃口。而今天的放映也实在糟，把好好的宽银幕收得窄窄的，人都成了竹竿儿，细溜溜的一条儿。蓝蓝去和放映员讲，也没用，说是机器不对头。不过就是这样，效果也很好。有一些美国人哭了，我也想哭。我们有一个多么叫人心疼的祖国。潘耀明说："中国还是不错的。"我说："错又怎么样？错也是好的，不错也是好的。"就是这么一个北京，就是这么一个中国，要就全部要，不要，就全没了。

10月15日　小雨

中午，去看了另一位东德作家自编自导的电影《圣芮独奏》。内容大致是描写一个叫圣芮的女孩，在一个爵士乐队任独唱演员，她孤独、失意、幻灭。她不爱的人，倒一心一意地爱她。她爱的人，又对她不忠。她喜欢唱，而乐队又辞退了她。她觉得一切都不如意，但又不愿勉强自己，或者说，不愿向这世界、向现实妥协。于是只剩一条路，她自杀了，但又被救活。最后她在白雪盖满大地的时候，又重新开始到一个非常年轻的乐队去报考独唱。这电影在法国电影节得了奖，女演员得了最佳女演员奖。银幕上所能看到的，是酒吧、爵士乐队、提兜女郎式的生活。只不过住的房子破败一些，酒吧拥挤肮脏一些而已。

晚上，蓝蓝在家请吃饭，这个电影的编导也来了。听到陈映真向这位东德作家提了两个问题。

一、这是他第一次看到东德的影片，看了后，觉得三十多年的社会主义建设，怎么完全和西方一样。

二、电影内容也许是东德生活里都有的东西，但是看不到作家是如何来解释这一切的。

东德的剧作家坐在地毯上，作了长长的一篇发言。幸亏吕嘉行在旁给我做了详细的翻译。大意是：1，东德的文化传统，生活习惯，本来就和西方十分接近；2，共产主义理想的实现，需要很长的时间，也许是一生；3，每个人都有每个人的梦，而梦和现实、和理想之间的距离是很长的；4，制度不同，但每个人所做的具体工作，还是同样的；5，东德国内对影片也有争论，肯定意见居多。

他似乎没回答陈的问题。关于人所做的具体工作相同说，美国的卓别林在二十年代就态度鲜明地作过解释。大工业中的人的异化，重复，重复，再重复，人也变成机械化了。电影上有过这种可笑可哭的形象。

10月16日　晴

聂华苓带队去爱荷华州府狄莫恩，先去一个保险公司参观。这公司也是“写作计划”的资助人。所谓参观公司，实际是参观这个公司所收藏的艺术品。就像“乔底儿”一样，这里每个办公室里，除了有各种电子计算器之外，都装饰有各种绘画，绝大部份是现代画，也有一种摄影写实画和部份雕塑，所以等于是参观了一个规模不小的美术展览馆。现代化的办公室，配以现代化的画，看来还很协调。有人说现代派的画，特别富于装饰性，此说不谬。

保险公司的总经理陪同参观、吃饭，饭菜十分丰盛。在他说来，花钱事小，花费了他大半天的时间，这在美国比什么都宝贵。他所经营的业务，又和作家毫无关系。从这一点看，又很不商业化。只是他有所爱好，喜欢如此而已。

下午去了附近一个农业博物馆。门票每人四元。这里保存了美国十八、十九世纪的农舍、土窖、村店、打铁铺、药房、杂货布匹店、剧场。各种店铺还都有营业，出售当时的食用东西。打铁铺里真有两个用布缠着头的小伙子在打铁，低矮的农舍里还有些男女青年，穿着当时的衣裙，桌上放着当时的餐具木碗瓦罐。场里不时有运草的马车。参观者还可以坐着马拉的大车，从一个时期的农舍到另一个时期的农舍。有定时开动的拖拉机，可以载你到更远古时候的林间小道；路上有雷电击折断的大树，有成群牛羊，直到当初印地安人住的寮窝、火堆。

展览馆外面，停着一排排的小汽车，而男男女女、大大小小，却高高地坐在大车上，由两匹屁股溜圆滚壮的马拉着，在泥地上慢慢踱步，这情景是极有趣的。

美国人在现代的、高速度的生活节奏里，偷闲来这里慢吞吞一番，怀怀古，看看各个历史时期的农村实景，再掏几个美分，尝一尝从前人吮的糖果，无论从生理上、心理上看，都十分需要，十分好。联想到我国开展旅游事业，景物呢，靠祖国的大好河山，问题是住的方面总是不约而同地都想给外国人住大宾馆；结果是南南北北，大大小小，弄得都是一个面孔，失去了地方风格，吃力而又不讨好。比如像云南石林，来者不过住一两夜，实在不需那麻雀虽小而五脏齐全的宾馆。如果修一些少数民族住的那种竹楼，又别致，又简便，收费低廉一些，既有情调又很实惠，旅游者一定欢迎，特别是来自西方的朋友。

晚上，保险公司的总经理带我们去一所英国式的古老别墅里吃饭。这所房的主人是英国人，在美国做化妆品生意，发了大财，就在这建了一幢英国式的房子，从设计到一切建筑材料，都从英国运来。房子极考究，墙上、屋顶，各种花纹雕刻，精致之极，也是奢侈之极。更主要的，还是他收藏了各国的大量古董，印度的、中国的、大幅的油画、波斯壁毯更是到处可见。从世界上第一部《圣经》的几页，到中国皇帝的龙椅，都收藏尽致，当这个房主去世后，儿子因为付不起遗产税，不得不将这房子以及房子里所有的古董、艺术品，都捐给了州政府。今天在这里请我们吃饭的主人，就是这位房主的儿子。看上去他已有六十多岁，很清瘦，保养得极好。他是在这房子里长大的，客厅里有一架大钢琴，也是他小时候弹过的。他就坐在钢琴前随意地弹着“过去我并不好，但也并不老”。他说一种“无可奈何花落去”的感情，无法排遣。

晚餐除了生菜、一道汤之外，主菜吃的是美国最讲究的嫩牛排。这是一块约有半寸厚、两个巴掌大的牛肉（据说，这只有牛的里脊肉才能做），刀切下去，就冒出淡淡的血水，的确很嫩，可也感受不到它的鲜美。主人在餐桌前略坐了坐，便又去钢琴前坐下，和另一位绅士合唱了他们小时候唱过的歌。在上甜食的时候，就动员出席的作家表演节目，吴祖光清唱了京剧，嗓子竟然十分甜亮。当动员西班牙作家唱歌时，他不肯唱。这一位面目慈祥、身材不很高大的作家，是会唱歌的，而且唱得很好。据说他原是西班牙共产党员，坐过牢，现在已退党。他不无反感地拒绝唱歌，后经主人的再三邀请，他突然站起，带头唱起《国际歌》来，并挥手指挥在座的人一起唱，于是在这所精美的大厅里，响彻了《国际歌》声。

回到“五月花”已是午夜十二时。

10月16日　晴

今天在Des Moines，这是爱荷华州的州府。是一家保险公司接待我们。这是一家很大的保险公司。吃过午饭，几位穿扮整洁的女招待员分头陪我们去参观办公室。办公室就像是博物馆，陈列着许许多多的艺术品，各种流派的作品，令人目眩。老板很和蔼，大家在他的办公室里照了许多相，轮流坐在他的办公桌前过瘾。他的办公室里放着最早的第一架打字机。

两点半离开保险公司，去参观一个博物馆。这是一个很奇妙的博物馆，它介绍Des Moines的农业历史。在一个很大很大的农庄里，有一辆马车，还有一部拖拉机拉着几节车皮，把客人们送到“印第安时期”、“十六世纪”、“十七世纪”、“十八世纪”去进行参观。有铁匠铺，里面炉火熊熊，有两个铁匠在打铁，一个掌小锤，一个抡大锤，叮当叮当。带我们参观的人再三向我们强调：“这是真的。”这当然是真的，有什么奇怪呢？一锤一锤地打着铸件。十年前，我的丈夫就是这样打着铁。而在他们的生活里，这个时代已经十分遥远，像个童话似的，怪不得需要再三说明：“真的，真的！”有古老的乡村剧院，贴着海报，正上演着莎士比亚的戏剧。有旧式的乡村小杂货店，卖镰刀，卖水桶，卖种种小玩意儿。一个老头向我们表演：吹一只生了锈的口琴，一只竖笛，还有一些莫名其妙的乡村小乐器。潘耀明买了一小包糖，那糖不甜，有股怪味。我很怀疑：“会不会是马料？”他气得再不给我们吃了，一个人慢慢地吃，够他吃好一阵的。农人的房子，拉车的黄牛，印第安人停尸的架子……这历史并不长。都说美国的土地肥沃，种什么收什么。它只被开发了两百年，土力很足呢。而我们，已经种了四千年了。哦，我们的土地！

晚饭是在一座英国房子里吃的，这是一座真正英国式的房子。房子的主人是个英国人，在英国时遇到一个阔佬，答应给他一座英国房子建在美国。主人的子孙把它捐给了国家。假如他们继承了这所房子，他们就需要兑付许多关于接受遗产的税，而且还须保管它，这两项费用都是他们很难负担的。并且，现代美国家庭越来越小，大房子越来越不需要，这是没有什么实用价值的。今天晚上，捐献这房子的先生也来了，饭后，为大家弹了一支曲子，这是他从小弹的钢琴，是他从小在这房子里唱熟的一支曲子。

这里面有许多珍贵的收藏，各国的，也有中国的，一尊宋代的观音，还有一架皇帝的龙椅，真是奇怪，中国的东西怎么在这里收藏着呢？房子很大，阴森森的，高高的屋顶给人压力的感觉，长长的走廊，静悄悄的……我一个人走着，上楼、下楼、拐弯。墙很厚，是石头的墙，凉凉的，把阳光隔在外面了，暗暗的。我有些害怕起来，赶紧往回跑，推开一扇门，哦，阳光明媚得刺眼，碧绿的草地，站着一些人，喧闹着，在搬一些饮料：啤酒，可乐，全装在一屉屉的木格子里。我不由松了一口气。

波兰的流亡作家和他的妻女们也来了。他的女儿总是闹，左不好，右不好，吃也不肯好好地吃，她妈妈只能把她拉出去。当我们走出餐厅时，她在沙发上睡着了。汉斯走到她身边，怜爱地端详着她削瘦苍白的小脸。她妈妈问他："你有孩子吗？""有三个。"他说。蓝眼睛纯净得像个孩子。他是很爱孩子的，那天报告会上，他的发言就是谈童心，谈到儿童纯净的眼睛有时比成人更清楚地看到世界。他的作品，常常是写一个孩子，孩子在看大人的生活。眼前，这个黄头发的波兰女孩，她看到的大人的生活，是一种什么样的生活呢？她为什么那么紧张，那么神经质。有时候我想对她好一点，试图去抚摸她一下，她却恐怖地大叫起来，把我吓了一跳。

一个月，很快就要过去了，他们到哪里去呢？我为他们担心。波兰人看到我去看他，就对我微笑，他问我："会说英语吗？"我摇摇头。他叹了一口气，然后抓住我的头发摇了摇。

上车了，不知什么道理，突然之间，罗马尼亚作家，印尼作家，一伙人大唱起《国际歌》来。刚刚吃了资产阶级的饭，接受了资产阶级的礼物。就这么，唱着《国际歌》离开了那座阴森豪华的石头房子，上了汽车……

10月17日　晴

下午，在聂华苓家里看吴祖光伯伯的话剧录像《闯江湖》，我已经看过三遍了，今天是为了陪Esther看。后来，谭嘉和吕嘉行也去了。华苓不在，安格尔先生一个人在楼上睡觉，我们自己上去打开冰箱，拿了可乐，然后下来看电视，我则看安霞的图画书。她有一本厚厚的书，上面画着两只可爱的猫，书上有一只，还吊了个小钥匙，我用钥匙去开锁，Esther叫了起来："这是人家安霞的日记，你怎么可以翻。"我吓了一跳："这不是一本书吗？""是日记，你看，有锁呢！""哦，"我赶紧放了下来。私人的东西在这里是要全力保护的。

一边看电视，一边聊起天来，吕嘉行说到台湾：台湾的官场，台湾的禁锢。有一件好笑的事：有一次进口了一个外国电影，讲一个强盗，抢了钱财，最后，他乘着船远去大海上了。政府觉得，偷了钱财的人怎么能够逍遥法外呢？这会给人什么印象。于是便把结尾剪了去，加上另一个电影的结尾——一只船"轰"的爆炸了。强盗有了应有的下场，而那是截然不同的另一只船，并且不再是在海上，而是在河湾里，两岸有密密的树丛。我们都笑，Esther则说："那是你们在台湾时的情况了，现在大不一样了，真的。"

谭嘉说："刚从台湾来美国时，美国的教育真使我兴奋得不得了，台湾那一套完全是填鸭式的，而美国，则是教给你怎么去思考。我的小女儿曾经问我：地球的转动哪儿是开始，哪儿是结束？天哪，这是多少大哲学家在研究的课题，我怎么回答得了！在我小时候，是怎么也不会有这种问题的。所以，我们在美国这么呆下去，很大一部分原因是为了孩子们的教育。

"刚来美国时，就是要挣学费读书，总觉得一旦有了学费，就是最幸福的时刻了。读完了书，又想着结婚，建立家庭。好像一有了家，一切都好了。可当这一切都有了以后。我们忽然想：这究竟是为了什么？我们为什么要在这里？可是我们又不能轻率地离开这里了。孩子们在这里出生，他们完全认为自己是美国人，他们喜欢他们生长的地方。前几天下雪，他们高兴得又叫又跳，而我们闷闷的，我们对雪不习惯。

"台湾的冬天，老是下小雨，滴滴嗒嗒的。"

大家默不作声，看着电视。一个女孩子在唱大鼓。

"台湾没有这么好的演员。"他们说。

"她姓张。"我告诉他们。

10月18日　阴

下午是中国小组发言，共六人，依年龄次序进行：吴祖光，我，陈映真，七等生，潘耀明，王安忆。只有陈映真是自己用英语发言，其他五人都是别人代念翻成英文的稿子。潘耀明的英语水平是可以自己念的，可是他的发音还不过关，怕影响效果，所以也请了人代念了。听众有三四十人。有大陆来的学者、留学生，感到温暖。会议气氛友好，无挑衅者、出难题者。会议结束后，此地的一家中国餐馆庆祝安格尔的生日，请客吃饭，华苓把中国人都约了去，共进晚餐。

来此的主要节目，就此完成，比想象中顺利圆满。

10月18日　阴

今天是中国作家报告会。进行得很顺利，很轻松，却也有些冷清。过了好一会儿，爱德文才向我提了个问题——看过哪一些书、哪一些作家对我起过影响。我回答我没有自觉地去接受哪一位作家的影响。然后彼得向我们母女提问——我们作品的不相同处。我阐明了我的一些观点——我愿意给人们一些希望。然后彼得又向潘耀明提问，请他谈谈香港文学与大陆、台湾的不同之处。最后，有人还向七等生提了一个问题，会议便结束了。据聂华苓和Alex说，不少人反映，这是历来中国作家报告会中最好的一次，不知是真是假。我只觉得很冷清，好像人们对我们不了解，也不渴望了解，淡淡的，到的人也不多，倒有很多大陆的学生，一位西北大学姓沈的学生，今年夏天刚从大陆来，他说想和我聊聊；有一位北京来的女同学，姓毛，来读比较文学；另有一位北京清华学生物的，他不懂文学，只是来看看中国人。巧得很，他也住在“五月花”公寓，是底层地下室。

报告会结束后，我们中国作家和所有为中国报告会服务的朋友一起在聂华苓家小聚。彼得和我们一起讨论马克思，谈得好起劲。华苓说他是非常“马克思”的，并且，曾经是非常教条的。“是吗，彼得?”华苓问他，他笑了，有点难为情，这笑容使他严峻的脸庞突然柔和起来。他告诉我们，在第三世界里，中国的问题解决得比较好，比如失业的问题。我说，在我们这种高度就业的表面下，也隐藏着别的一些问题！他说:“我去过印度，去过别的地方，我知道，中国的情况比那些国家好。你不知道。”

又是“你不知道”。

10月19日　阴，有时有雨

有人提议，明天每人做两个菜，请华苓夫妇和谭嘉夫妇。我十分赞同，和安忆商量之后，以我们现有的烹调水平，决定做一个西式中做的茄汁猪排，炒一个清清爽爽的刀豆。因为大队人马即将去芝加哥访问，所以冰箱里已无存货，决定午饭后和安忆自己走去“伊格尔”买菜。但是安忆一定不要我去，说她很快去买了就回来，好像有点嫌我累赘，我也就算了。不过也有点担心，“伊格尔”是把牛排和猪排放在同一排冰柜上的，怕她弄错，便嘱了一句：“不要买了牛排回来。”

“嗯！”她不屑一闻地走了。

我午睡还未睡着，她已回来，把东西放在冰箱里，便回她的房里去了。我想想不放心，再问的话，就显得噜嗦了，便起来到厨房开了冰箱一看，的确不是牛排，但实在也不像猪排，揭了标签上的英文字去查字典，原来是一纸盘的火鸡。薄薄的几片，价是四元美金。贵倒在其次，这火鸡从来没有做过，叫我明天怎么下手？

10月19日　小雨

下午自个儿去Eagle买东西。天下着细得感觉不出的小雨，地上湿漉漉的，一地金灿灿的落叶，一树金灿灿的秋叶遮住了天。树叶儿都变红了，有的是金红色，有的是金黄色，还有的是淡黄色。淡黄色的树叶落在绿茸茸的草地上。空气中的水分使这金红、淡黄、绿，都晶莹起来。我从来没看到过这么绚丽灿烂的秋色。而在这灿烂中又有一些凄凉，心情不由也有些黯然。那是一种甜丝丝的黯然。街上没有人，一栋栋小房子紧锁着门。只看见一栋小房子下站着一个老太太，一个人站着，等我走过去，露出一个笑容，说：“Hi！”

世界很静寂，难得有一辆车“嗖”地过去，像一阵风，转瞬即逝。天和地，全被金灿灿的秋叶掩遮住了，我一个人走在这金色中，恍恍惚惚，像是一个金色的梦。Eagle在哪儿呢？我第一次步行去Eagle，好像没有这么长，会不会错了？可是我不想去问路，也没有人可问，就这么走下去，就是走错了也没什么。重要的是，这样走着很好。可是，忽然，Eagle在对面马路边出现了，它的出现，几乎叫我感动得想哭。

Eagle里荡漾着轻曼的音乐，不多的几位顾客推着小车在货架前走来走去，里面很暖和。心里踏实了许多，好像回到了原来的世界。买了排骨、西红柿、四季豆，然后又买了一瓶可乐——我觉得自己相当辛苦而且不容易，这是慰问自己的。走出Eagle，又迷茫了一会儿，可我真正下决心不问路了。终于找到了一个来时注意过的标志——候车亭。找到了来路，继而决定了去路。

仍然是那湿漉漉、金灿灿的天和地。不过好像喧腾了一点，三个小伙子围着一辆汽车不知在干什么；一座房子打开了门，一个老头踩着凳子，往门框上“砰砰”地砸着什么；一扇窗里传出大声的说话声：爱荷华什么什么的……走到“五月花”斜对面的草地上，忽然蹿出一条黑狗，朝我扑过来，吓得我手里的可乐也泼了出来，洒了一身。它围着我，朝我蹦着跳着，我几乎要惊叫起来。我克制着自己不要奔跑。在我插队时，得到一个经验，你越跑，它越追。可它绝对不碰我，只是紧紧跟着我，是在向我撒欢——我这么想。可是我究竟有什么值得它这么爱戴的呢？我从来不认识它。我疑惑不解，装出镇定的样子，偷偷看它——它走在我身边，一会儿左，一会儿右，一会儿前，一会儿后。过马路了，我走了几步，看到一辆汽车疾驶而来，便停了脚步，那汽车也放慢了速度，其实他是在给那狗让路的。而狗看我不走，它也不走，停在我的身边。就这么一步不离地跟着我上了台阶，跟我进公寓，却被等车的学生拦住了。有规定，“五月花”公寓里不能进狗。我进了电梯，回头看看，它正在玻璃门外徘徊。我放下心来，觉得终于脱离了危险，然而心里却有一点怅惘，它就自个儿在外面了，它究竟为什么要认定了我，这么高高兴兴地跟着，我连抚摸都没给它一下，心中是十分的抱歉。而这时，我才想起，有人告诉我，这里的狗是绝对不会咬人的，我其实用不着害怕的。

晚上，到蓝蓝家去玩，去的还有华苓、陈映真和吕嘉行夫妇。在她那里吃了一顿简单的晚餐——罗宋汤和面包。那汤很好。蓝蓝说，这汤，她一年只做一次。

吃过饭，电视里正放里根举行的记者招待会。记者们提了很多问题：黎巴嫩的驻军问题，美国经济情况，美苏关于原子弹的谈判，马丁·路德·金的纪念日问题——马丁·路德·金死了之后，有人提出将他的诞辰设一个全国性的纪念日，只有一个国会议员反对，他提出马丁路德是共产主义分子。假如，这一条成立，那么，关于纪念日提案就要推翻了。美国是个允许自由思想的国家，独独禁止共产思想。记者们很严肃的问题，而里根却很幽默，以他的幽默来应付记者们严肃的问题。实际上——吕嘉行说——里根有很多事情都不了解，没法回答，在打马虎眼。蓝蓝说："里根开记者招待会，应该接上无数根电线，接受部长们的提示。"他很潇洒，很放手，显得轻松。这是美国历史上最轻松的一个总统了，因为他什么事也不管。他明年还要参加竞选，明年四月将去中国，这是他竞选的一个内容，他很可能连任。因为他上任之后，美国经济好转了。其实——吕嘉行说——这是经济发展本身的一个起伏，低到一定程度自然会上升，经济生产自身有个自我调节呢！现在全归功于里根了，尽管大家都骂他。他竞选时，明明向大家许诺，要减税，可一上台却增税，当然这也是促进经济的一个措施。大家都挺喜欢卡特的，说卡特忠诚老实。而给大家留下最美好印象的，则是肯尼迪了，他是那么年轻，那么有活力，简直是美国的象征，又是那么早早地死了，死得也很有色彩，还暗杀。大家最最不喜欢的，则是尼克松。听他们议论总统，就好像在议论单位里的同事一样。

聊，聊，聊，又聊到了美国的工厂。谭嘉为了挣学费，什么都干过，也做过女工。她曾在堪萨斯一家美国最大的卡片公司做女工。她就是坐在那里，往卡片上贴一只蝴蝶，或者撒金粉，或者只是折一道，大工业的发展，使分工很细，操作则很简单，只需要一个动作。这动作有严格的计划，是用电脑计算出来最高效率的动作，左手怎么样，右手又怎么样，这是使速度达到最大限度的一个动作路线。每小时要做一千张卡片，就是说每小时要做一千个这种动作，女工们面对面坐着，这是一个看不到头的车间，坐着看不到头的几排女工。“有时候，”她说，“我做了一小时，抬起头一看，就想吐。有一次，一个女工突然站起来，发狂地大叫。我只做了四个月，可是我觉得我也要发疯了，我要杀人了。那时候，最大的乐趣就是听到下个星期要做另外一种卡片，不是贴蝴蝶，而是撒金粉了。可是到了下星期，做到第二小时又烦了，因为已经做了一千张……”“大工业中，人的价值就是这么消失了，人成了机器的一部分。”陈映真说。谭嘉继续说：“坐在我对面的一个女孩子，很瘦，只有八十磅的体重，她抬不动卡片箱子，我实在看不过去，就绕过工作台，帮她抬。带工的人看到了，立刻跑了过来说：‘你知道吗？这样就影响了两个人的效率。’我说：‘我保证把这几张补做上。’‘不行。’他斩钉截铁地说。‘那么怎么办？就看着她在这里死掉？’‘我会找她谈话的。’谈话有什么用？她还是搬不动。”“她还是只有八十磅！”吕嘉行插嘴，“这是一架严密的大机器，人是机器上的零件。”可是我忽然想到刚才在搪塞记者们的里根，这么个吊儿郎当的总统，是如何领导这架大机器的呢？好像，机器有自己的运转轨道，总统呢，那就无所谓了，由他去吧。

“这个记者是个很有名望的记者，”他们在议论电视上出现的一个正说话的先生。

“爱荷华这地方挺有意思，跑来跑去尽是小孩子。”“大学城嘛！”

“你去芝加哥，你会发现，呀，芝加哥的人怎么这么难看。”

“爱荷华的居民是最美好的年龄，……”

“芝加哥的人，脸色都很疲惫。”

“街上能看到人躺在地上。”

“为什么？”

“病了，或者是醉了……”

10月20日　阴，时有小雨

在潘耀明的指导下，安忆自己来对付了那盘火鸡，切成丝，和芹菜炒了一盘菜，安格尔倒十分欣赏。

明天大家乘汽车赴芝加哥，要坐五六小时汽车，今天早早休息。

10月20日　阴

今天，我们中国人想请所有为我们操心忙碌的人来吃饭。

一早起来就忙着洗衣服，洗头发，切菜，洗菜，转眼就十一点半了，又忙着烧菜。我们搞了一个四季豆炒火鸡——这完全是个误会。我本想买猪排，看到一盆切得很薄很整齐的肉，便买了下来，没想到，是火鸡。我奇怪，火鸡的英文怎么是“土耳其”。潘耀明说：“人家都叫土耳其诗人‘火鸡’。”“为什么？”“他们不喜欢他，在走廊那头，以印度人为首，结起了一帮反对他的集团。”“唉，他怎么搞得那么糟！”潘耀明在做烤鸡，他还做了鱼和粉丝。陈映真做的是猪蹄、红烧肉、麻油鸡——他在里面放了大量的杜松子酒，那汤喝起来像药一样的苦。七等生的豆腐泡菜，很丰盛，宾主都很满意。连蓝蓝都吃了很多，她平时是不大吃午饭的，因为要保持体形，渐渐也就习惯了。明天要去芝加哥，大家再三关照我们：钱包要小心，芝加哥不像爱荷华那么单纯；要多穿衣服，那儿比这里冷，而且风大，芝加哥是个有名的风城，气候坏极了。Alex说，要带一些好的衣服，那里有些餐厅，必须穿讲究的衣服才合适。而华苓则推翻了他的意见，说："就这样就行。"

玩得很愉快，只遗憾Esther和小叶没来。小叶是因为有事不能来，Esther则是没通知到！昨天晚上，我和吴祖光伯伯轮番地打电话，打到好晚，都没有人接，不知道她跑到哪里去了。

收拾过碗筷，我就一个人在屋子里忙开了。明天要去芝加哥了，我很兴奋。爱荷华太平静了，感受不到美国的脉搏。那该是怎样的一种搏动，怎样的一种节奏呢？

晚上，还有好多剩菜，就把小叶和Esther找来了。"你昨晚上到哪儿去了呀？我以为你被暗杀了呢！"我说。"没有，我在图书馆呢！表停了，一点多钟才到家。"她说。"真用功啊！""有什么办法呢？"

一边吃饭，小叶一边谈起他儿子阿伟。阿伟在学校里，是唯一的中国孩子，有时难免要受一些欺侮。他也很倔强，不肯受一点委屈。因此常常要发生打架的事情。小叶去和校长谈，校长说："我为在我学校里发生这种事情而感到遗憾。以后再碰到这种事，你来告诉我，我一定处理。"所以，小叶要求儿子在这种情况下一定克制住不要还手，和他配合。而孩子很小，常常感情用事，冷静不下来。小叶就要他练习克制，并以自己戒烟来为儿子做榜样。他对阿伟说："我告诉你，在这个世界上唯一的真正的能够保护你的，就是你的爸爸。别人不会的。美国人不会的，别看他们对你总是微笑，说：'Hi！'可他们对你并不关心。""呀，你为什么要对这么小的孩子说这个呢！这是太沉重的道理。"我说。"没有办法，我要他争气。"他说。我们都不作声了，在这里，要扎下根来，是几代人的事，父亲很吃力，儿子也不轻松。

吃过晚饭，我和潘耀明一起送Esther回家，我们顺着爱荷华河走。两岸的灯光映在河上，好像星星落在了水里。把她送到了地方，我和潘耀明就去Old Capital取照片，一提起照片，我的心就一紧——从照相机里取胶卷时，我干了一桩蠢事，没把胶片卷上就打开了暗盒。虽然我马上就关上了，可是后果仍然不敢想像。到了柜台上，同时取好几包，潘耀明把最小的一包递给了我，他认定我的胶卷已经曝光曝完了。打开一看，果然只有小小的、暗暗的十几张了。就到了这般悲惨的境地吗？我马上要哭了，要知道这一卷里有我最喜欢的几处地方：密西西比河，John Deere，农庄……难道全没了吗？"这算不了什么，生活嘛！"潘耀明不知道怎么办好，就这么安慰我，"我经历得多了……"唉，他的概念太大了，这是两个不对等的事物，无法比较，我又要想笑。最后，总算闹清楚了，这包小的是吴祖光伯伯的，他是用小霜给他的那个小照相机照的，是一种玩具照相机，阿伟、安霞，都有一个。我那一卷，只毁了一张半，天哪！

我们都松了一口气，到二楼去喝东西吧。玻璃窗上映出高高悬挂的兰草藤蔓和人影。灯、草、人影映着玻璃窗外的街灯，楼房、街道、深蓝的天空，像是两张照片叠在了一起，交相辉映。

回到"五月花"公寓，正遇两个罗马尼亚人唱着歌回来，他们喝得个半醉，十分兴奋。他们邀我们去南斯拉夫女作家房间里玩，我们便去了，那位酷似蒙娜丽莎的丽莎也在，她把我拉到地图前，告诉我，她的家在纽约，在加州上大学，然后来爱荷华做事。南斯拉夫女作家高高大大的，淡黄的头发剪得短短的，总是穿一件宽大的罩衣，抽一支烟，十分洒脱。她看见潘耀明打太极拳，请教他，因为她的腰腿有病。潘耀明不教她，只给了她一盒伤筋止痛膏，也许他根本不相信她能进入太极的境界。卡罗唱着歌进来了，他英语不行，不能和人谈话，就唱歌，唱很复杂的交响曲，还和那位年长的罗马尼亚人分声部唱。南斯拉夫女作家画了一张图给我们看，这是——她的背脊——有两个脊椎并在一起了，因此影响了腿。年长的罗马尼亚人说他是一个鬼，南斯拉夫女作家就画了一个鬼，写上南斯拉夫文的“鬼”，卡罗写上西班牙文的“鬼”，罗马尼亚人则嫌画得不够好，自己又画了一张更复杂的鬼，接着便含情脉脉地对着南斯拉夫女人凝视。她也含情脉脉地把脖子伸给他，他用手抚摸了一下。她说：“你的手太粗了。”那位年轻的罗马尼亚人则对我念一首很怪的诗，说这是中国诗，可我一点听不懂，很抱歉。他委屈地说：“安格尔先生懂，”又接着念，一边念一边向我逼进，非要我听懂不可。搞了半天，总算明白了，他是在念李白的诗：“床前明月光，疑是地上霜，举头望明月，低头思故乡。”哦，可怜的李白！那位罗马尼亚年长者脱下鞋对着我，原来这是一双在上海买的松紧鞋。大家闹得好开心。我抬起头，忽然看见厨房的墙上挂着两个中国脸谱，这是我们送给那西德女人的生日礼物。哦，想起来了，那一边是她的房间，房间里没有人，她到哪里去了？好久没有见着她了。我有些挂念她。我想起她生日的那天，见我们去，好高兴，抱住我，亲亲热热地吻我。她把我们的礼物挂在墙上，一个钟馗一个关云长。

10月21日　雨

傍晚，在细雨霏霏中，与芝加哥见面了。这里是满天的灯光、满城的灯光。一百三十层高的大厦亮着灯，看上去像是透明的。

这一幢一幢透明的高楼，组成了以建筑著名的芝加哥。密西根河黑沉沉的，看不见，汽车在它的大桥上奔来驰去，来回了两三次，寻找着李欧梵先生的住处。待我们找到以后，就又立即奔赴餐馆。他在唐人街“四五六”中餐馆订了七时的座位，我们已经到达了。

餐馆并不太大，生意兴隆，还有人等座位的。不过不像国内那样，等在客人后面“看吃”，而是坐在账台旁边。菜一般，相当于上海的三流水平。

饭后，大家回到李欧梵家里。钟敬堂带了吴祖光、王安忆去和其他作家会合，去听音乐，我宁可在“家”谈谈。李欧梵回到家，就开了酒柜申明说：“我是喜欢布尔乔亚生活的。”但我看来，他这个家，包括一厅、一卧房、一书房，也并不见好到哪里去。也许由于他至今未结婚，没有女主人的缘故。

谈到台湾文学，陈映真捧着一杯茶（他好像不喝酒）说开了。他认为台湾文学存在断裂，而且是双层的断裂。一，和五四时期文化隔裂，面向西方，并与自身社会结构、经济脱钩，学了西方的皮毛；二，在汲取群众语言上，台语与国语距离极大。

结合前一阶段看了一些台湾作家作品，我以为他的看法很准确；同时也了解到，为什么有些作家在作品里用进了许多台语。他还认为作家能得到读者来信，是一种幸福。我不禁暗暗叫了一声“惭愧！”

当我在困难时期，如在十年动乱中，每每受到读者一点一滴的鼓励和关心时，我都是当作一股力量来支撑自己的。但当环境顺利时，我又往往把它看成是一种负担。陈映真说的对，这是一种幸福，我大概是有一点身在福中不知福了。

李欧梵在芝加哥大学任教，现在正在写一本鲁迅研究论文集。他留了小胡子，拿着高脚玻璃杯，一副“洋”公子的模样。深谈以后，觉得他为人爽直，也并不完全如他自己宣称的那样，是个布尔乔亚。

他初来美国学习，在这芝加哥大学。那时语言还不过关，租了一个房子，但没有面包，连喝一杯啤酒的钱也没有。周围都是陌生的面孔，那时有一种自我失落的感觉。不知道为了什么，自己忽然被抛落到了这里。想回去，又无颜见江东父老，想过自杀……他回首往事，感慨万千。

10月21日　阴有雨

天下雨，真不巧。

说是十点整出发，可是等这等那近十一点了还没出发。最后，终于都到齐了，七等生却不见了。“他上哪儿去了呀？”大家纷纷问着。“好像是，Alex带他去银行取钱了。”我说。“不，已经回来了，上楼去了。好像是要等一个长途电话。”潘耀明说。天下着毛毛雨，大家分坐在三辆车上，我们四个：我，妈妈，吴祖光伯伯，潘耀明合坐一辆Alex开的小车。我们中国作家全部由李欧梵先生接待，他给我们安排住处，陪我们玩，Alex就为我们开车，带路。爱德文站在雨里送我们。他不去芝加哥，他祝我玩得快乐。“呀，这么晚了，还不开车！”我急了，爱德文说：“有必要为他一个人让大家等着吗？”是没必要，可是毕竟不能把他一个人扔下不管啊！又等了一会儿，Alex带着他总算来了。七等生上了后一辆车，Alex进了我们的车。“他在干什么呀，Alex？”我们一起问。“谁知道。他在房间里摸摸弄弄的，我不说他了。”

终于开车了。

天，灰蒙蒙的。

“什么时候才能到芝加哥？”我问Alex。

“本来，下午三点可以到了，四小时路，再加上吃午饭。可这么一拖，加上下雨路滑，要五点钟才能到呢，很难说。”Alex回答我。

雨，越下越大。瑞克开的一辆车赶上了我们，与我们平齐了。他的太太艾恩抱着他们四岁的儿子坐在他旁边，看到雨水从玻璃窗上滑下来，很开心，伸出舌头去舔那雨水。

一小时以后，在加油站前停车了，车要加油，人也要下车休息。加油站旁有一些小店，这是一种专门为汽车旅行者服务的商店。大家下车进去上洗手间，买饮料，喝点东西，买点零食。天很冷，出了汽车，不禁有点打战。门口的自动售货机出售有热茶、热汤、热咖啡、热朱古力，我喝了一杯朱古力，身上才暖和过来。磨蹭了一会儿，又上车开路。

汽车在公路上行驶，两边是看不到边的田野，没有什么变化，一会儿就看乏了，想打瞌睡。可是妈妈说："谁也不许睡觉，否则Alex就太辛苦了。"Alex开车，这么长途的开车，很容易打瞌睡，那是很危险的。"吴祖光伯伯讲个笑话吧！"我说。"可是，很难一下子想起什么笑话。"他很为难，也有些困了。窗外的景色很单调，一望无际的平原，看不到什么人，没有人也就不会有什么故事发生了。我想起我们的公路上常常能看到新娘子坐着大车上婆家啦；背着草筐的小孩子对着汽车砸土坷垃啦；一辆拖拉机翻车撞到一匹马啦；一个人蹲在地边边拉屎啦……

"让我看看你的书吧！"我决定和潘耀明捣蛋。他一上车就在看书——这是他们的功课。老师要他们把这本书看完后写个内容概要。

"这是我的功课。"他说。为了去芝加哥，他要旷两天的课，所以对功课更加重视了。

"让我看看怕什么？你这么用功会昏倒的。"

他把书给了我，却又从书包里抽出另一本书来。我就只能也看书。想不到，这书很容易懂，是一个爱情绑架的故事，看了几页又停车了。“下车吃午饭。”Alex说。

这餐馆不大，比较拥挤，我们几个中国人占了一个小桌子，桌上堆着脏盘子，客人刚走，丢了几个硬币作小费。一个黑人女招待来了，收走了脏盘子和小费。

“这些黑人挺可怜的。”陈映真说。这餐馆里的招待全是黑人，穿着大红的衣服。“等会儿，咱们多给一点儿小费。”

“好的。”我说。

我们大家商量着每人出十元钱，全集中起来由潘耀明保管，一起开销旅途上的费用。潘耀明把这些公款放在另一个包里，和私款分开。他干什么事都很认真。我们决定吃肉排，一人一份。妈妈说：“一份很多，我和你合一份吧。”“可是我觉得我能吃一份。”我说。我很饿。可是没想到，那一份是这样的多，浇了浓浓的汁，咸得要命。我只啃了两条排骨就饱了，可想起自己的宣言，我仍然不屈地啃着，一直到恶心反胃而后已。“算了吧！”妈妈说。每个人都剩了不少，就集中在一个纸袋里，说带给李欧梵，放在他冰箱里给他做早点。他是一个单身汉，一定欢迎这种现成的食物。

该走了，要留小费了，陈映真要留百分之二十，潘耀明则说，只须百分之十。

“给她们百分之二十吧，挺可怜的，这些黑人。”

“这种自助式的餐馆用不着付这么多，你看，那些外国作家一分都不给。”果然，那些外国作家站起来就走了。

“这不对，不管怎么，她们来服务过了。”

“用不着给百分之二十，我知道。”

“多给一点有什么关系？我们并不是常来这里的，难得的事情。”

他们争得不可开交，我们便劝解，折中一下，给百分之十五。

下雨。上车。公路。田野。过关卡，付钱。又停车——这里有一个“麦当劳”，上洗手间，喝茶。“麦当劳”里有几架滑梯、木马，瑞克的儿子和冰岛夫妇的女儿便玩了起来。大人看了，手痒痒的，也纷纷爬上滑梯滑了几趟。一玩就没个完了。天色很暗，雨，越下越大了。

Alex急了：“这么拖，什么时候才能到芝加哥呀！”“假如这是一支军队，早就溃散了。”我说。终于集合起来，重新上路了。

已是傍晚，天色，灰蒙蒙的，雨小了，却很密，好像是湿的茸毛，弥漫在暮色里。

公路上的汽车越来越多，流水似的迎面而来，一幢幢高楼，迎面而来，从头顶上过去。芝加哥！水泥色的大楼在雨雾和暮色里，发出一种严峻银光。它们矗立着，有些孤独，有些肃穆，有些庄严，像巨人。灯亮了，那最高的亮处，是世界最高楼——Sears Tower。

汽车像流水似的过去了。

芝加哥！

“这才是美国呢！”我说。芝加哥的大楼从我头顶上过去，带着一种压顶之势。

外国作家们，都在一家大旅馆下榻。下车站了站，风大得吓人，站都站不住，不愧为风城。我们的汽车在雨中绕了无数个弯，才终于找到李欧梵家。他的公寓对着湖，隔了一个很大的停车场。他站在楼下已经等了我们好久：“上唐人街。我已经定了位子，请你们吃饭。”他说。

雨蒙蒙的，看不清唐人街的模样。这家餐馆叫“四五六”，很奇怪的名字。餐馆里满满的，座无虚席。桌子和桌子排得很紧，侧着身子都很难挤过去。在爱荷华，我从来还没看到过饭店里有这样的盛况。都说“燕京”的生意好，可是从来没见它坐满过。在那里，总是只有三五个客人在吃饭，静静的，有点花香，有点音乐，这里，很喧哗，油味儿很重。招待是中国人，却不会说普通话，有的说广东话，有的说英语，有的说英语又说广东话，独独不说普通话。这里的中国人很矮小，好像不像中国人，又不像外国人。“我要去洗手间。”我对妈妈说。我挤出来，找到了洗手间，在一个角落里，木板隔成的狭狭的一间，只能进一个人。很脏。走出去，门口已经有人等着了，是几个美国小孩儿，吵吵嚷嚷地打闹着。

吃过饭，开车到李欧梵家去。一进门，李欧梵就挑了一张唱片放上了唱机：“这就是我的生活，喝酒，听音乐，小资产阶级式的。”妈妈、陈映真、七等生留在他家聊天。我、吴祖光伯伯、潘耀明，由Alex带领，去一个夜总会听Blues，即蓝调。蓝调是黑人的音乐。这是“写作计划”安排的节目，瑞克是芝加哥人，他知道来芝加哥，应该看什么。

这夜总会是在城北边的黑人区里。“把车窗摇上，一定不要开窗。”Alex说。汽车开过大街，街上很热闹，人来人往，巴士的候车棚下，有个人垂着头半躺在长椅上，一动不动。他是病了还是醉了呢？我看着他想知道。Alex却转过头对我说：“不要太看人家。”

汽车越往前走越冷清，楼房渐渐破旧起来，最后只剩寥寥几个人了，是黑人，一个胖胖的女黑人撑着一把伞匆匆地走着，几个年轻人对着我们的车叫着什么，一个小伙子忽然头朝下，脚朝上，翻了一个侧身翻。可是，那夜总会在哪里呢？Alex茫然起来。我觉得这里不太像有什么夜总会的样子，这么冷清，这么寂寥，怎么说呢？没有气氛。

Alex开着车在冷冷清清的路上转着，转了一个圈又一个圈，终于走上了瑞克说的那条街，“你们帮我看门牌号。”他吩咐。“好的。”他缓缓地开着车，悄无声息地在湿漉漉的地面上滑行，雨，蒙蒙地下着，街灯很暗，沿街的门都紧闭着，我不明白，这里怎么会有夜总会。

“到了，就是这里。”车停了。哦，这个门上挂了一幅旗子，门口停了几辆车。一个穿大衣戴帽子的黑人笑容可掬地走了过来，招呼我们停车。“你们是从哪儿来的？”他很热情。“他们两位是中国大陆，这位先生是香港。”“哦，香港的功夫片很棒。”他当下耍了两下拳脚，踢起一脚积水。

推开门，揭开门帘，一个硕大无比的黑人挡住我们，问我们要钱，每人五元美金。他是那么胖，胖得不可思议，像一座小山，我很怕他，小心地从他肚子底下绕了过去。一进去，是一个长长的酒柜，柜台前的高脚转椅上坐了几个人在喝酒，有黑人，也有白人。柜台里的招待是个白女人，脸色白得发青，很古怪的样子，像是很疲惫。里面是一排排的木桌子、木椅子。瑞克早和他们联系，为我们留好了座位。

乐队有三五个人，爵士鼓，电子琴，吉他，铜管。他们开始演奏，并且唱了起来。他们唱得很好听，很热烈。渐渐的，大家的情绪都上来了，身后的黑人和白人们大声朝他们嚷，和着他们一起唱。他们开始唱一支很亲切的歌，老是在问：“你快乐吗？”然后把话筒递给观众，观众便回答一声：“很快乐。”他又问：“你快乐吗？”大家一起回答：“很快乐。”这真是一支快乐的歌，大家一起跟着他唱，是很简单的旋律，一学就会，实在学不会的就拍手，敲桌子。“你快乐吗？”“很快乐。”身后一个黑女人站起来，扭着身子，大声唱着。

灯光，暗暗的，窗外，在下着雨，歌声充满了这暗暗的小屋子，“你快乐吗？”“很快乐！”大家一起回答。

午夜时分，才离开这里，在下雨，风很大。汽车茫然地行驶着，迷路了。一幢幢大楼隐没在夜色里，是睡了还是醒着？它们很沉默。有一幢白色的楼，醒目地凸现在黑色的大楼中间。"那是什么？"我问。"那是全美国最大的口香糖公司。"Sears Tower消失在朦胧的雨夜里，只留下模模糊糊的一些光影，好像雨雾把那灯光溶化了。

汽车沿着湖寻找我们的宿处，湖心卷起几尺高的浪，风贴着湖面卷过来。"这湖好大啊！"我说。看不到它的边，只有苍茫的夜。

"它一直通到加拿大！"Alex说。

10月22日　雨

八时许起来，见李欧梵摘了眼镜，穿着睡衣，已在给我们炒鸡蛋、煮咖啡了。"洋"公子一下子变成了"老李"模样。

上午李欧梵请了另一位年轻的先生，带我们参观了离此不远的科学宫。时间只有一个多小时，只能走马看花。

这里有各种能源的开发过程、电脑的发展过程。这里的一切，都可以让你按一按、扳一扳、动一动。即使是挂在墙上的各种图表，下面也装个电话，只需你拿起电话，里面就有解说。所以展出的虽有高深科学理论的东西，但是搞得十分生动活泼，深入浅出，吸引了许多孩子。于是孩子们从小就掌握了许多科学方面的基本常识。

电脑从开始到今天的发展过程，其中的道理看不懂，但总的发展格式是：简单——繁复——简单。竟然和一部作品从酝酿到产生的过程差不多。奇！

参观能源开发过程，是坐在电动椅子上转入一个犹如矿井似的黑洞里。椅旁有电话，电话里有音乐、有讲解。前面是各类图像、模型，加上灯光的变化，使人感到在地层下面、海洋下面，有各种能量巨大、美丽无比的好东西。

下午在芝大的座谈气氛很好，到的人不少。以中国人为主，也有学中文的美国人。我谈了自己如何走上文学道路的经历。提问时有人提出,《剪辑错了的故事》里，老寿最后是否找到了老甘，他们的前途如何?

答曰：找到了。老甘给了老寿收音机、电视机。老寿还可以把多余的农产品，拿到集市贸易去卖，赚许多钱，他富裕起来了；同时，他机灵、精明了；善计算，会聚财，他聪明起来了；也是同时，老寿也失去了他身上的某些东西，一些捏不住、看不见的东西——诗人们称之为淳朴、泥土的气息。

世上的事物就是这样，就像在狄莫恩参观的那所农村博物馆；美国人在积极努力，把过去那种原始、落后、贫困，连同它的古朴、恬静，一起消灭，建立起一个高速运转的生活，然后又跑来纪念它、怀念它；道理是一样的。

当陈映真谈了台湾文学中语言的断层问题，有人问七等生，他写作中如何解决语言问题？他的回答是:“我没有语言。只有等我要说话，要写作时才有语言。”

据李欧梵说，座谈是成功的，比往年的气氛和谐，提问多但不存恶意。

晚上，李欧梵家里开“派对”，来了许多学生，放了吴祖光带来的录像，很热闹。许多学生想来找安忆谈谈，但她珍惜这难得的机会，又跟着大队去听音乐，看美国人的生活去了。我坚持到十点，也就悄悄回屋睡觉，觉得头昏得很。

10月22日　雨

七等生住一位陈先生家。

陈映真住一位钱先生家。

我和妈妈住李欧梵的卧室。

吴祖光伯伯住李欧梵的书房。

上午去参观科学博物馆，这是一种很大的博物馆，有各种展览：电话工业、煤矿工业、钢铁、宇航、电脑、食品——这里很有趣，假如在一架电脑机器里投上一些硬币，就可以测算出你的营养是多了还是少了。你告诉电脑几个数字：你的身高，体重，你每日三餐的食物通常是什么……机器里就出来一张纸，告诉你应该多吃还是减食。Alex上去做了一下试验，结果是大家都知道的——营养过剩。

中午，到陈映真寄宿的钱教授家吃午饭。钱教授是芝加哥大学历史系的，他的太太是个美国人，会说一些中国话，她亲手给我们做午饭。她做饭，坚决不要别人插手，也许是要保证有一个完整的“我”，像任何一桩艺术创作一样。果然，她做的饭十分好吃，很简单，可是吃得很过瘾。他们家的房子也很漂亮。在一个僻静的街角，难得有一两个人走过，马路边停了一些漂亮的汽车。石砌的阳台很宽大，行道树遮了半扇门。“这房子和爱荷华很不一样，”我说。“对，这些房子有时间的感觉。”陈映真说。

爱荷华像个洋娃娃的世界。

下午，在芝加哥大学讲学。来听的几乎全是中国人，只有两个美国人，也是很懂中文的。所以我们就自己讲，不用翻译。各人讲自己“如何走上文学道路”。陈映真讲得很逗，他说他最早开始写的小说，“照例是一个孤独的男生爱上了一个女生，那女生照例是苍白的，照例是穿着一件黑衣服，他们照例是在海边谈话，照例是谈艺术，谈学问……”好像每个人都有这个“为赋新词强说愁”的年龄，回想起来又亲切又好笑。我想到，如今有一些已经长大的大人，还在那里“说愁”，不免有些恶心起来。

晚上，我们在学生餐厅买了饭，和学生们在一起吃。芝加哥大学的学生非常热情，围着我们聊个没完。有位台湾学生邀我出去，他陪我逛逛校园，可是没有时间啊，只能谢绝了。一些学理工的学生和我谈了很多，谈到中国知识分子的弱点，谈到美国，有个同学说:“爱荷华才是真正的美国，它代表美国最优秀的东西，它把美国的优点提纯了。”“问题就是，美国不是个很纯的国家。”有人反驳他，争个不休。有个学电脑的小男孩，才十九岁，是中国科技大学送来的公费生，刚来一个月。“想家吗?”我问他。“我有半个月是在家里的。”他说。“怎么说?”“就是说，晚上睡觉十个小时全在家里，做梦呢。”“他还是baby呢！”一个说北京话的女同学说，她是北大毕业生，是李欧梵刚收的比较文学专业的学生，姓吴。李欧梵非常夸奖她，说她学问很好，水平非常高。她是陈建功的同学，中间有了一个彼此都认识的人，就好像架起了一座桥，互相接近了许多。“陈建功可好了。”我说，“他写的也好。”“陈建功特有人缘。”一个男生插嘴，又是一个北大的学生。“他的人缘不是自己有意做出来的，他就是天生为人诚恳。”小吴说。“陈建功是谁呀?”旁边的人都问，听我们谈得那么热烈。“是一个青年作家。”我们告诉他们。“王安忆，你可以和这位先生聊聊，他的经历很可以写小说的。”一个学化学的女生对我说。她指的是坐在我旁边的一位先生，三十五六岁的年纪，很瘦，很苍白，头发很少，披在额上。他和蔼而天真的笑着，不说话。我看看他，觉得他有些奇怪。“你叫什么名字啊?”我问。“我叫林孝信。”他说。

吃过饭，我们一起去李欧梵家聊天。雨下大了，夜很晚。我和小吴坐李欧梵的车，他把我们俩在公寓门口放下，然后把钥匙交给小吴，自己则到前边停车场停车。这里停车很方便，“我就是为这停车场买下这房子的。”——他说。我们自己先进了公寓，马上有两个门卫来问我们找谁。我们告诉了他们。进电梯，进门，都很复杂，要按种种电钮，总之是防备森严。

来了好多学生，把偌大个客餐厅挤得满满的。大家纵横交叉地闲聊着。

九点半时，Alex带着我们一起去一个旅馆——Holiday Inn。他与瑞克、艾恩说好，在这里碰头。

这是一个干净、明亮、华丽的旅馆，进进出出的客人都穿得整整齐齐，西装、领带，态度很严肃，有些高傲，擦肩而过，就好像没看到你似的，这里从来没有人对你说：“Hi。”像爱荷华那样。这里的人和人之间很陌生。

可是这里并没有瑞克、艾恩他们的人影，于是我们就等，等了一个多小时，才到了汉斯、丽莎等几位，而他们是与瑞克分开的另一伙。他们说，其他的人都跟土耳其人去吃土耳其饭了。可是说好九点半碰头，他们怎么还不来？我们商量了一下，决定不等他们了。跑到旅馆的酒吧，那里面坐着一些打着领带穿西装的人，很严肃很优雅地在听音乐，门口收费很贵，大家都没了兴趣——不过瘾，决定去另一个地方，一个中下层阶级的住宅区的夜总会。

到了一条房屋低矮破旧的街，停了车，走进一个房子。里面黑洞洞的，没有开灯，只有酒柜里点着几个暗暗的红灯或绿灯。黑压压的，却站满了人，挤挤地站在那里。我们向里挤去，自己也不知为什么必须挤进去，好像总觉得前面要发生什么了，必须挤过去看看。往前走，还是人，还是挤，满满一屋子都是人，都站着，喝着酒，抽着烟，沿墙有一排高凳，坐着一些人，有一对对的男女，旁若无人地亲热着，也有单个儿的。我脚底下忽然感觉着软软的，而又硬硬的。低头一看，只见地上靠着柱子坐了一个人，我赶紧向他道歉，他不响，好像没看见我，好像我刚才那一脚并不是踩在他身上，旁边的人友好地朝我笑笑。挤来挤去，始终找不到一个合适的地方安身，喇叭里的电子爵士乐震得耳膜嗡嗡响。最后，终于在墙角找了个安身之处，靠着墙站好了。这是一面临街的大窗户，街上灯很暗，人很少，房屋很旧。

安定下来，便感到了头晕，屋里没有一点亮光，却有这么响的声音，那么多的人。“为什么不开灯？”我大声地问，可是没有人回答我，连我自己都听不见这声音。我头昏，而且恶心，我怕我会吐了，便挤过去找Alex:“我要回去了，我要吐了。”Alex说：“坚持一下吧，乐队还没来，看一会儿乐队再走吧。”既然还有乐队，总要坚持一下，否则也对不起在门口交付的那四块美金。大门已经关上了，因为再不能让人进来了，已经客满。过了好漫长的一会儿，前边忽然亮起一片昏暗的灯光，响起了音乐。远远看过去，几个样子很古怪的黑人在弹唱。领唱者头上编了很多辫子，一脸油汗，表情又疯狂又疲惫，做出种种强烈的动作——我觉得我应该照几张相，便鼓起勇气挤了过去。而到了跟前又胆怯起来，我怕不能照相而惹恼了他们。不知为什么，我觉得他们是不好惹的，惹翻了会很糟糕。便又去打听，回答是可以照相，于是就开始照，可是忽然有个男人笑嘻嘻地问我要照相机。我不明白他是什么意思，总有些胆战心惊。这里的一切都叫我有些担心，好像随时都会发生什么事情。因此赶紧关上照相机退了出去，到了门口，和大伙儿在一起。Alex告诉我，这乐队是Jamaica的黑人，那地方的黑人音乐是很有特点的。而我只感到脑子里轰然乱作一团，这音乐太刺激神经，我只好把耳朵蒙住。可是忽然，靠墙站着的一个黑人大声地对着我喊什么，我害怕极了，丽莎就过去问他干什么。过了一会儿，丽莎回来了，告诉我，他只是想对我说一声

“Hello！”于是，我就把手放下来，不好意思蒙耳朵了。这里毕竟是没有恶意的。

雨，住了，风也息了。天空很清澈。Alex又找不到归路了，围着湖茫然地开着。

高大的建筑物静静的，威严地沉默着，灰色的表面在夜色里是黑沉沉的，只有那家最大的口香糖公司是白色的，在夜色里闪烁着骄傲的白色。

10月23日　阴，时有小雨

既然来到芝加哥，没有不去拜访世界最高大楼的道理。上楼需门票两元，售门票的人倒无商业观点，或者说是很有商业的信誉，竭力劝我们不必上去，说："今天上面什么也看不见。"但我们只有今天一天了，坚持要上去。他只好摇着头，把票卖给我们。

上去的电梯很大，速度很快，有点像飞机起飞，耳膜小有不适。不一会，就已到达一百零三楼。这里不是最高层，只是专供游人观看全市景色的地方。四面都是镶着玻璃的空旷走廊，隔几步就有自动投币的望远镜。窗外果然是白茫茫一片，是云是雾，望远镜也帮不上忙。我们只得在里面走了一圈，在中间小卖部里买了些纪念品，就下来了。值得安慰的是，我们并不是唯一的登高者。

看了一个中产阶级的百货公司，据说，年收入在十万以上的人才到这里来买东西。在美国，什么阶层就到什么地方买东西，绝对不会走错。从公司出来，大家都想去开一个洋荤，吃一次法国菜。李欧梵就带我们走进一家公司模样的大楼，底层一张桌子后面坐了一位女子。李欧梵上前大概对她说明来意后，她立即站起身，笑容满面，十分礼貌地向我们一行中几位穿了牛仔裤的朋友看了一眼，便说了一声“抱歉”！服装不整，恕不接待！大家碰在一个软软的网上。

随便找了一个餐馆，吃了一客意大利面条，就去艺术博物馆。门票是四元一张。进门两边的廊下，就是中国古代的山水画。原来这里展出的是各国的艺术珍品。主要是画，而美国的只占一个厅。有法国、英国的名画，许多画是很熟悉的，有一些从未见过。印象较深的一张是毕加索早期的画；黑白两色，画面上是一位盲人坐在地上，抱着一只琴弹着。这是画，当然听不见他在弹什么。但从他蜷起的腿到斜坐的姿势，一直到弯曲的手臂，这整个的线条犹如一阕悲伤的旋律。美国的展厅，看到有两种不同倾向的画：一种是印象派的，比较有代表性的是张全黑的画；一种是十分精细的，已在狄莫恩保险公司看到过的摄影写实，比真的还逼真，画上一张桌子，上面放着几个分币，那是真像可以一把掳在手里的。

最令人意外的，在美国展厅里，我们看到了一幅毛主席的油画，有三四人高，就像国内到处挂过的标准像，画得是否特别好，也不敢说。我们轮流在像下拍照留念。

美国这个厅是在底层，有些展品无法理解，有些又一目了然；很快看完以后，我们发现展厅的后院里，蜡黄的叶，铺天盖地，静静的树，伫立在细雨之蒙蒙中。还有些不知名的小树，红得娇艳非常。我们冒雨在那里照了像，但不知效果如何。

五点半离开艺术博物馆，由钟敬堂开车，带我们去非马先生家里吃饭。汽车沿着五十五大街开，经过黑人区，这是不用人介绍的，从街道，从灯光，从两旁的房子，从停在路边的汽车，从垃圾场，从广告牌，从站在街角上的孩子们的肤色，在在向我们作说明，作介绍。潘耀明按照人们的嘱咐，赶紧把车窗摇上，好像我们都是腰缠万贯，窗口会突然伸进一个冷冰冰的枪筒来。车子停停，看看地图，再开开，一直开到无路可走了，前面是黑糊糊的一片死水，才不得不掉头。

我们迷路了。我倒暗暗有点高兴。出门在外，一切都顺利，太平静，可写的东西也就不多了。但是遇强盗抢，遇劫持飞机之类，又太冒险。这迷路不太险，又有点波折，正好。

从地图上看，我们的错误是在把五十五大街，当作五十五号公路了。照道理说，从五十五大街是可以转到五十五号公路上去的，可是钟敬堂不认路，他非得回头，又经黑人区，沿密西根河，回到李欧梵的住处，再走上五十五号公路，找到非马先生家里，已是七点四十五分，足足走了两个多小时。

非马先生是一位搞理工的学者，业余爱好写诗。他夫人亲自动手，做了一桌十分丰盛的菜，请几位中国作家吃饭。饭后，钟敬堂深怕中国作家脱离了集体活动，又辛辛苦苦地带领吴祖光几个人去和“写作计划”的作家会合，我即和七等生跟着李欧梵回到住处，看他表演了用电脑打字机写稿，改稿，可以当即印出，也可以储存在一个盒装的磁带里，每一盒可储五六十页。

闲谈中，知道许芥昱先生一九八二年一月于旧金山对面山坡上的住宅里，在洪水山崩中遇难。他生前编译了一厚本《中华人民共和国文学》。我的《百合花》是他自己译出，收在这本集子里。他最后翻译的是冯骥才的《雕花烟斗》。他曾在七三年访问中国时，在济南被“四人帮”驱逐出境。八一年，他在家热情接待了中国作家戈宝权、萧军等人。

我没见过许芥昱，但对这个名字，我是记得的。那还是我在干校的时候，有一次由工宣队转交给我一张名片。说是有一个人要看你，没有见到，转交你一张名片。我一看，上面是“许芥昱”三个字。我说：“我不认识他。”这是真的，我不认识，可是在我说这话的时候，我已深深地记住了这个名字。当时我已多年未曾执笔，还有朋友自远方来，想到了我，心里是一种说不出的滋味。于是许芥昱先生同这种滋味一起留住了我的心里。

想不到今天在这里，知道了他猝然去世的详情。我捧着他编译的《中华人民共和国文学》，像是捧着一颗爱国的赤心，默默地作了一次迟到的追悼。

10月23日　阴有雨

早上，Alex和艾恩通上了电话。原来，昨天晚上，瑞克他们把车停在不该停的地方，结果车被警车拖走了。他们也不晓得该上哪儿去找，一直到十二点才有了线索，付了罚款把车领了出来。他们那儿人多口杂主意多，很乱。土耳其人搅得大家都不愉快，谁都不愿与他同房间，连老实的汉斯都不愿意，只能说服印尼小伙子和他同屋。昨天，他又不知捣什么蛋，把冰岛作家惹火了，他以出走为抗议。——艾恩马上就要哭了。

上午，李欧梵带着我们去逛那世界最高楼——Sears Tower。天不好，雾蒙蒙的，大楼的三分之一以上被掩在雾里了。游客寥寥无几，没几个人在排队买票。排在我们前面的一对夫妇被卖票的劝说回去了："今天有雾，楼上什么也看不清，什么也看不见。"他又照样地劝说我们，而我们很坚决，一定要上去。他看着我们，莫名其妙地摇摇头。他不知道，这是我们唯一的一个机会了，明天，我们就要离开芝加哥了。

买了票，进了电梯，电梯上升得很快，立刻感到耳膜被压紧，说话像隔了一层玻璃，和飞机上升时一样。上了一百零三层。窗外果然是白茫茫的一片，什么也看不清。往望远镜里丢进一个二十五分的硬币，望远镜的镜头打开了，仍然是白茫茫的一片，而且更加白茫茫了。

下了楼，去逛街。这是芝加哥最豪华的街。这里的百货商店，是年薪十万阶层购物的地方。在芝加哥每一阶层都有自己合适的商店。里面的衣服很漂亮，却贵得吓人。李欧梵对我说："你先慢慢看，看到哪一件衣服使你站下来再也走不开了，咱们就去把七等生绑架来，让他付钱。"

逛完商店，就去吃午饭。李欧梵说："我带你们去一栋大楼吃法国菜，这大楼比Sears Tower稍低一些，也许不受雾的影响，能鸟瞰芝加哥。"可是电梯口那女侍者说上面仍然看不见什么，只有雾。那么不鸟瞰了，光吃饭吧。可她又说我们不能上去吃饭，因为衣衫不整，我和Alex穿牛仔裤，很抱歉。我们只好灰溜溜地退了出来，在一家一般的快餐店里吃了简单的午饭。

吃过饭，便去艺术馆，不曾想，在马路上便碰到了瑞克他们的车。大家见面，分外高兴。这么大的一个芝加哥，能有一些面孔不完全陌生，就觉得很亲切，很安慰。有好几个作家想和我们中国人在一起活动，他们吵吵嚷嚷的，玩的地方还没我们多，虽然我们要讲学，要访朋问友，要迷路，还要时时在联络上花费时间。他们羡慕我们。据瑞克他们说，这次集体来芝加哥，凡是社会主义国家来的作家表现得都比较稳重老实，比如保加利亚诗人，匈牙利女作家，民主德国的汉斯……

五点钟，在艺术馆大厅里碰头，我们分两辆车去非马先生家吃饭。非先生是个搞工程技术的工程师，喜欢文学，翻译并写了很多诗，已经出过一个小小的诗集了。李欧梵的车先走了，Alex去停车场开车，我们在艺术馆门口等他。艺术馆的大门关上了，雨，又开始下了。蒙蒙秋雨中，芝加哥的大楼阴沉沉地立着，那真是很严峻的。汽车像河流，在艺术馆的台阶下面流过去，独独不见Alex的车，于是引起了种种猜测：会不会Alex的车也让警车拖走了？会不会出了车祸？会不会他又迷路找不回来了——正猜疑着，他的车到了。上了车，开始向非马家出发。可是，非马的家在哪里呢？他倒是画了一张图，图上画得有红有绿，十分好看，却不大顶事，怎么都找不到正确的路。一个小时以后，我们回到了李欧梵家门口，停了一会儿，重新研究了地图，又再次出发。穿过了很多很多街道，街灯亮了。芝加哥的马路是那么宽阔，那么多而高的建筑各自矗立着，分开着，却又协调着。汽车穿出市区，上了公路。

“假如这回再不对，咱们就回爱荷华吧。”Alex说。

“怎么上了公路呢！这不是出城了？”我很疑惑。

“有钱的人都不住在城里呢。”谁回答我。

公路上的汽车很多，无声地流向前方。公路两边是黑色的田野，巨大的、绿色的路牌从头顶上越过去。

一个小时之后，终于到了非马家。

他的客厅很豪华，有一个精致的酒柜，柜里放着各种酒和饮料，柜外有两个高脚转椅。录音机正播放着一支中国北方的民间乐曲，那土里土气的装饰音很亲切，很暖和。

“这是和我们上午去逛的商店同一阶层的吧？年薪十万。”我问李欧梵。

“不，不，这是年薪五六万的阶层。”他说。

非马先生的太太又漂亮，又年轻，又能干，烧了一手好菜。每上一道菜，李欧梵和林孝信两位单身汉就要碰一次杯，表示同病相怜和努力找个好老婆的决心。

今天晚上去的夜总会，是在黑人区。这是芝加哥的城北，要是在城南——Alex说，黑人和白人不可能坐在一个酒吧里喝酒听音乐。

这是一支老年黑人的乐队，年纪都在六十岁以上，都是二三十年代在这城市里生活的老芝加哥。他们的歌唱得很庄重，很真挚。我很喜欢那几个黑人了，尤其是鼓手和那个弹吉他的歌手。鼓手有个单独表演，他迅疾地击着鼓，鼓点像暴风骤雨，一直响了二十分钟。那不变化的迅疾和力量，越来越具有严肃的意味了。他用他的全身心在击鼓，他有那么多的力量、爆发力和耐力。我想到了第一艘从非洲来的奴隶船，想到第一批来到美洲的黑人……没有人鼓掌，没有人叫好。这不是技巧的表演，是心的表演。静穆。鼓声如暴雨疾风。那歌手开始歌唱了，他从容不迫地唱着，声音很浑厚，是那么的真心实意，有七分痛苦决不唱成十分，有三分欢乐决不唱成五分，有多少就唱多少。他微微地笑着，告诉你：没什么，这没什么，我经历的多了，……我想哭。接着又拉上来一个硕大无比的黑女人，她是来这里喝酒的，是这里的朋友，这里的所有人都像朋友一样；都住在附近，彼此都相熟。这里不像夜总会，而像一次朋友的亲切的聚会。她唱歌了，声音又粗又哑，形象也可怕。可她唱得那么真情，没有一点虚情假意，用全部真实的情意喊着，喊出她全部真实的情感。潘耀明直打瞌睡，不断地催我们："已经一点啦！"我们与他协商："再听一个曲子。"一个歌完了，我们还不动，他又说："已经一点一刻啦！""再听一个。"我们恳求他。最后，终于离开了这里。潘耀明一上车就睡着了，我和Alex兴奋不已，他告诉我："假如你交上了一个黑人朋友，他永远不会离开你，他永远会帮助你。""我相信，"我说，"为什么要叫黑人的音乐叫Blues呢？""蓝色是黑人的象征吧。以前，蓝调也叫Soul，就是灵魂歌曲。"哦，灵魂歌曲。"可是，为什么我昨天在那个夜总会里想吐呢？"我问。"你不习惯，第一次嗅那气味，你不习惯。"他说。"什么气味？""大麻的气味。"天哪！怎么还有大麻！"昨天那地方有人在抽大麻。我们到的时候那乐队正在外面抽大麻，否则他们不能有这许多精力。这是年轻一代的黑人。"哦！

风停了，雨住了，天空又晴朗起来，黑色的湖水缓缓地沉重地波动着，那边是加拿大。

10月24日　阴

今天要回爱荷华了。芝加哥也雨止风歇，不过天色仍是阴霾霾的。不知怎的，心里有些兴奋，有一种要回“家”的慰藉。

上午去看了芝加哥大学的图书馆，主要是中文藏书部分。国内所有的杂志，在这里都看到了，真有点久别重逢的感觉。中午一时，才告别了李欧梵先生，由钟敬堂开车带我们返爱荷华。因为大家都还未吃中饭，所以车子就开到唐人街，在中国餐馆吃了炒面、炒米粉干、酸辣汤，又跟了潘耀明去给吕嘉行买感冒药和“五粮液”。

这里，也是不需要介绍的，一眼就可以看出是一条中国人的街。倒不是街中心点缀的飞檐牌楼，也不是满街走的福建、广东人。这里路面狭小、破败、脏。昨日下过雨，小弄堂里满地泥水。店铺里也很杂乱，仿佛都在盘货，或是即将倒闭的模样。货架上没有东西，满地上又都是东西。问老板有没有“五粮液”，他不知从什么角落里挖出一瓶茅台来，令人不得不怀疑是假的。结果两样东西都没买到，我们又回到那个废墟似的停车场，上车走了。

黑人区，唐人街，之所以成为一个区域，这里不知有过多少辛酸、挣扎。眼泪已没有了，只剩下一张张精明、厉害、势利的脸和眼睛。这又使我想起了那张笑容满面、礼貌周到、软软的网。

要打破这张网，不易。也许少数经过饥饿、发疯，从自我毁灭，从神经崩溃的边缘上咬牙奋斗过来的人，可能进入这个网里去。但也不过是进入而已。进入里面的人，自以为有了根，可以跟美国认同了。可惜，认同是双方的，你跟他认同，还有一个他跟不跟你认同的问题。唐人街上的老板娘恐怕也很想“认同”，不过她们倒有点自知之明，知道一厢情愿的话不好说。

晚六时回到爱荷华，华苓即来电慰问，并约明天去她家后院照相。

真感觉是回到了“家”，煮了一点面吃，便洗澡睡觉，结束了这三天昏天黑地的芝加哥之行。

10月24日　阴

今天离开芝加哥。

Alex和艾恩约好，十二点钟碰头一起走。

还有一个上午，我们就去参观了芝加哥大学的校园和图书馆。芝加哥大学是哥特式的建筑，有种压力的感觉，走进走出的学生也显得成熟一些。与爱荷华是很不一样的。这是一所私立大学。校园里落满了金色的落叶。这金色似乎也比爱荷华的黯淡一些，而金的成色更重一些。有一个教堂，虽然没有人去。“看见它，总要想起些什么”——七等生这么说，他有很细致而又独到的感觉。

一直等艾恩的电话，可她的电话老是不来。等了一个小时，我们决定自己走了。先到唐人街吃午饭。

唐人街搭着花花绿绿的门楼，上面写着“天下为公”。店门的装饰，橱窗的摆设，都是花花绿绿，有点凌乱，有点俗气，街道很脏，铺面很挤。这是中国城，却是一个已过去好久的旧中国的城，我们不认识它。我们在“四五六”隔壁一家饭馆里吃炒面和酸辣汤。这里的饭馆很多，肩挨肩，脚碰脚。招呼我们的是一个广东女人，不会说普通话，矮矮的，像广东福建人，却又胖胖的，像美国人。炒面和酸辣汤倒是挺不错，只是那酸辣汤不大对，似乎没我烧的好吃。

一家店的橱窗里放着几排照片，是评选出的“中国小姐”，一个比一个丑。我们评论了一下，究竟谁比较像样，也没评出个结果。街对面，不知从哪个门里传出一把胡琴声，在拉一个中国调子，非常耳熟，却怎么也想不起这是个什么调子。天阴沉沉的，空气里有一些看不见的水气在飘，衣服和头发都湿漉漉的，大红大绿的门楼在阴霾中更加显得俗不可耐。

上了车，车开了，开出了芝加哥，开上了公路。

终于离开芝加哥了，心里不免有点怅惘。回想这二三天里，充满了迷路、寻找和联络，充满了风和雨。我们总是坐在车上，而车在茫然地开着，或者是等待着，而要等的人总不来。哦，芝加哥！

“安忆唱一条歌吧。”七等生说。台湾人把一支歌总说成一条歌。“不，我要睡觉。”我说。我实在困坏了，这三个晚上，我总共睡了只有几个小时？我睡着了。不知过了多少时候，忽然，车子猛烈地晃荡了一下，把我震醒了。我不知道发生了什么，车子往一边斜过去又猛地斜过来，过来得太急，整个儿地打横了，一直横到公路边的草坡上，总算停住了，一车子的人都说不出话来。Alex开车出了神，车子往斜里开去，七等生惊叫了一声，把他吓了一跳，于是就出现了刚才惊险的一幕。总算还好，没有出任何事情。为了压惊，也为了让Alex休息一下，我们把车开到一个休息站，下了车，坐了一会儿，吃了一点东西。然后继续前进。

七点钟的时分，到爱荷华了。远远看见“五月花”公寓的灯光，心中十分舒服，暖融融的，像是回到了家。我们在爱荷华毕竟已经住惯了，而人是多么乐意生活在习惯中——我发现自己也是，也是很想回爱荷华，很愿意在习惯的生活里。也许我永远也改不掉自己的习惯了，也许我注定要在自己习惯的生活中不甚愉快地生活下去。觉出这一点，心中不知是悲是喜。

10月25日　晴

让我好好看看你，爱荷华。

啊！叶儿黄了，嫩黄、鹅黄、苍黄，一片片的黄；叶儿红了，粉红、鲜红、紫红，一丛丛的红。爱荷华河里倒映着这一片片，一丛丛。人在这里，可以飘起来，飘得不知身在何处，也可以沉下去，沉到我窗前那张小书桌边，沉到陕西路71路车站，仍背着那个塑料大包，里面装着新到的杂志，书，信，沉到很远很远的过去。无论是飘还是沉，我仍然是我，攀攀的老外婆，但是还带了老花眼镜，在创作道路上摸索着自己新的风格。

伸开双手，拥抱整个世界，像吴霜那样。不过说到底，一个屁股只占着一个座位，在这，在那，不过坐坐而已。不是吗？只是时间长短不同，总不过坐坐而已。

在华苓家后面的山坡上、树林里、散步、拍照。华苓深知爱荷华的秋色是一瞬即逝的，所以她十分着急，怕我们赶不上了。

中午华苓请我和安忆（吴祖光已从芝加哥去他女儿处了）到“发电厂”餐馆吃饭。这个餐馆是买了一个发电厂改建的。老板别出心裁，餐厅上面还留着各种管道，配以和管道相称的装饰。窗外是水力发电用的水闸，很别致，也很漂亮，餐馆名字就叫做“发电厂”。美国人的思想，很不拘于一格，所以花样也多。

10月25日　晴

天很好，好得要命。

叶子全红了，红得像晚霞一样，而太阳却明媚地照耀着。

华苓请我和妈妈去玩，在他们家后边的树林子里散步、照相。“我真怕这叶子在你们回来之前就落了。”她说。

她开车带我们去一个河边的餐馆吃饭。这是一个从来没到过的河岸，河水很清，河岸很宁静。这餐馆就叫“爱荷华河水利公司”，它原来真的是一个水利发电公司，后来废了，就被一个老板买下来改做餐馆。而那些庞大的水管子却仍然留着，又装饰了一些于此协调的齿轮机械，形成一种特别的现代风格。窗户临着爱荷华河，风景宜人。阳光照耀着河，河水闪闪发光。一些金黄头发、穿着短裙的女学生走来走去招待客人，一个比一个漂亮，都那么可爱，看上去令人愉快。

下午，自个儿去Eagle买东西。阳光明媚极了，一座白色的小房子敞着门，一个女人在用剪草机剪房前的草坪。太阳洒在身上，暖洋洋的，今天很美好。买了很重的一包东西，背了回来。一路上只听到背包里鸡蛋清脆的磕碰声。无法顾及它们了。可是，回到“五月花”一看，鸡蛋们安然无恙。很幸运。

晚上，谭嘉、吕嘉行邀我们去市中心看电影。他们新买了一辆车，红色的，很漂亮。车开到电影院不远，正巧有辆车从电影院门口开走，空出一个位置，我们便乘空而入停了车。电影院里人很少，很安静。可他们说，这还算是个上座的电影呢！是一个系列性的侦探电影，今天看的是第九集，写一个〇〇七的侦探，智勇过人，所向无敌，上天入地，打得个落花流水，乱成这样子，还忙中偷闲，谈了段朦朦胧胧的恋爱，最后，轰轰烈烈地收了场。这系列片，最早是在二十年前，有个作家写了一本小说，十分畅销，就是写这个〇〇七。改编成电影之后，轰动已极。然后就一集一集地续了下去。其中有那么两三集是相当相当的棒！后来，这位作家死了，可他的事业后继有人，〇〇七依然在战斗。

10月26日　晴

接到家信，同时接到梅朵来要稿的信，此公的手可谓长矣！

晚上在华苓家看闭路电视，播放纽约百老汇一百周年的歌剧演唱会。有四十位世界著名歌手的演唱。唱的都是古典歌剧中的片断。“内行看门道，外行看热闹”，我只是看看热闹，华苓也坦率承认自己不能欣赏。于是聊起天来。原来她家就有《金池塘》的录像，早听说此片表演甚好，约定下次去看。

10月26日　晴

晚上，在聂华苓家看电视，电视转播纽约大都会歌剧院一百周年的庆祝会。世界各地最好的歌唱家来表演，真正是群星璀璨。

10月27日　晴

中午，华苓把“写作计划”的女作家召集一起，筹备在十一月八日开一个女作家的讲演会，要大家确定一下讲的题目。坐拢来人倒不少，有芬兰、巴勒斯坦、匈牙利、西德、南非、阿根廷、波兰那位剧作家的夫人、冰岛作家的夫人、我和安忆，加上华苓共十一人。我准备谈谈近几年中国女作家出现得特多的原因，当然只作些简略的介绍，不可能是专论。匈牙利和西德两位女作家，认为在他们那里不存在女作家的特别问题，所有的问题跟男作家一样，巴勒斯坦的撒哈不同意，认为他们那里，妇女还要姓丈夫的姓，不能说不存在问题了。正题谈完后，华苓征求大家对那天的会还有什么要求。这一下谈得可热闹了，要求那一天大家都要穿最漂亮的衣服，每人还要戴一朵花，而且还要请一些漂亮的男性来听。在“写作计划”的作家群里，有人指明要陈映真去听，因为他最漂亮。没想到一次妇女集会，竟然选出了一个美男子。一谈到衣服，就又想到那天会不会很冷，能不能穿夏天的薄衣服，气氛十分的活跃起来。华苓用中文对我说："女人到底是女人。"

下午是听北欧作家的讲演，有芬兰、冰岛、爱尔兰、土耳其几位作家。

冰岛的剧作家，在会上放映了他剧本演出录像的片断。其中爱尔兰那一位好像经常感冒鼻塞的作家，作了一个具有十分现代风格的发言。

他面前有好几张很零乱的纸，他说他发言准备了四个开头。照一张纸念几句，说这是老一套，那个又不合适。说几句代沟问题，又说世上的代沟无法解决。拿起另一张纸，换一个题目念几句，什么作家的苦恼、英帝国的压力。又换一张纸，说几句国内也有禁书，还有军法问题。总之，他念几句这张纸上的，又说几句那张纸上的话，内容是完全不相干的，好像是他对发言毫无准备的样子。说到最后，他讲演的题目是："爱尔兰，美国，I. W. P 拒绝。" 虚无主义者对任何事物都排斥，拒绝一切已成型的文学、术语、传统。

他的发言，很合美国学生的口味。会后，看见有好几个学生围着他，向他热烈地表示着什么。

10月27日　晴

上午，一个人到河边去散步，走一条从没走过的路。树叶的黄色似已有些憔悴，阳光依然明媚。

下午两点钟在"写作计划"办公室开全体女作家会议。这是个预备会，是为十一月八日召开的女作家报告会作准备的。首先讨论各人报告的题目，决定把报告会的题目定为"美和革命"，接下来，就讨论要翻译。西德女人说："爱德文可以为我翻译。""可是他是男的呀！"大家置疑。"我们一个男的也不要。”“那么听众呢?”有人问。“听众要漂亮的男人，我们要挑选一下。”“台湾的陈映真。”Jamaica的黑人女作家首先说，“保加利亚诗人也漂亮，可不过是漂亮罢了，陈映真是一种内在的美。”“那一天，我们穿什么衣服呢?”“要穿最最漂亮的衣服。”“可以穿夏天的衣服吗?”“撒哈，你穿什么?”撒哈回答说:“我什么也不穿!”“我们还要花。”西德女作家提出，“要玫瑰。”“还要酒，可乐，吃的东西……”讨论得很热闹。海尔走进来，找什么东西，见那声势，又退了出来，很害怕的样子。卡罗想进来，在门口站了一会儿，走开了，这里的人都不好惹。漂亮的英语老师来了，一见我就问:“你怎么没来上课?”呀，我把这全忘了。从芝加哥回来之后，好像一切都有种临近尾声的感觉，心有些散了。她告诉我，今天只有一个人去上课，是七等生。她还告诉我，今天是她的生日。我心里想着，下次上课时要送她一件礼物。

开完预备会，又去艺术馆开西欧作家报告会。台上坐着所有的西欧作家:芬兰的、爱尔兰的、西班牙的、冰岛的，还有土耳其——不晓得土耳其怎么算到了西欧，他应该是中东吧。难道就因为他和芬兰的是朋友?不明白。

这报告会可说是最不成功的一次，艺术馆的礼堂太大，更显得听众零落。会议又拖得太长，我肚子都饿了。有些无聊。Esther递给我一张字条:“你剪头发吗?一起去好吗?”我回她一张:“多少钱?”“光剪，五元左右。”她写。“不去。”我写。

爱尔兰诗人在台上吃起苹果来了，一口一口咬着。我叹了一口气，Esther说:“他为什么在这时候吃呢?”他开始发言，他好像总是在伤风，瓮声瓮气的。他吃着苹果，漫不经心，时断时续，开开玩笑，好像很幽默，然而台下的人都饿着肚子坐着。

晚上，潘耀明请我去市中心喝啤酒，一路上看到许多化了装

在爱荷华 John Deere 公司的雕塑前合影，右起台湾作家七等生、
韩国作家许世旭、台湾作家陈映真、大陆作家吴祖光、茹志鹃、王安忆，
左二是聂华苓

“写作计划”专门为女作家举办报告会时的合影

的学生，去哪儿开化装舞会呢？“可是，今天不是周末呀，是星期四。”我说。“也许是为万圣节开舞会吧，万圣节快到了。”他说。走过河边那幢叫“PHI”的大房子，里面传出震耳的爵士，又在开舞会。这是个学生宿舍，门前停满了汽车。每个窗口里都传出热腾腾的气氛，爱荷华真年轻。

10月28日　晴

又是周末了，蓝蓝带我们去看了一个外地来的现代芭蕾舞团的表演。第一次看现代舞，好像这种舞随意性较大，也似乎无须像芭蕾舞那么严格的训练。芭蕾是脚尖朝下，而它是充分利用演员的肢体，手脚朝上，在空间形成一种形态，表达一种情绪。其中有个太阳舞，从灯光、动作、音乐（音乐里还配有黑人音乐里用的鼓），十分富有东方色彩，感情热烈奔放，令人目不暇给。演出结束后，蓝蓝请大家去吃意大利煎饼。她对此舞团评价甚高。

10月28日　晴

下午一点半，小叶夫妇抱着小毛头接我们去东西店买东西。这小毛头的身体结实极了，脸色非常红润，比哥哥阿伟棒。也许因为父母亲的体质都增强了。母亲从一开始怀孕起，便可免费得到每月三十多美金的营养品。东西店里的好多东西都涨价了，爱荷华城独此一家东方店，生意当然是好的，小叶也有心开个店，他自信能打垮东西店，他已看出东西店经营上有很多毛病。

买完东西，他仍将我送到市中心，我自己下车去Old Capital。昨天和Esther约好，今天我们搭伴去“鬼的书房”买书，说好在饼干店前碰头。“鬼的书房”是一家旧书店，据说里面有旧的总谱，很便宜，想给李章买一些。

Old Capital对面的数学楼——就是我常去听录音的地方，门口马路上、草坪上站满了人，一辆救火车停在那里，璀璨地旋转着五彩灯光。人们欢欢喜喜地挤在一起站着，又着火了。我发现，他们是越着火越开心，怕就怕一无灾祸，风平浪静。

在约定的地点——饼干店前的长椅上，没有看到Esther，就到服装店里转了一下，那件人造毛里的滑雪式外套仍然是四十九元，已剩不多几件了。从服装店出来，便看到Esther了，她是去看救火了。我们又站在马路上看了一会儿救火。其实并看不到救火，只是看看救火车和人们欢乐的情景。然后便去冰淇淋店买了一个冰淇淋，向那“鬼的书房”出发了。

“昨天，我和我男朋友通电话了。”她告诉我。“他很想你吧？”“他说，我们家问他，我到底在美国搞什么鬼！”“怎么，你上学的情况，你家里不知道？”她笑笑不说话，只顾吃冰淇淋。

这里不是城里了，路两边是一座座精致的小房子。我们走在落叶上，落叶停在草坪上。

这是一座美丽的小房子，门口的草坪上扔着几架儿童的玩具小车。进了屋，屋子里满架的书，有几个人坐在椅子上和地毯上看书，沙发上睡着一个一头白色鬈发的小孩子，像一只雪白的小绵羊。一个瘦高个淡黄头发的男人微笑着向我们迎来，也许是这家书屋的主人吧。“要咖啡还是茶？”他问我们。“茶吧。”我们说。他便端来了两杯热茶，我们向他说明我们要看乐谱，他便让我们下楼，到地下室去找。

下面全是一架一架的书，书架中间，坐着一个年轻女人，她穿着一身拖曳在地的黑袍子，一头很长很长的金发束在脑后，脸色苍白，安详地低头看书。我轻声对Esther说：“我好像觉得现在不是二十世纪了。”“嗯。”Esther点点头。“这里真是有些像鬼屋，有种阴森森的气氛。”我又说。“可是我在美国从来不怕鬼。从来不担心会出现鬼。”她说。“为什么？”我不明白，可是奇怪得很，我好像隐约地也有这种感觉。“美国是没有鬼的。”她很肯定地说。“是不是因为这是个阳气很足的国家？”我认真地和她讨论。“不知道。”说不清楚，反正，我们都认为美国不是一个神秘的国家。

“我在美国，不怕鬼，只怕人，尤其是黑人。”

“可是，我在芝加哥听Blues，我好喜欢那些黑人，还有黑人们唱的歌。”我兴奋地告诉她，“我到美国来，从来没受到过什么感动。我常常被震惊，常常是大吃一惊，兴奋不已，可是没有被感动过。只有在那个晚上，在黑人区的夜总会里，在Blues的音乐里，我简直要哭了。”“真的吗？”她细细地回想起来，然后说，“我好像也没受过什么感动。”我向她描绘了我们在芝加哥时去的夜总会：“那里有人吸大麻呢！”她说：“曾经有人劝我吸大麻，我问他们，吸了之后会怎么样？他们说：‘你就会一直笑。’我考虑了五分钟，最后决定不吸了。”

晚上，蓝蓝带我们去看芭蕾：我，妈妈，七等生，潘耀明，安霞，李小培——李小培是香港《七十年代》主编李怡的女儿，来这里上学，住在美尼塔家里，为她照看两个小男孩，膳宿费就全免了。这个团体是North Caroline的一个舞团，名列美国第五。一共表演四个节目，除了第一个是古典芭蕾以外，其余都是现代舞和现代化了的芭蕾。Hancher没有坐满，几乎空了一半。蓝蓝告诉我：在美国，舞蹈面临着一个危机：观众越来越少，它好像是太奢侈了。

“你昨天怎么没来上英语课呢？”七等生问我。“我忘了。”“我下楼来，看见那老师一个人坐着，就去上课了。”“可你已经有好长时间没来上课了。”

“他主要是看见只有女老师一个人。”潘耀明说。

他笑笑，并不反驳，他喜欢和女性在一起，他说："两个男的在一起太硬了，一男一女，柔和一些，比较舒服。"

演出结束后，蓝蓝请我们吃Pizza。这是爱荷华城里最好的Pizza店，很大。有电子游戏，有电视，电视上，那个全美著名的记者又在讲话，风度翩翩的。安霞向妈妈要了一元钱，去玩电子游戏了。潘耀明去洗手间回来，对蓝蓝说："安霞交上了一个男朋友。""不会吧，她是很害羞的。""真的，他们聊得很高兴呢！""我去看看。"蓝蓝立即站起身去了，过了一会儿才回来，说："不是的，安霞的那架机器坏了，那男孩子帮她找人修理呢。"蓝蓝好像这才放下心来。

这餐馆我从来没来过。很奇怪，小小的爱荷华城有这么多的餐馆，而且都藏匿了起来，常常在意想不到的地方出现一个餐馆。

快到万圣节了，电视里出现了大量的各色的鬼，飘然起舞。

10月29日　晴

后天是美国的鬼节，电视里已出现了许多鬼面具。

下午在华苓家里看《金池塘》，她不善摆弄机件，录像带放进去却不显像。她立即给卖电视机的店里打电话，对方十分耐心地在电话里告诉她，应该如何拨弄。按照执行后，仍然不显图像，又打电话给商店，店里答应立即来看。果然不到五分钟，一辆小汽车开上山来了。可是在这同时，电视机突然图像大明。那店员不但没有牢骚，而且仍然耐心地操作一遍。一边操作，一边教。商业的信誉，服务的到家，到这种地步，也只有佩服了。

《金池塘》的摄影极好，主旨也很清楚，接着又看了英国著名小说改编的电影。语言不通，只能看个大概。两个片子好像都涉及了一个问题：死。探索着人从有到无的奥秘，而研究人应该如何活着的，好像不多。

死，是每个人必然的归宿。可是在它还未来到之前，人就惶惶然，在它威胁下过日子，这就乏味得很了。

10月29日　多云

早上，和潘耀明出去照相。天很好。河边的大树下落满了金黄的秋叶，潘耀明要为我照一张爱荷华的秋色。两个跑步者跑过来，对我喊："笑一笑！"

下午，在华苓家看电视录相，一个是《金池塘》，一个是英国本世纪初的著名作家劳伦斯的小说改编的电影《热恋中的女人》（Women in Love），这是个很能代表劳伦斯哲学的电影，他认为人是大自然的一部分，人的一切行为都是有根据的，都来自人的本性，凡真正来自人的本性的行为都应该尊重并保护，都是美的。他憎恶现代的工业文明，认为那无疑是要异化人性。他把人描写成了自然之子，然而人实在又是生活在特定的社会环境中，于是，便有了一连串的悲剧。

万圣节不远了，到处开化装舞会。看完电视回"五月花"，见门口公路上停了好多辆汽车，"五月花"也在开舞会。一个警察在汽车之间巡回，记下车号，并插上一张罚款单，因为这里是不能够停车的。"其实今天可以算了。"我们都这么说。

晚上，在走廊里，"写作计划"的工作人员为我们开舞会，每人做一个菜，安娜的火鸡，Alex的炒饭，等等。走廊的地上放了一堆化装用的衣服，作家们都蹲在地上挑选着。安娜打扮成一个跳芭蕾舞的女郎，穿着短裙，Alex打扮成牛仔。土耳其人戴上一个大红鼻子，爱尔兰人装了一头垂肩的金发，墨西哥人来晚了，化装衣服只剩了几件扔在地上，他拿起一个女人的胸罩，在胸前比了比，摇摇头放下去，然后拾了一件黑披风披在身上，又拾了一把佩剑——“佐罗！”——大家叫。

吴祖光伯伯从芝加哥回来了，他是从芝加哥去印第安那看女儿，又从芝加哥回爱荷华的。他说，芝加哥的天晴了，出了大太阳，一街都是“鬼”。啊，太阳下的鬼！不知道有太阳的芝加哥是什么样子的。那一切灰色的水泥色的大楼被明媚的阳光照亮了又是什么样的。芝加哥也有这么明媚的阳光吗？

芝加哥，好像肩负着很重的负荷，在它宽大有力的肩膀下，爱荷华像花一样娇美地盛开着。

10月30日　阴，有时有雨

跟吴祖光去华苓家，研究离开爱荷华的日程。I. W. P是下月十四日开告别宴会，本打算十八日离开，讨论中都想去一次夏威夷，便延至二十日离开爱荷华，一月二日回国。

下午又去她家看录像《不同的桌子》。这好像是从话剧改编为电影的两个短片。同一个场景——一个旅社里的餐厅，两个不同的故事，有的人物贯串，有的又不同。两个短片都是写极度自我矛盾的两个人物。演员很好，整个戏都是各自坐在自己的餐桌前用餐、看报、互相招呼、谈天气、谈时事，但人与人间是疏远的。前一个故事说一对离了婚的夫妇，在这里邂逅了，两个人还是有感情的，经过了妒忌、矛盾，两个人终于坐到一张桌前来了。后一个故事，是写一个被母亲管教得极严的老处女，爱上了同住一个旅馆的男子。但这男子犯了猥亵罪，登了在本地报上。一石激起千层浪，同旅馆的人看了，纷纷议论，有的坚决要驱逐他，有的则不同意。那个男的也爱老处女，但迫于体面，不得不作出离开的决定。最后老处女在一种又厌恶又爱惜的矛盾心情下，第一次违抗母亲的命令（母亲见到男的进来就餐，就要女儿退出餐厅），对母亲说了“不”字。而那男的也在卑视与同情都有的眼光下，终于勇敢地订了第二天的早餐，留下不走了。演员好，场景少，结构也好，内容也没有什么不健康之处。

晚饭后，I. W. P全体作家，和安格尔、华苓夫妇俩去附近一个小城——塞德莱比莰。安格尔就在那里出生的。我们去的地方，是这小城里一所有百年历史的大宅。据说是这个州里最大一所宅园。百年来，它已换过三个主人，后来就卖给政府，平时进来参观，门票是二元一张。

这所住宅的园子相当大，汽车开进一个大铁栅门，又弯弯曲曲在草坪、树木之间开了很长一段路，才到达宅子的大门。这里的艺术品不多，主要是参观卧室、浴室、客厅、书房、餐厅、坪台等等地方。房子、家具，都相当豪华，从当年说来，可能就更是数一数二的了。今天到的来宾不少。这房子最后一届主人的小女儿也来了。安格尔和她是小学同学，他回忆说：“小时候看见她穿一件塑料透明雨衣，觉得漂亮异常。”大家在餐厅里喝点酒，尝一点小甜食，便在大厅的楼梯上表演，作家们用各国不同的语言唱歌、朗诵。虽然唱得不怎么样，可是另有风味。

回来的时候，汽车绕到安格尔出生的那幢房子前走了一圈，又恰恰是安格尔刚过生日，大家纷纷向他祝贺。

回来已近十二点，潘耀明就上次多下的汤，下面请大家吃宵夜。正吃着，敲门进来了几个美国男学生，扛了一筐夹着生菜的面包来兜售，看见我们已在吃面条，四五个男孩子又摊手又耸肩，又是说又是笑，嘻嘻哈哈，十分可爱。他们想到做这一个买卖，也够细致的了。最后是吴祖光花了两元，买了他们三个面包。

10月30日　阴有雨

上午直睡到九点多钟才起来，潘耀明笑话我，我说：九点多钟并不晚，是正常的。过了一会儿，他忽然打电话来，说："你还可以再补睡一小时，你今天起早了。""为什么？"我奇怪。"今天进入冬令季节，全美国的时间都要拨回一小时。"于是，现在的十点二十分便成了九点二十分了。美国人真是奇怪，把个时间弄得乱七八糟。而我们，冬季推迟一小时上班，夏季则提前一小时。时间是永远不变的，是一种宇宙的固定的秩序。而美国人，什么秩序也不要。

下午，又在华苓家看电视录相，是个较老的电影，名字是《不同的桌子》（Separate Table），是两个发生在同一个旅店里的没有关系的故事，很像是一个舞台剧，可能就是从话剧改过来的。第一个故事讲一对离婚的夫妇在这家旅店里相遇了，后来又重归于好，达到了谅解。他们坐在一张桌子上，互相握着手，门开了，两人立即缩回了手——"好久没看到这样的反应了。"Esther说。第二个故事很好，一个老处女与一个犯猥亵少女罪的男人相爱了（这一对演员仍是上一对演员，绝然不同，表演很好），他们实际上是很像的，都是怕人，怕异性，只是表现的方式不同，前者是躲避，后者则是想证明自己不怕。

看完电视，Esther跟我回来吃饭，陈映真也来吃，饭就有点不够。潘耀明就多煮了一些面条来接济我们。刚煮好，吴祖光伯伯带着Alex来了，他们是在机场接吴祖光伯伯的一个学生。是个女学生，特地从堪萨斯赶来看他的。吃饭的人又多了两个，可Alex说："少吃一点，晚上去Ceder Rapids有很多东西吃，大家都留点肚子。"

Ceder Rapids——就是我们从旧金山飞来时停了几十分钟而我们没下飞机的那地方。萧乾伯伯的儿子萧桐在这里的大学读书，安格尔先生在这里出生。

我们去一所一百年历史的房子里参观，这是一个没有后代的富人捐给政府的房子，现在就供人游览参观，算成是美国文化的一部分。这是一座大房子，当年一定是奢华极了的。现在给我留下印象的只是：洗澡间特别的大，可以开舞会。看过房子后大家便乱哄哄地坐在一堆喝酒吃东西——并没有多少东西可吃，只有甜酒和一点巧克力糖，一点切成小块的水果。令我们失望，肚子有点饿。我们一些中国人便上楼找了一个地方坐下来，正是一个长圆的桌子。许先生也来了，他们一家刚从华盛顿飞回来，下了飞机就直接叫出租汽车来了。大家问他："在白宫同里根谈得怎么样啊？""还好，我们在一起吃了饭。"他微微笑着。"黎巴嫩的撤军问题，你问了他吗？""他说是保卫黎巴嫩呢！""叫他撤军吧！"他有苦难言地摇摇头，看来谈话并不成功。正说笑着，楼下传来了华苓的声音，要开始表演节目了。今天的表演都是有准备的。

他们还要我唱歌，而且，一定要《送情郎》。我不唱，Esther说："我和你一起唱吧。"可是唱什么呢？我们想着。"你会唱《绣荷包》吗？"她问。"会啊！"然后便唱，结果我们是完全不同的两个《绣荷包》。没办法，只好找爱德文说情，让他把我的节目免了。"什么时候，你教我唱《送情郎》啊？"她说。"好的。"撒哈从大学里请来一个巴勒斯坦的学生，为她弹吉他。她唱得很有感情，沙哑的嗓音有几分含蓄。陈映真弹着吉他唱了一个台湾小调。许先生一家表演了朝鲜歌。安格尔先生讲述了他小时候在这城市里的生活，他有一个女同学，有一件透明的衣服，当她穿上这套衣服时，他觉得她性感极了。最后压轴的表演是全体中国人的大合唱，就唱《城南旧事》里的那支"毕业歌"，这是一支难得的大陆、台湾、香港，老少男女都知道的歌。表演前，安格尔先生和华苓作了大量的演讲，我们则直直地站在前面，好像马上就要有一个惊人的节目开始。可是很快草草收尾了，只有吴祖光伯伯一个人的声音，其他人只能哼，因为记不住词。结束后，一个老太太跑到我们面前，夸我们唱得好，说了一套赞美的话。我们面面相觑，然后陈映真说："为什么还要来讽刺我们?"

然后，汽车又拉着我们在城里绕了一圈，从安格尔先生出生的那房子前开过。天下着雨，黑沉沉的，只看见灯光在闪烁。

10月31日　阴

燉了一锅鸡蛋红烧脚圈，准备犒劳一下潘耀明。我们这里人来人往，都是他默默地上灶做菜。难得说几句闽南国语，又立即遭到伶牙俐齿者的无情挖苦，于是他呐呐地更加说不周全了，实在厚道得可爱。他极能吃苦，又极肯用功。每天一大早，就拖了一只像旅行袋似的大书包，带两片面包去学校，一直到晚上才回来。一回来就放下书包急急做菜，而且做得一手好菜。吴祖光和他住一套房子，常说自己福气好。

他又是一位头脑十分冷静的作家。在芝加哥大学、中国同学会上有人向他提问，关于对武侠小说作何评价的问题。他只是客观地介绍了香港对这问题的争论。再问他自己对这争论的看法，他十分技巧地把争论双方的论点，扼要介绍了一下。很冷静也很有分寸。他写的《中国作家风貌》，亦很有水平，而且对那么多作家的作品，都有那么多的了解，真不是一朝一夕的功夫。不过更可贵的，是他虽然长在香港那样一个商品化的社会里，却仍然保持着一种"精神"，一颗"赤子之心"，实属难得。

我是早想慰劳慰劳他了，想让他回来吃一顿现成饭，所以早早就煮好了菜。没想到下午忽然闯来了一个胖墩墩的伶俐鬼，大概是肚子里形势吃紧，逼得他不得不来找锅子，想煮点吃的了。他一掀锅盖，见一锅燉烂了的脚圈，立即大大地"哇呀"了一声，也顾不得拿碗了，抓起筷子就挟起一张蹄髈皮往嘴里送，一边唏嘘着:“好吃！好吃!”及至吃完一只脚圈，一只鸡蛋，才透过一口气来，腾出工夫说话。

傍晚，吴祖光有一位远道的学生来看他，潘耀明六点多回来，看看大家凑起来的菜不够，放下书包又动手做菜。他这顿现成饭到底没有吃成。遗憾!

今天是鬼节，机灵鬼赶了巧，可怜鬼吃了亏，一点不错，各显了本色。

10月31日　阴有雨

一早送来通知，英语班停课了，因为有些作家已经开始旅行了。呀，不上课了，那么，还有没有机会遇到那女老师呢？我本想送她一件生日礼物的，而且要对她说一声:“你不老。”因为她告诉我她过生日时说了一句:“我很老了。”我没反应过来，等反应过来她已经走了。

今天是正式的万圣节，鬼节。下午五点钟时分，谭嘉打电话来，问我有没有兴趣帮她去发糖。鬼节是这样的——天黑了的时候，孩子们便穿上鬼的衣服，化好装，戴上面具，然后到各家去要糖，嘴里喊着“trick or treat”，即“你是要我整你还是请我客”，假如没有糖给他们，他们便捣蛋，在门上涂油漆。当然，每家都准备了很多的糖。据说去年的万圣节，有些无聊的人恶作剧，把送给孩子的糖里包了针，结果大人们都不让孩子出去讨糖，很紧张，很是扫了孩子们的兴。这万圣节，他们很早就在盼望并作准备——装什么鬼，买什么样的面具。

“你要来的话，就和我一起站在门口，有人敲门，你就开门给他们糖。你会看到各色各样的鬼。大概一小时内可以看到几十个鬼。”

“这么高的频率呀！”我叫了起来。可是很可惜，我不能去，因为晚上我们打算在一起聚餐。我们烧了红烧猪蹄，陈映真烧牛肉，吴祖光伯伯烧饭，他带着他远道来的学生一起参加。七点钟过后，他俩去Hancher看戏，是一个轻歌剧，一个名剧，本来我也要去看的，可是Alex说票要自己买，十九美金一张票。这太贵了，我毅然决定不看了，虽然有些可惜，可现在不是奢侈的时候，还有长长的一段旅途，这旅途上需要多少钱，心中没有一点数。我只知道，钱是越多越好。这个世界，钱是钥匙。好比“五月花”的洗衣机，你把两个二十五分的硬币推进去，它便发动。不需要任何别的推动，没有别的开关只有这么一个装置——推进两个硬币，必须是二十五分的。这是一个金属的世界。

阿根廷女作家挨着个儿敲门，请大家去她房里喝酒，她们国家的在野党获胜当选，她很高兴。

饭后，潘耀明请我和他一起去散步。他说，印尼小伙子告诉他，在公园那边，一直走，有个咖啡馆。那里怎么会有咖啡馆呢？我印象中，那里只有住房，树，草坪，草坪上的落叶。我半信半疑地跟他走了。走上公园旁的桥，忽然看见桥下边的树丛里走着一个长长的、细细的人影。定睛一看，像是七等生，试着喊一声：“七等生！”那人站住了，果然是他。他一个人在散步呢。

秋天的落叶铺了一地，厚厚的，一脚踩不着地。“有一次，我和我丈夫想拍一张落叶的照片，可是那落叶很薄，我们就将它扫在一起，扫了很久，扫到了一起，可那落叶已经粉碎了。”我告诉他。“这里的土地很肥呢！”“可是我认为这里的地理位置和我插队那地方是一样的，水土气候也一样，我不服这种水土，身上起了好多疙瘩，和我插队时一样。”“中国的地种了四千年，这里，有两百年吧！”他说。

“咖啡馆呢？”我问。

“是呀，怎么回事，没有嘛！”

“我可是渴了。”

“去向人家要点水喝吧。”

“美国人不喜欢人家走近他们家呢。”

“没关系。”他自顾自走上人家门前的草坪。屋里亮着灯，敲敲门，又敲敲窗，没有反应。屋里没有人。从窗里望进去，里面是一个漂亮的客厅，铺着厚厚的红色的地毯。摆设很奢华。“这家人家很有钱。”潘耀明说。门上贴了一张鬼图。“他们大约是去参加舞会了。”我们猜测，今天是万圣节啊。

只能往回走，天下雨了，还打雷，雨越来越大，像是春天的雷雨。赶紧跑到人家的屋檐下躲雨。“人家会生气吗？”我担心。“不会，说不定还请我们进去坐坐呢。”可是这家人家里也没有人，开着灯，客厅同样的漂亮，还有一个廊，放着几把扶手椅，一把孩子坐的马头的圈椅。“这家有一个孩子。”我们判断。“唉，”我叹了一口气，“我同学结婚，只有九个平方。”“我知道，我知道。香港的住房也很挤。美国是得天独厚的。从来没在本土打过仗！”“为什么呢？世界就这么不公平！”“没什么，没什么，还有更糟的呢！”

雨停了。可刚踏进“五月花”，又下了，下得比刚才更大更急，而且一直不停了。

十二点时，“五月花”里忽然回荡着一种十分奇怪的声音，我到处张望，寻找，也找不出个究竟。这是鬼叫，可是他们是在哪里叫呢？一时上，鬼声四起。美国的鬼很喧腾，气壮如牛。

11月1日　阴，时有小雨

华苓请中国朋友吃火锅。饭后，大家围坐一起，听台湾民歌《大路歌》，回顾往事。原来华苓和我同龄，比我略大几个月。她九岁丧父，与母相依为命，而我九岁时正在杭州，姑母要将我送入尼姑庵。四九年我们打过长江时，她从南京逃出。她撤出南京后，正是我随军区进驻南京。我在南京结婚，她已逃到台湾。她的弟弟在台湾空军试航遇难时，正好安忆出生。她在台湾带了两个女儿，独力担负家庭重担时，也正是我一个人带了两个女儿，在上海支撑一个家庭。这一对照，竟然也是一幅中国近代画卷。现在我们竟从不同的路上，来到了一起，坐到了一起，谈到了一起。

半个世纪来，风云变幻。我从孤儿院里，以一个作家的身份，走到了美国，就是最大胆的梦，也不敢这样做的。

十二点多才告辞出来。下山的路上，落叶满坡，冷风侵骨。公路上汽车稀疏了，“五月花”公寓楼下，仍然灯光通明。这里似乎没有夜晚，或者说，夜晚已退缩到清晨三四点，浓缩成小小一点。

11月1日　阴

华苓请大家吃火锅。

安格尔先生今天感觉又不太好。这次手术很大，有点伤元气了。他的伤口很疼，吃不下东西。幸而安霞在这里，使他很高兴。安霞哄他吃了一点点东西，又哄他睡着了。他们祖孙感情很好，安格尔先生动手术那天，安霞在学校里上课，忽然哭了起来。老师问她为什么，她说我很担心。她虽然长得完全是个外国小女孩，可是情感却是中国式的。华苓为安格尔先生带来了一个极安乐的晚年，一个中国式的充满亲情的晚年。安霞的自我感觉是半个中国人，她原来有些自卑，而近几年中国的儿童画得了国际奖，中国的女排得了冠军，今年她又去了中国，她很喜欢中国。前几日，在Ceder Rapids举行的体操比赛，中国得了三十几枚金牌，这些都渐渐使她骄傲起来。问她最希望谁胜，她说："第一是中国，第二是英国"——她的爸爸是英国人，"第三是美国。"

她不会说中国话，可是能听懂几个字，比如"漂亮"和"肚子"。当我们说她漂亮的时候，她害羞了。当吴祖光伯伯说，"你的肚子要练下去一点"——因为她的肚子有点大，很可爱地挺着，她也害羞了。

11月2日　阴，偶有小雨

约定今晚请吴祖光的朋友也是他的学生，还有华苓，一起来吃晚饭。安忆忙了一下午，潘耀明回来又立即上灶，总算弄了五个菜一个汤。可惜华苓感冒了没能来，少了她总觉不大热闹。

吃饭时，说起法国餐厅。吴祖光说北京也有一家法国餐厅，是我们与外资合开的。因为他为餐厅张罗过乐队，所以餐厅请了他和凤霞。他来美国了，就由他大儿子陪了妈妈去。凤霞是坐轮椅的，可是进入餐厅的一段路要由人背着。一到了门口，儿子的衣服不合规格，他身上还穿着他爸爸从法国买给他的夹克衫，但不行，进餐厅必须穿西装打领带。临时就由餐厅里的工作人员不知从哪里弄来了一套西装，并帮他打上领带。可是这套西装实在太大，他儿子穿上以后，里面还可以装进一个人去。但没办法，他儿子只好穿了这么一套西装，背了妈妈进去。这一进去，顿时引起了整个餐厅客人的注意。穿这么一套西装，已经够逗的了，加之又背了一个人，他儿子是大汗淋漓，坐在那里不敢稍动。百元一餐的大餐，就这样受着，实在罪过。

晚上，和安忆陪了吴祖光，送他的学生回旅馆。吴祖光和他的学生已几十年未见面，现在居然不远千里寻来，实在难得。不过我想这也要有经济作后盾，否则，也只有望洋兴叹。哪怕你叹出血来，人家还以为你生了痨病。所以基度山伯爵在痛痛快快实现他那报恩复仇计划时，非得要有一个取之不尽的宝藏不可。这部小说倒是写出了一个“有钱能使鬼推磨”的社会。

11月2日　多云

中午，圣路易斯的文伟来电话了，他接到了我们决定去讲学的信，想知道我们更详细的情况。于是我将我们的行程计划告诉了他，他很满意我们将圣路易斯安排在从东岸到西岸的必经之途中，这样可以省去旅费——今年美国大学的教育经费减缩得很厉害，能省则省了。美国很奇怪，家庭很富裕，个人很富裕，可是“官费”却很紧。一个出版社或杂志社请几位作家开笔会，报销车费，宿费，游山玩水，在这里是想也别想的。他又问我们一般讲学采取什么形式，我告诉他，一种“爱荷华式”的，一种“芝加哥式”的。他说恐怕要采取“芝加哥式”的了，因为他们学校来参加会的可能也都是中国人和懂中文的美国人。然后，他又和我聊了起来，“你是第几届的？”我问。“我要比你高呢，六六届的。”他得意地说，“你可以说上海话。”于是我们便说上海话。“来美国两年了，看到国内来的人，总归很高兴，想碰碰头。”他说。

晚上，我们和吴祖光伯伯去散步，沿着爱荷华河。今天天很暖，有一两个大学生坐在河边长椅上，很多人跑步，迎面跑来，说一声“Hi”，跑了过去。他们从不停下脚步，不晓得要跑到什么程度才停止，也许一直要跑到实在跑不动为止。这好像是美国人生的象征。有人告诉我：在美国，你有一个梦想，再付之努力，总能达到。可是，非常累。前边始终有个希望在吸引你往前跑，一直到你跑不动为止。

11月3日　多云

晚上，吴祖光伯伯请我们吃饭，在羊城小馆，有我，妈妈，潘耀明，谭嘉，吕嘉行，Alex，Esther，连他的学生，一共九位。是聂华苓帮助定的菜。华苓和羊城小馆的老板是好朋友。他们互相很照应。

吃饭时，潘耀明请求谭嘉为他写个作业——明天他们课上有个内容，要每个人介绍一个本国菜的做法，要讲得使每个人都懂。他很为难，便来求谭嘉帮他写个大概提纲——如何烧糖醋鱼。谭嘉说："你何苦写这么复杂的菜呢？就写'怎么做炒饭'好了。"正在他们俩策划着怎么列菜谱时，吴祖光伯伯用他的玩具照相机给他们照了一张相，说要给潘耀明的老师寄去，这是作弊的见证。

Alex来得晚了，因为他要送一些作家去华苓家开party，是下午在戏剧、诗歌讨论会上发言的作家。据说，下午的讨论会上，印度作家表现得不好，喝了一点酒，有点醉，很失态，在会场大讲下流话，被爱德文拉了出去。而土耳其作家表现很好，乖乖的。Alex说今年作家的特点是——斗智。往年则是大打出手。每年都会发生一些故事。有一年，有位中东国家的女作家还被抓到监狱里去了。因为偷东西——偷一件毫不值钱的小东西，身上却穿得十分华贵。原因是：她正在写一个小说，写到一个贼，为了揣摩和体验这种心情，她便实验了一下，结果进了监狱，监狱打电话给"写作计划"，才把她保出来。另一年，有个作家是个疯子，疯得很厉害，最后爱德文把他送到芝加哥，让他回国了。……安格尔先生说："假如我有权利，我每年全部都请中国人，因为中国人最讲礼貌了。”

吃完饭后，吴祖光伯伯忽然宣布：“今天的客请不成了。”大家很吃惊，桌上杯盘狼藉，吃得很干净。他继续说：“因为华苓已经付过账了。”真是岂有此理。吕嘉行大声说：“要不要来杯饭后酒？反正聂老师出钱！”

从羊城小馆回到“五月花”，口很渴，便和潘耀明下楼去学习室里的自动售货机买可乐，这里的可乐比超级市场里的贵一毛钱，他买了一个苹果，然后就找了张桌子坐下聊天。他说：“以前看於梨华写留学生的作品，总觉得不真实，哪有这么苦啊！现在知道，这都是真的。”“你就算很好了。港币能换美金。大陆那些自费生才真苦呢！”“那寂寞是一样的。这儿的学生，每人都有房间，可仍然泡在图书馆里，一泡泡到半夜。要知道，图书馆里虽然也安静，可到底有人，而一回到自己房里，好像什么事情都涌了上来。那天晚上，我们班上那个最年轻最漂亮的委内瑞拉女孩子打电话给我，诉说她很孤独，想家，学习又感到困难，说着说着就哭了。”

“她要你陪陪她？”

“不，也不是。她只是要找个人说说，只要有人听她说就行了。时常会有这种情绪上的低潮，学校里也已经掌握了这一点，过一段时期就发一张纸，上面写着，你将会遇到某种某种问题。并且列出帮助你克服这些问题的办法。”一提到学校的教育情况，他又兴奋起来：“我们上课很愉快的，坐成一圈，随你干什么都行，随你提什么问题都可以……”

我们又到对面的娱乐室去玩，康乐球盘和乒乓桌都被占了，两个虎彪彪的小伙子在打乒乓球，技术之差令人不相信。中国任何一个小学生都可以将他们击败。门口又到了一辆巴士，一群学生涌进公寓，挤进电梯。

11月4日　晴

华东水利学院有一代表团来，学校请他们吃饭，请我们作陪。团长刘晓群原来是新四军四师的，可谓是未见过面的老战友了。

饭后，他们去听音乐会，我们去看了玛利莲·梦露的《车站》，她表演了一个饱经风霜，然而还保持纯真的一个穷歌女。的确，她很美，但无嘉宝那样的气质。

这个盛年夭折的女明星，在美国人心目中还留着意犹未尽的浓厚兴趣。也许倒要归功于她的早夭。一旦等到淋漓尽致之后，到来的必然是兴味索然。那时，虽活着，人们也会遗忘，就像一代红星费雯利那样。事物的辩证法就是如此。虽然有点残酷，却是真理。

11月4日　晴

今天去数学楼听录音。一早起来，天气好极了，一地灿烂的秋叶。怎么会有这么厚的秋叶？那空气是甜清甜清的。到处是年轻的大学生，匆匆地来来，又去去。要了本故事课本听，一抬头，是窗户。窗户外是碧蓝的天，乳白色的屋顶。我想起曾有一个人对我说过："美国的大学太美了，美得不真实了，像童话。"而它明明又是现实，就在眼前，在你的脚下，却给你不切实的感觉。那蓝的天，乳白的顶，顶上飘着一面星条旗，旗在风里舒卷着，那星条在阳光下闪烁。我忽然明白，所以会有这种不切实的感觉，那就是——这不是我们的国家，不是我们的大学，不是我出生的地方。我们与它永远接近不了，它永远使我们感到不切实，感到虚渺，它是人家的。我喜欢它，可也许我对它永远也不会感到亲切。没有办法。

下午四点，去Eagle买东西。不买不行，冰箱里都空了；可是去买吧，时间很紧张，五点钟吕嘉行就要来接我们去参加一个party，是华东水利学院的一个代表团来爱荷华大学，国际学生中心为他们召开的一个party。于是就需要司机海尔先送我们回“五月花”。不得已，一定要与海尔说明这个意思。我把他拉到一个没人的地方，他很紧张。我须要在没有人旁听的情况下才能说英语，我也很紧张，等我终于说出了我的意思，而他又终于明白了的时候，他松了一口气，我也松了一口气；他出了一身汗，我也出了一身汗。他终于首先把我们单独送了回去，赶上了party。

party在Jeferson大楼举行。华东水利学院代表团去年也来过一个，是吕嘉行为我们做翻译的。爱荷华大学的水利系比较好，在全美国也排得上号。谭嘉指给我看一个大胡子的美国人，这是大学的中文系主任。奇怪，这位中文系主任我从来没见过，照理说，中文系主任应该对中国人有些兴趣。

吃过晚饭，去看玛丽莲·梦露主演的电影《车站》。这位玛丽莲·梦露是一个美国著名的性感明星，她的性感是一派天真，自然得好似风要吹，水要流。有很多人喜欢她，尤其是男人。她的第一个丈夫是剧作家阿瑟·米勒，后来离婚了，又嫁给了肯尼迪的第三个弟弟，她三十六岁那年，突然死了，传说是暗杀，因为她知道的秘密太多了，那都是她不应该知道的秘密。看完电影后，陈映真说：“这是每个男人的梦。”

11月5日　晴

水利学院的代表团拜访安格尔和聂华苓，我们被邀作陪。

下午看了录像《沙友那拉》，故事类似《蝴蝶夫人》，背景是一九五一年，正是我们抗美援朝期间。美国把日本作为美军休假地，一个空军在那里爱上了一个日本姑娘。最后那个姑娘忘了仇恨，跟着这个军官回美国。侧面看到了日本人民对美军的那种民族憎恨，虽然只有一个场面。

11月5日　晴

上午与潘耀明去东西店买春卷皮子，准备晚上到美尼塔家参加party。今天的party是，每个人都要带一个菜。美尼塔希望我们带春卷。看来，国庆节那天，我们对春卷有深刻的印象。由于潘耀明要走一条从来没走过的路——他说他不愿意老是走同样的一条路——结果，迷路了，怎么也找不到东西店了，真是急人。问外国人，外国人根本不知道什么是“东西店”。后来，潘耀明想了一个办法，上那个中国餐馆“翠苑”去问路。他是这样问的——先进去问那老板，一个瘦瘦小小却很整洁的广东人：“还没开始营业吗？”“要十二点，请坐。”“这会儿已经十一点了。有些什么菜啊？”“请看菜单。”老板极殷勤地递过了一份菜单。“好，我们先带回去看看。”潘耀明郑重其事地拿起一张菜单，认真仔细地看着，然后，忽然想起了什么：“哦，请问一下，这里有个‘东西’店，是在哪里？”“就在前边，一直走。”老板说。“哦，谢谢。”他又继续看菜单，然后说：“再见。”走了。

果然，前边就是东西店，因为是从另一条路上来，一时迷失了，其实就是这条街，不过是另一端罢了。买了春卷皮和豆沙，潘耀明说：“上次去芝加哥，路上吃午饭，还有十元钱的公款在我这里，我们一起吃次火锅吧。”“很好。”我赞成。于是又买了鱼圆、虾圆等吃火锅的材料。走出东西店时，已是正午，太阳明晃晃地照着一天一地的秋叶。

回到“五月花”公寓，发现门下有一个大信封，拆开一看，是一大叠写给我的信，有安娜的一封短信：亲爱的安忆，这是我的学生们写给你的信……

这些信是太可爱了。有一封信是这样写的：

亲爱的安忆：

感谢你到我们班级来。我的名字叫Mreg Keafha，来自一个很闭塞的中产阶级家庭。到大学来学习是为了增加自己找到一份好工作的可能。我希望你们知道在美国，年轻人对劳动力市场的情况是很关心的。而你告诉我们在中国，大学毕业生有一份得到保证的工作。在美国，大学对你的工作不做任何保证，握握手说一声祝你幸运，交给你文凭，就完了。你告诉我们中国大学生怎样一早就去图书馆在那里整天学习，中国学生对学习有强烈的动机，因为学好了，就有这份得到保证的工作。我就没有这种保证，所以总是觉得从我的学业里得不到好处，那又何必继续留在大学里呢？高中文凭不能使你得到工作，大学文凭也不能保证有工作。

课余时间对美国大学生至关重要。我在课余做一些身体锻炼运动，跑步，打篮球，使我从大学功课的压力中轻松一下。

安忆，希望你在美国访问对你有帮助，我希望你告诉你的朋友的是："爱荷华城是个充满活力的城市，这里的人们努力工作，津津乐道于友谊之情，向往着美好的时光。"

一个努力的大学生

Mreg Keafha

有一封信是这样：

亲爱的安忆：

谢谢你花时间和我们班谈话。我们都知道了不少东西。以前我不会知道有这样的事：当你一旦进入了大学，你就肯定毕业后有一份工作。听到说大学里控制学生恋爱，对我说来也是有趣的，吃惊的。

有三年多了，我一直和一个叫劳拉的女孩子一起参加社交活动。我们彼此很相爱，这种关系有助于我们在大学里干得更好些。因为我们相互取长补短。她数学很好，我则擅长其他学科，我俩帮助对方克服短处。

诚然，我父母有足够的钱可以供我念完四年大学，但他们不给钱。我现在自己供自己上学。这是我爸爸的主意。他认为：要是我能体会到供自己上大学有多难，我就不会只为了出钱的人而念书了。现在我也看到了这是个好主意。我看到了接受良好教育所要付出的代价，我对时间能够精打细算，因为我是个自己付钱的人。

可能你知道了，我和许多和我同年龄的年轻人都相当有独立性。我有很强的责任性。任何时刻，我都得自己照看自己。我有很大的自由可以在任何时候做我想做的任何事情。但是，我的责任性使我把时间用得有意义。而对有些人说来，这确是个大问题。

你希望怎样同你的朋友们介绍我呢？可以讲讲爱情。爱情的作用是很大的，它帮助我度过艰难时刻。有人跟你结成对，共同努力，你就能干得最好。你不再是一个人对付世界，这种有所依靠的感觉是很棒的。当你知道，无论你干得多么糟糕，总有一个人和你站在一起，你会多么高兴啊！

Scott R. Bruner

有一封信是这样：

亲爱的安忆：

上星期五早晨我起来以后一直迷迷糊糊的，因为前一天夜里我看书看到很晚才睡。可是当我上修辞课，坐下来等你和我们见面时，我顿时来了精神。

你只身一个和我们十八个人谈话，所以我们对你的了解可能比你对我们的了解深入一点。请允许我自我介绍一下，我叫Barry，是大学新生。打从我记事起就和家人一起住在农庄里。我有两个兄弟，一个姐妹，爸爸和妈妈。

我至今不知道自己读了书以后要干什么工作。几乎所有的美国大学生在毕业前都要改变专业五六次。我想，还是让我先试一试，可选择的专业太多了，很难找到正好适合我干的专业。这学期我选的课程是：天文学、戏剧和公共关系。

我刚说过，我曾在农庄居住。咱们的农庄有三百六十公顷地，离最近的邻居一英里。房子很大，四周有针叶林，还有许多许多草，需要修整。听起来，好像我住的地方挺荒僻，其实不然，我们离爱荷华和Cedar Rapids城都只有四五十英里。所以买东西、看电影或听交响乐都相当方便。

我爱音乐，我几乎把所有的空闲时间都用来听音乐。

我所爱的音乐都是很新潮的，试验性的。

等你回到中国，请代表我和我们学校对那里所有人问声好，告诉他们在美国，我这样年轻的人确实是很友好的。我对截然不同的生活方式充满了好奇心，它能帮助我理解自己的生活方式。这就像一种颇有价值的财富，感谢你使它增加了一层。

一个上修辞课的美国人

Barry Kimm

有一封信是这样的：

亲爱的安忆：

感谢你和我们交谈。我以前从来没有与作家见过面，更别说是外国作家。我认为能和你这样令人注目的作家交换意见是很有趣的，尤其因为我已经读了你的短篇小说。

我叫Quiliano N. Anderson，就是坐在房间左角上那个黑头发的家伙。我十九岁，是菲律宾人。我在美国已经生活四年多了，逐渐学会了美国人的生活方式。我有三方面，自己觉得可以作为美国年轻人的特点的：爱吃汉堡包，爱花钱买些不必要的东西，爱独立作主。我喜欢独立，因为我不喜欢别人来告诉我干什么。当我最后摆脱父母时，十分高兴，因为我从来没有彻底地自由自在过。妈妈总要教训我。要是我买一样东西，并不就意味着这是需要用的。我从来不满足于已有的东西。比如说，我最近花了二十美元买了一个床靠垫，我并不真的需要它。我认为多数美国青年是友好的，有幽默感的，无私的。他们喜爱足球。以上也是我希望你对朋友们讲起美国青年时，希望你讲的事情。

很荣幸能见到你。

Quiliano N. Anderson

……

11月6日　雨

学校里有录像带出租。华苓租来了另一部玛利莲·梦露主演的片子，叫《七年之痒》，是一部喜剧片。这位女演员，除了漂亮以外，在表演艺术上，是不能和美国三四十年代的演员比拟的。但要说她是个“脱”星，从我们看到的这两部片子看来，倒有些冤枉。说老实话，不看《七年之痒》，对这演员的印象还好些。

傍晚，在市里开了一个中国同学会，到了二十五人。情况不如芝加哥大学。多数来自大陆，少数是台湾和香港来的学生。见到了三个来自上海的学生，他们有亲戚在美国，自费来美学习的。两个女孩子见了我，絮絮地有说不尽的话。她们初来时，语言不通，在国内学的外语，到这里听不懂。经济上的压力，学习上的压力，上课听不懂，回来还需从头看。一星期打工几十小时，每天总要到两三点钟才能睡觉。青黄不接时，如向亲戚伸手，还要看脸色，眼泪只能朝肚里流。而且在我们那个社会制度里出来的人，只知道埋头用功，反正读好了以后，工作有保障的，因而不懂当前的趋势，也就是商业上的供求关系。这位姑娘是学机械的，而目前在美国，任何专业都离不开电脑，机械更是如此。所以她今年拿到了硕士以后，还要再选读电脑。而台湾和香港的学生，就比较了解形势，选读的都是热门科目。

11月6日　雨

中午，和潘耀明打乒乓，以三战两胜赢了他。他口口声声说他是让我的，可事实上决不可能，他打得十分努力。游艺室里面还有一个游泳池，正在修理。希望它在我们走之前能够开放。可小叶对我说，最好不要到公共游泳池去游泳，因为现在美国流传一种传染病，是由同性恋者而发生的传染病，得了病后，全无抵抗力，十分危险。

下午，蓝蓝带我和小培去Hancher听音乐会。来演奏的是纽约的一对兄弟，钢琴家。我们又聊起波兰剧作家的孩子。小培说："那孩子已经完全不正常了，她总是那么紧张。""就是啊，想对她好，可她总是戒备你，总那么别扭，常常要尖叫。"我也说。蓝蓝告诉我们："这孩子从小是跟奶奶长大的，现在离开奶奶，又到了完全陌生的美国，又是在纽约生活了一长段时间，生活动荡不安，父母心情不好，对她影响很大。"是的，她爸爸对她很粗暴，连亲昵都很粗暴，用脚去踢她，她真可怜，小小的年纪就流亡在国外。

音乐会结束，蓝蓝就带我们直接去国际学生中心，今天我们召开一个中国招待会，放映吴祖光伯伯剧作的录相，然后再座谈座谈。

到的人很少，冷冷清清的。大都是大陆的，而大陆的中间又是上海学生为多。有个台湾学生谈得很好，她说："我是学英国文学的，又是在美国，时间长了，我们自己民族的文化背景就会渐渐淡漠。而有了'国际写作'计划，有了这么些每年都来的中国作家，有了和他们接触，这对我很好，这一切都提醒我，不要忘记自己是中国人。无论是对我的学业还是人生，都是很好的。"她告诉Esther，今天收到家里的信，她弟弟去马祖当兵了。台湾是义务兵役制，每个男人都要当几年兵。"呀，你多多给他写信吧。"Esther说。

招待会结束时，华苓说："还剩下很多饼干和cheese，大家都带一点回去吧。"他们先忸怩了一会儿，然后不知由谁带的头，纷纷站起身，把东西分着包起来带走了。

然后，我们上吕嘉行家玩。他们的家总是那么舒适，井井有条。吴祖光伯伯说："谭嘉是以治国之才治家。"大家都去看他们新买的汽车，其实也并不是崭新的，已经九岁了。他们没有分期付款，一口气付完了。"还是中国人的习惯，不愿意负债。"吕嘉行说。美国人的习惯是不存钱，只负债。存钱等于浪费，那利息永远赶不上物价上涨的速度。而且——我想——在这里，得钱很容易，花钱也很容易，拼命地挣钱，然后，拼命地花。"你们原来的车呢？"大家忽然想起那已经退役的汽车。"坏了，暖气也没了，冬天开车冷得要命。"谭嘉说，"送去修，人家不给修，说他保证这车子在一个月之内全部崩溃。"

"这车是太旧了，走在美国的路上不大协调，美国的车都是小小的，新新的，漂漂亮亮的。"有人说。

"那年去加拿大旅行，这车开到加拿大，就像回了家一样。加拿大的车都是大的，载重的，不怎么新的。"吕嘉行说。

11月7日　晴

在谭嘉帮助下，和吴祖光一起，跟南非的女作家克拉第斯·托马斯交谈了两个小时。

出于我的意外，这一位约有五十岁左右的剧作家兼诗人，这次来美之前，竟然从未离开过她住的村子，连大城市也未到过。在南非，是四分之一的白人（多数是英国和荷兰人），统治着四分之三的黑人。她父辈是过去荷兰人的奴隶，移民至南非和当地黑人结婚所生的后裔。所以她的肤色不黑，但仍是有色人种。这四分之三的有色人种，是没有选举权的。他们也不能居住在大城市里。即使在大城市里做苦力的，他们的家也只能安在乡村。而且把有色人种驱逐出大城市的活动，每年都在进行。

南非人民都住在乡村，每个村边都围以铁丝网。外出时必须随身携带身份证，证明你是否有色人种。严禁与白人通婚，如发生这种事情，黑人得坐牢六个月，白人则不必，但双方都必须离开本土。凡是有色人写的剧本，都不能在城市里上演，除非你提出请求。她不愿请求，所以她写的剧，都只是在本村或其他村里演出。她写的诗也如此，只是朗诵给本乡本土的老百姓听，而后逐渐流传，以致在国外报上刊登。她没有因为写作而得到过一分钱，但她依然努力不懈。她要把这种非人的歧视、不平等的待遇，诉诸于世界。她说着说着就眼泪汪汪。她自认为自己没有一技之长，只能做一些这样的事。她得奖的剧本《我们不孤独》，写的是一个黑人混血儿，羡慕城市生活，就贿赂了有关人员，取得了白人身份。取得了这身份，就得和故乡以及所有亲人断绝一切关系。他母亲在村里，并不因为失去了儿子而觉孤独。最后母亲病危，儿子闻讯赶来，而村里的兄弟姐妹都拒绝了他。她的剧本都是揭露这种生活。而她的诗，则是一种呼号。如她在《鬼魅般的眼神》里写道：

“美丽的大地，
润浴着，
美丽的山峦和海洋，
但这些都没有我的份儿。
来！让我们携手同行，
舍名胜而逐贫民窟。
看吧！
就在你的面前，
是人间的地狱，
白色的樊笼，
千万只野兽在狂奔。
仔细瞧瞧他们的眼神，
如鬼魅般的眼神，
而如此这般的铁丝网，
便围困在他们四周。”

毫无疑问，她是南非妇女中的优秀分子，使命感特别强。为了她，要谢谢华苓了。

晚上潘耀明请了他的三位同学来吃饭。他们是来自北京、上海、杭州。北京儿艺的长号手吴强，他来美国的时间几乎跟我们差不多，是一个头发乱蓬蓬、憔悴、瘦削的青年。吃不准他有多大了，可能是三十，也可能是三十五，眼睛好像有点毛病，老是睁不开的样子。他和潘耀明在一起读英语，每天早上五点半起来送报，到八点钟又去另一个地方打工一两小时，到他上课时，就已经筋疲力竭，只想打盹。对老师的提问，只有茫然以对。而他辛辛苦苦去打工，就是为了付学费，以及维持生活。他却在付出代价最多的课堂里打瞌睡，又在生活费用中占绝大部分支出的房子里只能呆上五六个小时。吃呢，他总是买一大条面包，夹带进课堂（不允许的），中午就光啃面包。哀哉！与大作家吴强同名的长号手！而那一位瘦瘦的上海姑娘，我们刚来这里时，曾在萧乾同志住的爱荷华旅馆里见过。她还在那里打工。潘耀明说她中午只吃一个苹果，就当顿饭了。美国现在正流行节食减肥，简直成为一个运动了。可是这几位同胞，看来节食节得太过火，减肥减得个个脸色发黄，憔悴不堪。

我很高兴今天自己又煮了一大锅脚圈，可以待客了。果然他们吃得很高兴。在美国，猪脚圈并不名贵，只是需要时间煮就是了。

吴强带来了他过去表演的长号独奏录音带，吹得真是不错。他又不知从哪里翻出两张报名照来，也是他出来前在北京拍的。我看了照片，真正感到惊讶了。原来他是那么年轻，也算得上漂亮的一个小伙子，还很有点艺术家的派头。现在，这漂亮好像不大能和他这么一个人发生联系了，这也许是头发和衣服的缘故。那派头呢，作兴是他拍照时临时搭起来的，也可以把它除掉。最令人吃惊的是，照片上的吴强，明明有一对大而深的酒窝，竟然也不见了，而且连痕迹也没留下一点点。

11月7日　阴

这几天的报纸上，头版头条都是美国出兵轰炸格林纳达岛的新闻。美国说是为了护侨，因为那里有美国的医学院，可是他们究竟遇到什么危险了呢？令人惊讶的是，美国举行民意测验，百分之九十五的人是赞成这一行为的。难道他们忘了越南战争了吗？我想，美国如此喜欢战争，也许因为是从来没在本土打过仗。想到这一点，真希望有人在美国上空扔一颗炸弹试试。

晚上，潘耀明班上的三个大陆学生来玩，一个是杭州来学工的；一个是上海来学电脑的，曾经有一次，我们去爱荷华House看萧乾伯伯，她正在走廊上打工；另一个是北京来的，姓吴，来学音乐：长号演奏。他是六六届初中毕业生，在山西下放两年后，抽到一个地区文工团，然后，七七年时，又考入中国儿艺。两个月前来美，先到堪萨斯，那里有他的朋友，在学大提琴，就是当年在《小铃铛》里扮演那个女孩子的小演员，现在也已经很大了。她开车把他送到了爱荷华。在这里，他要进修专业课，又要修英语，还要打工。他找了两个活计，一个是在爱荷华House打工，收拾房间，一个小时四元二角美金，一个星期至多只能得二十小时的工钱，但可以把多打的时间存起来。另外就是派报，这个收入不多，一个月只九十多元，而每天都要早起。他是极其辛苦的，脸色苍白而憔悴。他们说他总是睡不够，上课迷迷盹盹的，总是听不懂老师的话，总是找不到讲义，一找讲义，就把书包里的东西全部倒在桌上，那是什么都有的：面包，派剩的报纸，打工的袋子……老师问他话，他总是很茫然，老师便让中国学生翻给他听，他依然不作回答，老师又叫人向他解释，人们便说："他完全理解，只不过是不懂英文而已。"常常是，问他东，他答西。而我们发现，问他中国话，他也会这样。比如妈妈问他："一天睡几个小时。"他回答："有时不到一个小时。"大家都吓了一跳，原来他说的是一天练长号的时间，这才放下心来。他感到让我们看见他目前这种样子十分遗憾，便拿出他在北京照的照片给我们看，那是很帅的照片，"可以当明星"——潘耀明总结。他放着他演奏的录音，他的长号吹得很柔和。"你结婚了吗？"我问他。他点点头。"想家吗？""想死了，我简直想回去，真比插队落户还苦，真的。""一开始总这样，熬过去就好了。"我安慰他。"就是。我就是想得个文凭。"他们三个全都不小的年龄了，气色不好，有些憔悴。"在美国读书，就是学费太贵了，"他们说，"可是，至今还没听说过有谁被钱困住的。”就是这么个国家，时时感到钱的压力，可却不会被钱困住，总有办法可想。当然，那压力是极大的。

吃过晚饭，大家一起去华苓家看录相，一个叫《转折点》，写两代芭蕾舞演员；另一个是金凯利主演的音乐剧——《一个美国人在巴黎》。看完两个电影，已是十二点，潘耀明已经在地毯上睡了一觉。他的同学径直去图书馆，今晚就在那里过夜了，那里有沙发，有暖气，地毯上也能睡。

李章来了一封信，他们现在的处境很困难。地区和市合并，他们地区文工团就要和市歌舞团合并，一个阶段结束了，另一个阶段还没开始。结束了很久很久还不得开始，他只能等待在结束上，他只能等。唉，这转折点。

11月8日　阴

今天是十一月八号，是I. W. P的女作家报告讨论会。据说今年女作家邀请得比往年多，主席台放成一个大大的马蹄形，大家还是坐得挤挤的。每个人面前，还真有一小束可以别在胸前的鲜花，而且陈映真也真来了。

大家谈了以后，巴勒斯坦的撒哈和西德的女作家争论了起来。撒哈是一位妇女解放运动的激进者，人长得不错，舞跳得更好，打扮得很鲜艳。有人曾在一次“派对”中，对她有些不礼貌的举动，她立即当面开销，要对方尊重自己，也尊重别人，而且拒绝和对方跳舞。她能言善辩，很像个政论家。她在这里读博士学位，是个能干角色。

妇女问题，离开整个民族的解放、国家的独立，是很难谈的。我和安忆介绍了我国近几年来女作家出现得特别多的情况。

为什么？这是可以成为一个研究专题的，我只谈了几个最简单，也是最起码的因素：

一、要有饭吃，还要吃得从容。吃饭问题太紧张了，也许写不出，也许只能去写些立即能换钱的东西，比如广告之类。

二、要识字，要有点文化。如果光能写出几个字来，还不能成为作家。她还需要思考得比一般人更深刻一些。

三、她还需要有走出厨房和家庭的时间，有接触社会的条件。

声明一点，中国女作家多，并不是中国对女性作家特别宽容的结果。中国的男作家的作品是很出色的，女作家要不和男作家写得一样好，那么，是不会得到人民的承认的。

11月8日　晴

早晨，在一分钟，不，一秒钟之内作了决定——去图书馆。并没有什么特别的需要，只是想到爱荷华的生活中去：和匆匆走路的人们一起匆匆地走路，和静静地看书的人们一起静静地看书，和草草吃一顿快餐的人们一起草草地吃一顿……我喜欢这种气氛。

中午，和潘耀明一起去"写作计划"办公室楼下买一杯茶。然后，我们想再在自动售货机里买一个水果。钱丢进去，门打不开，它又坏了。潘耀明打它，用脚踢它……我实在看不下去了，一个人在和一架机器打架，这情景有一种残酷的意味，我有点恐惧起来。我走过去，站在他和机器中间："不要打了，你和它是没有道理可讲的。"它是冰冷的，铁硬的，它不会还手，不会还嘴，不会骂你，也不会安慰你。"可是它不应该坏。"他又说。"可是它就是坏了。"我还这么说。他绷着脸，火透了。唉，和一架机器生气怎么能行呢！

我们到河边去吃饭，太阳很好，河坡草地上躺了许多学生，一边吃饭一边晒太阳。那边石头上坐了一个丰满漂亮的黑头发女孩子。“那是我的同学，委内瑞拉来的。”潘耀明说。“哦，就是那天打电话给你，哭的那一位？”“是的。”“我们过去和她一起吃吧！”我说。“不了，他们外国人有时候喜欢一个人，不喜欢别人去打扰他们。”

下午，回“五月花”，巴士上遇到了Esther。她正从图书馆出来，回家吃东西，再去图书馆。“你要死的。”我说。“没办法，这一段的功课积了下来，到二十号要交二十个报告。”“呀，这都怪我老缠着你玩。”我很内疚。“怎么怪你，是我自己要和你玩。”她说。她的精神倒挺好，这种紧张是正常的。

晚上八点，在Jeferson大楼开女作家报告会——“Revolutionary and Beautiful”（革命和美）。那位波兰剧作家的妻子也作了发言，她原来也是波兰的一位较著名的新闻记者，她讲得很有趣。芬兰的女作家说：妇女固然要解放独立，然而现在有一些妇女，过于排斥男性。不能设想，一个舞会上，全是女的，那很可怕。撒哈的发言总是很激烈，特别强调妇女解放运动，认为没有妇女的解放，便没了人类的解放。我觉得她偏激了。要知道，正和有些人批评她的那样，巴勒斯坦还面临着更重大的男女共同的问题——以色列占着他们的祖国。很多人和她辩论，她很凶，以一挡十。不过那凶悍的样子十分可爱。蓝蓝说她是从自身经验中发出的对男人的敌意。散了会后，我们没有跳舞，提前回去了，乘许先生的车。车上，大家都说，应该让撒哈到许先生家住一个星期，那么结果会是怎么样呢？大家想像到——许先生在家煮饭，吸尘，洗衣服，客人来了，一个人悄悄地坐在一边，许太太说：“老许，唱一个歌！”他便乖乖地站起来唱一个歌……

11月9日　阴

看了美国拍摄的《日瓦戈医生》。有一些地方夸大，有一些地方拍得相当真实。影片是从贵族这一面来反映苏联十月革命前后的那一段历史。

人道这东西，对一方人道，对另一方就不能那么人道。贵族诉说他们失去的痛苦，更多的穷人却有翻身的欢乐。作家的眼光注视哪个方面呢？从这方面来说，它还不如《飘》。《飘》的作者对行将覆灭的贵族，尚有比较客观的认识。

分寸感，是文学艺术的生命线。真切之处，十分触心，夸大的地方，哪怕只夸大了半分，便觉可笑。甚至百分之九十九点九是真实的，夸大了零点一，那也就会露出宣传品的本相，便可令人投以不信任票。

看别国的东西，我们有这种感觉，不知别人看我们的东西有什么感觉？我们电影艺术里的分寸都很准确吗？

为什么不准确呢？仅仅是生活不熟悉吗？

11月9日　雨

晚上在聂华苓家看录相：《日瓦戈医生》。然后吃宵夜——火锅。

华苓告诉我们一件好笑的事情。那位年轻的罗马尼亚人和西班牙的卡罗住一单元。有一次，罗马尼亚人要离开爱荷华一段时间，便和办公室的丽莎说："你搬到我屋里住吧。"丽莎才来爱荷华不久，没有房子，住在走廊里。于是，她便搬着自己的东西上这儿来住了。而这么一来，隔壁的卡罗就十分紧张，他没有结过婚，看到女人紧张得不得了，于是厨房也不敢进，厕所也不敢进。他实在受不了了，终于对玛利说了。玛利对丽莎说："你马上搬出'五月花'！现在就搬，我帮你搬。"丽莎也十分地紧张起来，赶紧打电话给华苓道歉，她是实在没有想到这和卡罗有什么关系？她并没住在他的屋里，又没和他同床。她是个美国女孩子，很随便，实在没想到这对卡罗会有这么强烈的影响。

丽莎挺有意思的。她老叫我"王、王！"我说："这么叫，就像在唤一条狗。"因为他们往往叫成"汪！"她赶紧安慰我："没关系。我在西班牙学习时（她是学法文和西班牙文的），房东家有一条狗，就叫丽莎。"

11月10日　晴

请谭嘉翻译，和加纳、匈牙利的作家交谈了半天。

加纳总人口一千四百万，南北八百里，东西四百里，于一九五七年宣布了独立，至今仍是酋长制。在中央行政下，有五十个部落，每一个部落都有自己的土地、语言，甚至风俗习惯，文字是统一的——英文。他们的文学有两种，一是口头文学，如祭神时唱的、朗诵的。内容都是讲他们过去的历史，从埃及到尼日利亚，怎样战斗，怎样演变。有齐唱，有一人领唱大家和，有朗诵。这种方式一是有娱乐作用；二是不忘记自己的历史；三是如何改善今后。因为他们那里有大量金矿，欧洲各国都想去瓜分，争夺剧烈，直到二百年前英国占领后，划了一条线，就叫"黄金海岸"。就这样，那里至今还有一小块土地是属于德国的。现在宣布独立了，很多制度还是沿用英国的。

他们一方面有中央政权，但是下面所有的土地仍属于各个部落。各部落的领袖是酋长。多数酋长是世袭的（现在也有少数进行选举了）。所以酋长的儿子一开始就能受到各方面的教育和训练，使他能够担任酋长。

这位加纳作家的父亲，曾被推为酋长，他父亲是位教徒，不想干，就让给其弟，其弟也不做，就让给他的堂房表叔做了。这位作家既能用文字写作，——他们的文字，才三十年的历史——又熟悉五个部落的语言，熟悉圣经及拜神的仪式，又有大量的口头文学。他用文字写诗和剧本，有的作品已编进教科书。他是文协的主席，主持出版工作，他的部落地处首都。

因为时间不多了，和匈牙利女作家谈得比较简单。她是一位内科大夫，是写儿童文学的。

11月10日　阴

今天中午，我们和加纳作家、匈牙利女作家谈话。这是吴祖光伯伯建议的，他想和每个国家的作家谈谈，这几天天天早上在谈，请谭嘉作翻译。我本来并没有什么兴趣，可是这位加纳的黑人作家，我对他印象很好，他沉着，友善，不卑不亢，风度优雅，而且，他来自非洲。

加纳的情况令我们十分惊讶。他向我们描绘了一幅安乐和平的图画。他说加纳本是英属殖民地，自独立以后，还是把英国那套政府机构形式、教育形式保留了下来。但是在他们的政治经济生活中更起作用的仍是古老的酋长制。酋长是世袭，他也是酋长的后代。我不明白，在城市，在有了工业的地方，难道还是以酋长为领导吗？他说也是。我不相信。要么就是他们的工业还不发达，而他们那些城市实际上仍然存在着许多乡村的因素。我问他，他们国家有没有什么问题呢？他说：有，就是经济不发达，所以现在国家很注意和对他们经济上有帮助的国家搞好关系。问他，加纳的文学有什么特点，他说有两种文学，一种是口头的，一种是写下来的。那些口头文学是十分珍贵的，他很喜欢，时常去搜集。有一次，到了一个地方，那儿的酋长是他的同学、好朋友。

他要见他，也必须按照规矩请求拜见，然后有一套见酋长的仪式，那是很严格的。我们说：你们国家情况真叫人羡慕。他说：是啊，来到这里后，听到别的国家的情况，真正是大吃一惊。他怎么也搞不明白，事情怎么会搞得这么糟。我们又问，为什么同一个非洲，南非和加纳的情况会有这么大的差别，要知道，在南非，是百分之二十五的白人统治百分之七十五的黑人。他说是因为南非太好了，气候宜人，物产丰富，第一批掠夺者是荷兰人，去了之后，就霸住不肯走了，后来又去了英国人，他们在那里扎下了根，自以为自己就是真正的南非人了。非洲本来有了同盟，要解放南非，可是后来这同盟衰落了。我们说：你们一定要解放南非，他说："是的，可是战争是很可怕的。""然而，没有别的选择了。"我们围着他问了两个小时，终于欲罢不能地停了下来，转向那位匈牙利女作家。她不太关心社会问题，她的职业是内科医生，她喜欢写作儿童诗，写一些儿童诗，或是将成人的诗改写成儿童的，让孩子们能及早地领会诗的美感。这很符合她的职业精神——博爱。而我满脑子的还在想加纳，我不相信这是完美的境界，他们的田园式的生活究竟能维持多久，我很怀疑。他不是说，他们经济困难吗？那么，假如他们要发展工业，工业化的社会化的劳动，一定会冲击他们这种生存形式。再假如，他们不发展工业，而周围的国家都在发展，他们的国家也许会面临再度沦为殖民地的威胁。我不明白，不明白。我这时真想去一次非洲。然而这显然是个梦想——一个黑色的梦。

和他们结束了谈话，走出门，正好遇到陈映真，他理了发精神抖擞，准备迎接太太的到来。他的小说《出路》得了奖，奖金十六万台币。就用这钱接他太太来美国玩一玩。"呀，好帅！"我说。"唉，我紧张死了。美国理发怎么是这样的，背对着镜子。我的心一直在跳，不晓得他们在我头上搞什么鬼。"他直摇头。

吃过午饭，我搭巴士去市中心，今天和潘耀明说好，他带我去见那位从Jeferson大楼联系上的学生。在爱荷华House。这位学生已经四十多岁了，女儿也已上大学。她在大学里选了一门课：政治。她对中国的社会结构问题很有兴趣。我们谈了一些关于中国和美国家庭情况，又谈了一些关于男作家和女作家的区别，便分手了。“她显得很老。”我说。“美国女人的黄金时代是二十岁，一过二十五岁，便每况愈下，老得很快。”“其实，她的化妆化得太厉害了，反而显得老。有一次，我看见一个女孩子，特别年轻，后来一研究，原来她没有化妆。”“香港女孩子很会化妆。”“呀，算了吧！你们的女孩子谁没见过。那大明星朱虹，一张脸化妆得像个面具。”“谁让你们老要看朱虹的电影，我们有很多年轻的明星呢！”

“我请你吃晚饭吧。”我说。“这怎么好意思。”他说。“这次来爱荷华，你对我的帮助很大，你带我走熟了爱荷华。我要谢谢你。”“去哪儿呢？”“还是你带路吧。要去一家好的，不要自助餐，要服务的。”我决定奢侈一下。到这么个奢侈的国度，我还没奢侈过一回呢！

于是，找了一个餐馆。一开门，闹哄哄的，是个酒吧，我要退出来，他拦住了我：“你进去，走进去。”穿过闹腾腾的区，忽然安静了下来，灯光暗暗的，很柔和，一个侍者立即上前来，问我们几个人。“两个。”我们告诉他。他脚步轻快地在前领路，带我们到一张桌子边，麻利地点上蜡烛，把餐巾给我们铺在腿上……烛光摇曳着，有一点点音乐，人很少。一人要了一个菜，一人要了一杯酒。账单开来了，吓了一跳，十三元多。等于人民币二十七元呢。可是很多人和我说过，花美金时切忌换算，这样会饿死的。于是，我又镇定下来，准备付三元小费。我想，这个地方，小费应该多给。

出了餐馆，走过Old Capital，进去转了转，照例去看那件衣服——毛线面子，人造毛里子，带风帽的外套——可是它们没有了，一件都没了。呀，我简直想哭，这时候，我才发现我是多么喜欢它，希望得到它。可是没有办法了，怪我自己。走出来，往“五月花”走去，每路过一个服装店，我都要进去看看。哈，终于看到了它。只两件了，挂在衣架上，而且，居然又跌了一次价——四十八元。虽然只跌了一元，可我仍然觉得这两个月没有白等。赶紧买下了它。我不能想象，这衣服属于了别人而不属于我，我心里早就将它认同了。

11月11日　多云

今天跟那位很有个性的撒哈女士交谈。

她激烈地主张妇女解放是不无原因的。阿拉伯国家重男轻女，财产只传儿子。一个男子可以娶四个老婆，丈夫一句话，叫妻子滚，妻子不能携带任何东西，只能光身一人，离开丈夫家里。这一切都是法律规定的。而女方要求离婚，就没那么容易了。婚姻一般都由父母作主。

她有姊妹八个，只有一个弟弟，父母把弟弟溺爱坏了。她从小就爱跳舞、唱歌，生性活泼，她父母就把她早早地嫁了出去。开始，她反抗、绝食，后来和男的一见面，见那男的长得跟电影明星一样，而且骗她说将要来美国。她想来美国后，也许会好办些，于是就结婚了。结婚后才发现丈夫是个赌徒，输得光光地去向她父亲借钱，她父母方知上当。那时她一心就想在经济上独立，就偷偷在外学打字，学好后，找到了一份秘书工作，就提出和丈夫离婚。一般说，女方要求离婚是难以实现的，除非男方同意。但因为她的父亲是电力厂的老板，又经营汽车生意，很有钱，所以等于是用钱把她从丈夫那里买回来的。她已有两个女儿，一个在苏联学习，一个在东德学习。她自己则在美国研究妇女文学。父亲对她写作的内容，一概不知，只知道女儿写书了，很骄傲。现在她在巴勒斯坦已没有家，住在约旦，出来也是拿的约旦护照。

她对妇女解放要求迫切，主张激烈。了解了她的国家的情况与妇女的地位，就感到并不奇怪了。

她也很同意妇女的解放一定不能脱离整个国家和民族的独立解放。

看了录像片《日落大道》。这可能还是美国五六十年代的作品吧！写一个女明星的晚年。这是一部有生命力的电影。

11月11日　晴

上午去图书馆，中午去“写作计划”办公室吃午饭。办公室里很忙碌，作家们都将陆续去旅行了，去订行程机票。波兰作家夫妇也在，他们的女儿在办公室里跑来跑去，她活泼多了。“苏珊娜！”有人叫她，给她一块饼干，她胆怯地伸出手接了。“苏珊娜！”我叫她，朝她招手。她没过来也没大叫，只是站在那里，睁着眼睛看我，那眼睛是淡蓝色的，然后一笑跑开了，和冰岛作家的南美孩子追逐起来。她在这里已经开始熟悉并习惯了，可是，他们要走了，明天一早走，去纽约。

下午打算去听录音，可是忽然困倦起来，便去图书馆的休息室睡午觉。那里有很多沙发，沙发朝着落地的玻璃墙，街上人来车往，阳光明丽。这里的一切房间进去都不需要任何证明，很随便，而秩序井然，不用张贴“闲人免入”的牌子。这里没有闲人。我想，这会儿最大的闲人就是我吧？从一张沙发上起来一个人，是学长号的小吴：“王安忆，你睡这沙发吧。”他的沙发长一些，可以躺下，这沙发上下周围，满是报纸——他没派完的报纸。

保罗 · 安格尔和聂华苓家的露台，作家在那里无数次地聚会。
左起聂华苓、茹志鹃、王安忆

晚上，又看录相，是两个三四十年代的老电影，一个叫To Kill Mocking Bird（《百舌鸟之死》）。Mocking bird是一种鸟，只唱歌，对人、对庄稼没有一点害处。这是一个象征。电影通过一个孩子的眼睛，看美国三十年代南部的种族歧视。吕嘉行说，就是最近，南部德州还发生过类似的一个案件。法庭拼命阻挠一个能证明被告无罪的妇女出庭作证，被告在案发时间正和那女人谈话，谈了四十分钟。那被告是个黑人。另一个电影叫《日落大道》。日落大道是洛杉矶好莱坞电影演员曾经住过的一条大道。写一个过时的女明星，好凄凉。这电影是针对好莱坞的明星生活的。是不是，好莱坞给了人太大太显赫的光荣，而这光荣又不可能伴随她一生。当这光荣不得不离去时，怎么耐得寂寞。华苓宣布，明天下午看《飞越杜鹃窝》。看完录相，大家都来看我的新衣服，吕嘉行说："我能看看是哪一国产的吗？""行。"我低下头让他看后面的商标。"是南朝鲜的。"他说。"为什么不是美国产的？"我问。"就是这么奇怪，你在美国买东西，很少能买到美国产的东西。""为什么？"他耸耸肩，回答不出。

回到"五月花"，去向波兰人告别，怎么说呢！祝他们一路顺风，一切一切顺风。

11月12日　多云

华苓家里来了一位姓林的客人。他出生在北京，住在香港，在美国一个大学里讲学两年。他讲的课很特别，是佛教中的密宗。他不是一般的阴阳先生，但亦看风水；不是一般的算命先生，但也能看相。听他说了他的理论。

他从天地、阴阳谈起。说一个"道"字的笔画，乃"一阴一阳，二者合而为一，按照自然法则，运行不已"即是"道"字。

如此看来，这阴阳说只属于中国。他说天为阳，地为阴，但天也可分阴阳，如日月。地是阴，但亦有阴阳之分，如山、河，前为阳后为阴。山上有人，有建筑物，于是人又分阴阳，屋子有阳宅、阴宅。如此阴阳之分，以至无穷。他送我一首诗：海棠旁插一枝梅，富贵穷酸共一堆，莫笑梅花不富贵，春来独占百花魁。

不知这首诗赠过多少人，姑且记之，作为一种见识。

晚上叶君健同志来，在华苓家相聚，也是相别。一方面是惜别，一方面则是喜归，这也是有阴有阳。下雪了，这是爱荷华第二次降雪。

11月12日　晴转阴有雪

上午，去华苓家。她家来了一位大师，林先生。这是个神秘的人物，他一看到你，便会知道你的过去甚至将来，知道你有没有什么病，有没有过什么故事。总之是，料事如神，不可不服。在他到来的前几天，我们已经谈论了很多了。曾有一次，他去谭嘉家，对着在座的另一位客人说："你父亲死了这么长时间，为什么还不下葬？"这是真的，那客人大吃一惊，而谭嘉也大吃一惊，因为这件事，连谭嘉都不知道。而这客人和林大师绝对是初次见面。他还对谭嘉说："你有一个和你很亲的人是唱戏的。"呀，果然，谭嘉的父亲是票友。我身上起了一层鸡皮疙瘩，我都不想见他了。可还是按捺不住好奇心，去了。

林大师是台湾人，在北京长到十六岁，所以说了一口道地流利的北京话，像个"京片子"。随他一起来的有一位戴小姐，特地来美国听他讲课，不料她机场邂逅相遇，然后便结伴而行。那戴小姐对他十分恭敬，尊为先生。

他先给我们解释他研究的哲学——这是佛教的一个分支。然后给我们“算命”——恕我用了“算命”这一俗词，可我实在想不出别的词儿，虽然他的“算命”和“算命先生”的算命是很不一样的。他的方式的核心是“气”。人体，也可以说是由“气”带动活动的。他说我心中有怨，全郁结在胸中，总在想法子冲出去，所以我老是撅着嘴。他为我提供两点解法：一是“容吐术”，二是在床前，起床第一眼能看到的地方放一面镜子。他提供一个解术，便递给他一个红包。早上我们作了准备，一个人包一个红包。现在，看来显然不够，幸好，谭嘉带来许多，聂华苓也准备了许多，能及时供应。而他只留红包不留钱，钱还是归还，但那红包是一定要给的。谈到妈妈时又将我们作了比较，他说我和妈妈各有一份艰辛，结局是一样的，然而这艰辛不同，妈妈是苦的艰辛，我是乐的艰辛。他再三对我说：“你妈妈很不容易，很不容易。”是啊，妈妈吃过很多苦。我问：“我会像妈妈那么苦吗？”“不不不，你很不苦。”我这才放心下来。他又告诉我，妈妈身上有痼疾，是郁结所至，要他的学生戴小姐教给我一套大日如来，让我再教妈妈做。我要给她一个红包，她让我把红包里的钱换成小钱，因为她的道还不够，没有资格退钱，她要把钱留下。正说着，来了一位美国年轻诗人，是过去写作班的研究生，来看安格尔先生和华苓的。他也来凑热闹，让林大师为他看相——我又说了一个俗词，该死！后来，华苓说，他给那美国人看得并不准。我觉得美国人是很难用中国的传统哲学去剖析的，什么阴阳五行说等等，对他们都不适宜的。比如，中国人很讲时辰，而美国的时间没个准，东部和西部不一样，冬天和夏天不一样。他的飞机下午四点就起飞。他走了后，我感觉到，所有的人都松了一口气，每个人都有一点秘密，不愿被人发觉的。

然后，大家就下楼去看录相：《飞越杜鹃窝》。这是一部象征性的电影，写一个疯人院，进去了一个正常人，一个犯人。他太捣蛋，监狱觉得有必要让他去检查，是否有点神经不正常。他走进疯人院，他感觉到疯人们都还正常，不正常的是医院、医院的管理，他把病人们带出疯人院，或者把正常人、姑娘们带进疯人院……可是他最后被电疗治疗成了一个废人，他的好朋友，一个印第安人，把他扼死了，然后他一个人实践了他们俩的心愿——飞越疯人院。看完后，心里沉甸甸的，很不舒服。

叶君健也来了，他是去开国际笔会回来，路过这里，想在爱荷华休息几天然后回国。

晚上，陈映真把他的太太接来了。他太太十分年轻，说话挺爽朗。陈映真满面春风的样子，十分得意。大家纷纷向他太太告状：他如何地上门要饭吃，吃完饭还要喝一罐可乐；他如何地欺负潘耀明，惹他发急……不过，他还规矩，和女人有关系的事，还没听说。

吕嘉行出了一个节目，台湾的“歌仔戏”，那是非常有气势的。他出声便是一声吼，把大家都吓了一跳，以泰山压顶之势而赢得掌声。那是简约高亢的曲调。不知为什么，台湾，如今在我脑子里，是由委婉凄凉的《望春风》和质朴慷慨的歌仔戏组成的。还有，还有他们把妻子叫作“牵手”。

11月13日　阴

和土耳其作家交谈。他一面谈，一面给我和吴祖光塑了一个像。他听了中国作家的待遇，可以拿工资搞创作，十分羡慕，站起来高呼：“我也要做一个中国作家！”但他又不承认是羡慕。他说，这是作家应该得到的合理待遇。只不过我们得到了，他还没得到。他认为作家总会碰到麻烦事，因为作家本身就包含了风险。他是写儿童诗和小说的。他认为儿童的世界里没有国界。儿童最天真，最纯洁，但他们也最没有发言权，最受控制。

叶君健同志来，一起吃了便饭。

夜读《人民日报》，有艾青、丁玲等作家举行记者招待会，这在国内是少有的。又提出整顿刊物，这倒是有过经验的。不过这一次整顿的结果会怎样，就很难预计了。

头绪纷杂，心里很不平静。睡在床上，耐着性子听下面公路上，汽车“丝丝”地连成了串。

11月13日　阴

下午，和Alex去安娜家，安娜要和Alex一起为爱荷华大学的文学刊物写一个我的采访记。并且，她早就说过，她要请我上她家玩。她家住在离市中心较远的地方，一座白色的小木房子，是他们自己买下的。小房子旁边有个汽车房，她将车开到门前，一按一个电盒子，那车房的门便自动升起。就好像阿里巴巴的山洞，喊一声“芝麻，开门”，门前有一个花坛，她说可以种很多东西，她总是种一些蔬菜。进了门，她把我们的外衣挂好，就不再管我们，也不请我们坐。我们就站在厨房里看她忙着做午饭。她家住了一个客人，前几年参加“写作计划”的荷兰作家，明天他也将参加我们的farewell party（告别舞会）。安娜忙着，然后分给了那先生一份午餐：一片面包，一根香肠。他笑嘻嘻地运用着刀叉，像模像样地吃着，一转眼工夫就吃完了。“完了？”我问Alex。“大概是完了。”他回答我。我们一直在看他吃。他也笑嘻嘻地看我们。安娜在微波炉里为我们烧了两杯茶，然后把我们从厨房领进客厅，坐了下来。客厅很大，家具不多，一张椭圆形的餐桌，餐桌上有一只小筐，放着几穗红玉米，“这是印第安人种的玉米。”她送给我一穗。“几把椅，橱，茶几——这是我丈夫做的，我们一起设计的样子。”她说。她先生乔治从外面搬来木柴，将壁炉生起火来，屋子里很温暖。Alex告诉我：这是真正的壁炉，像聂老师家里的壁炉，其实底下有煤气，先开煤气，等火燃起来了，再灭掉煤气。而这个，没有煤气，完全是真的。他们采访完后，我们又围着壁炉聊了会天。天色已经暗了下来，火光暖暖地照亮了一圈。安娜是希腊人，还保留了一些传统的东西，不像一般美国女孩子那样的、那样的不再像女孩子。我说，丽莎和我说，爱荷华是个闭塞的地方。安娜立即不同意了：“丽莎刚从纽约来了不久，她的看法并不准确。爱荷华的生活很丰富。”我又问她关于美国的嬉皮，她说那已经过去，现在的这种反传统的行为叫“New wave”即新浪潮。她找了一本最最典型的美国青年杂志给我看，上面有很多这种新潮青年的照片，总之就是男的装扮成女的，而女的则装扮成男的。她又问我，我的家有多大，我比划给她看：小小的两间，和她的客厅一半一样大。她很惊讶有这么小的房子，而我告诉她，我已经很满足，我比我的同辈人要幸运得多，我甚至对他们感到抱歉。六点钟时，我们告辞了，我给她带来一件小小的礼物，是叔叔送我的一串绿珠子项链。她非常非常喜欢，马上把它套在脖子上。她告诉我，她对金属的东西过敏，不能戴金属的饰物，所以这串项链对于她非常合适。她又让她先生看。乔治长了一双会笑的眼睛，又纯朴又温和，他们很匹配。我原先觉得安娜和爱德文很匹配，可以成一对儿。

回到“五月花”，上了八楼。小吴也来了，和潘耀明、吴祖光伯伯几个，一个个容光焕发。仔细一追究，原来是理过发了。他们几个互相理发呢！小吴小时候，是学校学雷锋小组的，专攻理发。在走廊里遇到阿根廷女作家，她指着我身上的新外套说，这是她们国家产的。“不。”我说，“是南朝鲜产的，”她坚持说这衣服的图案、式样全是南美风味的。呀，南美的样式，南朝鲜的生产，美国出售，难道这就是美国的经济？

晚上，还在聂华苓家看录相《毕业生》。写一个二十一岁的大学毕业生，写那恼人的青春，他不晓得自己要什么。最后，他知道了，他要一个女孩子，于是他浑身都抖擞了起来。我很喜欢那个插曲。他们说，曾经有个时期，这个插曲风靡全国，家喻户晓，都唱疯了。那男演员演过很多电影：《克雷默夫妇》《午夜牛郎》，是个挺棒的演员。

然后我们又看了一个美国记者采访台湾的电影，他们努力站在一个中立的立场上看台湾，台湾的生活，台湾人眼里的大陆——他们拍摄的《苦恋》，他们描写庐山会议的电视系列片《秋蝉》，他们拍摄的《假如我是真的》——那男主角戴着八角帽，一件干部服从底扣到领口，连风纪扣都别着。我笑了起来："这一点不像知识青年，一点儿不像。"他们说："你们拍的《彩云归》也不像，一点儿不像。"也许是的，互相都不像，都陌生，而互相又都好奇——那记者说："台湾人对大陆感到好奇，这好奇证明台湾与大陆的联系，假如没了这好奇，那台湾和大陆也许就是真正割断了。"从这电视片里，我觉得，台湾好像很西化，又好像很国粹，有点畸形。国民党怕历史，因为他们怕追根溯源，怕人心思归。他们将"纵"的东西封锁了，却不怕"横"的开放，而文化是不能没有历史的，文化是不能缺少"纵"的联系的。当然，文化也同样重要地不能缺少"横"的联系。

11月14日　阴

I. W. P开告别宴会。无话可记。

聂华苓家的阳台上，风铃在冷风中叮当，地上积了一层厚厚的枯叶。爱荷华河收起了它的波光，知道冰封期将临。

11月14日　晴

今天晚上是告别晚会。

所有的作家和办公室的工作人员都去了华苓家里，满满的。从明天起，作家们就要陆续分头踏上旅途了。

我们都寻找着自己喜欢的人合影，比如爱德文。“他不像是美国人。”Esther说。“为什么？”“美国人工作很有计划，很有效率，却不带任何感情。而他不。”是的，他不，爱德文不。比如汉斯，我们是同学呀！他像个大孩子一样，每当老师要他回答问题，他就咽一口唾沫，吐出一口气，再吸进一口气，然后，一个字一个字，艰难地吐了出来。比如海尔，我记得第一次和他见面，也是在这里，不过，是在那阳台上，他对我说：“我们小时候，总说，我们在美国叫一声哈罗，从中国就传来了回声：哈罗！”哈罗，海尔。比如玛利和彼得，玛利对我们像小妈妈一样，有一次，他们要带我去教堂，可是我很饿，要吃饭，就不去了。我真后悔，我应该去的。去了那里，我也许会和他们更贴近一些。我喜欢彼得爱吹的那支宗教歌曲。……我建议Esther和墨西哥作家合影一张，因为他们很要好。曾经有一次，墨西哥作家与她长谈了一次，将他的很多故事都告诉了她，比如结婚，离婚，有了一个情人。Esther无限感慨：“一个作家，要告诉别人怎么生活，而自己的灵魂却这样空虚和痛苦，这怎么可能呢？”当我提出建议，Esther却忸怩了一阵，我说：“是不是有了什么感情？”她狠狠地打了我一下，而过后则告诉我：“后来他对我太好了，我有点害怕起来。”不过，她仍然和他照了一张相，要知道，人与人能够相逢——在偌大个世界上，是不容易的。佛家说：修百年才能同舟。

等到胶卷照完之后，我们想走了。Esther请我和潘耀明到她那里去玩。我们三个人依然走河边那条路，去芝加哥前一天晚上，我们三个人也曾走过这里。“以后，什么时候才能走在一起呢？”我说，“我们是不是要大哭一场？”Esther说：“你别惹我，我要哭起来可没法收拾啊！”她说的有几分认真，我赶紧住口了，Esther说：“和你们在一起的日子，是我留学生活中最最愉快的日子。”“明年，‘写作计划’活动，你还来工作吗？聂老师很喜欢你呢！”我说。“可是，我想转学了。”“离开爱荷华城？你不喜欢这里？”我很奇怪。“不，谁能不喜欢爱荷华。春天，雪还没化尽，花，一下子开了，一下子开了，真是奇怪，一下子全开了。可是这里毕竟太平静了，有点闭塞。”她说的同丽莎一样，“我觉得我再继续学英文，没什么意思，古英文简直像天书。我本来学英文的目的是为了更好的学中文。”“为什么要到美国来学中文呢？”“在美国，是用西方文学观念来研究中国文学的，这是一个重要的方法，会有很大的启发。”“你已经找好学校了吗？”“一个是芝加哥大学，一个是威斯康辛大学。芝加哥大学好是好，可学费太贵了。”“可是你知道吗？威斯康辛中文系太棒了，功课相对地来讲，压力就大了。”潘耀明提醒她。“这个，我不怕。潘耀明，我不怕这个。”她说。“那么你在这里学了一年的学分，不就浪费了吗？”我又提醒她。“可是再读下去，就更要浪费了呢！你们说，我转学好不好？”我沉默了一会说：“你的想法也许是对的。”其实，不用我们再说什么了，她是极有主见的。别看她的模样像个小小的孩子：长长的额头，戴了副过大的眼镜。这里有很多机会，她应该试一试。问题是选择，要选对、选好。

走到她的房子，她首先冲进房间，把一些什么东西塞进抽屉，我也和她一样迅速地冲到她床边，我看到她床上放了一件红格子的衣服，那红格子很好看，我喜欢红颜色：“这衣服很好看。”“赶快放下，那是睡衣。”她对我说。

墙上挂着她家人的照片，还有她的男朋友。“他能来美国吗？”我问。“很难讲。他们家很苦，他是个穷孩子。现在在香港找了个事，赚了很多钱，他从来没赚过这么多的钱。所以，有点舍不得放弃这个职业。”潘耀明问她：“你看过於梨华的《傅家的儿女们》吗？”“看过。我知道。这种事我知道的太多了。我对他说定，等两年。两年之后，我们听任自然。”

她剥了一盘带点苦味的葡萄柚给我们吃，又冲了一小锅日本汤，给我们解解油腻。然后放录音，是《毕业生》的插曲。她向我解释那歌词，其中有一首是影片一开头，家里为他举行毕业庆祝晚会时的。歌词大意是：死寂充满着，人们为了抵制这死寂，不注意这死寂，就不停地聊，聊，而寂寥仍然像癌症一样散布开来……正听得有意思，潘耀明又催着要回去，他明天有测验，后天有大考。

11月15日　阴

已有作家陆续离去。走廊上一片忙碌。

上午和南斯拉夫尤格西女士交谈。她是研究苏联文学的。她说苏联作家分两派，一是写城市，写工业的；一是写农村的。后一派继承传统，把农村写得很好，而似乎祸害都来自城市。

中午请东欧、印度、土耳其作家吃自己做的中国菜，照例又辛苦了潘耀明。

晚上，有同胞告别。

11月15日　多云

这一页，是最珍贵的一页。

世界本应该是这样，是朋友，就在一起；是同胞，就在一起；是亲人，就在一起……可是暂时，不能够写。好的，我不写，可我全记在心里了。我想，总会有那么一天的，可以把世界应该有的面目全写出来。

11月16日　阴

送别了一些作家，八楼顿时显得冷清了起来。情绪最不好的要算潘耀明了，大家都走了，他一个人还要留在这里念书。

收到麻省省立大学郑清茂先生、纽约陈幼石女士来信，收到圣路易士华盛顿大学正式邀请信，洛杉矶蔡先生打来的电话，他们已在那里忙起来，准备接待我们。

11月16日　多云

今天上午，陈映真和他太太一起走了。

今天上午，土耳其人走了，芬兰女作家站在他身边，送他。他祝我好运气。

走廊上，好几个房间敞开着，里面很凌乱，在打包，捆行李。

到Old Capital，等潘耀明，今天他们大考，下午没课。他说要再带我把爱荷华城没跑过的地方跑一跑，另外，他要采访我——真是可怕，到了美国也没逃脱被采访的命运。他对中国当代作家很有兴趣，作了大量的采访、研究，建立了档案——在他家的客厅里，他说，等将来大陆的文史馆建好了，他要把这些资料全捐出去。他已经出版了上下两册《当代中国作家风貌》，还打算继续写下去。

我坐在糕饼铺前的长椅上，旁边有个老人在看报。他老是朝我看，我就朝他微笑，他也微笑，微笑了一会儿，他收起报纸，我看出，他好像想和我说话。果然，他说话了，问我从哪里来的？我告诉了他。可我招架不了太多的问题，只好告诉他我不会说英语，他的神情好遗憾啊！我从心底里感到抱歉。这里的老人很寂寞，没有人愿意理他们，并且有很多专门用来骂老人、表示讨厌老人的词汇。我很想安慰安慰他们，可我没法子。有时候，我常常想，美国，已经解决了很多重大问题，为什么连这么一个很小的问题也解决不了。我觉得安慰他们一下，暖暖他们，是不难做到的。

等到了潘耀明，他神情有些沮丧。今天的考试不顺利，太难了，是一种测验智力的考试，很多人考得不好。正和他说着这些，忽然看到了Esther，我们三个人就决定一起去吃午饭。去哪儿呢？去“翠苑”吧，那里中午有一种“special”，就是特价饭，是二元八角一份。走进“翠苑”，宾客满座，有很多中国人，也有很多外国人。那特别餐是很难吃的，可是外国人很喜欢，那全是哄美国人的——油炒饭，上面浇一层粘粘的菜汁，再放上几个油炸馄饨。美国人喜欢吃油炸的东西。此地的“燕京”生意好得不得了，秘诀就在这里，再加上味精。英文里没有“鲜”这个词，他们便更觉得妙不可言，高兴得快飞起来了。正吃着，那位诗人小陈来了，他近来情绪似有些消沉，将诗兴收敛了许多。潘耀明问他：“最近从图书馆的窗口里，看到什么女孩子没有？”“没有没有，没有女孩子了。”他回答。他没有和我们坐在一起，而是走过去，同一个美国女孩子坐在一起吃了，好像又在谈诗。

吃完饭，走出“翠苑”。太阳很好，潘耀明打开照相机，说：“我来给你们拍几张沙龙照片。”“什么叫沙龙照片？”我不明白，问Esther。她说：“就是什么云啊，雾啊，花啊！”“这是艺术！你们不懂。”潘耀明很气愤。拍完“沙龙”，又去Old Capital，Esther陪我去买磁带，潘耀明在外面长椅上打瞌睡，他总是困得不可开交。Esther说：“我很喜欢Old Capital，好像有一种温暖的气氛。”

是的，我也很喜欢，这里有很多人，很多闲人。美国太少闲人了，每个人都匆匆忙忙的。而这里的人在看衣服，在看商品，慢慢的、挑挑剔剔的……这里集中了美国人有限的一点余暇，这里有一种新的生活气息。磁带很多，我要买两个美国当代歌手的磁带，这是谭嘉向我介绍的：一个叫Niel Diamonol，他唱的歌，他的音乐，是歌颂工业文明、现代文明的，他使我很感兴趣。另一个叫Tohnny Cash，是一个乡村歌手，他唱的多半是乡村生活，人类历史。一看价格，吓了一跳，决定舍弃Johnny Cash，买了一盘Diamonol的。拿到柜台上去算账，不料这盘磁带要双倍的价钱。“呀，真贵。”我说，“不过，这是很好的歌手，我也喜欢。”她说。我们自己叽叽咕咕地议论着，那算账收款的小伙子不满意了，他说：“你们在说什么？是不是在议论我？”“没有，没有。”Esther向他解释。还有一个多月就是圣诞节了，商店里摆了很多圣诞礼品。

潘耀明已经睡着了，我们大喊大叫地把他叫醒，然后说：“跟我们走，我们已经把你卖了。”他糊里糊涂地穿好外套，跟我们走了。然后，Esther要去图书馆，我们便在路口分手了。

潘耀明并没有忘记采访的任务，开始要我谈创作体会。我拒绝谈，因为这一年里，这些同样的话，我已经翻来覆去说了有上百遍了，我烦了。可他十分诚恳而又急切，实在无奈，便只好说了一点。而我发现，来美这两个多月，我已经把这些经验体会忘得差不多了。我希望统统忘记，这才好呢。

11月17日　阴

许世旭在家欢送我们。

蓝蓝这个坦荡而纯真的姑娘，跟我倾诉了她的心路历程，感情表达得十分细婉动人。

11月17日　晴

上午，谭嘉带我们去银行结账取钱，把所有的钱，大部分换成旅行支票，小部分换成现款。我的支票用得很乱，自己没有记录。可是银行里全有记录，一清二楚，写出去的支票统统回到了银行，一笔不少。他说："你的支票里有一个问题，有几张支票写错了。"然后他报了一串号码。我赶紧说："是我扔掉了，因为写错了。""好，那么就对了。"这个人很和蔼，他的办公桌上放着妻子孩子的照片，回头看看，周围几张桌上，也都放着家人的照片。谭嘉再三嘱咐我们，到了大城市，身边一定要少带现钱，一定要小心。我问："究竟会遇到什么样的事？他们是来摸口袋，还是来抢？""有摸的，也有抢的，还有来向你讨钱买酒喝的。"我感到很兴奋，我总是在期待着遇到一桩奇遇，爱荷华是太宁静了。

下午，Alex来帮助我们寄东西。我们将几箱书直接寄回国，几个箱子，里面装上不用的东西和夏天的衣服，寄到旧金山，这是我们在美国的最后一站。一切就绪，要搬运行李的时候，潘耀明回来了，来的正是时候，正需要劳动力。他今天回来的特别早，是为了采访妈妈，却叫我们抓了劳工。于是他跟车到了邮局。这几件行李都相当重，一个邮政人员已经有了些年纪，一件一件搬上磅秤，秤台又很高，十分吃力。我说："我们能进去帮帮他吗？""不能。"Alex说，不可以随便进柜台的。但愿不要寄丢了，假如行李丢了，最惨的是吴祖光伯伯，他所有的箱子都寄走了，手里只提一套西装。假如寄丢了，他就只能提着一套西装回北京了。

晚上，去许先生家，他为我们送行。分手时，他对我说："你试着来封信吧，信上不要写别的，只是问平安。""能收到吗？""也许。"他只能说也许。我发现，南朝鲜对于我也是重要的。真的，世界为什么要有这么多的隔离呢？

11月18日　阴有雨

下午在华苓家，各谈了经历，产生了今后写通讯的想法。

晚上在华苓楼上的书房里，潘耀明一本正经地对我进行了录音采访。

11月18日　阴有雨

上午，南非女作家和印度作家走了，他们哭了，哭得很伤心。唉，祝你们好运气。

下午，潘耀明从市中心来电话，说他要去看房子，有人为他介绍了两处。他决定尽早搬出“五月花”公寓。这么一下子，大家全走了，人去楼空，那寂寥是可以想见的。他开始找房子了，问我有没有兴趣一块儿去看看。我当然有兴趣，我对什么都有兴趣。当我们在学生中心前碰头时，他已经和那两处的房主通了电话，他对那里的情况不甚满意。一处是月租一百四十元，与两位台湾女学生共用一个厨房，一个洗澡间。那两个女孩子并不在乎。他则很在乎。另一处是月租一百八十元，他嫌太贵了。并且他希望和美国人住在一起，可以提高口语能力。艾恩劝他去爱荷华日报登个广告。于是，我们就一起去报社。广告科是一位老年女人，十分和蔼可亲，她帮助潘耀明把广告的字数压缩到不能再压缩的程度：一共才只十六个字，这十六个字说明了自己的身份——香港学生，又说明了要求——要一个美国家庭，要离市中心近一些。十六个字，登十天，收费十元零八分美金。我发现这报社编辑部的人都很年轻，像小娃娃一样。

晚上，蓝蓝带我去Hancher看演出，是他们学校舞蹈系的师生创作的一台现代舞。蓝蓝没有参加编导。她说：“有时想想，真没意思，一年里，辛辛苦苦，编一台舞，在Hancher演过这么一二场，就算完了，什么也没有了。唉，爱荷华太偏僻了。”“你想去哪里呢?”“我想去纽约，那是艺术中心。”蓝蓝轻轻地扶着方向盘，眼睛看着前方，她今天穿了一身优雅的蓝裙子，侧面看起来挺美。“安霞不来看?”“本来系里要她来献花，我没让，我不想让她喜欢舞蹈。”“为什么?”“舞蹈需要感情，需要得太多了。我有个老师，在纽约，就是今年夏天我和他一起去中国的那位，他说，他整个人，已经被抽空了。”“哦。可是安霞真漂亮。”“她的感情太细腻，我很担心她。她六岁的时候，对我说过：爸爸总是不快活，总是不快活。有一天，她忽然哭起来，说：她想要一个人，不知道是谁。她想要一个爸爸，可是，不是这个爸爸。”“她说?”“是的，她说。我要保护她，可是很难，周围是那样的……怎么说呢? 她们现在，学校里已经进行性教育了。她才九岁。”蓝蓝笑了一下，我不说话。

Hancher灯火很辉煌，四面八方开来汽车，停在Hancher前边的空地上。

这一台舞蹈，水平比较一般，尤其是一个表现动物的舞，我很不喜欢，我感到有些猥琐。蓝蓝告诉我，编舞是系里最年轻的女教师，很傲，是个同性恋者。但其中还有个舞是纽约职业剧团的老师来教的，显然很不同。“你看那个男孩子，黑头发的。”“嗯。”“他很有前途，我送他去纽约我老师的那个团训练了一段时期，大有进步。他马上要毕业了，已经和一个职业舞团联系好了。”他果然跳得很不一般，“他是个同性恋者。”蓝蓝轻轻地说。那男孩子很漂亮，我想，追求他的女孩子一定很多。

“这儿的学生水平不高。”蓝蓝说。“他们怎么进来的? 要考吗?”“他们自己选修舞蹈系，交学费，就得了。”“哦，只要喜欢，都可以试一试?”“是的。这都是傻瓜，美国学艺术的都是傻瓜，聪明人学医，学法律，学电脑，好找工作，挣钱又多。”

“蓝蓝，我不明白，”我说，“我看《邓肯自传》，那现代舞给我的感觉是充满了人生的欢欣，生命的蓬勃，而如今，我在现代舞里看到了很多痛苦。”

“也许是，人类越来越痛苦了。”蓝蓝说。

外面在下雨，今天一天都很暖，暖得叫人吃惊。果然是，下雨了。

11月19日　阴

准备行装。将旅途中用不着的衣物，寄旧金山领事馆。把书寄回国内。忙忙碌碌，又不知自己忙了些什么。

11月19日　雨

早上起来，我用吸尘器把房间里里外外扫了一遍，又和妈妈一起拆洗煤气灶。这里的规矩是这样，离开之前，一定要收拾干净。假如不收拾，房主会找人来收拾，然后寄给你一张账单，请你付工钱。

中午时分，安娜来了，她是特意来送我的，送给我一盒爵士乐的磁带，我很喜欢。安娜说，她听Alex说，我在芝加哥时，很喜欢听Blues，很喜欢听音乐。她又说，每年这个时候，作家们旅行去了，一个个很高兴，而留下的人就很难过。

我一整天都很兴奋，明天要去华盛顿了！

跑进潘耀明的房间，他正在和谁打电话，我冲着话筒大叫一声“Hi！”他吓了一跳，赶紧捂住话筒，厉声说：“你干什么？”

他要和我再打一场乒乓，他一定要雪耻。于是就下到娱乐室，打了三盘，这回是我输了，可我真的觉得自己是让他的。他请客，请我玩电子游戏，我的反应永远赶不上屏幕上的变化。那小人总是被追得走投无路，最后当头一棒，倒在地下死去——结束了，必须再扔一个二十五分，再开始第二场战斗。

然后，我们就忙着准备晚上吃火锅的材料：剥虾，切鱼片，洗菜，泡粉丝……我们要请所有的好朋友一起来吃火锅：华苓、蓝蓝、谭嘉、吕嘉行、Esther、Alex、小吴他们几个大陆学生……

Esther要到三楼一个美国同学那儿去送一封信，问我愿不愿意陪她去，自然是陪她去。下到三楼，走出电梯，这里的气氛与八楼全然不一样，走廊上贴了花花绿绿的各种海报、图片，门上画着各种图案，很热闹。那同学住在走廊尽头。她们是四个女生住一单元，两个人共一个卧室一个书房。她住卧室，她的同屋住书房，因为这个同屋要抽烟，宁可单独住小小的书房。书房的墙上贴了许多男人的照片，都是些电影明星，流行歌手。Esther的那个朋友则贴了许多电影海报，唱片封套皮，一张从楼下偷来的布告，还贴了一大张列宁的相片——因为她去过苏联。她才大学二年级，十八九岁，模样已经很成熟，神态却仍是个孩子。Esther交给她一个信封，她和Esther推让着，最后只得留下了。这信封里是一点钱，原来是有一个星期六，Esther在这里度周末，教她烧中国菜，她居然付给Esther钱，Esther说："我简直气死了。"走出她们房间，迎面是一个男学生的房间，门上写着"I★school"这★表示"爱"——我爱学校。我回头问她："不是说男生住一层，女生住一层吗？"因为有一次，一群喝醉酒的男生上到八楼，来找女孩子。据说八楼原本是住女孩子的。她说："并没有的。只是，好像六楼住的全是男孩子。"我想起，第一天到"五月花"的晚上，这里的着火就源出于六楼。

进了电梯，这电梯莫名其妙地下到了一楼，门开了，进来一伙兴高采烈的学生，穿着黑黄两色象征爱荷华的衣服，大声叫喊着拥进来，把电梯塞得满满的，使得我们只能紧紧贴在墙上。他们又吵又闹，原来是下午比赛足球，爱荷华队以五十几比七胜了客队。这个队曾经打败过爱荷华队，以三十几比零的比分，在爱荷华队史上留下了最最羞辱的一页。今天总算是雪耻了。然而五十几比七的悬殊，究竟也算不上是精彩的比赛了，拿得太容易了。他们十分兴奋，大声笑着，我和Esther被挤得动也不能动。“我们怎么会到这里来了？”我问Esther，“不知道。”她说。到了四楼，他们全部涌出去，我们才喘出气来。一到八楼，便遇到爱德文，他是特地来道别的。他拥抱了我，说：“这是西方礼节。”

吃完火锅，在一起照了几张相，便纷纷道别了。我不愿和Esther说话了，因为她眼睛红红的，兴许是要哭，又兴许已经哭过了。等他们走后才知道，她已经大哭了一场。呵，Esther。

晚上，玛利和彼得来向我们道别。

更晚一些，Esther来电话了。

“你好，Esther。”

“你好。唉，你们这一走，就好像是到了另外一个国家，不，还不如真是另外一个国家呢。”

“也许我们很难见面。可是，我希望明年秋天，有一个我喜欢的作家来爱荷华，而你又还没有走，就一定给他作翻译。我想你会喜欢他，他有一米九十高，有点像陈映真，会画画，喜欢音乐，小说写得很好，你一定会喜欢他。”

“可不要再喜欢了，分手时好伤心。”

“假如他要能来的话，这就更麻烦了，因为这是个男的！”

“呀！天哪！我一定要离开爱荷华了。”她叫道：“哎，我告诉你一件事。我刚刚知道，我们家还有一个关系在上海。”“谁？”“我爸爸过去的太太。”“呀——”“我爸爸一直在和她联系，通过我男朋友转，他不是在香港吗？”“这可以写一篇小说了。”“事情越来越复杂了。我刚听说时，我好乐啊！唉，想想看，我爸爸心里一定挺难过，他让我男朋友给她寄点钱做生日，我爸爸一定很想念她。干脆，让他们俩‘统一’吧！……”

“你给你奶奶的钱寄了吗？”

“我要去打听，据说爱荷华还不能寄。我奶奶八十岁大寿啊！想好好办几桌。你们那里能办寿宴吗？”

“能办，只要有钱，办吧！”

……

这是爱荷华最后一个晚上了，天不好，下着雨，奇怪地暖和着。树叶都落了，露出树枝，在夜幕上画下一张篱笆。

11月20日　阴

一早，华苓、蓝蓝、潘耀明送我上飞机场。华苓煮了咖啡，装在水瓶里，让我们在路上喝。

去华盛顿需在圣路易斯换飞机，在机场碰到一位曾到大连讲授过管理学的同胞，他对于祖国现在也学习经济管理，感到十分振奋。他认为日本是搞得最理想的一个国家。在工作时，他们讲科技实效，回到家里，则有人情伦理，讲文化讲修养。他认为美国有其前者而缺乏后者；中国呢，则有其后者而缺前者。他对中国现在打破大锅饭十分赞赏，认为“有些事，看起来是有些残酷的，你不合适就请下去，也不是不给出路，换一个工作不是也很好？实在不会做，扫地总会的。要看到这对整个经济的发展是有利的”。

他也上华盛顿，与我们同机。他津津有味地谈了一路，十分热情。

十点半到达华盛顿，有大使馆舒暲等诸位同志来机场接我们。

中国是个等级分明的国家，就是在使馆也有这个感觉。我们一进使馆，便和吴祖光进了两个不同的电梯。吴祖光同志住大楼，我和安忆住后面的小楼。住小楼的人不能去大楼，有事必须由传达室通知，由大楼的人下来谈，或是负责把你带上去。这对我们倒无所谓，却给吴祖光带来很大不便，因为我们先来华盛顿，主要为了他可以和女儿及未来的女婿，在一起过感恩节，在此期间，他女儿要来住一两天。他女儿当然也上不去那个大楼，这使吴祖光有点发愁。

傍晚，有《半边人》的编剧兼主演王正方和他夫人一起来接我们，到叶芸芸家里去玩。

叶芸芸是由朋友辗转介绍的。她出生在台湾，来美已经十年。她是学服装设计的，又做得一手好菜，曾经教过烹调。现在她放弃了这一切能赚钱的工作，靠丈夫的月薪生活，自己则找了二十个股东（自己是义务劳动），办了一个叫做《台湾与世界》的月刊，四分之三是赠送，只有四分之一是卖出的，所以每月要亏损上千元。

我问她，办这刊物的宗旨是什么？

她丈夫是搞理工的，一直默默地在厨房里忙进忙出，一听这话，连忙插话说："问得好，这问题问得好！"有一种不胜负荷的样子。

叶芸芸看上去有三十多岁，已是两个孩子的母亲，一身学生打扮，家里也并不富有。她不管丈夫的揶揄，非常认真，也不无苦恼地说，她不同意台湾现在的政治，不同意"台独"的那些理论，也不同意大陆的某些做法，"我想探求另一种认识"。

她请我们吃了两头尖的海蟹，上海叫梭子蟹，是论斤称的，在美国恐怕要按只论价了。

在她家看了一部描写核战争的电视，看完以后觉得有些失望，不如日本描写同类题材的片子。日本人因为亲身受过，有更多的真情实感。而美国人从想象出发来描写这个，不过是用来吓唬吓唬人。

告辞出来已十点多一点，天下雨了，人很疲劳。使馆的规矩是十一点以前必须返回，叶芸芸家住郊区，王正方飞车把我们送回，正好十一点到达使馆。经过了盘问，让我们入内，到达华盛顿的第一天，总算就此结束。

11月20日　晴

今天离开爱荷华。

今天踏上旅行的路途。

今天去华盛顿。华盛顿是美国的首都。

飞机要在圣路易斯停机一小时，然后再上机。我们三个人都不懂英文，有点紧张。华苓和航空公司说明了我们的情况，他们立即打电话交代给飞机上的空中小姐，要求特别照应。正好，吕嘉行又在机场遇到他的一个美国朋友，和我们同路，就让他来带领我们。他非常负责，空中小姐也很负责，飞机刚一降落便来关照我们。其实不用担心，非常顺利。出了飞机，机舱的门直接通往大客车，大客车将我们带到下一班飞机的进入门口。一个美籍华人，主动走上前来和我们聊天，他是去华盛顿讲学的。今年他曾回国内讲学，讲工业管理。一路上，他和妈妈、吴祖光伯伯谈个不休。我没有精力，乘飞机始终是我的一桩苦事。不过，这次来美国还算好，只是降落时，耳朵疼得厉害，一时上，如同坠入云里雾里，听什么声音都像是从极远处传来，包括自己的声音。

到了机场，两位使馆同志来接，把我们安排到大使馆的小楼。这小楼是在使馆大楼的侧面。

到处是中文的布告和说明，人人都说中国话，还有热水瓶——这是来美国后第一次看到热水瓶。小楼正修理，房间的墙被敲破了，浴室里很脏乱，百叶窗落了下来，洗脸池和澡缸积了很厚的污垢，好像长久没有人来住了。令人惊奇的是，也有热水——暖水管里也有热水，这样的澡间，像是不会有热水了。很高兴，赶紧洗头发洗澡。

晚上，叶芸芸女士请我们吃饭，在座的还有一位余珍珠小姐，一对搞电影的夫妇王正方和孙小铃。王正方最近演了一部电影《半边人》，在香港很轰动，报纸上有大幅的广告，照片。可惜我们一点儿认不出来。

叶芸芸有点像日本人，短短的头发，很清秀。她现在正自己办刊物——《台湾和世界》。筹了二十几个股东，她事先就声明："股东们应该有这种觉悟，就是说，三年里要亏本。"股东们回答："可以。可是，假如第一年里，发行不到一千本，我们就要抽股。"现在才只半年，已超过一千份，这第一步是成功了。但是，相当困难。叶芸芸不做事，她先生——一位老实的基础生物学教授要养她和两个儿子，还要为她贴补《台湾和世界》的亏损。我们问叶芸芸："为什么要办这个刊物？"她先生立即说："这是个好问题！"大家都笑了，叶芸芸也笑，然后就从容不迫地回答起来：他们的宗旨是要重新认识台湾和中国的关系。在美国，发行这么一个内容严肃并且又是中文的刊物，那困难是可以想见的。每期要亏四千美金——她先生只是苦笑，他也只能够苦笑。大家都夸他，称他为"默默地耕耘"。

八点钟，要放一个电视片——The Day After，早就听说过这电视剧了，电视上早已作了大量的宣传。这是一个幻想的故事，假设有那么一天，苏美发生核战争，那可怕悲惨的结果。几乎是所有的美国人都去看这电视片，这是美国每个人都关心的问题。

可是叶芸芸却不许她的小儿子看，她怕电影上那种残酷恐惧的场面，对孩子心理有刺激。他却很想看，要知道，所有的人都在看电视，而他一个人在房间里，那是不公平的。后来，大儿子和弟弟悄悄地进行了一场谈判，然后把弟弟送上了楼。谈判成功的条件是，给他两元美金。

电视剧拍摄得并不特别成功，总之，没有宣传的那么好。可是大家还是极有兴趣。反对核战争，已经成了美国人生活中的一个重要内容了。小学里都向孩子们宣传，让孩子给里根总统写信：停止核试验。这就像家里放了一堆炸药，不晓得哪一天就要爆炸，而家人不愿扔出去，还要不断增加。并且，是这么一个富裕舒适的家。

11月21日　晴

上午叶芸芸来，带我们坐地铁到Well。这是约有上海三四条马路长的一个广场。一头是华盛顿纪念碑，另一头是林肯纪念堂，这两个建筑物前面，都有一方面积在二三十亩地大的喷水池。沿广场周围有国会大厦、宇宙馆、自然博物馆、美术馆、国会图书馆等等，因此这里又是一个文化中心。当中一条极宽阔的马路，汽车禁止入内，只供游人散步，两旁都有路椅。

我们先参观国会大厦。大厦在前两个星期被人炸坏了一个角，现正在修理。正面楼的上半部蒙着塑料薄膜，远看像贴着一块大膏药。走上无数的台阶，进门处受了如进飞机场那样严格的安全检查。圆形的前厅，由一座座全身的雕像、大幅的壁画所组成，然后是大理石的楼梯、长廊、会议厅。参观的人相当多。

在宇宙馆楼上自助餐厅里，随便吃了些东西，便去楼下影院，看了四十分钟有关自然方面的电影。银幕极宽，立体感强，声音也是立体的。因而看的时候常常被那夸大了的自然现象，如瀑布、海浪、风云等等镜头和声音所震慑。

回来的时候，仍由叶芸芸带我们坐地铁。华盛顿的地铁秩序较好，也比较干净。据说纽约的地铁，单身女人是不敢坐的，特别是晚上。叶芸芸送我们到站，我们就自己找回使馆，其实路并不远。

回来休息片刻，就随吴祖光访问时钟雯教授。她住在水门公寓。这所大厦的一部分是高级公寓，一部分是旅馆，一部分是办公室。水门事件就发生在这里。从阳台上望出去，远处是河，下面是露天咖啡座，环境是很好的。房子不是很大，只一厅一房，不过客厅相当大。房价可想而知是昂贵的。

张恨水的女儿张明明，带了两只菜也来看我们。她和丈夫开了一家印尼和中国风味的菜馆，刚刚开张不久。

时教授是教中国古典文学的，但她却收集了许多中国当代作家的录像谈话。

11月21日　晴

上午，叶芸芸陪我们去华盛顿的中心广场玩。乘地下铁去。走过狮子桥——这桥在大使馆附近，因为桥两头立着石雕的狮子，使馆的人就这么叫了——在“动物园”站乘地铁。自动电梯往下，往下，往下，回头看看，很远很高的地方，有一方蓝天，天很蓝，电梯斜下、斜下、斜下，直下到很深很深的深处。

“很壮观吧?”叶芸芸问我。“很壮观。”穹顶是个巨大的弧度，自动检票机，自动售票机，一排排的，像一支颇有威风的军队。“要是机器坏了，可糟了，只能叫一个人站在出口，手捧一个纸筒，请大家自动丢钱，乱七八糟。”“会有这种事发生吗?”“经常有。”“听说纽约的地铁很糟。”我问。她微笑了一下:“很糟，很旧，可是很管用，很方便，你去了就知道。华盛顿的地铁很漂亮，可它只是为中产阶级服务的，你们来看。”她带我们到地铁线路图前，“这是市中心。现在，有钱人并不住市中心，喜欢住在市区外面，马里兰州和佛吉尼亚州，我就是住在佛吉尼亚州。华盛顿这个首都，是用了马里兰州和佛吉尼亚州的土地建成的。中产阶级都住在城外。”她的手指在市中心的外面划了一圈。“这是地铁，你看，它们从不同的地方，从外面伸向中心。住在市里的人，要从这儿到那儿，就用不上地铁了。”果然是这样，地铁从中心分头伸向外围，呈现出一个放射性的图案。

车来了。

这就是相当于北京天安门广场一样的地方，首府中心。绿绿的草坪，草坪上停着鸽子；蓝天将池水映蓝了，水面上飞着水鸟。树叶还没落完，黄黄的，这儿比爱荷华暖和，也湿润。国会大厦在两个星期前被一颗定时炸弹炸了，现正在整修，外部用塑料布盖了起来，也有盖不住的地方，搭着脚手架，工人们在工作。然后去宇航馆，先吃午饭。午饭在楼上，要排队上电梯，一个黑女人开电梯，点人数，这里的门卫，几乎都是黑人，据说这个城市，百分之七十的人口是黑人，市长从来都是黑人。

“你是哪一年来美国的？”我们一边吃饭，一边和叶芸芸聊天。

“说起来话长。”她微笑了一下，“那一年，中国在美国建立大使馆，而台湾则撤出。我父亲很高兴，当然，他不能到外面去放鞭炮。晚上，他开了一瓶酒。但是，又有点担忧：台湾会怎么样呢？于是，就对我们孩子说：你们年轻人还是走吧。就这样，我们来了美国。”

“你打算在美国定居？”

她又微笑了一下：“我这一二年，思想上有个转变。过去，我并不想在这里定居，总想回去，回台湾或者——。两年前，我回了一次台湾，我很失望。我感到在台湾，那种奋斗、竞争的方式，都是我所不能胜任的。我完全不具备这种能力。”她又微笑了一下，“而且，我的孩子们也影响了我。老大有时会说‘我是在美国的中国人’，会说‘他们美国人’；而小儿子则完全以为他就是美国人，他认为这里是他的家。把他带到另外一个陌生的地方，对他说：‘那不是你的家，这才是。’毕竟有些残酷。这孩子完全是美国孩子了，他不晓得什么是饿肚子，以为生活就应该这么好。”

“美国的生活是很好。”我说。我想起吕嘉行有一次告诉我，他去看《齐瓦哥医生》，影片上那些描写十月革命以后艰苦的生活场面，前排坐着的一群中学生，不相信是真的，以为是胡闹，是逗乐，笑得不得了，开心得不得了。唉，这个不知油盐柴米愁的民族，将来要受惩罚的。

“太浪费了，没有必要这样奢侈。欧洲国家也没有这样。这样浪费下去，前景是可怕的，因为地球就这么大，它能提供的资源是有限的。并且，美国的生活也已经不如前二十年了。”

“你喜欢美国吗？”我问她。

“我想我是喜欢的，”她说，“假如我不来美国，我也许永远不会发现自己的潜力在哪里。在这里，每个人都可以试一试，很多次地试一试。”

吃过午饭，去看电影。影幕是弧形的，立体感非常强，这电影是介绍地球上的生活，下一场是介绍宇宙，可惜我们没有时间了。出来以后去参观一个太空舱，排很长的队，我正和叶芸芸谈话跟着队伍进去，还没注意什么，以为内容还在前面，不想已经出来了。只看到两边玻璃橱窗里有许多亮晶晶的零件和机器，还有一个人，想必就是宇航员了。

走出宇航馆，去华盛顿纪念碑，本想乘电梯到那塔尖上，可是队排得很长，绕塔一周，就算了。远远地看了林肯纪念堂——

那是一座与毛主席纪念堂极相似的建筑，不高，很稳定，面对华盛顿纪念碑。

华盛顿很有气派，并且，我奇怪，这么科学发达、工业发达的美国，怎么会和大自然这么贴近。“狮子桥”下是一大片密密的树林，到处是绿绿的草坪，草坪上停着鸽子，水面上飞着水鸟。很多人在跑步，晒太阳。叶芸芸说：“这里的人大都是政府机关工作的，人们常常讽刺他们，每天的工作是：‘十一点吃饭，然后跑步，然后洗澡，两点上班，四点下班。’这里的官僚气很重。在旧金山，一个邮包半个月能收到，在华盛顿，则要两个月。”

巧得很，在地铁上，遇到了写作中心的墨西哥作家，见了面，大家都很兴奋。

晚上，一位时钟雯教授请我们吃饭，在座的，还有张明明，她和我约好，后天下午带我出去逛街。她是张恨水先生的女儿，在爱荷华大学，我曾看了她写的《我的爸爸张恨水》。

时钟雯常去中国，最近电视里播放的一个关于中国作家的电视片，就是她采访并制作的，电视片里介绍了茅盾，丁玲，艾青，巴金。她有两本纪念册，全是来美的中国作家或别的什么家的签名留影：谢芳，秦怡，刘心武，谌容，张洁等等。

她的房子是太漂亮了，站在阳台上望过去，灯光灿烂，像一条星河盘绕蜿蜒着。她的公寓叫水门公寓，和水门饭店在一起。这里发生过著名的水门事件。

11月22日　晴

九时“美国之音”的记者来使馆访问。

十时，由舒暲同志带我们参观国会图书馆。

下午参观美术馆，可惜由于时间关系，只看了一部分，最精彩的是罗丹的雕塑。晚上是龙先生（龙云的儿子）在他开的燕京餐馆请客。厨师是刚从云南来的大师傅，据说曾给毛主席做过菜。见到了吴霜的男朋友别尔，穿得笔挺，来见未来的岳丈大人。

走马看花的参观，也只好写流水账似的日记。

11月22日　晴

上午，美国之音的格森（是个中国人）来采访，不到一个小时就结束了。我对美国的采访很喜欢，简单，干脆，问题有长有短，生动活泼。而我们的采访，常常是从根上问起，哪怕只写一个小小的东西，问题又总是千篇一律："你是怎么走上创作道路的？""你写作的主题是什么？"……

然后去参观国会图书馆，这是全世界最大的图书馆，一共有三栋楼，藏书很多，并藏有别的各种宝贵资料，比如电影，比如最昂贵的大提琴。中午在图书馆的餐厅吃饭，是接待我们参观的中文部主任王冀先生请的客。他非常热衷于戏剧，早年还写过一个剧本，拿来那剧照给大家传看。

然后去参观国家艺术馆，艺术馆的建筑非常特别，是个中国人——贝聿铭设计的。分两个馆，东馆和西馆，东馆是现代艺术品，西馆则是古典的。从东馆到西馆隔了一个广场，广场中央是个喷水池，也可以从地下道走，喷水池下面正是个咖啡厅。看得非常之匆忙，大家都累了，早早地走出展览馆，叫了出租汽车，回大使馆了。

回去之后便睡觉，到七点左右时，下楼去集合。晚上有位龙先生请我们吃饭，他和我们谁也不认识，是受托了一位朋友，这位朋友叫唐中旋，是吴祖光伯伯的好朋友，所以我们也就一起被请进去了。

下楼来，吴祖光伯伯已经在楼下了，正和时钟雯教授谈话，谈了一会儿，时教授向我们一招手："你们坐过来好不好。"然后说，"我到学校里去争取来了摄影机，明天下午三点钟，给你们录段相，你们谈点什么好吗？"我们面面相觑，一时说不出什么来。"我不知道该问你们什么，你们看你们想谈什么？"她说。老实说，我什么也不想谈。她对我说："我没看过你的作品，不知道问什么好？"我心想：那么就不要问好了。她何必要来录我们的相，也许是为了备考，以免日后我们成了大人物而不至于漏了我们。我说："明天下午我和朋友有约会呢！""那也好。"她说。她对我是不高兴了，而我很高兴。我讨厌采访，更讨厌这种没有平等的诚意的采访，我不希望我们的旅行里，充满了采访、应酬、吃饭、谈话。

在龙先生的餐馆里吃饭，那中国餐馆与爱荷华的中国餐馆大相径庭，气派豪华得多，菜也精致得多了。今天为我们做菜的是龙家的一个老厨师。他们龙家当年在云南是很有背景的，龙先生的父亲是位要人，由于他的起义，而使云南和平解放，恕我不精通中国近代史，说不出他的名字。这老厨师后来被介绍给毛主席，为毛主席做饭了。两个星期前来到美国，为餐馆厨师做指导。龙先生开了两个餐馆，只为了应酬方便，并不真为赚钱，他主要是做中国和美国的某某生意交流，他是第一次将中国电影介绍到美国来的，那电影是《林则徐》。饭后，龙师傅又出来和我们见面，他是极纯朴的一个老师傅，好久没见到这样的老师傅了。同桌吃饭的有小霜，小霜的男朋友——一个白白胖胖、高高大大的美国人，弹钢琴的，现在华盛顿歌剧院做事；一位龙先生的美国朋友，搞迪斯科广告音乐；另有一位美国人——他见到我们使馆的司机小马，立即上去与他握手，因为他们曾在一起吃过饭，他说了一连串热情的话，小马一句也不懂，却好像懂了的样子，用西安话回答他："有空上我们那儿去玩儿啊！"我一下子笑出声来，好朴实的人情，好久没听过这话了，小马刚从国内来，却似乎比谁都了解情况，一路上。他老在介绍那位龙先生的身份："老夫妻俩一起来美国，后来那老太太死了，留下两个儿子，一人开一个饭馆，一个叫北宫，一个叫南宫……"舒暲实在听不下去了，说："你在说什么呀？"他则强调："我一点儿也没错，是这样，夫妻俩来到美国，老太太死了……"舒暲只好笑。

回到使馆，舒暲带我去打电话，打给纽约的一位年轻画家——我从舒暲这儿得知他在纽约，我很崇拜他，比崇拜任何一位作家都要崇拜，那才是真有才学的画家，我曾经看过他的一篇创作谈，谈风格："它好比纯属私人的事情，每一个念头，每一层原委都是不容易说清楚的。"我对舒暲说："我想和他认识。"

电话接通了，不曾想，他也知道我，并没看过我的东西，只知道，王安忆很有名。真该死。我们立即在电话里聊起来，一聊就聊个没完，"好了好了，到纽约再谈吧。"我们说。

纽约，是下一个站。据说，当今世界艺术中心转移到了纽约，不再是巴黎。纽约聚集了一大批青年人，在那里作最后的拼搏。能在纽约崭露头角，就算是世界水平，假如败下阵来，也就无话可说，认输吧。

11月23日　阴

上午和安忆两个出来走走，看看市容。华盛顿一切建筑都不得超过国会大厦，因此这里没有高层建筑，整个城市倒十分敞爽。空气湿润，气候温暖，倒和上海的秋天仿佛。

走了几条街，在摊子上买了一块钱四只大香蕉。这里好像是一个使馆区，房子大，门口站着警卫。店铺有一些，但却很小，东西特别贵。

张明明开了车来，带我们去鱼市场。这是一个河码头，靠水面的一边，都是鲜鱼铺子。两元五角一打的小蚌，鱼的标价是五至七元不等。她又带我们去逛了唐人街，看了黑人区，在一个类似城隍庙似的夜市里尝了“热狗”。就是在面包里夹一条烤热了的小香肠，加上你所喜欢的佐料，这就是一顿简单的饭。

傍晚，汽车绕到十四街，这里是红灯区，类似旧上海的四马路。不过这里路面宽阔，两边的商店也很气派。今天是感恩节的前夕，下着小雨，路上很清静。夜市又太早，特色还未出来。因为我们晚上还要看歌剧，她只得在七点前送我们回使馆了。

张明明和她丈夫来美国已经四年了。她丈夫出生印尼，在大陆学的是环卫，研究污染问题的，过去不想出来，而且宁可夫妇分居两地，主要是想搞专业。他父母都在香港。“文革”后期，她和丈夫先到香港，后来美国。出来时思想上已作好准备，在外只能挣钱糊口，不可能再搞对口的专业了。现在租到了一个门面，开了一个印尼风味的饭馆，刚刚开张二十天，还不知能否赚钱。在唐人街逛时，她带我们进了一个王氏什么公司的大店里。这个店的老板娘是上海人，跟张明明认识的。所以她特地进去买了一包茶叶，借此和老板娘说话，说明了自己餐馆的方向位置，请老板娘关照光顾。

真是辛苦经营，很不容易。

晚上是安格尔请客，为我们订的票，在肯尼迪中心。这是一所三个大剧场联成一个大厦。休息厅外面，是广场那么大的平台、喷水池。我们看的是轻歌剧，门票是四十美元一张，这里没有一个黑人。

11月23日　雨

下午，张明明来带我们去逛。“你们想去什么地方？”她问，“去黑人区，好吗？”“当然好。”她发动了车，把车开得飞快。

街上车很多，可是并没有到下班的时间哪。“明天是感恩节，都提早下班了，回家过节。感恩节是美国人很重视的，放两天假呢。”果然，街上装饰得很漂亮，树枝上缀满了灯。

街上的车少了，人也少了，冷清起来。建筑很单调，公寓很像大陆近几年大兴建造的新工房。这是黑人区。

“走吧，这么看也看不出什么名堂。”

“好的。”

“我们去唐人街吧。那里我很熟，刚来美国，我就住唐人街。”明明今天打扮得很漂亮。她是个典型的北方姑娘，高高大大，很爽朗。她是学美术设计的，大学毕业后，分在成都工作，她丈夫却分在兰州，是搞气象物理的，搞什么人工化雨、人工化雾的研究，他很喜欢他的专业。他们分两地的生活一直过了八年，最后，明明终于调到了兰州。七六年六月，他们申请去了香港，她丈夫是出生在印尼的华侨，母亲在香港。七六年六月，那是最黑暗的时候，探亲签证三个月的期限过去了，他们商量是回去还是不回去，最后决定留下。不曾想，很快，“四人帮”就打倒了。她丈夫在一个贸易处找到一个专对中美做生意的翻译工作，后来这家公司要在美国设一个代办处，他们便一起到了美国，那是在四年前。但这单位工作的性质很受中美关系的左右，前时期，中美关系有摇摆，于是，他们也很不稳定，而对着失业的威胁，有着风雨飘摇之感。二十天以前，他们开了个餐馆，决定放弃工作，自己打下个天地。

“在美国，也许没有政治的压力，可是经济的压力很重。开餐馆很辛苦，可究竟是自己的企业，心里好像踏实一些。”

“还顺利吗?”

“才二十天，还看不出。我们买了个现成的餐馆，那老板要去尝试更大的生意了。餐馆叫‘快活林’，是个中国餐馆。我们买下来之后，决定专做印尼菜和北京菜。美国的中国餐馆太多，美国人的嘴也吃刁了。而印尼菜，全华盛顿连我们才三家，那两家的印尼菜很不纯了。我请了两个人做招待，一个亲戚掌勺。我每个假日去帮忙。一天工作十二个小时，生意倒还不坏。”

“很辛苦。”

“这是血汗钱。”她说。

“今天耽误你半天时间，真不过意。”

“我喜欢的，”她朝我笑笑，“我喜欢家里来的人，我好想家。”

这是唐人街。街上的电话亭，戴着个绿色的中国式的小屋顶，很难看。唐人街上的商店总是那么不景气的样子，橱窗灰蒙蒙的，商品灰蒙蒙的。“呀！这两个模特儿在这里站了四年了。”明明笑了起来。果然，一家橱窗里歪歪地站着两个神情淡漠，蓬头垢面的模特儿。橱窗倒挺大，有好几个门面，上面写着“王氏公司”。

“他们生意不好吗?”我问。

“生意好得不得了，赚了好多钱。这里好多房子都是王老板的，他们有好几个店呢。”

我们在一家杂货店里看到了王老板娘，她的模样很富态，很精明，也很端正。她是十几年前从上海来的，会说上海话，会说广东话，也会说英文。发财之后，对唐人街的中国人也非常照顾。初来美国的中国人，总是先在唐人街落脚，比如张明明。能打入美国社会的，就走了，打不进的则留下。明明一家也受了她很多的照顾，华侨的报纸上也曾介绍过她。

“明明，现在怎么样啊?”她手脚麻利地帮助一个黑人试穿一件衬衫。

“我找了两份事，还是搞设计。我们家买了家餐馆，老林在忙呢！”明明回答。

“餐馆在哪儿呀？明明，请帮我看看，这衬衫是多少钱一件。”

“十七美元。餐馆就是‘快活林’，买下了。”

“哦，有时间一定去拜访。”

“来啊！”

“一定，祝你们生意兴隆啊！”

天色暗了，我们上车。

“我们要走十四街了，这是红灯区。”

“红灯区？”

“也许这时候，妓女们已经出来拉客了。”

“她们有什么特征吗？”

“没有。可是一眼便能看出来。她们总是很风情的样子。”

我很兴奋，一直直瞪瞪地望着窗外。可是，并没有这样很风情的女人站在街上。并且，这条街很整洁，高楼大厦，房子很漂亮，街道很宽阔。“为什么这里是红灯区呢？”我问。

“我也说不清楚，也许因为这里旅馆多，外来的游客多吧，或者有什么传统。不知道。”

“警察管吗？”

“这里的规定很奇怪，一个住宅里住一个妓女不要紧，假如是两个以上就要管。”

“是因为两个以上就成‘院’了？”

“谁知道。”

十四街走完了，没有看到妓女，很遗憾。而一看表，才只四点半，还很早呢。干这种事总要吃过晚饭以后。今天是阴天。

到了乔治城。乔治城，这是华盛顿的老城，有三百年的历史了。这是个很有风味的城，知识分子喜欢住在这里：医生，律师，艺术家。这里有一些古风，有夜生活。我们走进一个集市，想吃点东西权充晚饭了。这里有一方一方的小铺子，卖各种小吃。在这里买一方地盘做点小生意，是一种很实惠的谋生方法。可惜，明天是感恩节，大多数的铺子都收摊回家了，只有寥寥几个。这里有一个，一个东方小男孩在做买卖，有热狗，还有春卷。他是个越南人，三年前来到美国，可能是难民——明明说——越南难民来了很多。又在一个杂货店逛逛。这里有很多可爱的杂货：茶杯垫子，刮白脱的刀子，木碗，木勺，草编品，绣品，五花八门。明明警告我："你买的时候可一定要看看出产地，别把大陆的东西又买了回去。"于是，我就注意出产地。果然，有一种茶巾是我们产的。这里的东西来自世界各地：英国、朝鲜，还有中国台湾，很少有真正美国产的，真奇怪。

天黑了，街灯全亮了。灯沿着树枝闪烁，火树银花。很久以前，第一批移民登岸，新大陆为他们提供了衣食之源，他们感恩不尽，每年十一月的第四个星期四，都要合家团圆，感谢上帝。

回大使馆了。明明开车。到了一个大圆圈，她总也不能准确地开入岔路。从圆圈上，伸出了八条岔路，开过了便不能回头，只能再转一圈，进错了，也不能回头，再从外围绕近圆圈，再绕……"每到这个地方，我就头晕。"她说。车速很慢，慢不下来，又错了。

"你回去过吗？"我问她。

"明年我想回去，我想家，我真没出息。"她又绕过了头，重新再绕。

"家里还有人吗？"

"还有弟弟，妹妹，好几个呢！我一个人独身在外，我好孤单。"

"回去看看吧。"

“中国人的家乡观念特别重。不像美国人，他们先天就是移民，在一个地方住不热就跑了。唉，我不行。我想北京。”她又进错了。

“能避开这个圆圈吗？走别的路。”

“不行，走别的路也有圆圈。”她顽强地绕着。

……

晚上，去肯尼迪中心看歌剧《美丽的海伦》，这是安格尔先生和华苓请我们看的，票价贵得吓人。这是肯尼迪被刺的那一年开始造的，其奢华，远远超过纽约的林肯中心。分两层，第一层有三个剧场，一个音乐厅，一个歌剧厅，一个歌舞剧厅。厅外是宽阔的露台，水从辉煌的池底喷起，射到空中，变成一束透明的雾，在深色的树丛前洒落下来。露台下是河，Potomac河。河那边是城市之光，华盛顿的夜。厅中央，是肯尼迪的头像，脸上的表情很痛苦，是被刺的那一瞬间？昨天是他被刺二十周年，报纸上有很多文章。美国人对他的印象是美好的。

华盛顿很开阔，没有特别高的楼。也许是因为，有个不成文的规定，一切房子都不要高于国会大厦。这里有一些长长的巷道，望进去，深深的，一片树叶在石板地上滑过去，天晓得里面藏着什么故事。

看戏回来，我们三个人一起给潘耀明打电话，表示慰问。爱荷华在下大雪了，很大的风，很大的雪。啊，下雪的爱荷华，我想你。

11月24日　阴有雨

美国的感恩节笼罩在阴雨中，街上行人稀少，店铺也不开门，有些寂寥。

中午章大使和张颖同志请我们吃饭，同时请了时钟雯女士、龙先生等几位；也邀请了叶芸芸，但她因为家里有客，未能来。

龙先生是一位很乐和的人。他在美国办餐馆多年，根据他的经验，认为办好一个餐馆，菜的新鲜、味美还在其次，主要的还是餐馆工作人员心情愉快。他说：“做不到愉快，起码做到不要不愉快。否则，在美国另找一个餐馆去做，并不是十分困难的事。”

他说的是一个要害，用国内的话来说，就是一个团结问题。在国内，团结不好，大家也无可奈何，只得貌合神离，捆绑在一起。而在美国，人是可以流动的。团结不好，也就可以变成孤家寡人一个，这就逼得你不能不注意，不能不搞好。这大概也叫形势逼人吧！所以他还在其他餐厅未给职工医药费时，就给职工做了医疗保险。

傍晚，王正方夫妇来，他正在写一个剧本，准备和国内合拍，其中有一个待业青年，想和安忆谈谈，便接我们去张明明的餐馆。

明天要去纽约了，在离开之前，去看看张明明经营的餐馆，这似乎给我们在华盛顿的节目，打了一个句号。而且中午龙先生讲的一套开餐馆经验，我也急于贩给张明明。但去看以后，我便不响了。龙先生的经验对他们并不适用。这一个餐馆门面不大，进门处只能安下单排的三四张火车座，后面稍宽，安了两排火车座各两张，再后面就是厨房。我们去时，没有一个顾客，倒是张明明带了儿子女儿，一家人在店里过节，还请了四个客人。实际上，这是一个夫妻店，雇有两个佣工，也就谈不到什么团结不团结的问题。我们一去，他们一家人都忙了起来。我们吃了印尼的串肉和饭团。在吃饭聊天过程中，只来了两位拖儿带女的印尼顾客，他们吃得十分经济，除了满桌撒下一些饭粒以外，不见有菜。坐到十时许，便用张明明的车把我们送回来了。华盛顿笼罩在细雨蒙蒙中。

11月24日　雨

今天是感恩节，是美国的团圆节。我一个人走过狮子桥，那里有几个店还开门。人很少，天下着细雨，有些寂寥。据说市中心有欢庆游行，很热闹，不知道天这一下雨，那游行还有没有。店堂里空空荡荡，很少几个人在买东西，酒柜前却坐了满满一列人。他们为什么要来这里，不愿意回家团圆？还是没什么可团圆？回去的路上，雨下大了，迎面走过来一个男人，对我说着什么，我听不懂。他为什么不回家？

中午，大使请吃饭，在官邸。我们慢慢地步行去，湿漉漉的，金色的秋叶贴着湿漉漉的地和湿沥沥的天。在座的还有龙先生，这会儿我弄清楚了，他的令尊是龙云；时钟雯教授；还有国会图书馆的王冀先生。说起来很巧，王冀是龙先生最早的工友，他半工半读，一边读书，一边在龙先生的餐馆里打工。今天他们坐在一起，没有尊卑之分。在美国，是不用为自己曾有过的卑微而感到屈辱的，每个人都有一段艰苦奋斗史。有了可以瞻望的将来，那卑微也就不成其为卑微了。龙先生是华盛顿第一个提倡工友享受劳保福利待遇的，并且提高工友薪水，这是他生意兴隆的第一个原因。

晚上，王正方、孙小铃夫妇请我和妈妈吃饭，想在一起好好聊聊。王正方常去中国，和一些年轻作家混得很熟，比如古华。"咱们去'快活林'。"他说。"是张明明他们的店？""就是！"

"快活林"的店址很好，在闹市中心，门面很小，而却很深。于是，便成了狭狭的一条甬道。店堂已经很旧了。而他们买下来之后没来得及装修，立即开张，一天都没停。停一天也许会失去许多老主顾，有很多主顾上这里来已经成了一种习惯，一旦破坏了习惯，就难恢复了，也许他们会找别家餐馆，餐馆多极了，遍地皆是。我们走进店堂，明明高兴得叫了起来。她的先生老林是个文质彬彬、眉清目秀的人，穿了一件灰色的羊毛衫，老觉得他像个文雅的顾客，而不是老板。他们赶紧招呼我们坐下。今天的顾客很少，今天是感恩节。“我们让伙计都回去休息了，我把全家都带到这儿来，让他们也熟悉熟悉业务。”全家指的是她的儿子和一个侄女儿。两个孩子很兴奋，在店堂里蹿来蹿去，开心得不得了。“我们就请了一些朋友来玩玩。”她为我们摆上餐巾杯盘，一边说。在我们桌子旁边，坐了一家子，是中国人，那先生一直在注意我们，他们已经吃好了。那边还坐着几个印尼人，林先生对我们说：“这是印尼大使馆的，我把他们都打发走了，就和你们聊！”

明明指挥着孩子们给我们上菜，一口气地上，上了许多我们并没点的菜。“乱上菜，”王正方说，“要赔本了。”印尼菜挺好玩，最有特色的是沙嗲，就是烤肉串，一个小小的火油炉。自己烤着吃，印尼菜好像香料过重了一些。明明轻声对我们说：“印尼大使馆的人说，这里的印尼菜很纯。”

林先生站在那两位印尼客人跟前，和他们聊着天。他站的姿势很优雅。孩子们在店堂后面打闹着，明明一个劲儿地给我们上菜。我说：“看起来，他们一定要破产的。”

“嘘——”他们一起喝住了我，小铃压低声音说：“可不能说这话，他们紧张得要死。”

两位印尼大使馆的人走了，又进来一个印尼家庭，两个大人带着三个孩子。

我们旁边那家人不吃了，那位先生把椅子拉过来和我们聊天。

客人们都走了，小孩子开饭了，明明和林先生拉了把椅子坐在我们桌边，可以休息了。林先生点起一支烟，架起腿，一只胳膊搭在椅背上，优雅地吸了一口烟。这才像他呢！“唉，在这里，我感到最快活的是聊天，下了班，和朋友们坐在一起，喝喝酒，菜不要多，简简单单的一二样，一边聊天，聊，聊，聊到十二点……”旁边那先生提醒他：“这可不是做生意之道。”

小铃说：“今天晚上唐人街放电影《火烧圆明园》呢！去不去？”

“几点钟？”明明问，大家都问。

“十二点。”

“为什么这么晚？”我不明白。

“在这儿放中国电影，常常是十二点。因为中国人大都开饭馆，要到十二点才有空闲。”

“哦，是这样。”

雨下大了，明明和林先生把我们送到门口。上了车，雨水从车窗上泻下来，他们站在小小的店门前。雨水泻下来，将他们隔远了。

11月25日　雨

下午一时到达纽约。纽约也笼罩在细雨冷风中。

陈幼石和她丈夫王浩已在机场久候了。两位都是初次见面，但是两位的热情，立即溶解了一切生疏和距离。王浩先生曾来北大讲过学，是著名的数学家、哲学家、逻辑学家，老家是山东济南。他带着浓重的乡音，浑身上下无一丝学者的架子，忙忙地帮我们拿行李、带路，俨然是一位山东老乡，给人一种一见如故的亲切感。陈幼石一看便知是个热心人，而且是一根肠子通到底的。他们住在纽约近郊，房子相当大，我们三个都住在他们家里。

晚上陈幼石约了曾来国内见过面的郑培凯先生和另一位高教授来，为我们介绍纽约。他们两位真可算纽约通，给我们说了格林威治村的经历。那里原来是艺术家集中的住地，后来不知怎么为有钱人看中了，就慢慢往那里迁，把艺术家往外挤。

晚饭是极愉快的，陈幼石做菜的手艺极高。王浩先生诉苦说，陈幼石平时只给他吃夹面包，只有朋友来了，她才露一露身手，所以他极盼望有朋友们来。

11月25日　雪转晴

下了一夜的雪。

牌子上写，上午十点钟停暖气。这房子是买人家的一个废旅馆，价钱便宜，可是各种设备都破旧了，常常出问题，需要修理。

今天我们离开华盛顿，去纽约。

一早听说，华盛顿的一个油库着火了，怪不得听到救火车叫声了，一连串。

“王安忆！”传达室的小伙子和食堂小俞叫住我，“你会不会英文，这里有个电话，一个外国人叽里呱啦不知在说什么。”“你们听不懂吗？”“不懂。”他们说，“这好像也不是美国人，好像说的并不是英语。”我前后左右看看，没有别的人，便大着胆子说：“我来试试。”果然是叽里呱啦的外国人，也许是西班牙人，因为他的口音很像卡罗，滚珠似的。我努力听着，终于听明白他要找的是王春光——一个北京医学院的讲师，在弗吉尼亚大学搞研究，和我们同一天到华盛顿的，今天一早还来我们房间聊天，帮我捆箱子呢！他在这里已经一年多，很想家，想老婆孩子，“假如能带爱人就好了。”他说，“闷得很。我的英语又不足以表达复杂的心情。”

小俞他俩一个劲儿地问我：“那人不是美国人，是吗？他的英语很难懂是吗？”好像假如是美国人说英语，他们也都是懂的。

“你们在这里憋得慌吗？为什么不出去玩玩。乔治城，唐人街，黑人区，夜总会，去跑跑呀！”我动员他们。

“又不认识路。”他们互相看看，很为难的样子。

“多跑几次不就认识了。”

“你是作家？”小俞问。

“就算是吧。”

“在我前边的那个人也喜欢写，写了好多。他就坐在床跟前写，床跟前给他坐了个大坑。”

“瞎说！”

“不信你去看，他期满回国了，我就睡他的床。”他很认真。

“小俞，听说你已经登记了，是吗？”我问。

“嗯。”他忸怩起来，脸红了。

“想她吗？”我逗他。

“不想。”他笑了起来。

离开华盛顿的时候，雪住了，太阳也出来了。不过，天气陡然地冷了许多。舒暲送我们上飞机，再三嘱咐我们：到了纽约要小心提包，小心照相机！他们有个同志，就在看表的一瞬间，叫人拿走一个包。到了进口，他说：“可以去登记座位了。”我们三个人一扭头全走了，他伸手拉住我说：“以后碰到这种情况，只去一个人便行，一定要留下人来看行李。”还没到纽约，那紧张的气氛已经感受到了。这飞机只有一小时，算是空中巴士，可以先上飞机再买票。方便得很。

到纽约了。

我一眼认出了陈幼石，最近刚在一张什么报纸上看到她的照片，她在法庭上正打官司。但她本人显得年轻多了。她的先生王浩教授是个搞逻辑的教授，说着一口山东话，听起来很觉亲切。在这里听到的太多的是台湾普通话，软绵绵的，不那么自然。

纽约在下雪，很冷。

他们家在纽约市外边，从机场到她家，正从纽约市边擦过去。车开着，迎面是密密的楼房，一排一排过来，然后分开，向两边退去。

“好密的楼。”我说。

“这叫密啊！明天你到市中心去看看就知道了。”陈幼石回答我。后边，王浩教授在向吴伯伯和妈妈介绍纽约的城市及历史。陈幼石对我说：“别听他的，他的观点全是形而上学的。今天晚上，我找了两个朋友，他们会给你们好好讲纽约的。”

王浩教授不理她，依然说：

“安忆，不听他的，不听不听。他是搞哲学的，最最唯心，完全是胡说八道。”

我笑了起来，觉得她挺逗。到家了。他们的房子很大，三层楼，高高的台阶，楼下是客餐厅，另一边是一个小小的客厅，“过去是专门为女客设的。”这是一座古老的房子。中间一弯楼梯很气派。每个房间都有煤气灯，洗澡间也是老式的，很大。新式的美国浴室，都比较小，安排得当，而澡盆都有隔门。厨房也很大，煤气灶旁还有个大大的砖灶。“这房子真大。”我说。

“越大越便宜。”陈幼石说，她指挥儿子给我们搬行李。

“为什么天花板是绿的？”我们觉得很奇怪。

“我喜欢绿的呢！一开始，那漆匠不肯漆，说：从来没听说过，天花板油绿的。我硬逼着他油，他也只好油了。你们看，还挺不错呢。”她很得意地昂起头欣赏着天花板。然后，她跑到厨房去做午饭了，王浩教授这才得从容地说话。

“安忆，你们去年去爬四川峨嵋山了，是吗？”

“是呀，您怎么知道？”我很惊奇。

“我看了张抗抗写的一个散文，《峨嵋山启示录》还是什么的，提到了你，还有一个大冯，是谁？”

“大冯就是冯骥才！”我高兴地说，在这遥远而陌生的地方，有人和我说起这些熟悉的朋友，真感到愉快。

“你去年写了个《冷士》是吗？”他又问。

“呀！您怎么看这么多刊物！您不是搞逻辑的吗？”我奇怪极了，他是一个有名望的逻辑学和哲学教授，他的一本关于数理逻辑什么的书，影响可大了。

他笑笑：“我很喜欢看。”

“你回去过吗？”

“去年回过。还去家乡济南看了看。济南，好像没什么变。”他说。

“幼石的官司打得怎样了？”妈妈问。“就这么拖着，让她打吧，这符合她战斗的人生观。”他回答。

“吃饭了。”陈幼石招呼，“中午随便吃，晚上吃好的，我给你们烧燕窝吃。”

说随便也并不随便，有好多菜呢。王浩教授带领我们入座。

“来客人，他最高兴了。”陈幼石指指王浩先生，“挤在一起凑凑热闹，吃东西。平时没有客人，我不烧菜的，自己下面条去。”

果然，他挺高兴挺精神的。陈幼石给大家分菜，她的一儿一女端坐着。

“他们也高兴，有客人就有吃的了。平时他们没什么吃的也不抱怨，有的吃就穷吃。”

吃罢饭，她把我和妈妈领到给我们安排的卧室，说：“这是我二女儿的房间，她在大学里，回不来见你们了。这是个传奇人物，想当模特儿。”这是间小小的屋子，有点凌乱，柜子上横倒着一幅画，一个裸体女人，身上缠着条蛇。床边落着一条白纸，是一个女孩子的一排相片，披着长发，手护着裸着的胸，眼神挺神秘，这恐怕就是她的二女儿了。

很累，我睡着了。醒来时，听见楼下客厅里有人大声说笑，是两个陌生的男人声音。是客人来了？赶紧下楼去，果然。一个年长些，一个年轻些。

年长的是高友工先生，在纽约附近的普林斯顿大学。年轻的是郑培凯先生，也在大学里教书，教历史，还写诗，最近刚出了一本诗集。陈幼石向我们介绍："他们对纽约很熟悉，你们有什么问题和要求，尽可能向他们提。"然后，陈幼石向他们提出了首先的要求：

"聂华苓来电话，特别叮嘱要带他们去世界贸易中心看纽约全景。"高友工立即反驳："不要不要，那没有意思，一点意思也没有。"郑培凯接上来说："我认为，要了解纽约人的生活，在这个时候，应该看shopping（购物）。刚过完感恩节，接下去圣诞就要到了，大家都在购买礼品，我们应该去百货大楼看买东西。"我说："我想看一些稀奇古怪的东西。比如我们在芝加哥，去了夜总会，黑人的。""对！"高友工先生说，"要看酒吧，必须去九个零，这个酒吧不可不看。在格林威治村。"

"格林威治村？"我记得我刚读完一本英文教科书，女主人公就住在格林威治村。

"这是个有名的地方。最早的时候，这里是个乡村似的居住区，许多艺术家都住在那里。后来，纽约扩展，很奇怪地将它跳了过去，仍然让它保留了浓郁的古风。于是它便有了一种另外的价值，很多中产阶级开始争相购买这里的房子，这里的房租便奇异地高涨起来。艺术家们已经完全支付不起，便被挤了出来，往东转移了。当然，也有些艺术家还住在那里，比如郑培凯。"

"真的吗？郑培凯，你住在那里？"

"我是借一个舞蹈家的房子，她去中国了。这幢公寓是政府特意保留着让艺术家居住，房租很低。"郑培凯说。

“那么怎么才能让政府承认你是艺术家呢?”

“总要有些成就吧，也许和你们作协收会员一样。”他开玩笑。又说:“格林威治村往东再往东，那就是极其可怕的地方，有黑社会，贩毒，案发很多。那里，晚上是万万不能去的。”

“那么我们很快地开着车兜一圈，好吗?”我恳求他们。

“我不敢。”

“唉。”

“最近，纽约监狱住的太满了，放了一千个犯人。”

“轻犯人?”

“相比较而言吧，也都是有命案的。”

“为什么不多盖些监狱，美国这么有钱?”

“好像是，美国不愿意有太多的监狱，还要有人管理，看守，费用很多啊!”

高友工先生说:“到纽约一定要看戏。”

“我明天就去给他们买戏票。”陈幼石说。

“纽约的戏院子很有意思，最好的票是包厢，要四十多块钱一张，其实只能看到半个舞台。最便宜的是顶楼，那根本看不到舞台，只要五元钱一张票。不过座位前都有一排灯，那是供你放总谱的，买这种座的往往都是艺术学院的大学生。坐在那上面，只是听，一只手拿着指挥棒读总谱。”他谈起剧院就神采飞扬，他是个戏迷——陈幼石说，纽约每个剧场每天上映什么剧目，他全知道。他说纽约正在上演一个华人剧作家的剧，这位华人剧作家是用英文写作，已得到美国社会的承认。

我忽然想起了那位波兰作家:“这里有哪个剧院在上演一个波兰剧作家的剧本，是阿瑟·米勒给他找的剧院，是家不小的剧院。”

高友工和郑培凯面面相觑，然后摇摇头。

唉，偌大的纽约，要找一个人，不容易。我希望他成功，不至于只演一场就撤下来，尽管我知道，这是很多艺术家难以避免的命运。

11月26日　晴

在纽约的日程，是陈幼石和朋友们为我们预定的。今天是郑培凯和从波士顿回来过周末的徐祁莲女士带我们逛纽约。在纽约市是难以找到一个停车处的，郑培凯只能把车子开到比较热闹的大街，徐祁莲陪我们下车，在一个百货公司等他，他要把车子开回他家的停车场，然后再乘地铁来和我们会合，约需一小时。我们便在百货公司里逛，看热闹。有些柜台，除了有极周到的服务之外，柜台外还有推销员。化妆品柜台前有穿着十分漂亮的女郎，手里拿着推销品，不断地向来往顾客介绍、宣传。有的是拿一把伞，买她推销的产品，便可赠送阳伞一把。我看这些推销员实在辛苦，比站在柜台里面的营业员要辛苦得多。一小时后，我们在门口等到了郑培凯，由他带领我们逛四十二街。

纽约的四十二街，好像有点类似华盛顿的十四街。闪动霓虹灯的“成人商店”，门口都写着或雕立着一个标志，说明只要花二十五美分就可进内，看几秒钟黄色下流电影。郑培凯很年轻，已在大学讲授中国历史。他和他的爱人都没进去过，所以里面到底有些什么“宝货”，他们也不知道。在这里，这种“成人商店”一家连着一家，进去的人不多。马路边站着大声兜售毒品的贩子，往往都是黑人。他们冲着来往的行人，竟然大声叫着：“可卡因！可卡因！”实在令人惊奇。

“警察不抓他们吗？”

“他们身上并没有毒品。只有他们真正找到了买主，才把买主带到另一个人那里成交。所以警察抓这些叫的人没用，他可以说，是叫着玩的。”据徐祁莲说，这些贩毒者，还对一些黑人妇女说些下流话。

走了好几条街，看了新开张的百货商店，门口站有两个高大的“圣诞老人”，内部几乎都是玻璃结构。看了最大的珠宝店。路上有放着赞美诗的录音带，放着捐款箱，旁边站着一个人，不知是为自己，还是为教堂在捐款。

晚上，陈幼石为我们大显身手，请来了许多客人，有李政道夫妇、郑愁予夫妇、张文艺夫妇，还有夏志清夫妇。

非常高兴见到了李政道先生，而且是出乎意外的年轻，风度从容不迫，使人感到亲切。他很关心文学，亦很关心祖国各方面的政策。他说："中国历史上，变动前进的频率，从没像现在这样快速，所以就免不了产生一些差错。”“重要的是前进，而不要经常把时间花在检讨过去的错误上。”

11月26日　多云

上午，郑培凯和他太太祁莲带我们上街。祁莲在波士顿工作，在大学里搞化学研究。“你们为什么不能在一个城市里生活呢?”我问。“工作不大好找，当然，是指合适的工作。”祁莲说。她的脸初看有些平，但笑起来有点动人，说话的声音很甜，很镇静。

车子开过一座桥，进纽约了。最高的是世界贸易中心——帝国大厦。

“其实，初来纽约的人是应该上去看看。”郑培凯说，“高友工说不必去，那完全是城里人笑话乡下人的观点。”

我这才明白，爱荷华是个乡下，我们是一群乡下人。面对着这么密的楼和人，爱荷华果真是乡下了。

“高友工是个很奇怪的先生。”郑培凯说。

“他特别喜欢看戏。”我说。

“他特别喜欢纽约。每到周末，没有课了，他便提个箱子搭车到纽约来了。”

汽车进了市里，市里很热闹，今天是星期六，休假。车子开到一个百货公司前。

“这样好吗？你们在这里逛，我去停车。”

“你去哪儿停车。”大家都很紧张，有些将要被抛弃的感觉。

“上我住的那地方。这儿附近别想停到车，然后我再乘地铁到这里来碰你们。”

“你多少时间能回来？”

“一个小时。”他让我们赶紧下车，把车开走了。人像流水似的，涌过来，涌过去，几个穿着圣母军军服的人在吹着铜管，吹的是圣诞歌，他们在募捐。乱哄哄的。我们站在马路边上，还没完全清醒过来，人流冲击着我们，我们不由自主地被卷进了百货公司。这是一个糕点柜——“假如我们走散了，就在这里集合啊，是糕点柜。”祁莲说。她也有些紧张，波士顿不是这样的，她说。还是不要走散的好，我们前呼后应，紧紧相跟。

化妆品部，各大公司的男女职员拿着自己的化妆品，站在柜台外面，向人们介绍着，并且，假如你愿意，他可以当场为你化妆。

衣服：男装，女装，冬装，夏装；

鞋子：男鞋，女鞋，靴子；

皮件：皮包，皮夹；

礼品：花篮；

首饰。

还有人，人挤着人，人推着人，人被挤着，人被推着，上楼，下楼。自动电梯，载着人，梯形的人队，没有头，也没有尾，上，上，上，或者下，下，下。

“头很昏。”我们说。祁莲也无精打采的。“到门口去等他吧。”于是，前呼后应，紧紧相跟着出了门，等在门口。门口有个全副武装的警卫，对着我们笑。我拿出照相机，想找个角度，照出纽约的楼，最高的楼，再照出纽约的人，最多的人。警卫提醒我："镜头盖没拿下来。”“谢谢。”我对他说，他对我笑。祁莲对我说："他很希望你给他照一张。”可是来不及了，郑培凯来了，要带我们走，去吃饭。

这是一个火车站的餐馆。黑洞洞的，桌子上点着煤气灯，侍者的态度很粗暴。祁莲直埋怨郑培凯："为什么要到这里来？这是个最俗气的地方，我从来没到过这种地方。”郑培凯解释说："这是个非常美国的地方，你们看，他们好像很高雅，有鲜花，放着煤气灯，而实则上很粗俗，小市民在这里大声谈话。我觉得这很能代表美国。”食物来了，确实很粗糙，祁莲要的一碗豆糊似的东西，原封不动的到了郑培凯面前，妈妈的三文治也移到他盆子里一半。郑培凯不声不响闷头吃着，像是要弥补自己的过失。

吃过饭，又坐了一会儿，决定去四十二条街。“这是一条重要的街道。”郑培凯说。我们站起身出发了。

街上的人好像越来越多了。一个银行前，摆了一个长长的地摊，地摊上是手工艺品，用木头雕成的鹿、马、印第安人、骑马的印第安人、拿长矛的印第安人、面具、头像，挺好的，很多人挤着看，却不见有人买。挤出人群时，头上的发夹掉了一个，有点心疼，那是妈妈从日本给我买的，我一直很喜欢。

前边又围起了一圈人，跑过去，地上放了架录音机，两个黑人小男孩在跳舞，跳得非常好，有韵律，有味道，一顿足，一抖腕，都有一种动人的韵味，有人扔给他们钱。他们依然跳着，跳得很骄傲，因为跳得确实好。

有人在街边上卖画，各种画，大都是一种铅笔画，素描似的，画的是纽约，专卖给观光客。有人买。

地摊越来越多了，卖各种杂物。有个高大的男人在卖儿童小汽车，小小的电动的汽车。汽车在纸匣里开着，开到匣壁，翻个跟斗往回开，碰到匣壁，又翻个跟斗——在那男人的脚边。看起来，好像是几只甲虫在爬。

这是四十二条街了。大白的天，亮着霓虹灯。黄色的灯沿着招牌的边缘逐次闪动，像是一条花斑的蛇在滚动。橱窗上，醒目地写着：X，X，X！还有25。“什么意思？”我问祁莲。

“那是小电影，二十五美分看一会儿。”

“小电影？”

“黄色的。也许有点简单的故事，很快就上了床。可我不懂，二十五分能看点什么。如今，二十五美分能买什么东西呢？连杯咖啡都买不到。”祁莲很奇怪。

“Smoking Smoking！”有人连珠炮地对着我们叫。每走几步，就遇这么一个人，叫着：“Smoking Smoking！”

“这是贩毒的。”他们向我们解释。

一个头发卷紧紧贴着头皮的黑人对着妈妈叫：“Smoking……”

祁莲笑了：“他也不看看像不像，只管乱叫。”

他自己也笑了，是为了好玩，还冲着妈妈喊。我们不理他，他便跑过去缠两个黑人女孩子，女孩子不理他，他火了，说：“你们有什么了不起，我对你们并没有兴趣。”

由于阳光而显得昏黄的霓虹灯在招牌边缘逐一滚过去，滚过去。路当中站着一个高大的瞎子，伸着手，在讨钱，他身后蹲着一条驯顺的大黑狗。

地摊。一个人爬在树上，忽然大叫：“警察来了，快收摊。”于是大乱。

地摊。人，车。

我们走完了四十二条街。走出来了。有人装扮着圣诞老人向大家募捐，铜管吹奏着圣诞歌。楼，又高了起来。两排高楼对峙着，露出狭狭的天。楼，是一层又一层的。人，在楼下走，密密的，缓缓的。

这是幢新开的大楼，两个穿着古代武士衣服的门卫在站岗，大厅里一架钢琴在弹奏，小提琴拉着柔和的旋律。自动电梯上升着，人梯源源不断地上升着，水从大理石壁上泻下来，映着灯光，灯光映着水花，水花和灯光映着透明的小提琴声。小提琴声穿透了混沌的人声。

这是一幢百货大楼，要上四楼，必须要有一把特殊的奇妙的钥匙，要拥有这把钥匙，必须在这店里购买很多很多钱的东西。这里的一个皮包要四百美金。这里同样的拥挤。

“我们回去吧！”

我们回去了。乘地铁。大量大量的人涌进地铁口，地铁口涌进大量大量的人。确实是陈旧的地铁，矮矮的顶，往深处看去，黑洞洞的，像矿道。车来了，车里车外画着乱七八糟的图，写着乱七八糟的字。“咦，这单数的车怎么停在双号的车道？”郑培凯去问别人，别人也不晓得，摇摇头。大家都很疑惑，不敢上，看着那车开走了。“这是很奇怪的事。”他说。

又来了车。上车。车摇动得很厉害，很响，“晃当晃当”，不能说话，一点也听不清。一对年轻人在车厢门口接吻。大家朝一致的方向来回摇晃。

天黑了。

吃过晚饭，给那位画家打电话。在华盛顿时，舒暲给了我他的电话号码。通了，约好，明天中午十二点，去林肯中心的水池子前边见面。“你是什么样子的呢？戴眼镜吗？”我问。

“不戴。我身高一米七八，穿一件皮夹克，也许，还戴一条围巾。你呢？你戴眼镜吗？”

“也不。我有一米六九。”

“呀，你这么高！你怎么会这么高呢？”

“我不知道。也许因为我妈妈高，其实她仍比我矮许多，不过那时候她算是高的了。现在人好像越来越高了。”——我们讨论了一会儿人类的发展趋势。

“那我一定能认出你，在美国，个子高的中国人很少。”

“你在这儿还好吗？”

“怎么说呢？这里的情况很复杂，怎么说呢？”

是不好说，这是个稀奇古怪的地方。我们还要出去逛。这里有什么在吸引着我。

我们一起去市里。妈妈留下了，补进来王浩教授。

“先去格林威治村吧，上我那儿去停车，顺便把祁莲送到家。”

“你今天累坏了。”我说。祁莲闭闭眼睛，笑笑。车到了公寓楼下时，她忽然说：“我想跟你们一起去，可是我要换一套暖和点的衣服。”她忽然兴奋起来，一改今天一整天的疲惫不振。

于是我们全跟她上了楼，进了房间。门一开，就蹿出一只大猫。这是主人留下的。这是一大间房间，除了洗澡间，全不隔开，通通在一起，厨房在一边，客厅在一边，床，架起来靠近天花板，床下边是书房。很乱。满地堆着书、杂物，地板旧了，有点翘，走上去，似乎在咯吱咯吱响。这是我在美国看到的最不讲究的住宅，却有一种超然的气氛。“灯一暗，天花板上就亮起了星星，好像睡在荒原上一样。”郑培凯介绍着，“第一个晚上，可把我吓了一跳。”他又把我领到窗前，递给我一个望远镜：“你看，那边，越过海，就是自由女神像。”

“在哪里？我怎么看不见。”我搜寻着，一道闪光的海岸，再过去，是幽黑的海，再过去，星星点点，哦，看见了，有个人影，顶端在发光。“发光的是她的冠。”郑培凯告诉我。那幽黑的海中间，有一点灯光，是自由女神的冠。

祁莲换好了衣服，说：“再喝点咖啡吧。”“她来劲了，”郑培凯说，“她是极不喜欢白天去的那些地方的，那是小市民的生活，她不喜欢。”

“你还能在这里住多久呢？”我问。

“快了，那舞蹈家快回来了。”

“那你怎么办？”

“再找吧。”

“住我们家去吧，”王浩教授说，“幼石早说了。”

“我要放一部分书到你那里去。祁莲那里只允许我放一个书橱。”他好像是一个无家可归到处漂流的流浪汉。而哈佛大学却还有他一个办公室。

走出艺术家的公寓。晚上的风倒像是暖和了一些。一个汉子在卖艺，脖子上套了个口琴，手上弹着个六弦琴，脚还踩着一件什么打击乐，一边弹、一边唱，一个人倒也奏得个热火朝天，很有气氛。三个中学生模样的女孩子，在地上放下个小碗，然后站在一起商量，你推我，我推你，谁也不好意思开始表演。商量了一会儿，终于下了决心，站了个队形，开始跳，跳了一下又停下来，把小碗换个地方，再站队，终于跳了起来，是芭蕾，很蹩脚的芭蕾。她们一定是初次登台，很难为情。三个小男孩走过来。夸张地对她们鼓掌喝彩，做出怪样子。她们不理会，依然跳着，却又停了下来……

“天还没冷的时候，我还看见过两个中国人在这里卖艺，是拉小提琴的，拉得真还不错。一看样子就知道是大陆来的。”郑培凯说。

一家门口停着小车，从上往下搬一捆捆的报纸。“是纽约星期日报，明天就要发行。”哦，明天是星期天。那报是很厚的一份，看一个星期也看不完。

“这是性商店，专门卖性器官模型还有种种这类东西。”橱窗里放着皮衣、皮裤、铁链子。

“这是同性恋的用具。很奇怪，同性恋喜欢穿皮的衣服、裤子，喜欢在腰里拴铁链子，耳朵上挂铁环。”郑培凯说。

“为什么？”

“我想，也许是因为，”祁莲说，“同性恋者往往都是虐待狂和被虐待狂。”

这是同性恋区了，行人骤然地少了许多。一个奇形怪状的人从对面走来，我朝边上躲了躲。祁莲说：“你用不着害怕，他们不会对你感兴趣。”王浩教授说：“咱们这里，有危险的只有郑培凯一个人。”

这时果然走着一对男人，勾着肩膀，穿着皮夹克，其中一个耳垂上有一个铁环。

这儿是九个零酒吧了，招牌上醒目地画着三排零，每排三个，正好九个。“进去看看吧！”郑培凯提议，我便和他走了进去。推开沉重的门，里面黑黑的，沿墙坐着一排男人，酒柜前站着三个男人在拍拍打打说笑。里面的人脸色很阴沉地看着我们，他们身穿着深色的皮上衣。那么多男人在一起，使得气氛很重，压抑得很。我们退了出去。这是个同性恋酒吧。气也透不过来似的。

这里的行人很少。一座房子名叫“绿地”，门前圈起一小块水泥地，水泥地漆成绿色。自我安慰着。这里很少有树，有草坪，所以，中央公园周围的房子，贵得要命。

走出幽暗沉寂的街道，走到路灯底下一个餐馆门前，一对年轻男女紧紧拥抱着，响亮地接着吻，哦，这是多么美好的情景。

11月27日　阴

朋友们把我们像接力棒一样，今天由郑培凯交给了张文艺。

张文艺先生在联合国中文部做事，很瘦，很黑，留着长发。带我们进了联合国，在他们的餐厅里喝了茶。

纽约市已进入感恩节后、圣诞节前的购物季节，一片火树银花。他带我们坐了纽约的地铁。可能是时间关系，地铁里人还相当多，车辆上涂得乱七八糟，行驶也不正常。倒还没有碰到强盗。

夜宿张文艺先生家。

11月27日　晴

“你是王安忆?”他坐在水池子边上，瞪着眼睛看我，一点笑容也没有。他身后是林肯中心的歌剧院，还有喷水。

“是的，”我说。电话里已熟惯了的人，这会儿忽的又陌生起来。

“你会抽烟吗?”他递给我一支烟。

“不会。”我很惭愧。

“你要学会才好，就更像作家了。”他把烟送到自己嘴边，然后点火。仍然没有笑容。

“咱们去哪儿玩呢?”我问他。

“去大都会博物馆吧。”

“可是，昨天我们走过那里，马奈的画展是最后两天，排了很长很长的队，怕是来不及看。”

“我们可以不看马奈，那不用排队。”

“好的。”我同意。

“你能走路吗?”

“能。”

“我们走，穿过中央公园，就到了。”说完，他从水池沿上跳下来，迈开脚步就走，走得很快，我必须走两步，跑一步才能跟上他。我想请他走慢一点，可不好意思开口，他一点笑容也没有，而且，很生疏，远没有他的画那么亲近。

中央公园，太阳很好，阳光下，有一些人，坐着，站着，或则慢慢地走着。“我给你在这里照张像，难得来一次美国。”听他那口气，好像是陪一个乡下人逛大上海。

大都会博物馆。马奈的画展下面，排着一圈又一圈的人，这是最后一天了。他让我等着，自己去买票，然后回来给了我一个小铜片，教我别在毛衣的领子上。然后，我们去存外套和背包。那女人将我的包还给我，不给存。她说了一些话，我茫然地看看他：“为什么不给存？”他也同样茫然地看看我：“不给存算了。”我就背着我的包。

他带我看画，并且给我解说：这是什么主义，那又是什么主义，库尔贝——他讲到库尔贝，我听了便说：“你是不是有点受他的影响？”他回头看看我，忽然微笑了一下，然后说：“我太受他影响了，我很喜欢他。”

他把我带到一幅画跟前，说：“你看看这幅画，然后告诉我有什么感觉。”然后他走开几步，把我一个人留在这画面前。这是一幅奇怪的画，一片深成黑色的紫，边上有一道黄的浑浊的边。一片深紫色，看久了，便是黑色了。“我没有什么感觉。”我回头告诉他。“有很多人，在这幅画前哭出了声。”“为什么？”我很吃惊，又回头看看那片黑洞洞的紫色，我很遗憾自己这么麻木，竟然没有一点感动。“这片深色，会将人带入一个深渊，一个深不见底、无边无际的空间，这是一个深而远的境界，人，无倚无托，这会激起人的一种神秘的宗教情绪。”“哦，”我明白了，那确实是一个深渊，而我所以并不感动，也许是因为我的文化背景中没有一点宗教色彩。我自我安慰地想。

“Hi！”忽然，远远的有人向我招手，呀，是那罗马尼亚年轻人。世界真是又不小又不大。纽约真是又不小又不大。那年轻人和我说话，我请他翻译，他的表情很茫然，只翻译给我几句。我发觉他的英文也不行，虽然他已来了两年。

他带着我上上下下地跑着，熟悉得像在自己家里。

埃及的一整个墓穴。

苏州的一整个庭院。

英国贵族的一整个闺房。

一个年轻的中国画家带着一个年轻的中国观光客上下跑着。

这是大都会博物馆。

水池子，清澈的水里，沉了一大堆分币。他递给我一个分币：“扔进去一个，许个愿，不要说出来，在心里想。”于是我在心里想着，扔下了分币，分币沉落了，沉在分币上面。这里已经积起了一堆心愿，各种各样的人，各种各样的心愿。

“你成家了吗？”他问我。

“成了。”

“有孩子了吗？”

“没有。”

“我的女儿已经五岁了。”他骄傲地说，“看着我女儿一点一点长大，唉，我就真觉得人类伟大，艺术伟大。你的男的是干什么的？”

他这么问我。一反这儿称呼太太先生的习惯——他把太太叫做“女的”而把先生则叫做“男的”。粗陋得可以。

“你现在画的画还是像过去那样？”我问他，我们坐在楼下大厅中间休息。

“基本上是这样。”

"我不明白，在这里，五花八门，有那么多潮流，难道它们对你没有一点冲击吗？是什么力量使你保持住你的那种所谓'现实主义'的风格？"

"有人说我冥顽不化，也许我是太保守了。可是，这个说起来，话就长了。"

"人家都说，纽约是艺术家最后的擂台。你有希望成功吗？"

"没有。"他说的那么果断而肯定，倒使我吓了一跳。

"为什么这样没有信心？"

"不是信心的事。刚才我们看的新表现主义里，有几张画就是当今画家画的，他们有的才只有二十多岁。"

"画得好？"

"那没话说，好，他妈的X!"他骂人。

我看看他，他抽烟。

"我们这一代也许很难出大画家了。这不是一代人的事，也许我们只是为后人做铺路的石子。可是，认识到了这一点，我反而平静下来，反而更有信心了。"

大厅前用篱笆围筑起来，里面正在修一棵高达几层楼的圣诞树。到圣诞节那一天，圣诞树上的灯亮了，周围的小天使翅膀也闪亮了，蜡烛点起了，大家一起唱圣诞歌，那情景是十分动人而壮观的。

"我们应该吃东西了，我很饿。"我说。

"好的，走吧！"他又在前边大踏步地走了，走得风快，我则走两步跑一步。走进一个快餐馆，里面坐满了。走出来，玻璃橱窗上有一张克雷默夫妇对坐的剧照。他看了一会儿，终于看明白了："哦，《克雷默夫妇》的这个场面是在这个餐馆里拍的。"还没来得及让我再看一眼克雷默们，他已经在前边走远了。

走进一个pizza店。吃pizza。他买了很多，多得吓人。

“你在这里还习惯吗?”我问他。

“我也许是有什么毛病了。怎么别人到了美国这么高兴，开心得要命。我不行，我来了这里，哪儿都不去，在屋子里看书，看的都是中文书，老庄的散文，看了以后大哭。人家说，看这些书在中国也好看的呀，可是，我偏偏是来美国之后才看，并且这么大受感动。”

“你生活还可以吗?”

“我一来就和一个画廊签了三年的合同，收入挺好的。当然，给他们画的全是那个内容。”

那内容便是他在国内充分显露才华的那组画的内容。

“下一步，我打算画纽约人。”

“哦，纽约人。”

“我是一个在三层楼房上长大的孩子。父母感情也不合。他们早早地被打成了右派！哼，我讨厌《牧马人》，我见过的右派多了，哪有这么好的，二十年后又成了条好汉。他妈的X！”他又骂人，这回我听清楚了，他确实在“他妈的”这句谩骂后边无耻地加上了一个“X”。我脸红了。我们家老房子隔壁有条弄堂，那里的孩子都会骂这个字而被我们叫做“野蛮小鬼”，并且被禁止同他们在一起玩。

“我的经历，我的所有这三十年里的一切，都使我不可能打进外国人的生活中去，永远不能。”

我不响。吃pizza，难吃，是不是不吃了?

“我什么都经历过了，社会的，家庭的，还有我们这代青年共同有过的。这些东西，真他妈的见鬼，就是不让我打进外国人的生活。他们是他们，我们是我们。”

“我们这一代青年很不幸。”

“No，no，no！”他说，“我不喜欢用‘我们这一代’的说法。我们这一代的不幸有多少了不起？有多大？”

我发现他的英语不好，只有一个字说得好，说得准确、清楚、经常，一片茫然——No，no。

天已经晚了，马奈的画展前排着长龙阵般的队伍，里三圈，外三圈。我们走过四十二条街，去坐一号地铁，他送我回去。四十二条街的霓虹灯滚着。

走过灰狗巴士公司，一群工人们胸前挂着牌子，散着传单。这是罢工，已经坚持了两个月。灰狗是全美一家很大的巴士公司。职工抗议减他们薪水。这会儿，他们正在大骂已经复工的人。有人说，这罢工不能怪资方，美国工人的薪水太高了，再高下去，整个企业就难维持了。这几年，美国的经济很不景气。

走下地铁，上了车。摇晃得厉害，又响得厉害。只能在停站时说几句话，没说完又打断。到了下次停站，上次的话题便忘了。

“你的英文不好？这怎么能行？”

“行。我插队落户大山里都去过了，还怕他妈的纽约！”

“这总不方便。”

“这地铁很好，你看这张图，很清楚，上哪儿都行了。”

“可是，终究……”

车开了，咣当咣当。

“难道你在美国尽是不开心吗？”

“哪里？这里很好。站在这里，好像能看到世界，就是看自己的生活，也多了几个立场。”

“比如说——”

“比如……”

车开了，咣当咣当。对面是一对黑人男女，垂着眼睛，脸上没有一点表情。

“你男的对于你是怎么样的？”

“他好像是一面镜子，照出真实的我。我在他面前，一点作不得假。那些光荣和名声，在他面前，好像没了价值。”

“这倒像我爸爸对我的态度。”

“你爸爸？”

“我爸爸……”

车开了，车又停了。

“写小说很难吧。我写一篇创作谈修改了七遍。”

“画画才难呢！”

“我画画很快。”

“哦，画画是实实在在的，小说是说家。”

“No，no，no……”

车开了。

11月28日　阴

上午陈丹青来接安忆去看画廊。我和张文艺夫妇逛唐人街，这里的唐人街，似乎比芝加哥的整齐，生意也很兴隆，美国人来逛的不少。中午便请张文艺夫妇吃小笼包、炒年糕、萝卜丝饼，三个人没吃完，才十一元多，在美国这算是极便宜的午餐了。

傍晚，张文艺带我们登上了帝国大厦，补偿了在芝加哥未见到的景色。买票上去的人不少，都是美国人，可能是从小城市来的，抱着跟我们一样的心情。从衣着上看，他们穿得和纽约人一样漂亮，但表情不一样。在电梯上，他们跟我们一样屏息静气，还有人在电梯急速上升时，轻轻唤着“上帝”，他们跟我们交换着会心的微笑，脸上的线条极和善纯朴。我想，他们也许来自爱荷华那样宁静的地方吧！

鸟瞰纽约夜景，无非就是看电的魔力。那立体的光，是房子里的灯；那流动的，是汽车上的灯；那片片繁星似的，是高级旅社、商店，布置在街头、树上的小灯。在这里，那闪烁不停的霓虹灯，都不是安在高级、正派的店门口的。

11月28日　雨

天下雨。开车进纽约，去张文艺先生的家，他在联合国做事，住在纽约市中心。

他的房子很有意思，是从一家迁址的公司手里买下的，自己设计改装——底下是卧室：夫妇俩的，儿子的，客人的，洗澡间，洗衣房；楼上一大间统统打通，一半客厅，一半餐厅，很宽敞，很透气。窗底下是拥挤的街道，车像流，人也像流。楼梯口有一个矮矮的木栅栏，栅栏外蹲着一条哀伤的狗，是他儿子的狗，儿子上大学寄宿去了，留下了它。据说它从此再不愿进儿子的卧室，似乎是，一种被遗弃了的伤心和幽怨。这狗见到男客就叫得凶，只得把它拦在门外。它很肥，肥得不再像条狗。“这里活动的地方太少”——张太太说，“每天一早一晚，我只能带它去对面大楼下的空地溜溜。”那是小小的一块空地，只能溜溜，跑是跑不起来的。

今天，张文艺先生带我们逛纽约。他没有车，因为纽约市是简直没地方停车。我们是步行加地铁——地铁很管用，虽然很旧。

雨停了，可是天阴得厉害，天含着一包水，随时都会泻下来。走出他的公寓，对面转角上，一座大楼前有一小块空地，空地上有一座钢板墙，有一点微微的弧度，又稍稍有点倾斜，日晒雨淋，已经生起厚厚的黄锈。“这是一个艺术品。”——张文艺说。

“艺术品？”我们有点吃惊，重新看那钢板。

“这公司造好这大楼，便请了一个设计家来设计建造一个装饰品。于是他设计了这么个东西。有很多人不喜欢，说：这算什么呢？只有孩子们，躲在它后面玩耍。那艺术家听了十分高兴：啊！有孩子们躲在它后面玩耍，太棒了！”

想一想，倒也有些道理。

去渔市场，这是新建的一个场所。靠着海湾，有个大商场，也是像华盛顿乔治城那个商场一样，很多商人摆着摊子，大都是食品，有中国食物，日本食物，朝鲜食物，也有三文治，汉堡包，热狗，冰淇淋……假如天暖和，顶楼还有露天餐厅，看海，看纽约。海边有一艘船。“北京号”，是第一艘开往中国的船。船靠在岸边，供人们参观。

商场门口，有一群孩子在唱圣诞歌，唱得很好听，孩子的形象也可爱，便给了他们一把分币，交给一个抱着募捐箱的小黑人手里。

然后去华尔街的股票市场。华尔街——Wall Street，最早的时候，这里却是一道墙，后来纽约扩建，把墙拆了。这是一条世界著名的金融街。一个旅行打扮的日本女孩子向我们问路：她也是要去股票市场。在我们前边匆匆地走了，手里拿了本旅行指南。似乎，股票市场也算是纽约一景了。

专门有条供参观的走廊，下面是股票市场，一地的碎纸，每一个柜台上方都是一圈电视屏幕展示变幻着数字，人，好多人，走动着。这已不是高潮，早上开盘和下午收盘是高潮。这会儿，开盘过了，收盘呢，我们怕是等不到了。我对股票一无知识，我只知道这是个心脏，企业的心脏。我忽然想到香港，港币大跌的时候，那股票市场该是一幅什么情景呢？

然后，我们到一个车站广场的小餐厅坐了坐。走得很紧，人多，街窄，楼高，头昏脑胀。这是一个式样较老派的车站大厅，穹顶是弧形的，放的音乐是圆舞曲——《蓝色的多瑙河》。张文艺告诉我们：这个穹顶像夜空，缀满了星星——到了晚上。这个设计家死了，是被他妻子的情人杀死的。一个古老的故事。

一个年轻的女招待为我们送来饮料。“在这里打工的人，多半是准备进艺术学院学艺术的年轻人。”不知是他的推测还是确实，那招待们倒都是又年轻又漂亮的孩子。“你们看好了，凡是小费给得多的人，都是打工出身的。”比如他自己——他在桌上留下了不少的小费。

我们再走，去联合国。天终于下雨了，下得很大。联合国，安理会会议厅，大会厅，休息厅，餐厅，办公室……在开会，关于巴勒斯坦问题，座位上有译意风，自己可调节挑选语言，一共有五种语言，其中有中文，是一个女人的声音，翻得不顺利，结结巴巴，听不出什么名堂。厅底下，开着一个小型的展览会：日本广岛，投下原子弹以后，那钱币成了泥块。我想起，那晚上，电视片The Day After放过之后，第二天里根在电视上发言，说：我们更应该制造原子弹了。以核反核，以战反战，真是各有各的理。

雨下得很大，去地铁站。下班时候，行人脚步匆匆，伞挂住了伞，湿淋淋的雨衣，路灯在雨中发光，那光化开去，有了光晕，水淋淋的。一辆车飞快地开过，溅起了一大泼水，像是一层浪，拍湿了人行道上的行人。

终于下了地铁口，上了车。人们朝一个方向摇晃着身子。对面两个东方女孩子在叽叽咕咕说话。她们的头发修饰得非常讲究，身上的衣服也整齐漂亮，脚上是雨靴，而提包里露出一双小巧精致的鞋后跟。“这是典型的职业妇女。”张文艺在我耳边大声说，而我只勉强能听见。“她们一定是哪家大公司的职员，或是大百货店的店员，穿得很整齐。”“哦——”“我有个表妹也去一家公司里做事，她每天早上要花三个小时洗头，做头发，化妆。我简直吓死了。”“你们不需要吧？”我看看他，他穿着一件风衣，头戴巴拿马草帽，瘦长瘦长，很像巴尔扎克小说里的钢笔画插图人物。

“陈幼石的官司有希望吗？”我们问他。他和陈幼石是好朋友。大家都很关心这场官司，她无辜地被大学校长开除了。

“没有希望了。本来要开庭，她还有点希望，可是，那校长很坏，他使得法庭同意推迟开庭，一直推迟到陈幼石的聘期满了，那么，开庭就不再会有什么意义了。”

“她还能在别的大学找事吗？”

“很难。这么大的打官司，闹得满城风雨，恐怕没有一个学校敢接受她了。她的名声搞坏了，人家以为她是个太不安分的女人，居然，告校长。”他摇头。

“唉。”我们叹息。

“很可惜，她是个很好的老师，教书教得很好，对学生好，别看她凶，她就是对学生好。”

“唉。”我们只能叹息。

回到张文艺家，陈幼石正坐在高椅上喝酒，一边激愤地抨击国内有人为了要男孩而溺死女婴：“政府怎么不管！”“政府管的，这些人要严办的。”我们告诉她。“你们作家为什么不写文章指责，大声地喊啊！”她依然愤怒不已。

晚上，张文艺请了几位客人来陪我们晚餐，其中有一位大陆来的画家张鸿图，他是“文化大革命”中毕业的老大学生。他还没有和任何画廊签订合同，一边打工，一边读书，一边画画。他的头发白了许多。

晚上，我们住在张文艺家。我和妈妈睡他儿子的卧室。卧室后窗外，是一道窄而长的天井，往上看，是邻家的大楼，笔直笔直地从窗前拔起，看不到顶，看不到天。张太太牵着狗出去了，去遛狗。

11月29日　多云

早上起来，走出房间，那只胖黑狗就对着我狂吠起来。记得昨天它还对我很友好，让我抚摸它而不哼一声。这会儿怎么变了脸？也许是因为看见我住了它小主人的卧室。

他来带我去看自由女神像。他倚着墙站在公寓门口，手上拿着我的小说集。“为什么拿着这个？”我问他。

“在地铁上看呢！鼻子还真酸了好几次。”他笑笑说。

“这儿离市政厅很近呢！我刚知道。”我说，我知道他昨天在市政厅参加一个party。

“这儿离唐人街也近，从自由女神像回来，我们再逛唐人街。”

“好的。”于是我们向那岸边走去。

“今年七月四日，美国的国庆节。移民们举行大游行。”

“移民局组织的？”

“No，no，在这里，你要改变一个概念，就是说，没有一项活动是政府或任何公家组织的，都是自发。移民大游行，我们中国的队伍在最前面，这样安排也许是因为中国是个大国。可是，唉，我看了好难过，好生气。中国的队伍是唐人街上的居民组成的，穿着长袍，马褂，或是清朝的服装，精神涣散，唉！……”

“谁的队伍最好呢？”

“日本和朝鲜的。服装好，队伍严整，精神抖擞。还有新加坡的也很好。”

天，微微地出了一点太阳。阳光，淡淡地拂亮了街道。人，总是那么多，走路，总不能那么直取目标。一支队伍走过来，停下来，他们脖子上挂着牌子，一个人大声地宣讲着什么。“是罢工吗？”我问他。“大概。”他不能肯定。

忽然，行人们全朝马路对面跑过去，拥成一团。“干什么？出什么事了？”我问他。

“不知道，很奇怪。”他望着那边。

“会是吵架了？”在国内，有时会这样围着一伙人，那通常是吵架。

“不晓得。在这里两年，我还从来没看见过有人吵架。过去看看吧。”我们随着人群一起跑过了马路。人挤人，里三层，外三层，看不见什么，也听不见什么。只好问人，原来是一个大明星走过了这里，人头济济，不知哪颗头是明星的。只得走了。

“那天，美国的歌星黛安娜，来纽约公园演出，中途下起了大雨，可没有一个人走，情绪非常热烈。黛安娜说：‘明天也许也要下雨，可是我还在这里唱，大家来不来？’大家说：‘来！’每个人都湿透了。”

“她唱得好？”

“好！她不是唱，而是一头野兽在吼。”

“哦。”

到了岸边，对面那小岛，岛上立着自由女神。要摆渡过去，船是半小时一班。

装胶卷。忽然，出太阳了。水一下变蓝了，草坪变绿。影子投在干干净净的地上，好像是自己的魂回来了，顿时精神大振。

“呀，天好了！”我说。

“天好了！”他也说。

岸边有很多雕像，难民的像。

“这是移民赠送的。”

“哦。”

“有时想想，多亏有个美国，世界的几次大难，有人能够劫后复生。可是……”

可是，我想到，不久前，美国轰炸了格林耐德岛。

“这雕塑有点概念化，有点像我们‘文化革命’中的雕塑。你在华盛顿看到越战纪念碑了吗?”

“没有啊！怎么他们没指给我看。”

“呀，那真是好，全美国征稿，由国会讨论通过。结果是一个中国女孩子投中了，才二十一岁。中国人真行啊!”

“那是什么样子的纪念碑?”我想知道。

“那是说不清的，必须看了才能领会。”

“呀，你讲讲看嘛!”我更想知道了，急死人。

“是这样子的，”他终于描绘了，用手比划着，“这么样的一块水泥平台，后边，有一点距离，是一面星条旗。水泥平台上刻着阵亡者的名字。”

“就这么?”

“就这么。”

我不响。

他也不响。

船来了，上船，船开了，慢慢离开了码头。回头看，哦，纽约。

“你有没有觉得，这很像上海，外滩。”我说。

“有一点。我也常常这么觉得，可是我不喜欢上海，不喜欢上海姑娘，上海姑娘太知道自己是怎么样的了。我女的是南京人，她真是的，唉，真是可爱。她长得很难看，侧面看不到鼻子，正面看不到耳朵。可她就是个女人。我一看到她，就想：这个娘们，我一定要。你看到她也会喜欢的。”

既然他这么自信，我就不好说什么了。

“她是画国画的。一年不画，可是突然有一天，画了，画出一幅很好很好的画。这个娘们!”

“她一定是很聪敏。”

“就是太任性。你们女人都是这么任性吗?怎么会这么任性呢！”

我不响，不知道该怎么回答他。

自由女神在前边了，她是蔚蓝色的。

我们上岸，围着她走了一圈。她有一个角度，看上去十分妩媚，腰陷进去了一点儿，伸着胳膊，有点撒娇。

我们进去，上去。出来，站在她的底座下面，仰起头看她。一片云从她头上过去，她巨大的身躯像是向我们倒来。

我们重新进去，再上去，这是自由女神的身躯里边了。铁架子，窄小的铁梯子，急遽地转弯，每一层有一个座儿，可以坐下来歇脚。

“这是自由女神的腰了。”

“是腰。”

再上，胸口，脖子，终于到了头。

一排小窗户。这是她的冠。从冠里望出去，她的胳膊，举着火炬。那火炬在晃。

“在动呢！他妈的X！”

“不不，是我们自己心跳，跳得厉害，这么一口气地爬上来。”我说。

“哦。”他不响了，望着窗外，是海，海那边是纽约。窗户上是一排灯。那天，远远的，在郑培凯的窗口望见的光，便是来自他们了。

“你记得吗？我们小时候，总是画这么一幅画：自由女神手里举着一颗炸弹。”他说。

“记得的，”我说。

那边是纽约，挤挤的楼，最高的是帝国大厦。“这是世界最高楼。”他告诉我。

“不，芝加哥的Sears Tower比它更高，我不久刚去过。”我说。

"No，no，不可能，帝国大厦最高。"

"Sears Tower超过了它，你难道不知道？"我奇怪他的孤陋寡闻，这好像是每一个来美国的人都知道的。"

"怎么可能呢？"

"是的，没错。"我坚持。

他不响，可能在考虑这究竟可不可能。

"今年，从帝国大厦上跳下了它的第十二个自杀者。一个年轻人。"他说，"警察在后面大叫：不许跳，可他还是跳了。当场，警察昏倒在地。"

"呀。"

"那边，一对高楼，看见了吗？一对老夫妇分别在那高楼上跳下自杀。没有留下任何遗言，只是交待把他们的财产捐给福利机构。那是一对精神分析医生。"

"精神分析医生？他们不是常常治疗别人的苦恼的吗？"

"也许他们也给自己治过，没治好。"

"是的，医生常常治不好自己的病。"

"呀，他妈的，这自由女神真的在摇！"

果然，她在摇，摇得挺厉害。真的。

下去，出去，摆渡。

天又阴了。去吃汉堡包。

"你属蛇吗？"他问我。

"我属马。"

"那么你怎么和我是一届的呢？"我们都是六九届，最倒霉的一届。

"我小学上的五年制，于是比别人都早了一年。本来该是七〇届的，就可以不插队了。"

"我差点儿变成七〇届呢，因为我早产了一个月。"他一下子追溯到很远。我一算，果然，假如他推迟一个月，那就是九月以后生的，那么就得再等一年上学。“我生下时，不会哭，像只闷鸡。后来放进了一只抽屉。”——我想，恐怕是暖箱。“我妈妈怀着我八个月了，还在拖地板。我爸爸对妈妈不好。当然，我的教育全靠爸爸，我忘不了他。”

心里沉甸甸的，好像塞了很多东西。

“否则，我还应该高大强壮一些，像我弟弟，他又高又大，漂亮极了。”

“你也并不难看，”我安慰他。

他笑笑，不说话，吃汉堡包，然后指了一下挂在杯子边的茶叶包：“美国人吃茶，真笨！”

走出麦当劳，天已经暗了。风很凉。我们去唐人街。

“你经常想插队的生活吗？”他问我。

“经常想。”

“是呀！我经常经常想，想那生活，好开心。我们集体户里，有个男生，把老俵家闺女的肚子睡大了。人家找上门来打架，我们一起上。我专门出主意，给他们抱衣服，拿手表，后来我们装病，不吃饭。老俵最怕不吃饭了，不吃饭是最大的病，赶紧来哄我们。唉，老俵！”

唐人街，隔壁是小意大利城。据说，很久以前，中国人一走出唐人街，就会挨打。

“我还是要劝你，把英语学好。”我说。

“这是我的错。”他终于承认了，“我刚来时，非常情绪化。有一次，我们中央美院的一个老师在这里讲学，有个《中国时报》的记者提问说：‘中国是很封闭的，你怎么能知道这么多关于西方现代艺术的知识。’我当时气得浑身发抖，一下子站起来说：‘你究竟知道多少中国。’我握着前边的椅背，真想举起椅子朝他砸过去。过后平静下来，实在觉得他问得并不错。可是，唉，你不知道，我们在这里，吃一只鸡，也会有人问：‘你吃过没有？’”

唐人街，五颜六色的灯光，大红大绿的招牌。孔子大厦，中国人的公寓。我们站在孔子大厦下面，谁都不想说话，感到累。

“走吧。”过了一会，我说。

“好。”他迈开脚步，又停住，“我走得太快了，是吗？”

“有点快了。”我说。

“习惯了。在江西插队，我常常一小时走十几里山路。”他说。

我高兴我听到的是这样的解释，而不是很多人所说的：“因为美国的生活节奏很快。”啊，不，我们中国也有那样的生活，使人走路快而不是慢。

“要分手了？”

“要分手了。”

“他妈的真快！”他又骂人。

我什么也没说。我想劝他不要太苦闷，可是又想，假如他不苦闷了，也许就要失去一些什么。于是，便什么也不说了。

我们分手在唐人街。

晚上，陈幼石带我去看戏，《第四十二条街》，音乐剧（musical），具有浓厚的美国精神，一群年轻人，兴高采烈地跳着踢踏舞。看了真叫人高兴。这个剧团要排一个新剧，招聘女演员，一个昔日的名演员来应征，录取了。她独舞，动作僵直可笑，脚灯把她的身影打在天幕上，那拙劣僵硬放大了，更显得可笑。而为她伴舞的是一群少女，天真，活泼，可爱。后来演出了，老女演员被撞伤了，不能上台了，只能让一个年轻演员代替她。在年轻人上场以前，那女演员坐着轮椅来看她，对她说：“你穿我的服装，演我的戏，你成功，我恨你，我恨你！可是你要记住，最后第二场有这样的动作，你要做好，这很重要。你要演好。”

明天要离开纽约了。

11月30日　晴

告别了极其亲切的王浩先生，陈幼石就送我们到耶鲁大学。我先到郑愁予教授的班里，跟他的学生见面、讲话。这个班里有中国学生，也有美国学生，我请他们代我解开一个谜，那就是我在爱荷华看到的那一位晒太阳的学生，他在想什么？

学生们很可爱，都认真地思索了。有的咬着唇笑而不答。有一位美国男学生回答了，他说："我想他一定在想将来，大学毕业以后，他将做什么。"

我说，这回答是一定对的。在大学生这个阶段的年龄上，他们还没有太多的过去可以回顾，他们想的一定是将来。

见面完毕就汇合到大课堂，由我们三个讲演，陈幼石翻译。晚上是耶鲁中文系请我们在中国餐馆吃饭。

是夜往郑愁予家。本来陈幼石要返回纽约的，硬把她留下了。

11月30日　晴

中午，陈幼石开车，去New Haven。耶鲁大学请我们去开座谈会。

"陈幼石，"我没大没小地直呼她陈幼石，"我说，你别打那场官司了，来中国教书吧。"我知道，她为这场官司请了两位律师，花了不少钱。我也知道，北大请她去教欧美文学。

"中国，我是一定要去的，我学欧美文学就是为了回中国教书。可是，官司也要打。官司打到现在，他没有赢，就是我不输。我非和他洋人干到底，他凭什么？我豁出去了，卖房子，卖汽车，也要打到底。”

“那你不来中国了？”

“我想回去，为了这，我已经作了一年的准备，找资料，看作品。可是，据说国内在批判西方现代派，我的……我这张嘴没遮没拦的，你知道吗？安忆。”

车很快，天气很好。一公路的阳光。纽约在身后了。这里是田野。

“你的律师好不好？”

“笨蛋。还得我教他，他说他从没见过我这样打官司的。可是，他也承认，我的战略见效。”她又得意起来。“我挺有信心的。我的学生都帮我。我去敲州长的门，敲州议员的门，要他们发言，我是纳税人，有权利得到他们的服务。”

“你，真行。”我说。

下午两点到New Haven，把车停在耶鲁对面，进一个书店吃午餐，这是个书和蛋糕的店，满架的书，飘着蛋糕的香味。“这儿的蛋糕很棒。我们每一种都尝一点。”她说。

坐的都是学生，一边看书一边吃蛋糕。这也是个大学城，有点像爱荷华。不过耶鲁是私立大学，学费高多了，校舍也老多了，是美国经济萧条时建造的，全是用石头，乔治式的建筑。

台湾诗人郑愁予先生请我们来的，也是他具体组织会议的。他的办公室里还有一张桌子，是准备给许先生的，而他留在爱荷华了。

下午报告会，陈幼石为我们作翻译。吴老讲他如何会想到写剧本，妈妈讲她怎么会写小说，而我讲——讲国内年轻一代的小说，我不会作概括性的提纲挈领式的介绍，我只能笨笨地给他们讲小说内容，一口气讲了好几个：陈建功的《轱辘把胡同九号》，叶之榛的《我们建国巷》，李杭育的《最后一个渔佬儿》，史铁生的《我的遥远的清平湾》……我发现，人们对中国当代文学创作实在是太不了解了，他们只知道那些被批判的小说。他们不是用文学的态度对待我们的文学，而只是想通过我们的小说窥察到我国的政治情况。这很不平等。果然，又有人提问，要我们谈谈最近国内在批评的小说。我讨厌这种问题。难道我们不可能坐下来，平等地谈文学吗？中国不是没有文学啊！不过，会后，有个美国女孩子跑过来，用发音不准的中文问我："《我们建国巷》里，那个人的电视机，后来怎么了？他搬家的时候没带走吗？""哦，我没说清楚，他发火时把电视机砸坏了。"我说。"OK！"她微笑着点头，高高兴兴地去了。

晚上，在郑愁予先生家住。陈幼石该回去了，可大家都留她，她也很犹豫："我不舍得离开你们。"虽然两天以后，我们就将在波士顿见面。"别回去了。"大家说。她说："别的没什么，只是明天有课。""你还听课？""听课"她说。郑愁予告诉我：美国，凡是取得博士学位的人，可以免费进修课程。陈幼石是耶鲁毕业的博士。"不去了！"她忽然决定，"我就睡在这沙发上。"她坐了下来："明天，我还给你们开车，给你们翻译。"吴祖光伯伯说："真不知该怎么报答你。"她说："我们才不知道该怎么报答你们呢。你们在国内，经历那么些运动，吃了那么多苦。我们在外面享福。"

12月1日　晴

仍由陈幼石送我们去三一大学。中途在一位温医生家里停留吃午饭。

温先生是印尼华侨，解放以后，便回国念医学，五七年戴上了"右派"帽子，"文革"时又要他夫人跟他离婚。七五年出来到香港，然后来美国。刚来时睡地板，饿肚子。现在已开了几处诊所，挂号费每位四十五美元。但就是这样，一谈到祖国他就流泪，总觉自己仍是一个流浪汉。他夫人一边给我们端菜，一边也是眼泪汪汪的，说是明年想回国看看。

下午在三一大学讲演，仍由陈幼石作翻译。三一大学中文系教授，是一位研究中国历史的美国人，他起了一个中文名字，叫李文玺，原是郑愁予的学生，年纪很轻。他的夫人是该校舞蹈音乐系的系主任，长得十分娇小。晚上，由他夫妇请我们在意大利餐馆吃饭。生菜、面条，都是端来当面表演如何拌以大量的“芝士”。

夜宿李文玺家，他们好像结婚不久，家住在一个公园附近，环境幽静，房子也很大。据他说，这都是他妻子的，他自己没有钱。这是我们来美以后，第一次住到美国人家里来。入寝前，他和妻子来问我们明天早上几点吃早饭。小夫妻俩兢兢业业地想把主人当地道。

12月1日　晴

上午，参观耶鲁大学。在很早很早的时候，耶鲁大学是哈佛分出来的一个学派，南下到了New Haven，创立了耶鲁。耶鲁和哈佛的不同在于，耶鲁重创见，而佛哈重考证。东岸聚集了美国最早最好的大学，因为这里是第一批移民登岸的地方。东部人看不起西部人，说西岸没有文化，都是些淘金狂和垦荒者。而在东部最骄傲的又是波士顿，他们瞧不起纽约人，因为他们有最长的历史。然而，近些年，西部有些大学开始超过了东岸，比如史丹佛大学。

耶鲁有一个珍本图书馆，那建筑非常奇特，全是用一方一方大理石垒成，走进里面，才知道，那大理石是透亮的。这座建筑里没有一点木头，全是金属和石头。里面暗暗的，大理石透着幽幽的萤光。一堆堆泛黄的书排列在玻璃橱窗里，一个图书管理员就着一盏小灯在读书。

耶鲁有一个礼堂，舞台上排列着一个交响乐队的阵容，椅子，谱架，鼓……耶鲁的音乐系很棒。舞台上方，有一架巨大的管风琴，它使音响达到理想美妙的效果。

耶鲁有一个走廊，大理石的墙壁，两边是浮雕——一个母亲抱着孩子，一个战士……中间是密密麻麻的人名，这都是在历次战争中牺牲的耶鲁的学生。郑愁予先生告诉我：华盛顿的越战纪念碑，那设计者兴许是受了这个启发。

耶鲁有一个人像，是一位在独立战争中牺牲的学生，一个很年轻的学生，据说他死得非常勇敢，他的身后是他做学生时住的宿舍，墙上爬满了紫藤。

耶鲁的大一学生宿舍，学校规定大一年级的学生一定要住集体宿舍，那样，他们不至于太孤寂。大一年级，是青春期最恼人的年纪。

耶鲁的学生餐厅。

耶鲁的钟楼。

中午，我们离开耶鲁，开车去Hartford，那里的Trinity学院请我们去开座谈会。中途，在一位温医生家歇脚，午饭。他是从北京来的。凡是有中国人来，他一定要争取一次招待。

他们的家，在远离闹市的田野上，一大片草坪，一座豪华的房子。家里十分有钱。温医生以他的针灸而扬名这个地区，他已经开了几个诊所。今天，特为我们留在家里。他太太也是从北京一起来的，说了一口清脆的北京话，做了一大桌的菜。

温医生是印尼出生的归国华侨，来美国是在十一年前，正是“文化大革命”中间。反右的时候，他还在大学里，戴上了右派帽子，“文化大革命”中，自然是挨斗挨批剃光了头。

“老温剃光头，不像和尚，像尼姑。”温太太说。大家都笑了，回头看看温医生，果然，他生就一张婆婆嘴，慈眉善眼，像菩萨。

“她家成分挺好，有个哥哥在二炮当军官。工宣队逼着她和我离婚。我们是抱头痛哭啊！”

“那你要求出来，倒也批准了？”我们说。

“我是印尼华侨，这是个条件吧。”

“来时这儿有亲戚？”

“没有。我有个哥哥在香港，还有个哥哥在新加坡。来这里时，很苦啊！睡地铺，吃了上顿没下顿哪！现在好了，我有三个诊所……可是，我还是想我的祖国。”他忽然哽咽了，放下筷子用餐巾捂住了脸。

大家都放下了筷子。窗外的阳光明媚地照耀着草地，远处公路上有汽车开过。玻璃器皿亮晶晶的……

“没什么，吃吧，没什么。”他揩干眼睛说。

大家谁都不想吃了。

天气很好。

出发，向着Hartford。下午到。开完报告会，郑愁予和这里的中文系教授带我们去意大利餐馆吃饭。这位中文系教授很年轻，是美国人，中国名字叫李文玺，他的太太是舞蹈系副主任，很柔气，是个很有钱的人家的女儿。在座的还有几位中国学生，有一个是郑愁予先生的大女儿。

这里的意大利饭很著名，十分纯真。意大利饭里最有代表性的是面。可据说那面也是马可波罗从中国学回去的。上面的时候，招待们将一只火炉推进我们的餐室，当场调拌，表演给我们看。我们有几个人不吃cheese，所以要关照他们一下不要放cheese粉。可没来得及说，他已经表演起来了。这是一个秘鲁人，黑黑胖胖的，做出许多夸张的动作，举起一个cheese筒，纷纷扬扬地撒起来，那姿态是十分洒脱的。我们一个个都呆了，绝望地看着他。陈幼石对我说："算了，这会儿，你要是叫他不要撒，他会把你杀掉的。"于是，一盘cheese味浓浓的面到了面前，我顿时感到困难。

"这顿饭是系里请我们的吗？"我问郑太太。

"是愁予和老李合请的。"梅芳回答我。她是学声乐的，人长得大方而端庄。

"那何必呢！这很贵啊！"

"难得呢！"

"你们不容易，要供女儿读书。这儿的学费很贵吧？"

"一年需要一万多，包括食宿。所以，愁予在三个地方做事呢！"

"呀，你们得熬几年呢！"

"何止几年，大的毕业了，还有老二，老三。"

"挺辛苦。"

"反正，我的专业是不要了，我的生活全交给他们了。"她微微笑了一下。

晚上，我们就住在老李家，他们的房子很大，三层楼。一进门，李太太就从邻人家接回他们的一只狗：拉非，抱在怀里。那狗嗲得不得了，又摇尾巴又甩头，啃着她的手指头，不晓得怎么才好了。

"这是两个资产阶级出身的孩子，"陈幼石对我说。今天她一定要回去了，后天她将在波士顿等我们，"他们只能在这种生活环境里生活。"

"可是难道他们能保证永远有这种环境？"

"就是说不能呀！他们也许就会垮掉。这种人我见多了。"她说。

壁炉里的火生起来了，暖暖的。

12月2日　晴

一早，李文玺的夫人已去学校，他在厨房的餐桌上，已整整齐齐地摆好了杯盘，吃的是橘子汁和甜面包。他们的厨房，很少烟火气，可能两人平时生活很简单。

昨夜陈幼石已回去，她将在波士顿等我们。讲定今天上午由郑清茂先生来接我们，下午在麻省州立大学讲演。

乘郑先生还没有来之前，我们跟了李文玺，带了他们家里那一条小狗去公园散步。空气清澈，露珠满地，小狗撒着欢，人的精神也好了许多。

十一时，郑清茂先生和他夫人来接我们，下午参观了麻省大学，见有许多学生在摆地摊，出售自己做的东西，这是学校鼓励的。下午讲演，听众约百余人。

夜宿郑先生家。

12月2日　晴

早上起晚了。下楼来，李太太已经去上班。老李正和妈妈、吴伯伯一起吃早饭。拉非钻在他的怀里，这是一条哈巴狗，长长的脸，温和的褐色眼睛。我说："李文玺，我发现拉非很像你。"他大笑起来，亲着拉非说："他是我的小儿子。"然后又正色说，"人家是说，狗会像它的主人。"拉非不认生，谁抱它都愿意，是挺可爱的。

"报纸上说，北京最近杀了三千只狗。真是太可怕了。"他说。拉非从他脖子下伸出脸，在他的脸上蹭来蹭去。

我们不响。

"幸亏我的小拉非不在中国。"他说。

我们不响。

我们一起去公园走走，拉非也去，用一条链子拴着它，一走出家门，它便像疯了似的，狂奔乱跑。隔壁有一条大黄狗，期待地看着拉非，希望它过去和它玩玩，可拉非不屑于看它一眼，径直去了。

天很冷。太阳很好。湖边结了薄冰。一个跑步者过来了，向老李打招呼，然后向我们介绍老李："这是个好男人，头脑好，心也好。"

好男人天真地微笑着。拉非跑远了，他叫："Come, come！""你说中文，它能懂吗？"我说。

"你来！你来！"他叫。拉非不理会，没听懂，在前边乱跑。

中午，郑清茂教授和郑太太从麻省大学来接我们去。

下午，报告会。

晚上，住郑先生家。

他养了两条狗，一条北京狗，一条洋种狗。北京狗住在家里，有一个小小的卧室，挂着门帘，沙发是它的瞭望台，它常常站在沙发上，趴着窗台，看风景。洋种狗住在车房，只有一条毯子。

郑太太对我说："北京怎么在杀狗？"

我依然不回答。

12月3日　阴

郑清茂先生给我们的印象，是属于那种一点一画，方方正正，写字仍用毛笔的中国学者。虽然在美时间很长，也穿着西装，但通身仍是中国气息，是一位中国人非常熟悉的忠厚长者。他夫人是一位珠宝鉴定家，是位能干人。

午后，由郑清茂开车，送我们到波士顿。

到达波士顿，找到赵如兰教授家，已是上灯时候了。可亲可佩的陈幼石，已在那里作为主人等候我们久矣！

赵如兰是著名语言学家赵元任的女儿，是教授音乐历史的。她丈夫卞教授在哈佛教授及研究航天，曾来过中国。他们这个家，实实在在说来，已不是他们俩的家，可以称之为波士顿的“中国人之家”，如果再扩大一点，可以称为“东方人之家”。一年到头，总有几批客人住在他家。过去常有一些穷研究生住他们家里，客厅里横躺一个，竖躺一个，再进来一个，互相瞄一眼，谁也不认识谁。我们到时，家里已有两位客人，其中一位是日本学生，来美研究中国音乐的。

在这里，客人多于主人，而且常常是只见客人不见主人。于是客人接待客人，客人接待客人的客人。主人回来，倒真正像个客人。我们到达时就这样，陈幼石里里外外地招呼，卞教授恰巧在家，他不声不响地坐在一边静听。

晚上赵如兰回来，我们建议她立一个来客登记签名册。她欣然同意，拿来了一本软面册子，我们首批签名，就有十余人。

12月3日　晴

麻省大学一位教授请我们吃午饭。大家聊天，说起将要来临的圣诞节。今年圣诞节最热门的礼物，是一种蔬菜娃娃。这种娃娃很难看，顶着一头白菜似的乱蓬蓬的头发，五官分布也不合比例，一鼻子的雀斑。它有一个出生证，写着它的出生年月，名字。你将它买下时，必须再填写一张领养证，从此，你就担负着抚养它的责任了，你要保证在任何境地都不抛弃它。抢得厉害，柜台前差点儿挤死了人。昨天的电视新闻里，报道了一则关于蔬菜娃娃的绑架案——一个娃娃放在汽车后座上，被劫走了。失主便以绑架案而起诉。闹得不亦乐乎。唉，这些快活的美国人。

下午三点钟，出发，去波士顿。

实在太累了。这三天里，一天换一处地方，一天行驰几十里，一天一次座谈会。在车上睡着了。心里实在是很抱歉——对开车的郑清茂先生。可实在撑不住了。而且，还有点感冒。睁开眼睛时，天已经黑了，汽车开在拥挤的车队里，进波士顿了。开上了波士顿的街道，一辆车从横里蹿了出来，抢了路飞驰而去。郑先生摇头："波士顿的人开车最不讲理了，野蛮！""可他们不是最有历史，最有文化的吗？"我说。"实际上他们最野蛮。"他说。

汽车上了一条石板路，这里的街道窄而不规则。车停了，那边篱笆上挂了一盏汽灯，便是赵如兰老师的房子了，陈幼石在那里等我们。

赵如兰老师不在家，在哈佛开一个庆祝会，只有她先生卞教授在，他不爱说话，在屋里走来走去。陈幼石在厨房里烧饭，她下午从纽约开车来，开来一车的肉、菜、水果、面团，供我们三天在波士顿食用。这房子很大，客厅、餐厅、厨房、三个卧室，每个卧室都带澡房。然后，还有地下的一层，从一个螺旋形的楼梯走下去，楼梯边是很多盆花草，郁郁葱葱地，掩住了那弯楼梯。陈幼石告诉我们，这楼梯是专为赵如兰老师的母亲修的，她母亲和她的父亲赵元任老先生住在西岸，赵如兰老师要把他们接来一起生活。她母亲喜欢螺旋形的楼梯，可是没等那楼梯修好，她却故世了。赵太太是个喜欢热闹的人，家里常常是宾客满座，她烧菜，聊天，并且骂人，赵先生则静静地坐在一边，一声不响。赵如兰说："以前我觉得妈妈太喜欢客人，打扰了爸爸的安静。可是妈妈故世以后，我才明白，那热闹实在是爸爸喜欢的，他喜欢坐在人群旁边，看热闹，听妈妈骂人。"

他们家很热闹，而且是喧宾夺主，卞教授出去赴晚宴了，家里便剩了我们这一大帮客人，"是恶客。"祁莲说。她和郑培凯一起来了，为大家做火锅。一起吃火锅的还有张光直夫妇，杜维明夫妇——杜太太是一个高大的美国人，怀了孕，马上要做妈妈了。杜维明谈他回国玩普陀山，和一群农民作伴，他没有粮票，农民送了他几张，还是全国通用的。

12月4日　雨

郑培凯从纽约来波士顿，因为徐祁莲在这里工作。又是他带我们逛波士顿。天下着雨，汽车沿着查礼士河慢慢地兜了一圈。雨越下越大，我们只好进百货公司。这家公司的底层是廉价部，是每年感恩节后都有的，在这里的东西，每隔七天便削价一次，削到第三次还卖不出，便送往慈善机关。十一点公司刚刚开门，很多顾客都往下走。我们也就跟了下去。这里以衣服、鞋子居多，也有一些瓷器摆设。价格并不便宜，恐怕还未到第二次削价的时候。我买了一把伞，完全是为了应急。在纽约街头小贩拿着卖，是三元一把，这里却花了十元代价。

有了一把伞，走路就不那么狼狈了。我们又去了类似上海城隍庙的一个地方，不过规模更大，各种摊位统一整齐，而且在一个大厦里面，不是露天的。进门处便是一棵挂满小灯泡的圣诞树，上面是半圆形的楼厅，栏杆边聚着几位戴红色绒线帽的老人和少年，唱着圣诗，进去便是各国风味的各种点心。凡是来这里的人，无一例外，都手里拿着各种吃食，边吃边逛。我们也就入乡随俗，尝了美国的煮豆、希腊的甜点，安忆买了一大杯水果杂拌，最后给陈幼石买了两盒各种花式的蛋糕，作为慰劳。虽然下着雨，大家尽兴而归。回来后，便在陈幼石率领下包饺子。卞教授也不声不响地参加进来，包的速度不在吴祖光之下。

郑培凯还需开四小时的汽车返回纽约，不能停下吃饭了。就让他这样走，怕他半路会饿。让他吃饱了走，又怕他开车发困。大家协商以后，给他先煮了六只小饺子，认为这个分量既不会饱得发困，又不至太饿。郑培凯吃完便和我们告别了。我们在纽约到波士顿这一个星期里，除了陈幼石就数他最辛苦了，心里实在感谢。

不久，隔着玻璃墙，见外面纷纷扬扬飘起大雪来，心里着实惦念，郑培凯这四小时路程是更艰苦了，还有那位不知浪迹何处的同胞，还有冷清清住在八楼的潘耀明……唉！身在异国，却仍有牵肠挂肚。

12月4日　雨

下着雨，郑培凯开车带我们去逛波士顿，过了康桥，那边市中心，一排楼——“那座楼，本来是波士顿最高的楼，那式样有点傻里傻气的，不是吗?”烟雨茫茫中，郑培凯指给我们看，“不晓得设计和施工出了什么毛病，刚造好的半年之内，那楼上老往下掉玻璃，玻璃窗总是碎，只好把下面圈起来禁止通行了。旁边那幢楼，就要漂亮多了，这是中国人贝聿铭设计的。”那果然是秀丽得多的建筑，“从不同的角度看，它会变幻形态，变幻颜色。”这会儿，在雨雾中，它是灰蓝色的。

去一个奇怪的商场。这商场专门收购别的商店的囤积货，买来之后，重新标价，是这样标的——十二月一日至十二月九日：售价二十元；十二月十日至十二月十八日：售价十六元；十二月十九日至十二月二十六日：售价十元。十二月二十七日以后：不售。于是，每日里，顾客盈门，挤破了脑袋。我们去那里买东西，发现这些商品往往是在第一阶段就售出了，最迟迟不过第二阶段，因为我们没有看到一件东西处在第三阶段的售价中的，除非是已经损坏了的。不明白，这是一种什么顾客心理。

吴祖光伯伯买了双皮鞋，他的鞋完全崩溃了，这一路来，走的路不少。我想买一双靴子，可是，靴子真贵。

去一个名叫Quincy的商场，一个像城隍庙一样的地方，很多很多小吃摊，人们手里捧着东西吃，一边慢慢地走着，很悠闲，又很拥挤，熙熙攘攘的。吃了一个水果杯，又吃了一种奇怪的蛋糕，郑培凯说是荠菜的，可实在不像。外面下着雨。

走过一个鞋店，终于抵制不住那靴子对我的诱惑了，我喜欢它。也经不住旁人对我的鼓劲。一个高而英俊的黑人殷勤地帮助我试穿。“买吧！”终于下了决心。成交了一笔买卖，他很高兴，又去挑选了一只与靴子同样颜色的皮包向我推销：“这是很匹配的。”我谢绝了。靴子很贵，因为是真皮的，这里，凡是直接来源于自然的东西都很贵：牛皮，羊毛，棉布。

回到赵家，已很晚，郑培凯还要赶回纽约，他明天有课。大家劝他吃一些饺子再走。只有陈幼石不劝他，她说：“吃饱了开车很危险，因为吃饱了很容易打瞌睡，在高速公路上开车，很单调，常常会走神、会睡觉，那是要出事的。”不过，郑培凯受不了饺子的引诱，还是吃了几个，本来说吃十个，结果吃了十五个。愿他不要瞌睡。天下着雨，不好开车，他又是个近视眼。祝他顺风。

晚上，有对夫妇来看我们，女的是美国人，说了一口流利标准极了的北京话——是有四声的中国话——吴祖光伯伯说。因为外国人说中文常常没有四声。男的是中国人，原本是中央广播文工团拉手风琴的——人家说，可他自己则说是弹钢琴和作曲的；姓陈，一边教中文，一边选修电脑音乐的课程。女孩子叫苏珊，长得大方，也比较含蓄，已经读得了学位，一边任教一边学习，她写的论文是评论冯骥才的作品。他们是在北京相遇的。当时正是“文化革命”中，闹得满城风雨，阻力很大。后来还是某位中央首长批曰:“恋爱自由”嘛。然后，批准出国，双双来了美国。

赵如兰老师回来了，他家主人早早地出去，只剩下我们这些“恶客”打天下，早已忘了是谁的家。她一回来就张罗着要煮红豆稀饭，这是她对客人的热情欢迎的集中表现——陈幼石说。她们是多年的好朋友，她常常把朋友带到赵家。赵家的朋友不断，来去自便，一切自助。反正，冰箱里有吃的，床上有盖的，洗澡间有热水。主人回来得早，还有红豆稀饭。

12月5日　雨

哈佛大学图书馆的中文室里，竟悬挂的是“老佛爷”慈禧的画像。这面庞让我想起了杭州岳坟，前面跪着的四个人像中的王氏，面容端正，然而刻薄；集美丽、凶残、严酷于一身，比艺术还艺术。

我们就在这里讲演。一个不小的厅，倒也坐满了。

美国是崇尚“第一”的国家，第一个在树上过了多少天的；第一个在街头过了一年的；第一个用酒桶飘洋过海的；第一个在空中钢丝上举行婚礼的；第一个……我们作为母女作家访美，恐怕也占了“第一”吧!

晚上，刘年玲（木令耆）来看我们，她刚从国内回来，谈了一些她的忧虑。

12月5日　阴

这是哈佛校园了。旁边有座小房子，里面住了个孤老太，她把房子捐给了哈佛，但是说明她必须在这里住到终年。哈佛的地皮几乎都是这样得来而扩大的。小房子紧闭着门，里面住着一个老太太。

哈佛的图书馆，书架深处，有一张书桌，获得优秀成绩的学生，可以得到这里的一张书桌。书架与书架之间，一只小小的灯，有一个中国学生埋着头看书，像是在书的峡谷下面。

今天的报告会，不用翻译，全用中文说。因为在座的都是中国人和会说中文的美国人。我不喜欢没有翻译，因为这样一来，我必须说得多一倍的时间，并且翻译是限制我说话速度的一个有效手段。这样没有间隔，一任我一口气地说，我便越说越快，直至喘不过气来而后已。我仍然是讲小说。会后，便有几个人来向我打听并记下陈建功、张承志、史铁生等名字和作品。他们从来不晓得这些人，过后又说，中国没有文学。参加会的有一个美国女孩，说了一口流利的北京腔。她问我："你是第几届？""六九届。"我说，心里纳闷一个美国人怎么也知道这么发问："第几届的？"她明白这"届"的含义？"我是六八届高中的。"她紧接着说。我很惊讶，旁边的小叶告诉我："她是在北京长大的，韩丁的女儿，叫韩琼。""可她完全是一个美国女孩子呀！"我看看她的蓝眼睛，黄头发。"不，她完完全全是一个中国女孩子。"小叶说。小叶是中美混血儿，在国内长大，也经历了"文化革命"，后来到美国来了，她的母亲是美国人。那年丁玲来，是她给丁玲做翻译的。

晚上，赵如兰老师家又来了两位客人，中国人，父女俩，几年前从大陆来的。那父亲精通京剧戏曲，赵老师专为收集戏曲曲调而请他们来。女孩子是上海人，学美术的，已经留学了三年。又来了一位美国人，也是他们音乐系的，加上我们这一帮，还有一个日本人——他住在地下室，每天早上提着小提琴去上课。他已经读得了一个理工科的学位，却毅然改学音乐，不知道中了什么魔。我问他："知道高仓健吗？""那是明星啊！""我太喜欢他了。”“啊。”“他从来不笑。”“是的。”

唉，很憋人，来了波士顿两天，天都不好，也许看不到什么了。外面又在下雨。这么样匆匆地走着，来不及认识人，认熟地方。故事来不及开头，就要走了。我有点厌倦旅行了。

跟陈幼石和刚从国内回来的刘年全一起去酒吧坐坐，华贵的酒吧，舒适的座位，优雅的音乐，酒很甜……有些烦闷，想爱荷华，而且，想家。

12月6日　雨

一个人在“家”安静了半天。

天下雨，不到下午四点，天就黑了。晚上是哈佛请客吃饭。

12月6日　雨

陈幼石一早开车走了，去她的律师那里。说定今天要过目并签定一份关于官司的文件。她晚上再回来。来回八个小时的汽车路。我现在只希望她的官司要么马上赢，要么马上输，总之，快点结了吧。天下着雨，说不定会下雪，路上很不好走。

今天，一个哈佛的美国女学生带我上街玩。她是杜维明的学生，学中国思想史，现在正写关于朱熹的论文。中国话说得挺好，词汇很多，有个中国名字叫桂思卓。“你的名字很别扭，不好听。”我说。

“他们中国学生也说，说不像女孩子的名字。”她坐在驾驶座里点烟，点着了，夹着烟扶着方向盘，发动了汽车。这汽车很古怪，像个乌龟，背脊高高地耸起来，又像一只正在抓老鼠的猫。这是一辆德国车，不新了，她喜欢它只是因为不会和别人的车搞混。她转过头注视着我："你好像特别年轻。"

"并不年轻了，快三十岁了。"我说。我常常忘记这里女人不爱公布年龄的习惯。

"哦。"她说，"结婚了吗？"

"结婚了。"

"你爱人做什么的？"

"你怎么也会说'爱人'？"我笑了。

她得意地笑了："我在天津南开大学读了两年书呢。"

"哦，怪不得，你中文说得很好。"

"中国的年轻人好像很大了还对男女之间的事感到神秘，不了解的。我讲给他们听，还画给他们看，他们都不好意思。"

天晓得她画了些什么鬼东西给人家看了。我看看她，觉得她怪有意思的。她戴了一副框架很大的眼镜，镜片很厚，一圈又一圈，遮住了眼睛。脸色不好，显得很苍老，不晓得她有多大了。不好意思问。不能乱问，人家会生气的。"你喜欢吃冰淇淋吗？"她问我。

"非常非常喜欢。"

"那好，咱们去吃冰淇淋。"她停了车。我们下了车，雨下得不小。路灯全亮着。那是一种煤气灯式样的路灯，古色古香，在雨中发着光。我们冒着雨去找冰淇淋店。这是在哈佛广场附近，她告诉我，这里的商店都是大学生最爱光顾的。

"波士顿是古老的城市，这里是不是还存在着美国最古老的风土人情？"我问她。

她耸耸肩："我也不知道，我是犹太人。"

"哦，犹太人。"我站定脚看了她一眼。

"是从俄国来的。"

"我看过一个讲犹太人的电影《苦海余生》，非常棒。其中有一句台词我至今还记得：‘我们犹太人所以能活到今天，就是因为我们从来不丧失信心’。”

她认真听完我讲述电影的内容，说：“这好像是一件真事。”

“是真事，电影片头上说明的。”

“我好像是听我祖母说的。呀，你的头发湿了。”她摸摸我的头发。我把帽子拉上来戴好了。我们找到一家冰淇淋店，各人要了一份，我按照他们美国人的习惯掏钱包付自己的一份，她拦住了我：“我来付。”“不。”我说。“我Pay。”她急忙中说了个英文字，只能让她付了。当我们端着冰淇淋走到一张空桌子前时，一个形象可怕的人径直向我走来，奇怪地笑着，我吓了一跳。一个店员过来把他带走，关在了门外，门外下着雨，他抖抖索索地站在雨里。“不要紧，是个神经病。”她安慰我，大口大口地吃着冰淇淋，“我还没吃午饭呢，饿坏了。”

“喜欢中国吗？”

“喜欢。我喜欢上海，上海有点像纽约。可是我的同学们都不喜欢上海。”

“可是你发现没有，他们买东西都要买上海的东西。”

“对！不错！就像美国人对纽约的态度。”她大叫了起来，声音有些喑哑，“从中国回来以后，我好像有些改变。”

“真的吗？”

“我从天津回来，去我一个同学家里，她家住在一个农庄。她妈妈养了许多苗。”

“什么苗？”我问。

“苗，一种小动物。就是C、A、T，cat。”

“哦，是猫。”

“对，猫，这样很好，你要经常纠正我。”她拍拍我，又继续说，“她每天早晨要买很多牛奶给猫喝。我看到猫喝牛奶就想到我们南开的一个老师，他生了个孩子，他太太没有奶，可是奶粉不够吃，他急得没办法……”她沉默了一会儿，抬头看看我，我也看看她。门推开了，进来一对湿淋淋的男女孩子，中国人，两人买了一份冰淇淋，搂在一起，你吃一口，我吃一口，然后吻一下，再吃。说的是英文，听不懂。那模样和装束，是唐人街上的，不像学生。

我们出了门，找到汽车，她照例点着一支烟，然后发动。她说要去登一幢楼，可以鸟瞰波士顿。这大楼，底下全是商场，上面是咖啡馆。我们找电梯。“这个电梯是上五十二层，可是，进那里要付钱。上五十三层不要付钱。”

“那为什么呢？”

她摇摇头，也茫然得很。我们都不想付那两块钱，上五十三楼吧，还高一层呢。电梯上升，耳朵嗡的一声，耳膜进去了，听觉又不灵了。楼上人很少，都坐着喝东西，我们趴在窗户上看波士顿。

“说哪条街上有一串马蹄印，是独立战争中，一个信使来报告英军来了的马蹄印？”

“在那边。”她向一个方向指了指，“是后人用铁做的。为了纪念。”

“哦。那是贝聿铭设计的楼。”我指给她看。

“对。这楼真是漂亮，它会变。有时成了一条线，有时成了一座尖塔，又像匕首。旁边的建筑映在它的身上，它显得好伟大。”她赞叹不已，“等会儿我们开车从它下面过。”她带我走到对面的玻璃窗前，“这座教堂，你看到没有？这个教堂可有意思了，他们认为生病不用医生，只要诚心对上帝，就会好。”“这不科学。”“当然不科学。”

雨蒙蒙的，波士顿的街道，湿漉漉的，路灯从玻璃灯罩里闪烁出暗淡的光。

“昨天我有课，没能听你们讲。”

“我们讲得不好，没什么可听的。你们这里来过别的作家吗?”

“来过，常来。今年年初，刘先生也来讲学的。呀，他真是，真是Handsome！帅极了!”她简直要晕过去了，“他穿得也很时髦，西装敞着，呀，简直，简直，太帅了。”

我笑了起来，她也笑了。大约是笑得有些放肆了，人家都看我们。

“别笑了，咱们走吧。”我说。

“再去哪儿呢?”

“有人告诉我，波士顿，有个花园博物馆，是吗?”于是，我们便去花园博物馆。据说，进了里面，你就好像是去了欧洲。

这是一幢普通的楼房，是一个贵族女人的家。她住在意大利，后来要回美国了，她丈夫便在美国为她造了一座完完全全意大利式的房子。走进去，暗暗的深深的走廊，环绕着一个内花园。花园中央是一个水池，池边是雕塑。花草长得很好，水，静静地喷上去，悄悄地落下来。二楼、三楼、四楼的窗户全对着花园，顶上是暗淡的天空，透过一个玻璃屋顶。有人在吹长笛，吹一支优雅的曲子。

“应该带照相机。”我说。

“拍了照可以对人说，我们到了意大利。”

我们抱着膝盖坐在门廊下，对着花园，动也不想动，这里的气氛很静谧，叫人不想动不想出声，只是愿意想点心事什么的。

不知哪儿传来潺潺的流水声。长笛在唱，一只钢琴试图伴着它，却有些犹豫。

“上楼吧!”她终于站起身来，我只好推动自己站起来，上楼。每一层都有许多的收藏，有些房间照原样子摆设着，三楼，有那贵妇人的画像，穿一件黑长袍，脸色苍白，神秘地看着我们。有人走过来，是个老人，管理人员，对我们说："请把外套穿好，不要这样提在手里。"不明白为什么，难道在欧洲的建筑里也要像欧洲人那么讲规矩？有几个年轻学生在临摹那些名画。这博物馆对面有一个艺术院校，这都是艺术院校的学生。我们走在窗户前，跪在地上，趴在窗台上，那窗台很低，几乎要落地而又没有落地。潺潺的水声，钢琴终于和上长笛，谐和地流畅起来，在空荡荡的房子里回荡，上楼，又上楼，穿过房间；回到走廊，再上楼……像一个幽灵在游荡。我说："谁在吹笛子？"

"不知道。"

"为什么要吹？"

"不知道。"我们看着窗下的街，几辆汽车停在那里，有一顶红伞在移动。她忽然问我："你想你先生吗？"

"总是要想的。"

"他还好吗？"

"不太好。他在一个职业剧团里工作，现在要和另一个职业剧团合并，就要减员了。"

"为什么要合并？"

"剧团太多了，卖座又不好。"

"为什么太多了。"

我无法回答她，扯开了话题："你兄弟姐妹多吗？"

"有五个，全分开自己住了。我爸爸妈妈离了婚，也分开了。我妈妈也在上大学。"

"哦。"

不知哪儿来的水声，潺潺的。

上了汽车，她忽然回过头说："你猜我有多大？"

"大概和我一样吧。"我谨慎地说。

“比你年轻四岁。”

“哦，真羡慕你。”

她得意地吹起口哨，把车打了个弯。

陈幼石回来了，居然在晚饭前赶到了。问她：“怎么样？”她说：“律师能理解我的战略了。”看起来，她心情挺好，精神也好，开了八小时车以后，居然还这样，令人佩服。“你回来教书吧，都说你是个好老师。”我又劝她。她说：“我喜欢教书，我已经想好了，假如回去教欧美文学，我要把学生分成小组，翻译名作。经自己亲手翻译，才能贴近作品，也可以提高英文水平。”她滔滔不绝地讲起来。我想她一定是个好老师。

晚上，哈佛请我们去教授餐厅晚餐，有小叶，桂思卓，一位女教授，陈幼石，还有苏珊小陈夫妇。小叶是个很热情的姑娘，她对我说：“我和我们指导老师说，能不能筹些钱，请你昨天说的那些作家来哈佛，和美国文学界交流交流。”“你的想法很好，可是美国大学的教育经费很紧。”我说。我一边和小叶聊一边听旁边有人在问妈妈：“你女儿和你住一起吗？”“在一起。”妈妈说。“中国人的习惯总是和父母住一起。”我扭过头去看了他一眼，我忽然怀疑了起来：他不是生在中国长在中国而仅仅来到美国几年嘛。怎么好像什么都不知道了——对中国。

12月7日　阴

吴祖光去圣路易斯，我和安忆两个应华盛顿大学之邀，傍晚到达圣路易丝。他们已为我们订了旅馆，并在学报上刊载了我们的经历，又非常周到地安排了我们在这里的三天日程。留学生都文伟也是上海人，他在这里一边学习，一边在一所中学教书，作为打工。他为我们去那里，已忙了好几天了。

12月7日　阴

今天去圣路易斯。

我们住在一个老式的旅馆里。电梯由专门的侍者操纵，而不是像所有的电梯那样：自己开。房间的墙是木板壁的，灯是煤气灯的式样。文伟说：这个旅馆马上要改装了。太古老了，都已经是过时了的。圣路易斯就是一个已经过时的城市，它的光荣已经过去了。它曾有过显赫的光荣——开发西部的必经之路。为了纪念这个，圣路易斯有一个特别的纪念碑——拱门。我一到就向文伟提出要去看看拱门。

“好的，好的。”文伟答应着，拿出一份我们在圣路易斯四天的时间表，每一个小时都安排内容，每一顿饭都安排了——今天晚上，去一个美国教授家吃饭，他的太太是上海人，家里有一个从上海来的侄女，三个月前来的。

这位教授对中国是很有兴趣的，很友好，他的上海太太对我们说：“我爱人，”——她这么说，“我爱人是最早提出和中国缔结姐妹城市的。本来想和上海结，可上海不接受，也许是因为上海是个大城市，与圣路易斯不对等，后来我们就和南京结了姐妹城市。他现在又在研究电脑中文打字机，这也是第一个有这种想法的。我爱人总是要干第一个——他想帮助国内造一个养鸡场，可是，唉，他们不懂，美国这样的养鸡场，又先进，又干净。莹莹从上海来，不吃鸡，我就拿照片给她看：美国就是这样养鸡的，多干净。她于是喜欢吃鸡了。”

莹莹长得很白净，挺秀气。“你打算学什么？”我问她。她笑笑：“学画。”“纽约有一批画家呢，你和他们有接触吗？”她摇摇头：“你见他们了？”“我见了一个。”“哦。”她脸上露出十分神往的表情。“她现在在学英语。”她姨妈说，“我们在家里逼着她，不许讲中文，只能讲英文，每天晚上逼着她讲，讲到很晚。今天破例，有中国客人，可以讲中文。”

吃过晚饭，看电视。今天有个关于中国的电视节目。电视片拍得很好，触及了许多以前很少接触的生活角落。比如一对夫妇闹离婚，经法院、里委、各自单位的调解重归于好；一个小偷偷了邻家的电视机，经教育感化，决心改过自新；一个精神病院，一个病人痊愈出院了，和医生护士在聊天：“我回去之后，一定要好好干四化，实现四个现代化：走路汽车化，上楼电梯化，吃饭宴席化……”我一下子笑出声来：“他怎么可以出院呢？他根本没好！”可是那位教授却说：“不，他根本就是个正常人，他是很压抑，然后才说出这些话来。”我也不反驳他。看完电视后，我们下到地下室，他的工作室，看他的电脑中文打字机，他再三地说：“我不知道那对夫妇吵成这个样子还能不能和好，我很为他们担心。”他的电脑我是无论如何也看不明白的，只看得懂屏幕上显现出来的字：上海来的猴子莹莹——他们挺疼爱这个远房侄女儿的。“她来时懂英文吗？”我问。他太太做了一个手势：“是个零。”“哦，多亏你们教她。”“我回国，看她怪可怜的，上不了大学，在工厂做事，就让她出来，给她一条出路吧。她要学画画，可是这有什么意思，纽约是世界艺术中心，聚集了全世界最优秀的画家，她拼得过人家吗？我们要她学电脑设计。”终于结束了对他电脑的参观，上了楼。莹莹一个人坐在餐桌前，手托着腮在想什么，看到我们就微笑了一下。她是我在美国看到的唯一的住在亲戚家的中国学生，她不愁吃，不愁住，不愁学费，可是我不知道她快活不快活。

回到旅馆，暗暗的灯，黑黑的板壁，阴森森的。夜里很冷，好像停了暖气。这里烧的是热水汀。

12月8日　晴

华盛顿大学的中国留学生似乎不少，美国人研究中文的也多。这里中文系的主任，就是一位中国话说得很好的美国人，他的中文名字叫何谷理，待人恳切、自然，面貌有点像耶稣。他曾翻译过我的《百合花》。

去听了大学中文系一年级的课，教师是刘勤捷女士。约有十来个学生，一个个羞答答、傻乎乎的，读着中国小学生的语文课本。我又提出关于那个晒太阳的学生在想些什么的问题。他们的回答，比耶鲁的学生踊跃得多，也就事论事得多。

“他要把皮肤晒黑，想着那会漂亮得多。”

“他在尽情享受阳光，和大自然在一起。”

“……”

这些孩子才一年级，离毕业还早。他们还没来得及去想大学毕业以后的问题。

中午在他们的教授俱乐部和中国教授以及研究中文的美国教授聚餐。有一位陕西籍的杨日旭教授，十分关切地打听陕西有哪些知名作家，又独自说了许多家乡的土话，别人听不懂，他似乎很过瘾。他怀念和自己童年交织在一起的家乡。但他又坦率地承认，他一直反对共产党，要回去是困难了……他似乎有点惆怅。

在华大的讲演，不是人数最多的一次，但是出席的美国人较多。有些留学生，把他们的房东老大娘都请来听了。留学生请了一位英语最好的北京人叶坦，作为我们的翻译。

晚上是留学生请我们在中国餐馆聚餐。

来美以后，无论在纽约、华盛顿、波士顿，来来去去都有汽车接送。汽车的主人都是三四十年代、五六十年代，从台湾来美的学生和教授。他们在美已成家立业，站稳了脚跟。而从大陆来的学生，都正在半工半读，苦苦奋斗之中。除了爱荷华的叶向东有了一部旧汽车之外，没见过别人有车。在这里，我第一次坐了大陆学生的车，是三位学生合资买的。虽然已破旧不堪，后部的车皮已经七翘八裂，停在那里，都会引起警察的干涉，可是居然还能开得动。和大家挤坐在一起，热热闹闹，心里别是一种滋味。

12月8日　晴

上午，和文伟去他任教的一所高中，他和我商量，让我和他的学生们座谈一堂课。他教的是高中毕业班的学生，马上要上大学了。本来的聘期已经满，但是因为他工作得很好，又聘了他一学年。他们似乎没有统一的教材，他自己选编了一本中国作家的作品，给同学们读。学生和家长都很高兴这样的教学，他们非常重视扩大知识面。他的学生们看上去都十分成熟了，有几个女孩子已俨然是大姑娘了，金色的长发披在丰满的肩膀上，很美，不过张口说话时，我看到她们牙齿上箍着一排亮晶晶的矫正器。还是未长好的孩子哪，我想。他们对文伟很随便，因此也对我很随便，喜欢听我们用中国话对话。所以我们聊得很有意思。他们都看了昨晚上的电视，觉得一对夫妇自己的事，却有那么多人来插入，很奇怪，似乎不太好。这是私事呀！也有一个学生说："也挺好的。"不过，有一点他们是一致的，他们不相信一对夫妇这样大闹之后还能和好，尤其是因为在众人面前大闹之后。他们问我："爱荷华怎么样？"我说："挺好。可是当我们走出爱荷华后，纽约人叫我们乡下人。"他们说："纽约人，哼，他们也叫我们圣路易斯乡下。"我问他们喜欢自己的学校吗？"喜欢。"他们说。有个女孩子说："这是个私立学校，学费很贵，为了让自己受到良好的教育，我自己挣钱交学费。我打工，夏天去做救生员，冬天做女招待。"有个男孩子在电视台做电工，有个女孩子做服装模特儿，更多的女孩子是做女招待。我问他们长大了想当什么，一位表情严肃的男孩子回答我：他要当个作家。我注意到他手里一直拿着一支笔，不时地在纸上记下点什么，而且，那样的严肃，没有一丝丝笑容。“为什么呢?”我好奇地问。他说:“我觉得写文章很有意思，假如我能做个记者，可以接触很多人。再说，也可以挣点钱。”可是我听说在美国作家挣不了多少钱。“要挣钱得做医生，做律师!”同学们起哄，他终于严肃地微笑了一下:“当然，主要不为了钱。”临走时，我对最漂亮的一个女孩子说:“你可以当个演员，你很美。”她高兴地大叫起来，把我抱住了。

放学时间，走廊里，孩子们在穿外衣，每人有一只衣箱，闹闹哄哄的。有的孩子开着车走了，规定十六岁可以考驾照，假如家长同意。

中午，中国系主任黑格尔先生和几位中国教授请我们在教授餐厅吃饭。女招待正是一个教授班上的学生，一个很可爱的圆脸蛋女孩子，她高高兴兴、落落大方地和老师们打招呼，一无羞怯。我记得曾有人和我说，她在餐馆打工，老板安慰她：没什么，艾森豪威尔当年也打过工。可是，他们说，中国学生是最抹不开脸的，总觉得打工有点见不得人。

在座的有一位杨教授，早年离开大陆去了台湾，又来了美国，他大谈家乡事：那茶馆，那酒楼，那戏台，那人情……“您可以回去看看嘛!”我说。他不搭腔，只看看我。过了一会儿，忍不住又谈了起来：茶馆，酒楼，戏台。“你回去看看嘛!”他停了一会儿，说:“我是不赞成共产党的，我写过文章。回去要紧吗?”“没关系。你回去看看就知道了。”“我不仅写过文章，而且，很早以前，搞学生运动的时候，我，我还……我不晓得我能不能回去看看。”“能回去。”我说。他不响，低下头吃饭。这时，我旁边的那位上海太太轻声对我说:“那时，台湾被赶出联合国的时候，他和我爱人大吵，我爱人是双手拥护大陆的。”她口口声声“我爱人”，总有点不自然，我宁愿她说“我先生”。

吃过饭，我们去参观了一座名叫Stick的房子。这是一个名叫stick的老太太死后捐出来的。现在是国际学生中心。楼下有一间房子，住着一个大陆来学音乐的女学生，她免费住在这里，但有时要打扫房子并看房子。她不在，门锁着。每星期二，教会里有些妇女带着食物来，让留学生免费午餐一顿。

下午报告会。

报告会后，一群中国学生请我们吃饭。他们乱哄哄地把我和妈妈围着站成一堆，七嘴八舌地商量着：谁坐谁的车，上哪个餐馆，还有，钱，要去银行取钱——为我们作翻译的叶坦说，他曾在多伦多学了两年戏剧，来美才一年多。终于安排妥了，我们坐刘小连的车。这是一辆非常破的车，撞过一次，龇牙咧嘴的。是他们三个人合买的。曾有一次，开在街上，被警察盯上了:“这车太破了，要换!”他们问我们今后的旅行路线。我告诉他们：——达拉斯——洛杉矶——旧金山——香港——北京，另外，到洛杉矶以后，还想去一次拉斯维加斯。“呀，那里有意思。”他们说，“我可教你噢，你去拉吃角子机器，你先站着看一会儿，见谁玩了好久还没掉下钱，走了，你就上去拉，保你一会儿就拉下钱来了。因为这一定有个概率的。有一次，我就这样，第二下就拉下一百个二十五分的分币，哗啦啦，从来没听过这么样的钱声。”“那里是结婚城，结婚容易离婚也容易。”“那里吃住都便宜得要命。那次我去，门口有个人还给了我一张十美金，让我做本。”“那儿有妓女，妓女还出报纸呢!”“那里有全美最好的脱衣舞。”

叶坦大谈艺术和戏剧——世界戏剧已经到了什么样的阶段，我们落后了不少。可是——他说，你今天讲的那些小说挺棒，真的，我没想到，比如，《轱辘把胡同九号》，真有点黑色幽默的味道。

刘小连在抒发他的理想——他只想做两桩事情：一是做托儿所阿姨，二是做玩具厂厂长。这全是由于想念他的儿子而生起的。他是公费生，明年可以探亲了。

在座只有一个美国人，却有个中国名字——朴端南，他是台湾女生子晏的先生，大家有点担心他不会用筷子，文伟说："他当然会的。他要不会，咱们把他赶出去。"他很努力地使用筷子，经常注意使两根筷子平齐，而不要一根长一根短。

12月9日　阴

参加何谷理先生教授的哲学课，他从中国的道教讲到毛泽东思想。在课堂上有学生问我："你去过美国的贫民区吗？"

我想起了潘耀明那急促摇下车窗的动作，隔着玻璃，那雨中的街道反着黑油油的光。拐角上站着几个青少年，淋在雨里嬉笑着，冷清的街道便更加冷清了。更加冷清的街道，更显得危机四伏，不知哪里会伸出一支黑洞洞的枪口。摇下车窗吧！只剩下那个臃容的黑女人，嘻着嘴，喝着什么饮料，独自高高地站在那里做着广告……

我说："我去了，不过是隔着玻璃。因为人们告诫我们，必须把车窗摇下。"

引起了一阵大笑，他们比我更熟悉情况。不过是熟悉而已，坐在这里的学生当中，恐怕不会有来自那种区域的人吧！我忘了，我应该问问他们的。

都文伟、叶坦、刘小连，来自上海和北京的三位留学生，陪我们参观拱桥纪念碑。这个碑，表明了这个城市在历史上的重要作用，这里正是美国开发西部的必经之路。高约几十丈的钢铁拱桥纪念碑，纪念着西部的繁荣。在繁荣前面打冲锋的，可能就是对印地安人的杀戮。

圣路易斯为西部的繁荣提供了道路，也可能因此带来了自己的衰退。这个城市许多大房子都空关着，主人不是他迁，就是亡故。整个城市有些萧条感。

12月9日　晴

上午，黑格尔教授带我去他儿子的幼儿园。他是德国人，生有一对温柔的蓝眼睛，大胡子，中国话说得很柔和。说来也奇怪，德国怎么会是个好打仗的国家呢？我见过两个德国人都特别温和——汉斯和黑格尔。

幼儿园在一所教堂里，三四个老师负责管理二十来个孩子。他的儿子彼尔一见爸爸，马上要抱，紧紧地搂住爸爸的脖子再不松开了。老师将一个中国女孩子领到我跟前，这是从台湾来的，才来不久，刚来时不会说英文，这会儿，却不会说中文了。她显然对环境还不熟悉，总是怯怯地站在旁边，不大笑，不大响。孩子们玩的花样很多：做饭，做医生，做手工，搭积木，玩水——在一个水槽里，玩沙子——有一个沙坑，画画——有书架、笔、颜料，还有工作服：一块塑料布，中间一个窟窿，透进头，披在身上，就再不怕弄脏衣服了，还有一个铁网罩住两个软垫子，谁要打架摔跤，老师就把他们放进去，尽可以打而不会出什么危险。

离开幼儿园，黑格尔教授带我回学校，去找妈妈。妈妈在听杨教授的课。杨教授请我将昨天谈到的几个作家的名字和作品为他写下来，他说他要去图书馆找来看。然后，一位年轻的教授周文龙先生陪我们去吃饭，今天是一个吴教授请吃饭。周文龙是个美国人，会说中国话，口音土里土气的，名字也土里土气的，不晓得是哪一位替他起的，像一个乡下人。他告诉我们，这位吴教授很有名望，以鹿桥笔名出过好几本畅销的小说，非常有学问。他刚来这大学时，就被吴教授考住了，至今想起来，还有点后怕。

吴教授果然有学问，并且十分健谈，他近几年回了国。天南海北地谈了许多，谈到美国社会人情淡薄的问题，他说："这是一个非常便利的社会，你完全可以从社会设施方面解决你一切的困难，当人们将这些困难向社会设施交付出的同时，其实也把人情一起交付出去了。要知道，人情常常是和需要联系在一起的。"我想，他的话有些道理。他送了我们每人一本书，包括周文龙。可他老不相信他也能得一本书，再三问："这是给我的吗？这是给我的吗？"吴教授上了汽车走了，他还在问："这是给我的吗？""是的！"我大声对他强调。"很奇怪。"他低头看着书。

下午，在黑格尔教授的哲学课上开座谈会，有个学生向我们提问："你们看见过美国的穷人吗？"

会后，我们去拱门。一个校报的通讯员要采访我们，我们说："一边参观拱门一边采访吧。"他也同意，就坐他的车。这是个美国学生，憨乎乎的。问他："你是校报的负责人吗？""不是，我只是一个通讯员。不过我挺想负责的。"他认真地说。我们只好笑。

穿过市中心，远远地便看见拱桥，像一道银色的虹。这边是圣路易斯，那边是密西西比河。哦，密西西比河，我这是第四次看到你，你又变了。你身上有一架铁桥。

上拱门，五个人一个电梯，挤挤地坐在一起，上，上，上到最顶上，到了。往下看，哦，密西西比河，像一条白蒙蒙的带子，一下子撤到看也看不见的地方了。"当年，开发西部的人们从这里过来，这是东西部的大门。"叶坦告诉我，"很奇怪，河那边，要比圣路易斯开放得多，圣路易丝十分保守。唉，它曾经十分的荣耀过，可是现在衰败了。你看，这些街道，房子。你们去过火车站吗？""政府已经决定要开始修建这个城市了。"那位校报的通讯员说，“以前有作家来过吗？”我问。“没有。”他们说，“我们这里不常有人来。来美国的人常常以为去了芝加哥就算是到过美国中部了。其实要代表美国中部的，是圣路易斯。圣路易斯人说的英文是最标准的美国英语，不像纽约，你在街上听不到一句标准的英语。对吗？”他们问校报通讯员。他是圣路易斯人，最有发言权：“我不知道，可是美国的广播员，电视播音员常常是圣路易斯人。”“你看！”我们相信了。

圣路易斯是个法国名字，最早来的开发者是个法国人。

晚上，一位中国教师刘勤捷女士请我们去她家吃饭。周文龙送我们去。他稀里糊涂的，忘了她家的门牌号码，他就挨门挨户的往人家家里看，好像这能看出什么名堂似的。街上很安静，有几家门口已装饰得火树银花，迎接圣诞节了。“是这家，是这家。”周文龙兴高采烈地从台阶上奔下来。“你凭什么这样说？”我问他。“这家的墙上挂着中国画呢！你来看。”是挂了中国画。试着敲门吧。算他运气，碰对了。

房子很大，很冷，她刚回到家，暖气还没来得及暖热房间。架子上放着两个女儿的照片，她的丈夫呢？不好问的。吃过饭，她带我们去黑格尔先生家，他今晚为我们召开party。她是个不认路的人，车子围着森林公园转了几圈，也没找到黑格尔先生的家。只能停车去敲人家的门问路，敲了一会儿，才有人推开二楼的窗户，不敢开门。看清是一个女人问路，才下楼开门，可是仍然没说清。最后，又迷失了方向。她只能下车拦了一辆车去问，开车的是一个美国女人，带了一个孩子，她说：“我带你们去吧。”说着就上车掉转车头，给我们带起路来。到了地方，她又下车，帮着找门牌，终于找到了。外面很冷，不敢下车，没看清这女人是什么模样的。只觉得她好像穿了件黑色的长裙子，袖子在车窗前飘拂过去。

黑格尔先生的太太非常年轻而漂亮，手里抱着一个一岁多的女孩子，像天使一样，蓝眼睛迷迷朦朦的。彼尔没人抱，自个儿在地上走，一旦谁抱起他，他便用双手紧紧箍着人家的脖子，再也不松开了。他还有个姐姐，十五岁了，不是他的母亲生的。女孩子很漂亮，很神气，金色的头发剪得很短，却不知为什么留出一小撮，编了一根细细长长的辫子，她便一直用手绕着这根细辫子玩弄。她告诉我：她生在台湾，小时候中国话说得比爸爸还好，可是现在全忘了。杨教授也来了，穿了一件长衫，手里抱着一只大胖猫。文伟告诉我，他当年破坏学生运动，去了台湾，把他在国内的姐妹害得不浅，“文化革命”中，他的姐妹来信把他骂得很惨，声称与他划清界线。他现在非常想家，兴许是因为老了。

12月10日　雨

马克·吐温故居，离圣路易斯有两小时的汽车路程。都文伟和某女士以及她中文极好的丈夫，开车带我们冒雨前去参观。

这是一所很简陋的小房子。马克·吐温在这里住到十七岁。但故居里没有一件东西真是他小时候用过的，不过是按照当时的式样，布置起来的。倒是他成名以后的衣物，保存得较多。其中有一架风琴，是他妻子死后买的，这风琴可以自己弹奏，也可以放入一种带孔的纸卷，自动演奏音乐，就像现在的录音带一样。这东西曾在瑞士一个乐器博物馆里见过，但那只是一种普通乐器，一种科学技术发展进程中的一个标记。在这里它却有了生命，有了感情。这琴是马克·吐温抚弄过的，那带孔的纸卷，是他收藏的，是他喜欢的。而且在音乐里，似乎还可寻找出他失去妻子的凄凉。

世上事物就是这样，文学更应这样。

最有趣的是，他在《汤姆·索亚历险记》里写到的那个山洞，在他小说发表一年之后，已成为游览胜地，开始是由本地居民，带了照明工具，引导游人从自然的山洞里进入。现在已人工开出一门，门外筑了一所出售纪念品的大厅，下雨天进山洞，也不会湿鞋。有向导带领，洞内一路有灯。一处岩石上刻凿了一行大字，原来是一家鞋厂的广告。当初刻字工人，需要等到晚上，没有游人时才能进行工作，所以这个广告刻了两个星期。等到工人们刻完走出洞来，那个鞋厂业已倒闭。现在常有人在洞里举行婚礼。

这个洞现属私人所有。门票是每位五元。

晚上，何谷理先生为我们举行“派对”。他的家跟他的人一样朴素。但他有一位十分美丽的妻子和三个极其可爱的孩子，就显得异常的富裕。

12月10日　阴转雨

去马克·吐温故居。

朴端南，子晏，文伟和我们，朴端南开车，是他们自己的车，很小。所以先把车开出城，在他父母家停一下，换上他父亲的车。他家在一片树林子后边，很美的风景。一开花园的栅栏，两只一黑一白的小狗便扑了上来，叼住我们的裤脚管，再继续往上攀，赶也赶不走。它们很冷清，家里只有朴端南母亲一个人。可我们很快就走了，害得它们空喜欢了一场。

车子开出小树林，开往Hannibal，马克·吐温出生在那里。

“子晏，听说你们家里失窃了，是吗？”文伟问道。“是的呀！”子晏说。“偷掉点什么东西？”我问。“我已经说过十遍了，再不想说了。”可是她还是忍不住又说了一遍：“我们家里实在没有什么可偷的呀，就是一个录音机，一个照相机。他把这些都拿走了，还拿了一包盐。很奇怪。”“一定是个女人。”我们猜测。“有人说，可能是个孩子，大人叫他来偷，他回去汇报说没什么，于是大人便叫他把盐拿来。”子晏说。“也是的，辛辛苦苦地偷一趟，总想多拿点东西。”我说。

天阴得厉害，马上要下雨了。车开得飞快。

“小晏，你和朴端南是在哪儿认识的，美国？还是台湾？”我问她。“在台湾。我从来没有想到过要到美国来，也从来没想到过这么早结婚。”“你们家听说你要和一个美国人结婚，怎么样？”“我妈妈要用头往床上撞了。”“你爸爸妈妈呢？”我们饶有兴趣地问朴端南。他说：“我写信告诉他们，他们回信说：希望你考虑考虑；我写信说我考虑过了。他们又来信说：再考虑考虑。我说：我再考虑过了。于是我们结婚了。”小晏说：“他可会说了。我是属马的，妈妈问他是属什么的，他是属虎的，他居然说：马马虎虎嘛！我简直要昏过去了。”“你妈妈喜欢他吗？”“后来喜欢得要命。他嘴甜，他会说：你辛苦了。我们不会说，只会做，做了半天也讨不得好。”“你们挺幸福的，想要孩子吗？”我说。“现在可千万不能要。他已经够辛苦的了，再给他添个孩子。唉，咱们挺艰难。他想不读博士，可我觉得太可惜。”“是啊，昨天周文龙还夸他呢，说：‘朴端南的硕士论文比我的博士论文还深。’”“我又很难找到工作。”“你为什么不去做女招待？”“我不愿意做女招待。”她断然地说。“为什么？很多学生都做女招待呢！”“我不愿意。人家不把女招待当人看的。”她这样说。她好像偏激了一些，可我说服不了她，因为我没有做过女招待，没有发言权。

到了，这是一个可爱的小镇，小小的街，小小的房，挺纯朴。马克·吐温博物馆今天特地为我们开放，今天是星期天。参观不用买票，可是门口有一个募捐箱，假如你愿意的话，那——。先去看马克·吐温的家，小小的三间卧室，爸爸妈妈睡最外间，中间是姐姐的，里面是马克·吐温三兄弟住的，一张大床，大床下还有一个小矮床，我们讨论了一会儿究竟该谁睡那矮床，大概是他弟弟。街对面是那位马克·吐温很喜欢的女孩子的家，现在也整理出来供参观了。一个亭亭玉立的女孩子站在窗前，对着镜子照镜子——是模特儿，做得挺可爱。这女孩子后来结婚了，她的后代还有人在这小镇上。而马克·吐温，似乎已没有了后代，据说，在这里还有他的一个远亲。两幢小房子隔着窄窄的街，马克·吐温吹个口哨，对面也能听见。

下雨了。

博物馆里有一架管风琴，有一箱子奇怪的乐谱，只要将一卷刻着奇怪的符号的纸夹上去，只管踩好了，便能奏出音乐。博物馆副馆长给我们奏了一支民歌——《夏天最后一朵玫瑰》。吱吱哑哑的号声充满了房间。

还有两处参观的地方，一个是马克·吐温常去的密西西比河坡，一个是马克·吐温常去的山洞。今天下午怕是只能去一个地方了，究竟去哪里？吃好饭再说吧，我们都这么说。

这里有些很可爱的小店，卖各种奇奇怪怪的小玩意：贴在树根上的画，河里的小石子做成的坠子……东西摆得到处都是，像个杂货铺。

雨下得大了，我们去吃饭。吃三文治，每人一份，是装在小筐里而不是盘子里，小筐是竹编的，挺精致。我喜欢这个小筐，不好意思拿走，因为这就代替盘子了，有谁吃了饭把盘子端走的？我和妈妈说："昨晚上潘耀明来电话，说聂华苓给爱德文开了欢送party，他要离开爱荷华了。""哦。""他还说Esther考试得了一个C，她从来没得过C，病了一大场。""你是说谁？"子婴问我。"Esther。"我说。"台湾的Esther？""是呀！""啊！"她大叫了一声，"快说说她，我们是好朋友啊！她还是戴眼镜？""戴眼镜。""长头发？""不，短短的，后来又剪短了一次。""呀，她太好了，我很喜欢她。”“我也喜欢她。”“他们家是做房地产生意的，很有钱。她要来美国读书，她妈妈对她说：‘假如你是读电脑，我给你一百万新台币。’一百万哪！要知道，我们台湾允许留美读书的经济标准只是一万美元。可是，假如她要学文学的话，一分也不给。”哦，我想起了，有一次她告诉我，他们家要她男朋友打电话问她：“到底在美国搞什么鬼呀！”我终于还是没把那歌教给她，那东北小调《送情郎》。

我们都激动了一阵子，然后商量究竟去哪里，山洞还是河坡。“让客人决定吧。”朴端南说。妈妈说随便，我说：“去山洞。”于是，去山洞。

这是马克·吐温小时候经常去玩的山洞，也是他曾在作品中描写过的山洞，如今，这山洞叫做马克·吐温山洞，是一个长而神秘的山洞。一个向导带领我们进去，里面装上了灯。过去，当然没有灯的，那会黑成什么样子！

第一条带人观光的路，现在已经废止了，只作为一个历史遗迹而被向导提起，那个最早的向导每带一个人进洞，就收一角钱。这是一个小小的邮局——孩子们这么叫。常常是这样，进了洞走过这里，便留下一封信给后边的探险家。这是一个孩子们的客厅，瞧，这是一架钢琴，这是沙发，这是舞池……这是结婚角，常常有新婚夫妻在这里举行婚礼，最早是这样发生的：有个女孩子在这个角落的石壁上，看到了她祖父的名字，在一些探险者的名字中间。那还是她祖父孩提时代留下的，于是，她决定在这里举行她的婚礼。那边，另一个洞口，那尽头，黑幽幽的，曾经是一个少女的墓穴，那是一个乡村医生心爱的女儿，早早死了，他将她的尸体放在这里。这块石头上，刻着广告，关于鞋的广告。有个鞋子公司的推销员别出心裁地想在这里刻一则广告，可是白天有旅游者，他只能在晚上挑灯夜战，直至两个星期才完成，当他回去之后，那公司已经倒闭了。这则广告倒是留下了，为马克·吐温山洞留下了一则故事。

这山洞非常曲折，有一个手掌般的岔路口，伸出五条岔路，不小心就会迷失，我们紧紧地跟着那向导，安全出洞了。

上车，回圣路易斯。雨下得很大，白茫茫的，路很滑。再见了，马克·吐温。雨水从车窗上泻下来，我好像嗅到了密西西比河的气息。奇怪，我去过四次密西西比河岸，它并没叫我如何地感动。可是，这会儿，在这个小小的镇上，密西西比河却一下子和我亲切了起来，虽然，并没有去河岸。是因为那古朴的小杂货店，那用小筐子盛的三文治，那山洞，山洞里今今昔昔的故事，那古风琴，那马克·吐温的小屋子……不知道。我认识密西西比河了。

汽车在越来越暗的雨雾里行驶着，寒冷的雨打在温暖的车窗上。

“子晏，你是哪里人？”我问。

“福建。我的外婆还在那里呢！”

“通信吗？”

“不。你知道吗？我妈妈、我外婆都是那种连自己的名字、自己的地址都不知道的人。”

“你妈妈是怎么到台湾去的呢？”我很好奇。

“说起来很奇怪。我的外祖父从小就和我的外祖母定了亲，在结婚前，我外公出了洋，认识了一个番人女子，两个人很好。后来，家里要我外公回去和外婆圆房，他们就要分手了，分手之前，那番人女子给我外公吃了蛊。”

“蛊？”

“一种很奇特的毒药，据说是用很多最毒的毒虫配制成的。吃下去以后，当时不会怎么，可过了一定的时间就不行了，除非吃解药，而解药只有配蛊的人才知道。南洋女子常常用这种办法拉住远行的情人。那番人女子就让外公吃了蛊，和他说：半年以后你必须回来。可是半年以后，外公没有回去，那蛊终于发作了。从此他就成了一个废人，每个月他都这么巡回一遍：第一阶段，安然无事，第二阶段，不吃不喝，屎尿都失禁了，第三阶段，发疯，上树滚地，丑态毕露……后来，他们便领养了一个女孩子，就是我妈妈。那一年，国民党在内战中打败了，残兵败将溃逃到福建山里，家家住上了一伙兵。我外公不晓得是清醒还是糊涂，忽然指定了一个人，决定把我妈妈嫁给他，说：'就是他，就是他。'于是，我妈妈就跟了他，跟着军队跑，跑到了台湾，她还以为去了就能回来的呢，谁知道一去便再不能回了。那年她才十七岁。"

"哦。"

"那就是我爸爸了。我爸爸倒真是很好，也许那一瞬间，外公很清醒。"

"不能写信去福建找找看吗？"

"我妈妈不知道外婆的名字。"

车窗外已是黑黑的了，雨下得很大，洗净了公路，路灯和车灯映在路面上。车很多。

"刷"的，车后面忽然响了一下，又是一下。车停了，朴端南打开车门走出去检查车子，子妟向我们道歉："对不起。"她笑得勉强。"没关系。"我们说。停了一会儿，她说："这就是美国人的生活，开着汽车飞驶在高速公路上，神气飞扬，可是车一坏，脸就变了。送去车行，一张账单开来了：六十达拉思（美金）！"她自嘲地笑了笑。

文伟下车给朴端南打伞，他在修车。雨打在伞上，啪啪作响。

12月11日　晴（王安忆）

今天去达拉斯。

文伟和黑格尔教授送我们到机场。黑格尔教授告诉我们，那个杨教授是个国民党的特务。呀，我还是第一次看到特务呢！多么奇怪的事。

达拉斯，天暖如春，吴祖光伯伯和他的外甥潘先生来接我们。吴伯伯是一小时之前从堪萨斯飞到的，他来看他的外甥，而我们，这三天里也没有什么地方去，便也一起来了。

达拉斯，是个新型城市。潘先生说："我们来达拉斯是错了时机，假如早来十几年，就可以发大财了。达拉斯的地皮近几年飞涨。"

"为什么不早来十几年呢？"我问。问得没道理。可是潘先生还是回答了我："我们嫌这里没有文化。"

到家了。房子十分漂亮，是我们所到过的房子里最漂亮的之一。可是，潘先生说："这不算漂亮，我明天带你们去看房子，售价五十万、六十万的房子。房子好不好，主要看厕所。"

"呀，你们的厕所就很漂亮了。"我们说。他们家的厕所确实很讲究，分两进。里面是厕所和浴盆，外面是两个洗脸池，是大理石的洗脸池，那边是雕花的壁橱、大镜子，两面墙的镜子。

"爸爸，舅公来了，明天我可以不上学吗？"儿子小牛向爸爸申请。

"不行。"

"舅公你吃过pizza吗？"他问吴伯伯。

"吃过。"

"你喜欢吗？我做pizza给你吃好吗？我会做，要cheese粉，还要番茄汁，很容易的……"他喜欢说话，一说起来就没完，爸爸就要喝住他："牛！"

"唉！"他叹气，"就我一个人，我很惨。"

我们都笑了，他确实挺寂寞。

12月12日　晴

昨天来达拉斯，和吴祖光同志会合，将于十四日同去洛杉矶，住吴祖光的外甥潘会理先生家。

这个城市和圣路易斯相反，是个新兴城市，到处在建筑住宅。潘先生竭尽地主之谊，用汽车载了我们去逛，没其他地方可看，就带我们去看出售的新住宅，有一种新房子门口写明开放，那就是欢迎人们进去参观的。一幢幢样式各异的住宅，一般都有十分漂亮的浴间和客厅，有游泳池，有三到四个卧室，售价都在五十至六十万之间。这需要相当的富翁才能买得起了。潘先生是银行搞电脑软件的，夫人也是相当高的职员，收入不错，只一个孩子，他们家里住的房子，当初是七八万元分期付款买进，现在涨价了，值十五六万，也只能住得起这样价格的。

这些新房子旁边还在施工建造，但他们的建筑工地好像很干净。不像我们国内，就是造一个厕所，也要搞得尘土飞扬，挖地三尺，建筑材料狼藉满地。

看新房子，这种游览很有趣，恰恰倒是看到了一个新兴城市的特点部分。

12月12日　晴

天气暖得出奇。冬天暖，夏天一定凉了。可他们说并不是，夏天热得呱呱叫。潘先生带我们去看房子——这是最最“达拉斯”的游览了。出发之前，先在他家房子前照几张像，说实在的，他的房子也已经够漂亮的了。不知从哪里跑来一只狗，围着我们撒欢，我们照相，它也硬挤进来，最后我们上了汽车走了，它也恋恋不舍地蹲着目送我们。狗也寂寞。

一排一排的新房子，有的已经售出住了人，有的还没有，门口便立着牌子——Open！尽可以进去参观，看中了，也可以买。那是极漂亮的房子，一比较，才明白潘先生家确实不怎么样。豪华的客厅，门外是游泳池，池水碧蓝碧蓝，厨房宽敞而舒适，高大的冰箱，多种功用的煤气炉，雕花的食橱、酒柜。洗澡间果然妙不可言：莲花式的浴盆，金龙头，另有淋浴室，穿衣间。还有一种小型的公寓，往往是一对夫妻居住的，有一套样品房间，已经摆设好了——一个卧室，一个客餐厅，一个书房，两个洗澡间，极尽天下之豪华。“这是阔少们住的。”潘先生说。有些房间还放着音乐，冰箱里亮着灯，从早到晚。“假如晚上在这里宿夜，也不会有人干涉吧。”我问。“有时候，家里来了客人，就可以到这里来住一个晚上。”潘先生说。

我坐在台阶上，这是客厅里的台阶，前边有一排白色的栏杆。这里可以供二百人开舞会。哪里有这么多人啊！太阳照进来，洒了个满地，窗外的池水碧蓝碧蓝。录音机里放着音乐，是一支合唱。

“达拉斯为什么会这么有钱呢？因为有石油？”

“不知道，也许吧。不过，这里的有钱人真是多。”他说。我想起小叶那个有钱的表弟也在达拉斯，他有两幢房子，一个大公司。

“可是，有时候我觉得事情变得滑稽起来。一个人买了一幢漂亮房子，为了能够按时付清分期付款，他必须努力工作，上几处地方做事，从早做到晚。于是，他能够在房子里呆的时间就非常少了，他不能够好好地享受这房子。”潘先生摇摇头笑了。

汽车往前开，开过一排排的新房子，开过一片片空地。太阳很热，很干燥，外套穿不住。

12月13日　多云转阴（王安忆）

上午，潘先生去公司了。为了这几天他能陪我们，在我们到的前一天，他工作了二十小时。

下午，他带我们一起去接小牛从学校放学，然后，由小牛陪我们看电影《星球大战》，这是小牛提议的，他非常喜欢看《星球大战》，那是一部大人看不懂，而孩子则懂得不得了的电影。

“上午去公司，没有什么意外的事吧？”我们问潘先生。

“没什么。说有个人打电话找我一定要和我面谈。我想那一定是看了我登的求职启事来的。”他说。

“你想换一家公司做？”

“是啊！我这个老板当时答应我的条件现在却不肯兑现了。当时我说：薪水多一点少一点，我可以不争，但你要给我权利，让我按自己的意志任用人。可是当我找来了我满意的人，他却不肯付我要求的薪水。”

“哦。他嫌你开的薪水太高？”

“他表面上自然不会这么说。他不敢得罪我。在美国，很多企业里，重要的工作，常常是中国人担任的。”他露出一丝骄傲。

这条路的车速限制是每小时三十英里，很慢的速度，因为这是小学校的附近了。一个女人站在路边，来回护送小孩子过马路。

“是警察？”我们问。

“不，是一个母亲，她是尽义务的。”

车子慢慢地从母亲身边开过，她微笑着。

学校到了，小牛已经等在门口，一个年轻的小伙子送他走到车跟前，是他的老师。这是所私立小学，几乎是一个老师对一个学生，对每个学生都有不同的教学计划。学费贵得吓人，快抵得上一所州立大学了。

走过唐人街，不甚热闹，也不拥挤，尚有着大片的空地有待兴建。据说达拉斯要建造一个与各城市的唐人街都不同的唐人街，它决无那脏，那乱，那闭锁，那不景气。

看《星球大战》，电影院里有好几个场子，放映不同场次不同内容的电影，人少得可怜，不到三十个。假如你愿意，可以从这个场到那个场，看好几场不同的电影，当然，这是原则上不允许的，但是无人干涉。然而，没看见一个人这么干的。也许是看一场就尽够了，家家都有电视。

看完电影，潘先生和潘太太已经等在门外了，一起去吃晚饭，去“星期五餐馆”。这餐馆是全美国都有的，全名叫“感谢上帝给予星期五”。星期五是周末，是领薪水的日子。餐馆吵得厉害，必须大声说话对方才能听见。据说这是刚毕业做事的单身男女爱来的地方。果然，在座的都十分年轻，无所顾忌，大吵大闹。很挤，桌子挨着桌子，墙上装饰着奇奇怪怪的东西，牛角，镰刀，车轮，还有一架十字街口的红绿灯，依次亮着。红绿灯下坐着一个年轻人，一个人坐着，往一张纸上写着什么。“在写诗。”我们说，这才显得有情调，有故事。过了一会儿，来了一位穿灰衣服的女人，他们便喝酒。故事发展了。

菜很粗，都吃不完，请他们拿来盒子装回去，美国不习惯剩菜。侍者拿来盒子的同时，又拿来一只大汽球，拴在牛的椅背上。

走出“星期五”，耳根刷的清静下来。对面是一幢大百货公司，里面的东西奇贵无比，看看而已，买是绝对买不起的。一件粗制滥造的毛衣要三百美金，贵就贵在它是手织的。手工很贵。商品价格是由劳动时间来决定。没错，政治经济教科书上这么写。手织远不如机器织的整齐，也许是故意织不整齐，以免被误会是机器织的产品。何必呢！也许觉得手织品有了一点儿人文气氛。

开车回家。好多门前装饰起了彩灯，十分辉煌。可潘先生家一无动静。我们劝他给小牛买一棵圣诞树，他挺寂寞。

12月14日　晴

从达拉斯到洛杉矶，是一小时的飞机路程。我正好签到了一个靠机窗的位置。飞机刚起飞，还能看到地面上一些绿的颜色，不久，飞机就进入一个黑黄两色组成的山群。有些地方像沙漠，看不到一点绿意。在一个比较平坦的地方，上面已划了笔直的线和一些大的圆圈，也许这是开发的第一步吧！

洛杉矶就坐落在群山当中，从飞机上看，整个城市上空覆盖着厚厚一层褐色的气雾。从地面看太阳，只是一个赤红的球，浮挂在天边，真有点世界末日的恐怖感。

这里，是全美污染最严重的一个城市。全市一千万人口，汽车倒有六百万辆，平均一个多人一辆车。一位洛杉矶的美国公民对我们说："美国的人口是世界的六十分之一，而他消耗的能量，却是全世界生产的石油的百分之四十五。阿拉伯的全部石油储量，只够美国用一百年。石油的形成，要经过几千万年，而消耗起来却是转眼之间……"

朦朦胧胧的红球，已将沉落，电灯立即替代了日光。夜晚，确实比白天美。明明暗暗，闪闪烁烁，璀璀璨璨，经过了选择，经过了加工，呈现在人们面前。电，给城市化了妆。

12月14日　晴

——洛杉矶。

这是很长的一段旅途，从中部飞到了西部。一上飞机就想睡觉，老是睡不够。累得很，印象纷乱，来得太快。印象与印象之间没有了距离——也许因为现代化的交通工具磨灭了距离。印象交叉重叠在一起，来不及去考虑它的意味了。只顾着看，看，看得真累人。

来机场接我们的是加州大学洛杉矶分校的留学生老沈、小李，还有一位台湾的曾先生，我们就住在他家。“您在哪里做事?”我问他，他笑笑说:“给美国人做事。”便再不愿提了，只顾忙着为我们提行李，开车。他的一辆车很旧，形状像吉普，可以装很多东西。我们的行李全上了他的车，我们坐老沈开的车，小李坐在他旁边为他指路，老沈开车开得谨慎，小李悄悄告诉我们:“他刚学会开车，但不让我和你们说，怕你们担心。”洛杉矶实际上是一群城，七十几个城呢。城与城之间，全由高速公路联系着，这里的高速公路是全美最棒的，纵横交错，四通八达，而且免费，因此这里的高速公路叫作free way，而别处，都叫作high way。洛杉矶没有公共交通，只有高速公路。因此每个人，都必须有一辆车。

路边是高高的椰子树，还有棕榈树，很暖和，太阳普照，而天却是黄黄的，不那么蓝。也许是周围都是沙漠的缘故，也许是空气污染——这么多的汽车。

晚上，曾先生请我们去一家香港饭店吃饭，香港饭店在“小台北”，这也是一条唐人街，都是台湾人。问他远不远，回说:“不远，只二十多分钟汽车路。”我们都吐了吐舌头。一位蔡先生带我走，他说:“假如可能的话，你不要和你妈妈坐同一辆车。”“为什么?”我好奇。“那就不要问了，以防万一嘛。”“哦——”蔡先生很年轻，几乎和我同年，他一边开车一边说话，毫不影响速度:“我也刚来洛杉矶不久，以前在纽约。那里的工作不好找，我住了十一年，换了十四次工作。”“呀，不到一年换一次。”“有一次几个星期就换了。可我还是喜欢纽约，纽约有人文气氛，而这里，你好好玩儿吧，你会发现，全是人和机器在玩。”“我想去迪士尼乐园玩。”我说。来美之前看了蒋子龙的《过海回忆》，对迪士尼乐园的鬼好奇得不得了。不晓得美国的鬼是怎么样的。车子开得飞快，要慢的话就得到最旁边的车道去。

“你是哪里人?”我问小蔡。

“我啊，爸爸是外省人，妈妈是台湾人。所以，小时候，外省人揍台湾人，要揍我；台湾人要揍外省人，也要揍我。”

“你怎么那样倒霉?”

香港饭店终于到了。曾先生的太太和儿子也来了，他太太是台湾客家人，长得小巧纯朴。我记得小亮的太太也是客家人，客家人是台湾比较受压迫的族群，他们都非常吃苦耐劳，并且民情习俗还保留了一些古风。而客家男人是最最大男子主义了。

他们问我对美国的感觉，我说:“它真是富得够呛，怎么可以这样富呢?”曾先生笑了:“我是二十年前来美国的，比起那时候，美国这会儿是穷了。它在走下坡路。”小蔡插嘴道:“你看美国，不能只看美国，要看整个亚美加。美国的富裕绝不是建立在一个美国上的，你看，这屋子里，有哪一样东西是美国制造的!”

屋子里很乱，是我在美国看到的最乱的房间。“美国难道自己不生产吗?”我不明白。

“美金比生产值钱哪!”

“要是有一天，全世界各国，全拿着美金要来兑现，那会怎么样呢?”我还是不明白。

小蔡耸耸肩:“你自己去想象吧!”

曾先生对我说:“你应该去这里附近的印第安人保护区看看。美国，实际上是印第安人的。你还应该去墨西哥看看，墨西哥离这儿很近，开车就能过去，办签证也容易。墨西哥很穷，那是另一个世界。美国有许多苦力活，专门雇墨西哥人干，干得又好，工钱又低。

“我去过印度，孟买的机场上住满了人，流浪者，无家可归的，就在飞机跑道边生炉子。男女在街头野合，生下了孩子，孩子在街头长大……世界很大啊！这是个疯狂的世界，你明白吗?

你们要看世界。你们也许会看开了，你们的‘文化革命’，插队落户，小意思！小意思了。日本，两颗原子弹。你们那十年，小意思了，算了！”

直聊到近两点，小蔡才回去。他的车窗破了一块玻璃，昨天晚上有人打碎玻璃开了门，进去睡了一晚上。车灯刷过拐角，不见了。雾蒙蒙的。下露水了。

12月15日　晴

在加州大学洛杉矶分校东方语言系，讲演了最后的一场。明天，美国各大学开始放寒假了。

回家，学生都要回家了。我也想回家了。

上午由学生杨女士陪我们去了好莱坞环球制片公司。这里已不拍电影，除了拍一些电视片外，主要是供游览，门票是十一元一张。

这里有各种样式、各种时代的建筑硬景，正面看去像真的一样，背后却是乱七八糟。这里一切都好像是假的，可是出售纪念品的各式小房子，却又是真的。真真假假，搅和一起，弄得自己也不知道是在某一个“舞台小世界”里，还是在“世界大舞台”上。这里随时还会出现“僵尸”，他们站在墙后，或慢慢向你走来。大人看见他们会大吃一惊，但他们绝不会吓着孩子。呆板的、死白的脸，带着刀伤，但随和地愿意跟每个游人照相。载你的车涉水，会碰到鲨鱼，假的；过桥，一座古老破败的木桥，桥塌了，车侧了，是机械操纵的。这里有滑稽打斗，有请观众充当电影演员，拍成短片后立即放映给大家看。观众当一次电影演员，十分过瘾，观众看观众表演也十分过瘾。尤其是看到他们被海浪——一桶一桶的水，浇得浑身淋漓时，就更加开心。

12月15日　晴

天好得惊人，忘了是冬天。去影城，加州大学的留学生小杨和小陈陪我们去。小杨是台湾人，小陈是广州人，都在学文学。

这里原是电影拍摄中心，如今废了，便改作一个游乐场。美国没有太多的风景区，无山水可游，所以就别出心裁，想出各种玩意儿来玩。这些玩意儿常常是孩子会的，天真得叫人感动。影城里各处走动着一些电影人物和卡通人物：米老鼠，唐老鸭，还有一个鬼，是美国一个系列片里著名的鬼，面色阴沉灰白，额头上有一道可怕的血痕。上前要求和他合影，他沉默不语，把手沉重地搁在你肩上，叫人好一阵心惊肉跳。那唐老鸭则是憨态可掬，颇献殷勤。我们先坐上一列游览车，这车带我们上各处逛一圈：墨西哥城，忽然来了暴雨，冲倒一棵树；一座古老的破桥，正当车子到了中间，突然桥断了，塌陷下去；车子穿过大海，破浪而行——原来水中有一座隐槽；一座房子在着火，火舌从窗口伸出来，我想起了《蝴蝶梦》；……这一切都是旧日电影布景的废墟。

车子在一个表演场停下来，观看表演，介绍许多拍摄电影的特技：人在墙上行走，在天上飞，当场表演著名电影“ET”的一个镜头，孩子送外星人“ET”飞走了。

然后再上车，去第二个表演场，我们坐错了车，这是一个台湾的旅游团。大家都回头看我们，好奇而友好。那年轻的向导说：“你们就跟着我们吧，不过，别走丢了。”

最精彩的表演是中午这一场：邀请观众们上台去，立即有很多人举手要求参加演出，兴高采烈地上场了。有一名导演为他们讲解着剧情，告诉他们应该做的事情……

一个酒店里，忽然来了一伙强盗，抢了东西就走，警察来了，追捕开始了。强盗们乘在四匹马的模型上，马上下起伏着，身后的天幕景飞快地过去，强盗们一边作骑马状，一边朝后开枪。然后强盗们跑到一个水池边，没有退路了，只有跳海，他们作出害怕的样子，绝望的样子，英勇的样子，纷纷跳水。这时，有一对情人在划船，忽然发现一个包。强盗在水里了，警察追到了，朝水里开枪，激起水花；大家从四面八方将一桶桶水朝那对情人泼去，他们乐不可支，哈哈大笑……表演完毕，银幕上立刻放映出来，像模像样的一个短片。演员很棒，每个美国人都能做演员——这是我看完这场表演后所做的结论。

从影城出来，便去商场，给妈妈买鞋，她的鞋即将崩溃，这旅行啊！我的鞋虽然没崩溃，也是不成样子，惨不忍睹。先去一个廉价的商场，虽然没看到合意的鞋，却看到许多别的玩意儿，确实便宜得惊人，小镜子，牙刷插，咪咪笔……“为什么这样便宜？”我问小杨，小杨也说不清楚，很多人在挑选。商场门口放了一堆圣诞树。要过圣诞节了。再去另一家鞋店，终于买到了，那招待员又拿来一双袜子，说：“这对鞋子很适合。”我们谢绝了。

然后去学校。

加州大学洛杉矶分校的校园很美，有一个雕塑园，立了好多雕塑，在月光下看起来，十分神秘。

晚上，报告会。来了好多中国学生，《上海文学》编辑部的孙小兰也来了，她是两三年前来美，以陪读的身份。如今，她丈夫读书，她在唐人街的一个中国书店里当售货员。她有些苍老，很辛苦。

今天又是不用翻译，因为几乎全是中国学生，对国内的情况很熟悉，很关心，他们要我多讲一些，于是我就讲史铁生、张承志，孔捷生、铁凝、陈建功，把我喜欢的作品和作家全讲出来，越讲越快，快到不能再快的时候，只好停了下来。问题很多，有一个奇怪的问题：“你在美国过了四个月，回去之后，再写东西，会不会带了点洋味。”“不会。”我很快地回答他。大家笑了，这个问题过去了。可是我却还在想：我想我不会。很奇怪，我原先以为自己挺“洋”的，而如今才知道自己实际上非常中国式。我原以为自己喜欢吃西餐，现在才明白自己实在是喜欢吃小笼包子、馄饨、油条、清蒸鱼，我厌恶牛排。不过，我喜欢牛仔裤。

回去的路上，忽然下起雾来，雾大得可怕，三米以外就什么也看不清了。车子在雾里开。

12月16日　晴

去闻名已久的迪斯尼乐园，门票是每位十三元。

昨天环球制片厂的玩法和这里比较之下，那就太文质彬彬了。这里的一切都叫人动、转、飞，它让青少年大叫大嚷大笑。电动车载着你冲下瀑布似的悬崖，穿过无法穿越的岩洞，让你经历一切凶险，但一切具有科学的保证。坐上各种电动椅，椅子转着、旋着，让你看各种灯光的变幻，电动的技术。古代的战争，宫殿的生活，童话的世界，强盗的洞窟，女鬼的舞蹈，总之，让你在自身的平安中，取得各种冒险的乐趣。

即使这样，我还是没上宇宙飞船。我很相信科学的计算，它会保证人的平安，不过它同时也知道人的极限，因此不达极限不罢休。从那里玩了出来的人，脸色发白，笑不出来了，一个个都很沉默。两个日本姑娘，干脆就在休息厅里坐下，像要呕吐的样子。

我庆幸自己有点自知之明。

12月16日　多云

今天去迪士尼乐园，本来请老沈带我们去，可是他从来没在高速公路上开过车，于是，便由小李带我们去。小李的车很破，是六百美金买来的，曾先生检查了一下车，保证不会在路上抛锚，可是，他留了个电话给我们，万一有事，让打电话给他，他会来接。

车走得很好。小李得意地说："我今天加的是好油。"两个小时以后，迪士尼乐园在前面了，好大好大的停车场，立即有人迎上来，带领我们停车。

鬼使我很失望，一点儿没把我吓着。是这样在鬼的世界旅行的：两个人坐一排，那轮椅前进并转动着。进了一个普通的房间，地下放着洋娃娃，或许是孩子的卧室，穿过房间，进到走廊，哦，门上的敲门环在动，自动地"啪啪"打着门。蜘蛛网，成年无人居住的老房子，阴惨惨的，轮椅带着我们滑行过去，前面是一片鬼哭狼嚎，坟地，一块石头后，蓦地伸出一个披头散发的女鬼，椅子转弯时，我看见那鬼的身下有一根弹簧，不由得扫兴。一个棺材盖慢慢顶起，伸出一只干瘦的手，然后一个大厅，蜘蛛网，灰垢，一群浅蓝色的穿着古装的人影翩翩起舞，忽隐忽现，我期待着有人来掐我脖子。一个女鬼在惨笑，我们经过一面灰蒙蒙的镜子，镜子里的我们中间，得意洋洋地坐了一个鬼……从头至尾，一直非常喧闹，鬼大声地叫着，笑着，声势很磅礴。远没有我们家老保姆的鬼故事精彩。吴伯伯说："我们中国要搞鬼魂馆，准盖过他们，咱们把聊斋里的故事全用上。"深宅大院，荒庙古柏……那才是鬼魂出没的场所。我和Esther早就说过了，美国没有鬼。

把我吓住的是速度。真的。一开始，乘一艘船游原始森林，船兀的滑下一个笔陡的斜坡——这是一个预告。我们坐小火车，小火车盘着山，快速地上而又快速地下，把你甩向左边，你还没摔好又被甩向右边，然后猛地往下，一片尖叫尖笑声。再坐小轮船，小李告诉我："你要大声地叫，这样比较容易忍受一些。"妈妈不愿再坐了，说："何苦呢？"小轮船的速度比小火车更高上一筹，穿过山洞时，还有狮子吼叫。同样的更加激烈地甩上又甩下，甩左又甩右，折腾得够受。却有那么多的人排队等待坐乘小轮船。

然后，吃午饭，准备去乘宇宙飞船，这是迪士尼节目的高潮。小李又叮嘱我："你要大声叫，实在受不了了，就闭上眼睛。"妈妈劝我量力而行。"不，既然来了迪士尼，我是一定要乘宇宙飞船的。"我嘴硬，心里难免有点发虚。走进宇宙馆，暗暗的，空空旷旷，一说话有回声，一列飞船开走了，在黑暗的甬道深处消失了，像是吞没在一个大口里。这时候，我心里忽然升起一个强烈的愿望，就是希望这飞船马上完蛋，今天停止飞行。可是，自从迪士尼建立以来，它从来不曾坏过，今天也不可能坏。只能上去了。坐定，将一个铁夹子拦在身上，船开了几步，忽然那夹子夹紧了，死死的，再也松不开了。船开了，只听到风声，叫声，什么感觉都休止了，我恐怕完了——我想。当这念头苏醒时，船速慢了，稳稳地停住了。铁夹子啪的弹了上去，站起来，跌跌绊绊地走上了岸，妈妈在吃爆米花。她惊讶我们这么快就归来，她只吃了没几颗玉米花。呀，我们好像过了一世纪。镇定了半天，吴伯伯说了一句："我想，我们可以当宇航员了。"

哦，真正叫人恐怖的是速度。

遇到一群台湾旅游者，他们老是朝我们笑，然后渐渐地搭上话来："你们是北京的？上海的？""你们去过黄山吗？"这里刚放映过《火烧圆明园》，同映的还有《黄山》。他们说："我们终有一天会回去的，我们一定要去黄山。"他们去过很多国家，欧洲、日本，却不能来大陆，而他们明明是中国人。一群高中学生在这里举行毕业典礼，为大家表演了许多节目。女孩子穿着大红的裙子，又年轻又漂亮，歌声很美，跳舞跳得有活力。大家围着看，欣赏并羡慕着他们的青春。我们为他们鼓掌，真心地祝愿他们。

走出迪士尼乐园，上高速公路。

晚上，小蔡夫妇带着孩子来玩。那孩子又白又胖，愣愣的，快两岁了，却不会说话。曾先生说："也许是他爸爸妈妈说的话太高深了，他没有锻炼语言的机会。"我想，他会不会有一天，突然开口说起政治经济学来了。还来了一个台湾留学生小王，他听说我们想去拉斯维加斯，但是还没找到人开车时，便说："我去好了，我以前打工，就是做拉斯维加斯的导游。"那太好了，这样，后天我们便可以去拉斯维加斯，大后天回来，大大后天去旧金山，一天都没浪费，我很高兴。

聊天，聊中国。小蔡对我说："中国挺不容易的，不容易。一九四九年，共产党从国民党手里接过来的是个烂摊子，没有工业，少得可怜的一点，资本薄得不经一击。建设得很快啊！看，我这儿都是有数字的——"他从一个大包里掏出一叠表格和文件，"工业产值增长得很快啊！有个美国经济学家说过：中国这二十多年增长的产值，超过英国工业革命一百年所增长的。这都是有数字的，这不仅是中国方面统计的，也有美国方面统计的。不得了啊！当然，民生很苦，可是，国家要强大，要有经济实力，要搞工业！当然，我知道，民生很苦，也许我没有发言权，中国人不容易，吃了很多苦。也不要老怨人口生长快，哪里不在生哪！只是中国的生出来不死，医疗免费，公费，劳保，合作医疗。我这儿也有数字，中国人的平均寿命是——"他又找出一份表，"和美国差不多了，美国人吃什么？吃牛排，吃白脱，吃牛奶！中国人了不起啊！你们要有信心！为什么基辛格跑到中国去和周总理握手？为什么每一届总统都把中美关系当作竞选的内容？明年里根要去中国了，他还想连任总统呢！"

我给他说得一愣一愣的。他越说越激动，不防，儿子在背后捅了他一拳，他一怔，回头看看，儿子瞪着他，撅着嘴。他回过头继续说："别看台湾这些年生活不错，挺繁荣，可是那靠不住，台湾没有自己的基础工业，它为别的国家装配、组合，万一别的国家不要它了，那么——他的经济是依附在别人的身上，靠不住。你们老人家很伟大，自力更生有道理的。不要因为十年“文化大革命”怨死了他，十年‘文化革命’，小意思，算了！我碰到大陆来的学生，想和他们谈谈，可他们总说：我们生活多么苦！我没有话说了，我没权利说了。可是，中国苦了这么多年，有收获，大有收获，没有白苦。中国不但是自己一个国家的问题，好多第三世界国家都看着中国呢！我做管理员，是半体力劳动啊，每天白天做苦工，晚上回来，就看资料，到处去找资料，其实我又何苦呢！我又不是中国人，我也不是美国人，我什么也不是。”他好像有点哽咽，低头整理他的资料，把它们塞进挎包。我们看着他，默不作声。他的胖儿子拖着一床又脏又破的小被子走来走去，一边吃着一根手指头。

“他为什么老抱着这被子？”我问他妈妈。

“安全被，每个孩子都有一条。”

哦，我想起，上次在什么地方还说起过呢！因为美国主张孩子自己生活，大人不常陪伴在身边，他们只能抱住自己的被子，似乎这能代替爱抚和偎依。慢慢长大了，他们就再丢不开这被子了，这被子成了他最初最可靠的保护人，真是奇怪。可却是事实。

小蔡低着头整理他的挎包，曾先生的儿子在沙发上睡熟了，他安静得出奇。曾先生说：“他一点儿不像我，长这么大，身上居然没有一点伤疤。唯一的一次像我，那是我的朋友带了他女儿来，他太太是美国人，这孩子是中西合璧的，像个洋娃娃。他看见了，毫不犹豫地爬过去抱住了她。”曾先生过两天要出远门了，祝他一切顺利。

茹志鹃王安忆母女在圣 · 路易斯的华盛顿大学演讲

母女同游迪斯尼乐园

12月17日　阴

今天去圣地亚哥的海洋公园。又是高速公路。小杨的先生开车。她先生是学电脑的，已经在一家公司里做事，十分厚道。“他反应比较慢，”小杨说，“我的火已经发完了，他还没有发起来。”

海洋公园挺大，有许多动物表演，还穿插着故事。比如海狮表演，两只海狮争一份遗产，可是遗嘱找不着了，争了半天，结果老海狮并没死。挺逗。还有大海豚的表演，跳高，走路，等等……也难为它们了。只是把这些庞然大物圈起在小小的池子里，总觉得别扭。也许是前两天玩得太厉害，海洋公园有点儿提不起劲儿了。等着明天吧，明天去拉斯维加斯。

12月18日　晴

中午出发，向拉斯维加斯，小王开车，我、祖光伯伯、小李一行四人。大家都说，最好是在晚上华灯初上的时刻赶到那里。因为——你们等着看吧。

从洛杉矶到拉斯维加斯，有五个半小时的路呢！车是从车行租来的，一整天的租金是四十七元。因为是借来的车，就用不着心疼，时速一小时八十里。太阳热烘烘的，只穿一件薄薄的羊毛衫都热，汽车慢慢出了城，公路边有个背着旅行袋的男人向汽车伸出两个手指，是要搭车的，可是谁也没有停留。小王说：“现在搭车多半是搭不到的，不像过去。谁知道他是真是假。发生过这种事，半路上他把你干掉了。”车上了高速公路。

月亮升起了，弯弯的一勾，荒地出现了，在凄清的月光下，黑幽幽的，看不到边。从拉斯维加斯方向来的汽车飞驰而来，擦身而去。“输得落花流水的！”我们望着那些车，幸灾乐祸地说，似乎我们准能赢一大笔似的。“有没有在那里发财的呢？”我又好奇。

“也有。前年吧，有几个中国人在拉斯维加斯赢了八十三万。那都是些职业赌家。”小王说。

“这里有技巧？”

“稍有一点。并且，和下的赌注有多少很有关系。”小王在那里当过导游，多少懂一点。

凄清的月亮照着荒凉的沙漠，汽车飞驰，轮子几乎要离地。一盏一盏的小灯从车轮下消失，像是给轮胎压灭的。路边开始出现巨幅的广告牌，城里的赌场，开始争取游客了。

荒凉的沙漠，一弯冷月淡淡地照着。呀，地平线，灿烂的地平线。地平线在闪烁，璀灿无比。灿烂的地平线渐渐突起，突起，突起一座海市蜃楼，拉斯维加斯！原来它是这样地出现在我们眼前，怪不得都说要黑了天到。这是一座夜的城。

进城，下车，去旅馆，洗了脸，便去吃饭，吃的是自助餐，每人三元多钱，随你吃：肉、鱼、生菜、面、饭、水果……爱吃多少吃多少——这是一个日本餐馆，黑女人，洋女人，全穿着和服，看上去挺奇怪。吃了饭便去赌场。这里的一切都和赌场联系着，旅馆、饭店、剧院，都设赌场。我们先到吃分币机器那里去试试运气。我找了一个二十五分的机器，试着投进一个二十五分的硬币，“当当”，居然掉下来两个。“呀！安忆，你挺有财运的。”大家都说，于是信心十足，又投进一个硬币，“当当”，两个；再投一个，没有，再投一个，没有，没有，刚想丢手，却又——“当当”，来了，“当当”，来了，只来两个，再不多了，却又不让人丢手，让人总怀着希望。没有——没有——没有——硬币眼看着要丢完了，心里说：“丢完这些就罢。”“当当”——来了两个，又来了两个，“它不让你走。”小李叫道。“是啊，它不让我走。”没有——没有——“当当”——又丢不开手了，直到把十元美金的硬币都丢了进去，再没得可出来了。那边，祖光伯伯也都丢完了，大家才站起身来——“去看看吧！”

很大很大的赌场，霓虹灯闪闪地滚动着，数不清的赌局。这是一个中国人开的赌局，来的是押宝，看不太懂；这里是二十一点，用扑克牌玩。“这个好玩。”小王说，“要有点技巧。”他掏出几元美金，输了。这里玩的比较简单，我看懂了，把钱放在数字上，看到小球滚到哪里，假如滚到同一个数字，便能翻三十六倍。一个外国女人坐在那里，她同时放四块钱，每一块钱压在两个数字上，这样机会多了一半，但只能翻十八倍了，没有，把钱全撸进去了，她又放四块钱，总放那八个数字，又没有，她再放上，还是那八个数字……她很沉着，很安静，可那固执却似乎有股恶狠狠的劲儿！那边嚷得好凶，都是男人。一帮男人围着一张赌桌，叫得震天震地的响。赶紧跑过去，挤进去看。一小伙子问我：“你玩吗？”“不。”我摇摇头，打量了他一下，他大约是十七八岁的年龄，很瘦，骨骼很大，是刚长骨头还来不及长肉的年龄，面色苍白，手里拿着一本学生用的讲义夹，淡蓝的眼睛很胆怯，有一种受了惊的兔子的神情。他为什么站到这里来？他和这群大男人很不协调。我有点可怜他。他又和我说话，大约是劝我玩。很便宜，而机会也多，并且不难，他教我，我不搭理他，他凑到我耳边上，轻声说：“你叫什么名字？”我只对他笑笑。对面的一个男人大声叫着，他赢得很多，眼睛都红了。我盯着他，他看看我，眼神是疯狂而涣散的。汗珠在他额上发亮，他只穿了一件衬衫。当我们离开这里时，我回头看看那小伙子，他还站在那里，瘦瘦的身子，裤腿吊在脚踝上。怯怯地站着，我忽然想对他说一声：“快回家去吧！”

我们去逛街，街上的霓虹灯是一排一排、一方一方地变幻，闪烁，好像是在深蓝的天幕上放映着卡通片。一个赌场门口的旧橱窗里，飞扬着钞票，钞票像暴风中的雪片，狂乱地飞舞着，头昏。霓虹灯，刷刷刷地变成红的，又刷刷刷地变成蓝的。

“这个剧场，邓丽君曾在这里演出，很多华侨坐飞机来听。”小王作着导游。

“这里挺可怕的。”我说，“是个疯狂的世界。”

“可是这里的治安出奇的好，你完全不用担心人身安全。”小王说。

“真的？很奇怪。可是想想也对，这里的疯狂是需要一种清醒的秩序保护着。”

“据说，拉斯维加斯的居民从来不赌！”

“我也听说。”

“拉斯维加斯大学有个系叫做旅馆系。”

“拉斯维加斯……”

又到一个赌场，离看表演还有一个多小时，再玩会儿吧。本来并不想玩，可是都在玩，不玩，做什么呢？咬咬牙，去兑换了五元钱的五美分的分币，找一架机器。一个老头在玩，只听到一会儿“当当当当”，一会儿“当当当当”，赢得好痛快。他不敢再玩了，起身离去，我便坐在他的高凳上继续玩，运气果然好，一会儿，下来二十个，一会儿，下来十个，居然，下来了一百个。“呀，安忆，见好就收啊！”小李对我叫。可是，还想碰碰运气呢！我又继续玩，渐渐的再也下不来了，那一百个又输了进去，可它总是不让人绝望，一会儿，来个二十个，一会儿，来个十个，让你想丢也丢不开手。我开始后悔不该不听小李的话：见好就收。继续拉，居然，五十个下来了，终于又来了一次一百个……谢天谢地，看演出的时间到了，不得不离去了。哦，这该诅咒的赌场。我们总算得以离去了。

小王把我们带到剧场以前，说：“你们看吧，我已经看过三遍了。”“一块儿玩玩嘛！”大家劝他。“我要去找个朋友呢！”“你的朋友？在这里？”“他是三天前到这里的，带了一万多元美金来赌。”“呀！他要完蛋的，辛辛苦苦挣来的钱会输光的。”“他去年曾经带了三千元来赌，结果赢了一万元。”“好运气不会都轮着他的。把他拉出来，不要让他赌了。”我们说。

演出是辉煌无比的。

看完演出，赌场里仍然人声鼎沸。街上，灯火通明，形同白昼，一排大字在天幕上变幻着刺目的颜色：黄金大门，黄金大门，黄金大门！这是不夜的城。

12月19日　晴

只是微微地打了个盹。早晨，天亮了，霓虹灯灭了。天色苍白，像是疲倦了，有点憔悴。去吃早饭，穿过赌场。赌场里依然人声鼎沸，黄色的霓光灯闪闪滚动，人们在拉机器，“当当当当”的钱响。这里没有白天和黑夜，这里没有时间，只有钱。饭厅里人很多，全世界各地的，白种人，黄种人，黑种人。每人只须付一元九角钱，尽吃尽喝，饮料是鲜橘汁，眼看着他们将一箱箱完美硕大的橘子，草草地榨出浓汁便扔在了一边。有点造孽，我不由地想。造孽，我又想。造孽，我老在想。

太阳还没升起，凉凉的，很有些寒意。拉斯维加斯面容苍白，像是沉睡了。睡得不安。我们走了。

汽车开进荒原，太阳升起了。

我们开始总结——我输了五六元钱，祖光伯伯输了二十元，唯有小王赢了十几元。他们说：“吴老就算是不输，安忆则已经是赢了。”当然，我们真可说是没输什么，有多少人在那里破产，还有人自杀。

太阳明晃晃的，汽车在飞跑。我们不说话，觉得困，睡了。我们像是从一个疯狂的梦里醒来，小李和小王换着开车，轮流睡。旁边一辆车像是要和我们比赛，追上我们，又落后，再追上，再落后。那车的后窗里并排放着一对粉红的熊。熊倒了一个。太阳到了头顶上，正午了。前边是关卡，要进加州了。

“把水果塞到车座底下。”小王回过头吩咐。

“为什么？”我一边塞一边问。

“加州不许让别的州把水果带进去。”

“为什么？”我追问。

“他们怕把什么病菌带进去。这里离墨西哥太近，他们觉得墨西哥有很多病菌。”

通过关卡，再走，走，进了洛杉矶，这是下午三点。

晚上，吴祖光伯伯的朋友卢燕请他吃饭，也邀请了我们，吴祖光伯伯的另一位朋友，周信芳老先生的儿子也请大家上他的餐馆里晚餐。我们便去了那餐馆，那是在最有钱的人家的街上。一辆汽车不紧不慢地在我们前边，小李急得拍方向盘，终于超过了，与它并行。车里坐一个女人，无耻地朝我们笑——“这是妓女。”小李说，“这里的妓女很阔，开着汽车拉客。”到了周先生的餐馆，那餐馆很豪华，他出来迎接了我们。他是个典型的上海人，原来在上海京剧团，后来到了美国，他的弟弟将这个餐馆送给了他。餐馆里的招待全是美国人，而中国人在厨房里掌勺，他是有意这么安排的。那位卢燕女士还没有来，她在等一个日本的长途电话，她是一位电影明星，据说十分漂亮，而且风度优雅。极想看看她。电影明星对于我始终是神秘的。可是，等等不来，等等不来，我们便不客气地先吃了起来。菜很精致，而且昂贵，我们夸菜好，周先生得意起来，拿来报纸："看，我们和一个法国人打官司，我们胜诉了。一个法国记者在刊物上发表文章，说我们的菜不好，哼，我们可不那么好惹。”法国菜也十分讲究，据说，敢与中国菜抗衡的只有法国菜。当然，我想，它还是抵不过中国菜的，我听说过这么几句对理想生活的描绘：住在美国，吃中国菜，娶个日本老婆，找个法国情妇。

“那位账房里的先生也是上海人？”我问。刚才我和王亚平打电话，他和我说上海话呢。

“原先是我们团的，出来以后，就在我们这里做账房。开始，他不太会说英语，经理就说：‘他这样一点儿都不懂怎么可以做账？’我对他说：‘他并不是不懂簿记出纳，而只是不懂英语。’他说：‘可是，这是在美国。’我对他说：‘可是，这是在中国餐馆。’他是个犹太人，很可恶，常常说：瞧，全美国最上等的街，都是犹太人开的店！我对他说：‘那是因为犹太人没有国，你们没有异国的感觉。而我们，在美国总觉得身是客。不能这样一无牵挂地去赚钱。”

“你回答得很棒！”我说。

“他们美国人不要老以为中国人还是唐人街上的中国人，现在的中国人有文化了。”他说。

他神气活现地指挥着美国人，为我们上这上那，美国人给指使得团团转。

卢燕女士还没来，王亚平倒来了，我只能退出。王亚平想和我聊聊，问问我这几年国内的情况。我还是八〇年在北京文学讲习所时见过他几次，他似乎成熟了不少。他告诉我，他已经取得了绿卡，这个学期没有选修任何课，而是在筹划搞一个故事片，这筹划包括：募款写剧本，找演员等等。他挺能干，已经拍好了一个风光片，被迪士尼电影公司接受了。

收到潘耀明从东岸来的电话，他近日里从爱荷华到了纽约，要为三联书店组一套“海外画丛”。他告诉我，离爱荷华以前，

“五月花”公寓的六楼又着火了，唉，六楼的这些男孩子们！记得第一个“五月花”的夜晚，也是着火，现在想起来，像是上一世的事情了。

“怎么样？玩得开心吗？”他问我。

“太匆忙了，来不及看，来不及想，真的，来不及想，好像，这会儿，我什么感想也没有。没有。”我说。

“我早说过，你们旅行的日程安排得太紧。”

“可是，我有点急着回家了。

“想家？”

“想得厉害。”

“不是有点没出息吗？”

“唉，没有办法。”

12月20日　晴

——旧金山。

这是最不顺利的旅途，丢了一只箱子，妈妈的，里面有她两份手稿。这是飞机场常出的事情，运送行李时，送错一条传送带，行李就会去完全不同的地方，这样的故事听了很多了。有一次，谁的行李上了巴勒斯坦；有一次，谁的行李上了台北……天知道我们的行李上了哪里，要是上了北京倒也罢了。侯北人先生陪我登记，排了不长不短的队，那工作人员问了这箱子的号码、大小、式样、颜色、特征，打进电脑，然后要我们留下地址和电话，说一两天之内就可以送到。看她说得那么有把握，稍稍安慰了一些。心情全破坏了。好多人安慰我们：这是常有的事，还没听说过有谁的行李最终没有找回来的呢！并且，这个联合公司是家大公司，它一定会保护自己的信誉的。这时候是最乱的时候，要过圣诞节了，来往的旅客量增加了许多。

陈若曦将我们接到她家，她家在旧金山外边的Berkeley，那也是大学城，不过，现在学校都放假了。她家住在山腰里，汽车盘山上去，往下看，旧金山层层灯光，姣美得很。

晚上给领事馆的陈领事打电话，因为给飞机场留的是领事馆的地址和电话。回说，没有任何箱子送来。唉，我们的箱子！

12月21日　阴有小雨

早上给领事馆打电话，依然没有什么箱子送到。不晓得这箱子到了哪里：巴勒斯坦？台北？

吃过早饭，陈若曦带我们逛Berkeley。她告诉我："人家都说Berkeley是美国的良心。它总是伸张正义。因为这里大部分居民都是大学生。法律规定，在某处居留一年以上就获得在这里的居民权：选举权和被选举权。他们总是积极参加竞选，提出很多议案：改革税收啦，改革房租啦，其实他们是不会受到一点儿损失的，因为他们总是要毕业离去的。他们可以一无顾虑地伸张正义。越战的时候，也是这里的学生开始反越战游行，闹事。警察就要管，弄到最后，就成了学生和警察的冲突。到了假日，警察非常紧张，早早作好准备，等待学生们来抗议啦，游行啦，可是却并没学生来，因为是假日，都玩去啦！"她大笑起来，我也笑了。

这个大学现在几乎是全美国的公办大学中数一数二棒的了。我们盘山而上，临着海湾站住了，海。中国人来美国，总是在这里登岸，旧金山是中国人最多的城市。我想象不出第一批漂洋过海来到这里的人，是怎么生活的。

"那边的一个小岛，看见了吗？"陈若曦指点着，那里有一群小岛，不知道她指的究竟是哪一个，"原来那上面是一个监狱，没有人能活着回来。只有一个人越狱，游了回来，活着，是个了不起的人物。后来有人为他写了个电影。”雾蒙蒙的，小岛隐隐约约的，有一群。

下了山，校园里挺寂静，学生们都回家度寒假了。广场中间立了一个人，披着雨衣，直挺挺地立着，低着头，脸上有一点微笑。“这是个疯子。”她说，“这片广场，可热闹了，每天中午，都有演讲，各种各样论点的演讲：共产主义理论的演讲，反共的演讲，什么什么主义的演讲，有时，还有乐队在演奏音乐。”

“今天不会有了吧？”

“今天不会了，放假了嘛。”

那里立了一只熊，这是Berkeley大学的校徽，这学校的足球队的死对头是斯坦福大学，他们的校徽是只鸟。

雨下得有点大了，那疯子还站在那里，一动不动。他在想什么？

这是个小镇似的小城，挺亲切的，据说，平时这里摆满了小摊子，卖各种小玩意，现在很冷清。

下午搬进了旧金山城里，住在一位魏先生家里，他是东风书店的股东之一，我们就在东风书店等他来接我们。东风书店是一个中国书店，在唐人街上，那里全是中文书：大陆的，台湾的，香港的。看到一本小说集，名叫《反修楼》，是一群在国内经历了“文化大革命”然后来了美国的年轻人写的，便拿起来看了。看后十分失望，那就像是一篇篇忆苦报告，除了满腔的怨忿，一无其他。难道这就是海外所以为的中国文学，而且是“真正现实主义”的文学？收到潘耀明寄来的圣诞卡。这是一张会唱歌的卡，可它不知怎么，竟唱个不停，不知道该怎么制止它，只能一由它唱去。

傍晚，到了魏先生家，他告诉我们：“那电视塔的高灯下边，就是我们家。”旧金山的夜晚，很美。一层一层的灯光，濒着海湾。

魏先生家已经住了一对客人，国内的画家关良先生和他儿子，再加上我和妈妈，便是两家人。魏太太说：“有一次，我们家同时住过三家人。”

和周海瑞通电话，他说要接我去玩，便请魏先生告诉了他这里的地址。他很快就和弟弟来到了，“怎么会这么迅速？我怕你找不到呢！”我坐上他的车，我注意到这不是上回的车了，上回的车是桔黄色，而这回是大红色的。

“这里我曾经来过，我过去的老板住这里。”他说。倒车，调头，开快了。

“这车不是上次的吧？”

“这是我买的。”他很得意。

“哟，接下来要买房子了吧？”

他笑了。车子开到一个斜坡下面，却上不了坡了，只得退回来，从别的路绕。“这不是新车。在旧金山，要买好车才行，这里上坡下坡太多了。”

“考试怎么样？”

“他考了A。”他弟弟说。

“今天考的还不晓得分数呢！”他说。

“你从小读书就读得很棒的。”我说。

“我不行，我读书并不聪明，只不过死用功。”

车子开进了市中心，“记得吗？这就是你们上次住的旅馆。”

“呀，真是的。”我看见了那小小的门，门前有一个小小的篷。哦，好快啊，这是我的最后一站了。

车子停在一幢大楼跟前，这是他们的家了。进门，正出来一个中国女孩子，打了招呼过去，上楼。房间很小，两张床之间放了一张桌子，其余便没有什么了。“租金多少啊？”我问。

“一百六十美元一月。”

“呀，在爱荷华，这租金可以租很好的房子了。”我想起Esther的小窝。

“那是爱荷华呀，这里是旧金山，大城市。”

“倒也是的。你们的洗澡间、厨房在哪里呢？”

“都在下面，公用。这栋房子住的都是中国人，而且奇怪，都是上海人。”他打电话给他的一个朋友，我们一起出去吃饭。过了一会儿，他的朋友驾着一辆又大又旧的汽车来了，他姓王，也是上海人。现在已经取得绿卡，结了婚，不再读书了，做工。

“今天可叫我气死了，”他上来便说，“五点钟了，老板还要我送一次货去机场。要过圣诞节了，机场里乱得要命，不收货了，什么也不收。”我们都上了他的车，然后向唐人街去，去一家叫做“红棉”的餐馆。

餐馆里人不多。点了三菜一汤，一大碗饭。他便闷头吃饭，很快地吃了两碗，一大碗饭空了，便让侍者再添。添了一次，又添了一次，然后，他才喘过一口气：“今天可饿坏了。”

“周海瑞，你毕业以后怎么打算呢？想不想开餐馆？”我问他。

“我也想过，不过要开的话，不能在旧金山，旧金山的中国餐馆太多太多。为了争生意，都压低价格。真不明白，为什么要这样竞争，自己人挤自己人，唐人街的餐馆是最便宜的。”

“去爱荷华好了，那儿只有三两家中国餐馆，都难吃。”

“是吗？开餐馆挣的是辛苦钱。”

吃完饭，我们逛街，吃冰淇淋，去加油。——他们全下车，加油的加油，洗车的洗车，水从玻璃窗上流下来，我觉得我一个人坐在车里很别扭。便出来了。“你出来干吗？”他的朋友问。

“我帮你干点什么活吧。”

“美国的人工很贵，就他们两个我已经开销不起了。”他开玩笑，我只得站在旁边看。

然后，他们送我回魏先生家。一下车，那朋友就叫了起来：“这里的房子真棒啊！”

“当然，这是最有钱的人住的地方。”周海瑞比较沉着，“我过去的老板住在这里。”

“太漂亮了！”他还在感叹。

12月22日　雨

下午去斯坦福大学参观。中午，在领事馆等那中文系主任王教授来接。陈领事已打电话到飞机场询问，回说，这只箱子目前还没找到。他对我说：“要叫他们赔偿。”“可是里面的手稿，怎么计算损失呢?”“那反正不能吃了眼前亏。”我的心凉了半截，似乎那箱子是再没希望找来了。我只能安慰妈妈：“或许你已经够得上伟大的作家了，许多大作家都丢过手稿，比如老舍，他的《鼓书艺人》至今没找到中文原稿。”妈妈哭笑不得：“你算了吧！”

陈幼石给我寄来一件滑雪衫，她老是不相信我身上这件外套，叫它作“毛衣”。我向她解释过，这不仅仅是毛衣，里面有厚厚的人造毛里子。她不信，唉，这个人哪！

参观斯坦福大学，下雨，这建筑像个修道院。有一座教堂，很美，像是天主教堂，可是说任何教都可以用这教堂。有个学生跪在最后一排，他在祈祷什么？教堂门前，是一排铜砖，每毕业一届学生，都将一方地砖换成铜的，从第一届起，已经有长长的一排，一百来块了。

下雨，地上有一排黄漆的熊掌，“这是Berkeley足球队来涂的，他们总是来捣蛋，当然，我们学校也去他们那里涂的。”王教授说。

那一串熊掌印，似乎使整个寂寥的校园都生动起来，活泼起来了。

晚上，几位教授请我们吃饭。

12月23日　阴

下午，东风书店召开了一个作家与读者的见面会，就在书店的店堂里，摆一张桌子，几把椅子，来买书的读者可以自愿加入，大家随便聊。我想起，周海瑞知道我的下落，就是在这书店里看到了我的《苦果》。

晚上，潘耀明从纽约来电话，他在纽约地铁遭打劫了。“呀！你真是太幸福了。”我从床上跳了起来。“你，你怎么这样残酷。”他气了。他不知道我是多么渴望经历一次冒险。昨天夜里，他和薇薇——华苓阿姨的大女儿，还有一位名叫夏晓兰的小姐，三个人一起去看戏，回来时已是夜里十二点，下了地铁，那站上只有他们三个人。这时候，忽然蹿出三个黑人，一个黑人逼近潘耀明，把他逼到墙根，然后撕烂他的裤袋，夺了他的钱夹子，里面有学生证，信用卡，一百来块现金。另一个黑人去抢夏晓兰的皮包（她的皮包斜背在肩上的），他便把她按倒在地，结果她的左肩膀骨折了。薇薇拼命跑，跑上地铁，则也被第三个黑人追了回来，夺了东西，那三个人便一溜烟似的跑了。夏晓兰躺在地上起不来了，薇薇跑上地铁，再不敢下来了，潘耀明抬不动夏晓兰，只好跑上去，拦住一辆车。然后，便是上医院，上警察局，一直搞到三点多钟，好惊险！

12月24日　雨

今天是圣诞节，很冷清。魏先生一家都出去工作了，那是他们自己的生意：魏先生去加油站，魏太太和女儿去美容院。他们家并没有过节的气氛，这一整条街也都没有过节的气氛。没有一家门口张灯结彩的。门都紧闭着，不见有人进出。细雨把马路洗得明镜似的，天阴。

周海瑞打电话来，说："很抱歉，今天不能陪你玩了，我要打工。""你在中国餐馆还是外国餐馆打？""是一家外国餐馆，做Waiter。"他说。"累吗？听说那盘子很沉。""我已经练出来了。""收入好吗？""还可以。像今天，生意一定好，我的收入也能多了。"

圣诞节，怎么大家都去工作？街上一定热闹，可惜这里离市中心太远，再说也很不熟，出去不了。只好呆在屋里。

12月25日　阴，有时小雨

二十日离洛杉矶到旧金山，这是我们在美国的最后一站，后天即将经香港回国。

这段日子，翻了翻自己写的日记，发现记来记去，无非是记一个陌生过客徘徊在五花八门的橱窗外的所见所闻。当然，橱窗要比谜实在，它很具体，明码标价，多少多少。在这里不用费心搞什么"出入证"，什么"纠察"，人们自然会根据自己的荷包，分流汇入。多少收入的人，进多少收入的商店，绝不会认错门。洛杉矶的蔡建仁先生说："美国真正有钱的富翁，你们见不着。"

是的。他们行动要保密，要直升飞机，要保镖，我们当然见不着他们。不过，我们可见到了他们前后左右的影子。比如为他们准备的商品，以千计的服装，以万计的饰物，还有他们住过的房子，收藏的艺术品，他们开设的公司、企业，美国离开他们还有什么呢！我见到了他们的身影。

蔡建仁又说：“美国真正的穷人，你们也看不到。”

可能是的。我又想起那急促摇起的车窗，珠宝店里踱着步的武装警卫，还有那人手一册的支票本，身无分文现金的习惯……应该说，我也是看到了一些他们的影子。这影子有时就直接投射在晶莹闪光的珠宝上，金碧辉煌的豪华之中。

在旧金山，我们在陈若曦家里住了一夜，第二天就搬到魏需逊先生家里。魏先生管理两个汽车加油站，是东风书店的老板之一。他家住在市郊的半山坡上，环境幽静，房子也相当高级。我们去时，上海的老画家关良先生和他的公子，已住在他家好几天了。加上我和安忆，于是三口之家的魏先生家里，顿时客多于主，喧宾夺主。白天，主人们都去上班了，丢下一个宽敞、整齐、安静、一尘不染、应有尽有的家。关老先生八十高龄了，走动不便，不大想动了。小关先生不懂英语，亦无交通工具，也只能困守在“家”。翻翻报纸，买了个用耳塞的小半导体，听听音乐。每天趿了一双拖鞋，从楼上的卧室，悄无声息地走到厨房里的餐桌边，又从餐桌边悄无声息地走回卧室。

今天早上，他好像怕惊吓了这份寂静，轻声细语地对我说：“美国……好像，也勿是想格……好像，也不过这样……哦？”

“嗯！……嗳！……”我做着自己的早饭——往面包上涂着花生酱，想起家里弄堂口的现氽热油条。我想家了。

今天是美国的圣诞节，就像中国的春节那么大的节日。“每逢佳节倍思亲”，也许小关先生也想家了吧！正好安忆约了她小学同学周海瑞来。周海瑞在念图书馆系，一面在餐馆打工，还要供他弟弟念书，日子过得可想而知。今天他特地借了一辆汽车，带了他的女朋友，——一位来自北京的学生，和他弟弟三个人一起来接我们出去玩，竭力想尽一尽地主之谊。

天是阴的，有时下一点蒙蒙细雨。我们又请了小关先生，一辆车上挤了六个人，六个身在客边的人。从年龄上排列，我是自然的主人，请大家看了一场电影，在中国餐馆吃了晚饭。

雨下大了，他们跑去停车处，开车来接我们。我站在餐馆里，隔着玻璃门，见外面雨里站着一个矮小的老人，帽檐压得低低的，伸出一只带把的塑料茶杯，泥塑木雕似的站在那里。我走出去，在他杯里放下一把稍有分量的硬币，他往横里挪了一步，抬起一对浑浊的蓝眼珠，朝我这个东方客人投了匆匆一瞥，眼睛里惊讶多于感谢，羞赧胜于喜悦。我在心里说："我也在客边。这帮不了你什么忙，不过是留个纪念。"

一车六个客人，又在雨里飞驰。汽车左绕右绕，盘山而上。我们站在竖着电视塔的山上，俯望旧金山的夜景。灯光，依旧是那闪闪烁烁的灯光。蒙蒙细雨，越来越密了。我回到车里，计算着还有几天，我将结束这旅程，回到家里。他们几位都还未有归期，他们还将处于客边，紧紧张张工作，冷冷清清生活。中国人在美国的生活，大概也就这样。

12月25日　阴

周海瑞和我们一起出去玩，同去的有他弟弟，还有他的女朋友，一个北京姑娘，叫花溪。"好像贵阳有一条河，叫花溪。"我说。我想起叶辛向我描绘过那条溪水，到了春天，五颜六色的花映在水上，真正是一条花溪。"对，"她说，"我舅舅曾在那里生活过，他为我起了这名字。"她在中部上学，读的是电脑。她长得挺秀气，也挺和气。可是毕竟有点生分。看到她，我才意识到，我与周海瑞之间，毕竟相隔了十几年的时间和生活。我感到了陌生。

去金门公园，天阴沉沉的，倒是没下雨，有一个静静的湖，湖边有树林。

去金门桥，走到了金门桥中央，看海湾。记得刚到美国那晚上，人行道的铁门关了，我们没能走过来。

然后去唐人街，妈妈想看电影。

看完电影，去吃晚饭。汽车开过我们上回住的旅馆，开过中国领事馆，他问我："你去过纽约的领事馆吗?""没去过，但经过那里了，就在四十二条街旁边。""你应该去一下，那是'人民圣殿教'过去的大本营。""哦，人民圣殿教!"我知道，那可怕的人民圣殿教，最后在丛林里集体自杀了，他们是怎么了？他们信奉的究竟是什么？

汽车盘山而上，我们要去高处，看看旧金山的夜容。汽车停在电视塔底下，旧金山的灯，像是缀在天上的星星。天很黑，雾蒙蒙的，雾绕着脚，我们好像站在烟云里，周围还停了几辆汽车，却不见人。一辆汽车上来了，车灯扫开了烟雾。

"走吧，挺冷的。"我们这样说。雾气，越来越浓，缭绕着我们的脚，拨也拨不开。我们上了车，盘山而下，旧金山的灯围着我们一圈一圈，一圈一圈。

"你们什么时候走?"他问我。

"后天。"我说，"你可以回去看看吗?"

"我也想，毕业了回一次上海。"

"回去看看吧。你记得董小萍吧，她分在了向明中学。"

"记得，她从小打扮得就很漂亮，很娇。"

"现在可大变了。我们的小学也迁了，迁到十二女中里面。"

"哦。那个大头怎么样了？他坐了牢，放出以后怎么了?"

"哟，我连他坐牢都不知道。"哦，那是个男生，是他的好朋友。我们毕竟分手了十几年，对彼此的生活有了很多生疏，靠一两篇小说，是沟通不了的。“我记得你小时候，在班上威信很高的。”我说，我极力把那些远处的拉近。

“你听见吧！”他拍拍花溪的头，“你听见吧。她还老以为我是这样的油腔滑调。”他又对我说。

我还不曾知道他已经是油腔滑调的了。他蓦地又远了，哦，毕竟是十几年的时间和生活啊！

“再见。”我说。

“再见。”他说。

“再见。”我们纷纷说。分别很平静也很喧闹。

12月26日　雨

华苓阿姨的小妹妹，和她的先生，还有他们家的一位至交陈先生，陪我们上街。她说要带我们去一个旧金山最奢华的咖啡馆喝咖啡。那确是非常之豪华，咖啡厅旁边是旅馆，那电梯是吊笼似的，吊在楼外面，上上下下。电梯里的人可以欣赏这一片豪华，而外面的人，看着那吊笼里的人，却觉着有几分滑稽。华苓的小妹妹很漂亮，又年轻，简直像是小球的姐姐，而不像小球的妈妈。他们从台湾来美国也不过几年。我曾问过小球：“为什么来美国？”他指着自己的鼻子说：“全因为小子不长进。”在台湾上大学没成，便来美国了。而他们一家来美，那陈先生也将自己的产业卖了，到美国来了。他一辈子没结婚。他们三个人坐在一起，我觉着，那里一定有一个动人的故事。陈先生不太会说英语，而在旧金山，不会说英语也能生活，这里的中国人多。

晚上，去唐人街吃饭。又是唐人街，旧金山充满了唐人街。

12月27日　晴

今天去香港，今天离开旧金山，今天离开美国。

早上潘耀明来电话，向我告别："祝你顺风。"

"你什么时候回爱荷华？"我问他。

"明天，我搬到'五月花'的地下室了，和一个北京学生同住，他是清华大学的，说和你聊过天。"

"我想起来了。向他问好吧。再有，代我向华苓、安格尔先生问好，还有，谭嘉，吕嘉行，Esther，安娜，艾恩，瑞克，美尼塔——我那盒小鸡送给她老四了吗？"

"我代你向所有的人问候。从这里去香港，要十几个小时呢，你可以休息休息，回味一下，想一想了。"

"是啊！这一路上没来得及想呢！"

飞机起飞了，飞上云层，旧金山在下面了，美国在下面了。我闭上眼睛，想些什么。可是，脑子里一片空白，似乎什么也没有，只有一些遗憾，是的，遗憾：没有去夏威夷，没有去大瀑布，没有去爵士乐的摇篮新奥尔良，没有去富裕的休斯顿，没有越过芝加哥的大湖去到加拿大，没有穿过西部的沙漠去到墨西哥……哦，世界！

脑子里除了遗憾，便是空白了。我不明白美国，我越看得多，就越是不明白。一边是马奈的展览前排起里盘三、外盘三的长龙阵，一边是四十二条街上的滚滚闪动的霓虹灯——X电影；一边是电脑、精密仪器严格运转的大工业巨轮，一边是电影明星出身的总统吊儿郎当地应付记者招待会；一边是移民们赠送的雕像，感谢新大陆收容了劫后余生的难民，一边是飞机轰炸格林耐得岛；一边是充满活力的牛仔裤，一边是大麻；一边是快乐的爵士乐，一边是精神崩溃的精神病患者；……这就是美国，这又不是美国。这是美国吗？我不知道。我一点都不知道。

飞机又升上一层云，白云将美国淹没了。

Bye—bye，America。

整理于1984年3月7日。上海

二次整理于1984年11月1日。上海

跋

王安忆

我母亲茹志鹃，生于乙丑年九月十三，即公历一九二五年十月三十日，一九九八年十月七日去世，距七十三岁尚欠二十三天。岁月如梭，似乎还是昨日的痛创，不料想，二十年光阴过去。我们至亲以为仓促的时间，在瞬息万变的世事里，大约是相当漫长的，以至于人们——我指的不是陌路，而是文学从业者，似已不记得母亲名字的准确写法，常常将名字里的“鹃”改作“娟”。一个用文字留下生命痕迹的人，这是一件多么令人沮丧又无奈的事。也因此，当“中信大方”年轻的出版人提出重版《母女漫游美利坚》，以纪念母亲周年，心中是十分感动和欣慰的。

一九八三年，随母亲茹志鹃和吴祖光先生赴美国爱荷华大学“国际写作计划”，所以叨忝受邀之列，一半出自年轻写作人的身份，另一半，则因是母亲的女儿。事实上，我可能更早于母亲知道爱荷华大学的这个计划项目。一九八零年，在中国作家协会第五届文学讲习所受培，保罗·安格尔和聂华苓就曾经来到课上，向我们介绍“国际写作计划”，同行者还有李欧梵，这位年轻的华裔美国教授，风流倜傥，一身白色的西装，在上世纪八十年代中国大陆开放之初，仿佛来自于未来，这个“未来”的名字就叫作“现代化”。来宾演讲完毕，请大家提问，现场顿时陷入沉默，不是我们没有问题，而是不知从何问起，那时候，我们又羞怯，又有那么点倨傲。局面多少是尴尬的，僵持一段，终于有一位学员举手提问——他来自广州，处于改革开放的前沿地带，比较有眼界，因而也自信一些，他的问题是关于“琼瑶”。天哪，我们大多数人甚至连“琼瑶”都是陌生的。

这个演讲会大概可用来做隐喻，隐喻我去到美国爱荷华的中国背景。母亲对于旅行美国，显然有准备得多。文化大革命之前的六十年代，她堪称中国年轻作家的翘楚，一九六二年，即访问苏联；一九六五年参加老舍为团长的作家代表团访问日本；文革结束后的一九八零年，作为中国友好协会的作家成员访欧洲五国，出国对于她不是新鲜事。但是这一回，与女儿我同行，使她格外的开心。相反，我总是极力挣脱与母亲的捆绑，身为著名作家的女儿，成长中的反叛期延长并且加剧。可是，怎么办呢？去爱荷华，就是因母亲而成行，不承认也得承认。合出一本旅美日记，是母亲的创意，我无法反对，因为内心受着诱惑，同时，不得不再次接受捆绑。

虽然事先有杂志和出版社的约定，但到了落实阶段，还是遇到挫折。多半的原因在我，如果单是母亲的日记，一定更受欢迎。不能不正视生活和文学的阅历，无论是对外部世界的看和认识，还是内部精神的立场观念，母亲不知高我多少筹。她向来又是个讲究文字的写者，从不随便下笔。相比之下，我的日记就是一本流水账，事无巨细，来不及思考、提炼、去芜存菁，文字且“水”得可怕。就像一个饥渴的人，面对盛宴，什么都好，什么都要。多少年来，我都不敢回头看这份记录，所谓“不忍卒读”，就是这种状态吧！母亲的日记顺利地刊登了，我的，则经过几番周折，分散分期终于也发出了。上海文艺出版社接下了出版的计划，责任编辑，一位与母亲齐辈的女性，具有多年的工作经验，实在看不过去，删去几段，我埋怨着又全部捞回来，边上旁观的人都想打我。时常想起这一幕，很想说一声“抱歉”，可我都不知道这位老师的名字，那时候，责任编辑又不署名，真可谓“替他人作嫁衣裳”。这是简体字的归宿。繁体字版，是在香港三联书店出版。三联的副总编辑潘耀明与我们同期计划中人，我和母亲的日记里时不时提到，我想，这大约是他接受此书的原因之一，因为，不管好坏，日记也帮助他记录了这段日子。

十八年后的二〇〇一年秋天，我再次去到爱荷华，“计划”的行政人员比尔，一位印度教授，“计划”的工作多是兼职——比尔看见我，对聂华苓说：“她已经是一个成熟的女人”，可见，当时我给人们的印象是多么幼稚，几乎无法认为我也是写作人，而只是妈妈的女儿，老是和妈妈斗气、拌嘴、独断专行的女儿。时年，母亲五十八岁，携带着她进行中的长篇《她从那条路上来》第二部，每天早晨，喝一壶咖啡，在书桌前坐下，开始写作。在她的年纪，家事世事都是纷扰的，这一段的安静实是难得。窗外爱荷华河熠熠流淌，学生们都在课堂上。我呢，郑重其事地出门去，仿佛要事在身，其实不过是乱走乱看，爱荷华，一层一层的绿过去，再绿回来，耳边是鸟的啁啾，看不见人影。十一时刚过，母亲她站起身，离开书桌，到厨房烧煮，等我回去吃饭。我的胃口不怎么样，一直念叨要喝一碗真正的母鸡汤，这个执念苦恼着母亲，也苦恼着自己。美国的鸡，无论哪一种，都没法炖出那种碧清又醇厚的颜色和气味。其实，我们母女都不知道，其实是乡愁作祟，乡愁在味觉上的显现。身在异乡异土，不同空间里的时间，会改变形状，我们都有些想家。

重读这些日记，母亲的依然是好，她能够准确地窥察并且表达美国，还有她自己，一个观看美国的人。我的，依然不好，冗长、拉杂、琐碎、无趣，要说有什么价值，大概就是老实，老实地记录了那段生活，其中的人和事正超时速地退去，退去，退成历史。

2018年7月27日上海